劉再復
文學心靈本體論
概述

張靜河　著

責任編輯　　王婉珠

書籍設計　　道轍

書名題簽　　屠新時

書　　名　**劉再復文學心靈本體論概述**

著　　者　張靜河

出　　版　三聯書店（香港）有限公司

香港北角英皇道 499 號北角工業大廈 20 樓

Joint Publishing (H.K.) Co., Ltd.

20/F., North Point Industrial Building,

499 King's Road, North Point, Hong Kong

香港發行　香港聯合書刊物流有限公司

香港新界荃灣德士古道 220–248 號 16 樓

印　　刷　美雅印刷製本有限公司

香港九龍觀塘榮業街 6 號 4 樓 A 室

版　　次　2021 年 10 月香港第一版第一次印刷

規　　格　16 開（170 × 240 mm）336 面

國際書號　ISBN 978–962–04–4870–6

目　錄

張靜河《劉再復文學心靈本體論概述》序

劉再復

　　一九九二年夏天，我抵達斯德哥爾摩大學擔任"客座教授"。就在這一年秋天，我結識了在斯大訪問的張靜河一家，除了他自己之外，還有他的妻子何靜恆以及他們年幼的兒子張知微。知微那時僅 9 歲，但在我們那個小圈子裏已小有名氣。因為他是小畫家，瑞典宮廷開始收藏他的畫。靜河是揚州師院的文學研究生，很有才華，當時他一面打工，一面寫作《瑞典漢學史》（後來中文版在國內出版，馬悅然作序）。當時靜河給我和妻子陳菲亞最深的印象是他乃是一個"拚命三郎"。他比所有的中國留學生都更勤勞勤奮。別人休息时，他還在打工。在瑞典要找到打工的活幹，並不容易。但他不挑不撿，有活幹就行。於是，他甚至走進零下二十度的冰窖裏背冷豬肉。此事在校園裏曾傳為佳話，我個人更因此堅信，人生即拚搏。前些年，我完成了《五史自傳》，其中的主幹史，就叫做"我的拚搏史"。顯然，靜河的行為在潛意識裏積極地影響了我。他的拚搏精神一直延續下來，旅居新西蘭之後仍然一邊打工以養活一家，一邊起早摸黑堅持寫作，竟然寫出《毛利文化》、《美國漢學史》。並用兩年多時間，寫出《劉再復文學心靈本體論概述》。他真像奇跡似地創造精神價值，我常提到他，在不可能完成的條件下完成了一切。我在台灣、香港講解《山海經》時說，中國人就靠山海經的原始精神一路拚搏過來，知其不可為而為之，所以至今不衰不滅。張靜河身上湧動著的正是山海經的精神血液。靜河的近作是研究我的專著，他剛開始寫作時我並不寄予厚望，沒想到，近日一讀竟受到極大鼓舞。我讀得徹夜難眠，讀得渾身燃燒起來。我覺得這是一部真學問的書，不是闡釋，而是發現；不是概述，而是提升；不是說明，而是導引。我擔心自己偏愛，特請比我理性的好友林崗也讀一下。林崗讀後大加讚許，並寫道，此書有學有問，有綱有目，寫得很好，比我好。我也讓《書屋》總編劉文華看一下，他看了說，我要選些章節刊登，張靜河兄用心盡力，世外問學，到底不一樣。林崗和劉文華的評價強化了我的信心，於是我又細細讀了一遍《概述》，覺得寫得實在精彩。不是因為它寫了我，而是因為它寫得好！

　　國內外評述我的文章很多，五年前我和高行健一起訪問韓國時，外語學院的朴宰雨教授告訴我，"我們已搜集評論您的文章498篇"，聽了我嚇一跳，這麼多！我讀了其中不少文章，都不像此次閱讀林崗的專著和靜河的專著如此被打動。其原因大約是靜河在專著中高舉心靈的旗幟，與我的文學見解最為相通。我把文學事業視為心靈事業，並以此建構我的文學理論大廈，特別是新世紀以來，我沉醉於禪宗，以心為佛，以覺悟為根本，更覺得張靜河所言擊中要津，處處引發我共鳴。我要感謝靜河，如此用心地寫下這部學術論著。

　　張靜河的太太何靜恆是我的記名弟子，她是寫作聖手，在國內出了好幾本書。最近出的名為《霍比特人的小屋》是我作的序文。序中，我說何靜恆是真正的作家，但因為她做人太低調，所以還不"著名"。我在《我的寫作史》中收錄她的作品《第三空間寫作的燦爛星空》作為附錄。這是破例，因為靜恆寫得太好了。張靜河在本書後記中說靜恆聰慧過人，許多文字有她的"點化"，我相信此話是真，因有靜恆相助，靜河的書就更完善了。

導　言

　　相似律現象不僅屬於物理學，也見之於精神世界，人類追求真理的相似情形，在流變不已的歷史過程中時常復演。今天，探討劉再復的文學理論建樹，發現它與五百年前思想學術史上的一件軼事頗為相似，兩件事之間竟連著一條精神血脈。

　　明正德三年（公元 1508 年），兵部主事王陽明因得罪宦官劉瑾，被謫貶貴州龍場，任驛丞。龍場地處萬山叢林，蛇虺魍魎、蠱毒瘴癘橫行，隨從一一病倒。王陽明覺得自己得失榮辱皆能超脫，唯有生死的意義尚未勘透，於是，除了照顧生病的隨從，他便日夜端坐石窟之中，靜默沉思。一天深夜，突然心中一片澄明，頓悟格物致知之理。此前，他曾經按照朱子“格物窮理”的思路，連續七天對著竹子苦思冥想，直至病倒卻不得其理。此時，他大喜過望，對驚醒的隨從人等宣告：

　　　　“始知聖人之道，吾性自足，向之求理於事物者誤也。”[1]

　　這是十六世紀中國最著名的哲學寓言，王陽明的宣告，不僅說明他決定拋棄朱熹“格物窮理”的思維方式，發現了“求理於心性”的新思路，而且開創了中國思想文化史的一個新領域——心學，為儒家哲學思想發展找到一個新方向。

　　五百年後，劉再復重建“人的文學”的努力為時代變局所中斷，被命運帶到美國西部的落磯山下。他面壁十年，終日與草地、蒼岩、兀鷹為伴，在孤寂、堅毅和銘心刻骨的靈魂自省中浴火重生。日復一日，他殫精竭慮地思考有關文學的種種問題，以生命繼續譜寫精彩的文學寓言，最終擲地有聲地提出：

1　錢德洪：《年譜一》，載《王陽明全集》（下），上海：上海古籍出版社，1992 年，第 1007 頁。

"文學的事業，就是心靈的事業"，

　　"心靈狀態決定一切"。[1]

　　這一提法，成為劉再復文學心靈本體思想的核心。他強調，文學的本義、文學的最後實在，就是人類的心靈情感。他把禪宗心性說和陽明心學引入文學領域，同時從西方現代主義哲學關於人性本質的論述中汲取思想資源，探索和分析心靈情感在創作、批評和審美鑒賞等文學領域的決定性作用，由此建構一種新的文學理論——文學心靈本體論，疏通了文學直抵人類內心深處的通道。

一

　　文學心靈本體思想，見之於劉再復以心學原理闡發文學本義、文學內在規律的多種文藝美學著述。與各種體系龐大、邏輯縝密的文學理論相比，它最大的特色，是明心見性，直抵問題核心，對於理論界長期爭論、莫衷一是的文學定義，它簡潔地概括為：

　　文學是自由心靈的審美存在形式，由心靈、想像力和審美形式三要素構成。[2]

　　相對於形形色色的理論，這個界說的不同之處，在於它只確立文學的心靈原則，不作繁瑣論證：文學是心靈情感的呈現，心靈是文學的本體。心靈本體的確立，彰顯文學的三個基本特徵：生命性、超越性和審美性，從客觀上否定了曾經強加給文學的各種人為屬性如階級性、工具性和功利性。劉再復與訪談者的一次談話，可以看作是這個定義的注腳："文學回歸文學的本義，即文學是什麼，也即文學的自性，來自於佛，即自悟自救，到海外，以自性代替主體性，打破主客二分，融化在場與不在場，認定文學就是心靈的事業。與功利無關，即心靈性、

1　劉再復：《什麼是文學：文學常識二十二講》，香港：三聯書店（香港）有限公司，2015 年，第30 頁。劉再復：《中國貴族精神的命運》，鳳凰衛視：鳳凰大講堂，2009 年 4 月 1 日。

2　劉再復：《什麼是文學：文學常識二十二講》，香港：三聯書店（香港）有限公司，2015 年，第30 頁。

生命性、審美性。"[1]

這段談話顯示，文學心靈本體論的哲學基礎，是禪宗的心性本體論。劉再復參透禪宗心性說，發現佛教神學教義在禪宗的形成過程中，已悄然轉換成佛教哲學，只是在表層保留了宗教色彩：

> 佛教傳入中國，特別是到了中國的禪宗第六代宗師慧能，全部教義已簡化為一個"心"字。不是風動，不是幡動，而是心動，一切都由心生。佛就是心，心就是佛。佛不在廟裏，而在人的心靈裏。講的是徹底的心性本體論。慧能的《六祖壇經》，其實就講"悟即佛，迷即眾"，所謂悟，就是心靈在瞬間抵達"真理"的某一境界，在心中與佛相逢並與佛同一合一。

> 從上所述，我們可以認定，宗教的本質乃是心靈，這個結論的尖銳性在於不確認宗教的本質是"神靈"，而是"心靈"。但又承認心靈的虔誠可以與神靈相通，即中國所說的"誠能通神"。[2]

劉再復對禪宗心學這一本質特徵的認識，深刻而準確。禪宗以心性為本體，稱心性為真心、本心、真性、自性，謂之"明心見性，頓悟成佛"；又說，"自性能生萬法"。(《六祖壇經》) 禪宗不僅視心性為人的本體，也視之為萬物之本，萬化之源。禪宗的心性說，兼具本體論和認識論的雙重屬性，心性既有本體純明的性質，又有以純明之心參悟事理的理性力量，明心見性，實現頓悟，本性便與佛性合一。

劉再復將心學理論引入文學研究，是方法論上的一大創新。研究方法創新的基礎，是對文學思維方式本質特徵的重新認識，過去的文學理論籠統地講科學是邏輯思維，文學是形象思維，劉再復更正這一說法，提出要拋棄"形象思維概念的含混性"，形象思維，指藝術想像的表層特點；心悟，才是文學的基本思維方式。[3] 文學與科學追求的目標不同，其思維方式也完全不一樣，"科學把握客觀世

1　敘述者劉再復、訪問者吳小攀：《走向人生深處》，北京：中信出版社，2011 年，第 202 頁。

2　劉再復：《什麼是人生：關於人生倫理的十堂課》，香港：三聯書店（香港）有限公司，2017 年，第 35 頁。

3　劉再復：《李澤厚美學概論》，北京：生活・讀書・新知三聯書店，2009 年，第 108 頁。

界，文學則除了把握客觀世界之外還要把握主觀宇宙、內心宇宙，抵達科學不能抵達的人性深淵"。[1] 心悟，是抵達啟迪性真理的一種基本思維方法，文學對人心的洞察，通常是直覺式的，依靠慧悟獲得洞見，不同於哲學依靠邏輯論證獲得結論，也不像自然科學依靠實證求取成果。

劉再復對傳統心學思想的認識，始於 1985 年，他說："我寫《性格組合論》受到王陽明的影響，用了'內宇宙'這個詞，就是受到'吾心即宇宙'的啟發。"[2] 從接受陸王心學"吾心即宇宙"的概念，到參透禪宗明心見性的心性說，劉再復打通了文學與心學這兩大精神領域之間的血脈。他從 1995 年開始，"重新閱讀莊禪之書，尤其禪宗的書"，他把對禪悟的體驗引入文學研究，除了講文學主體性，還尊重神的主體性和文學的超越性。[3] 2000 年，他在為香港城市大學的講學備課時，突然感到：

> 在備課時有一種永遠難忘的生命體驗，這也許就是馬斯洛所說的"高峰體驗"。後來我明白了，這正是王陽明"龍場徹悟"似的大徹大悟。在夢中"彷彿聽到有人提示我，他說，賈寶玉，賈寶玉，那不是'物'，也不是'人'，那是一顆'心'"。這顆心，《紅樓夢》之心，是詩之心，是小說之心，是文學之心，是你我的應有之心……由此悟到，賈寶玉這顆心，是無敵、無爭、無待、無染、無私、無猜、無恨、無嫉、無謀、無懼的"十無"之心，是佛心、童心、赤子之心。[4]

這是一種靈魂震撼的徹悟，劉再復在一瞬間打通了心學與文學的經脈，把握住文學本義的命門：無論文學的精神世界如何深邃複雜，文學的審美形式如何千

1　劉再復：《隨心集》，北京：生活‧讀書‧新知三聯書店，2012 年，第 124 頁。

2　劉再復：《文學四十講》，本書為《文學常識二十講》和《文學慧悟十八點》兩書的合集，即將由台灣聯經出版事業股份有限公司出版，此處使用資料為 PDF 電子版圖書，後同，第 180 頁。《性格組合論》1986 年 7 月由上海文藝出版社初版，但作者 1985 年 4 月寫的"自序"，表明書稿在 1985 年初已經完成。

3　劉再復：《五史自傳‧我的寫作史》，三聯書店（香港）有限公司在 2017 年至 2020 年之間分別出版了《我的心靈史》、《我的寫作史》等四史單行本，還有《我的拚搏史》未出版，此處使用資料為五史合集的 PDF 電子版圖書，後同，第 220 頁。

4　劉再復：《紅樓夢悟：對賈寶玉心靈的大徹大悟》，劉再復新浪博客，2019 年 2 月 22 日。

變萬化，其靈魂所繫，便是心靈。

　　劉再復以禪宗的心性本體論作為文學心靈本體思想的哲學基礎，他一方面發掘 "心性" 作為物的本質特徵，"把 '性' 解釋為自然生命，這樣，情就是性的直接現實性，是性的具體展示"。[1] 另一方面，他還看到禪宗 "心性" 具有徹底的精神修為的性質，"實際上是 '空'，是去掉後天遮蔽層的 '心'"，[2] 由此闡明心性所具有的 "物" 與 "精神" 的雙重屬性。不過，劉再復在文學批評和美學鑒賞中很少運用 "心性" 一詞，而是普遍地用 "心靈" 這一概念置換 "心性"，這個置換，未改變心性的本義，卻擴大了文學的心學內涵。

　　心性是哲學概念，比較抽象；心靈一般用作文學詞彙，實在性高於抽象性。"心性" 原指生命的自然本性，孟子稱："盡其心也，知其性也。"（《孟子·盡心上》）先秦哲學中 "心性" 這一概念，重在揭示 "心" 的自然本質特徵，包括 "心" 的生命現象與後天心性修養兩方面內容，即《大學》所說的修身養性，"欲修其身者，先正其心"。在現代漢語語境中，"心靈" 的含義比 "心性" 寬泛，它以自然生命為生理基礎，受外界刺激時會產生喜、怒、哀、樂、焦慮、恐懼、喜歡、厭惡、自卑、自信等種種不同的情感現象。不同於 "心性" 偏重於理性，心靈現象兼有靈魂、精神和情感的因素，是本能反應、情感取向和理性取捨的綜合行為，"'心靈' 是個 '情理結構'，'情' 是情感，'理' 是思想，是對世界、社會、人生的認知"。[3] 劉再復的這個闡釋，從本體論的立場明確了心靈的實在性特徵。從心理學角度看，心靈與行為是因果角色；從現象學角度看，心靈是一種意識經驗，體現為具體生命行為，便具有意向性和自明性，是生命行為的本體實在。在文學語境裏，心靈表現為情感與感悟，產生於生命體受刺激的瞬間，含有潛在的理性因素，又未完全受到理性的調節修正，率真地表現出來，最能反映人的本真狀態。劉再復在文學語境中將 "心性" 置換為 "心靈"，將心性本體轉換為心靈本體，是對禪宗心性哲學的創造性吸收，將形而上的心性哲思轉化為具有情理結構的心靈情感，心性成為心靈情感的天然基礎，心靈情感則以豐富自由的

1　劉再復：《李澤厚美學概論》，北京：生活·讀書·新知三聯書店，2009 年，第 102 頁。

2　劉再復：《李澤厚美學概論》，北京：生活·讀書·新知三聯書店，2009 年，第 102 頁。

3　劉再復：《文學四十講》，第 147 頁。

表現形態呈現真實的心性。

劉再復說："我把文學定義為'自由心靈的審美存在形式'，把文學事業界定為心靈的事業，並確認心靈為文學的第一要素，正是把心靈視為文學的本體（根本）。"[1] 文學心靈本體論的提出，旨在以文學的形式真實地呈現豐富複雜的人性。現代批評以揭示人性的深刻性程度作為評判作品的一個基本標準，心靈情感，正是人性的具體體現。作家懷有"敬畏之心"、"謙卑之心"和"悲憫之心"，才能自如書寫人物的心靈情感，呈現獨特的心靈狀態，展示人性的深層。文學的這個審美作用，遠遠突破傳統文學理論對文學的"認識"與"反映"功能的機械性設定，為文學表述和審美鑒賞提供了無限自由的寬廣天地。

二

文學心靈本體論，包括心靈本體思想和悟證方法兩方面內容。它產生於人對外部世界的直觀感受、親身體驗、情感投入和心智辨識的綜合活動，可以看作是一種特殊的認識論，它不是以視角和經驗、而是通過情感投入和理性辨識去認識客觀世界和精神世界，其貢獻在於徹底打破機械的認識論以物的客觀性限制精神探索的局限，追求不僅對物質世界而且對社會現象的本質性把握，特別是對無限深邃的精神世界的不斷認知，以文學的審美形式呈現產生於存在及存在關係基礎上的豐富心靈情感。心靈本體的核心是心靈內宇宙思想，包括心靈的獨特性、豐富複雜性和無限超越性。心靈內宇宙思想主導作品的走向，由作者和人物的心靈情感所體現，最終化為作品中具體的精神內涵和審美形式。悟證方法以心性的自明、覺悟為基礎，藉助創作者或批評者的經驗、知識、技能的潛意識積澱，實現對作品、文學現象、研究對象內在性質或規律的頓悟，抵近或揭示啟示性真理，主要表現為想像力的發生、頓悟的實現、調動各種關聯因素檢驗所悟結果是否成立這樣一個過程。心靈本體與悟證方法合成一個相對完整的文學心靈本體論理論

1　劉再復：《什麼是文學：文學常識二十二講》，香港：三聯書店（香港）有限公司，2015 年，第84 頁。

體系，揭示了文學活動的內在規律，決定文學創作和批評欣賞完全是一種基於個人認知基礎上的精神創造活動，高度自由並追求藝術原創性。

文學心靈本體論，既呈現現實生活層面的心靈情感，亦涵括深層精神現象的人性探討。劉再復與林崗合著的《罪與文學》、劉再復的《高行健論》、"紅樓四書"[1] 及《文學四十講》[2] 等學術成果，分別呈現文學心靈本體論在文學活動中的三個層面：第一個層面，是心靈的情理結構內涵及創作對豐富複雜心靈狀態的呈現和闡發，體現創作者、作品對象及讀者等不同主體各自的主體性及不同主體與文學的關係，重心在創作主體；第二個層面，是從形而上角度通過對象主體 "我" 的本質 —— 性質、構成、作用的發掘及其對創作主體內部世界的折射，闡發文學的主體內部間性，重心在對象主體；第三個層面，是從超越的大觀視角對心靈世界和文學審美對象之間關係的審視，由此抵達慧悟的境界，重心在欣賞主體。三個層面的詳細闡述，充分展示了這個理論體系的構成因素及其在文學活動中的實踐運用過程。

《罪與文學》及相關的著述，從社會與歷史的宏觀角度，集中討論以良知與懺悔為核心的靈魂掙扎與靈魂呼號現象，在實踐理性的層面上形成了文學心靈本體論的情理結構。《高行健論》結合存在主義哲學原理，通過把自我分為三重人稱結構的方式，在作品的動態背景下冷靜地自詰、自審、自我剖析，由此呈現人物本身的靈魂悖論和複雜生命形態，揭示了 "自我乃是自我的地獄" 這一命題。"紅樓四書" 與《賈寶玉論》等作品，以心靈情感投入和生命體驗的方式，體悟《紅樓夢》作者及作品人物豐富的精神世界，並在體悟過程中發現審美鑒賞的大觀視角和宇宙境界，形成了從形而上角度悟證《紅樓夢》哲學內涵和人文精神的審美方式。2015 年以後，劉再復在講課的基礎上完成了《文學二十二講》和《文

1　"紅樓四書" 包括：劉再復著《紅樓夢悟》、《紅樓夢哲學筆記》、《紅樓人三十種解讀》以及劉再復、劉劍梅合著《共悟紅樓》，均為生活・讀書・新知三聯書店出版，2009 年。

2　劉再復於 2015 年出版《什麼是文學：文學常識二十二講》（三聯書店〔香港〕有限公司），2018 年出版《文學慧悟十八點》（商務印書館），考慮到兩本書內容與體例的統一性，作者於 2018 年把這兩本書合編為《文學四十講》。這本書包含劉再復極為豐富的文學心靈本體思想，他在《我的寫作史》中專關第十二章，取名 "人性真實的第二次呼喚"，說明，"我便借此平台，系統地表述一下自己的以 '人性論' 為中心的文學理念"。

學慧悟十八點》等著作，深入淺出地闡釋有關文學心靈本體論的一些基本命題及其理論思考，豐富和充實了這個文學思想體系。

文學心靈本體論不是一個純粹思辨的形而上體系，它本質上更具有實踐理性的心學特徵，旨在把心靈原則貫徹在具體的文學創作、鑒賞與批評的過程中，並使文學的心靈性和人文品格的提升相契合。文學心靈本體論大體上從以下幾個方面展示其基本思想：

一、文學是心靈的事業，心靈狀態決定文學的品格，凡是不能切入心靈的文學都不是一流的文學。從創作者來說，真誠是第一原則，創作衝動主要是釋放其良知壓抑的欲望、呈現存在的荒誕性、發出靈魂的叩問；心靈是一種情理結構的生命場，在創作過程中，心靈起到中和情感與理性的作用；心靈對生命的神性具有一種宗教性情感，從而使文學的審美拒絕平庸，不僅具有啟蒙價值，而且具有生命救贖的意義。

二、超越性體現精神追求的無止境，也是文學存在的理由。生命和精神藉助文學超越現實功利、超越時代、超越生死，與藝術共存。如何才能實現文學的超越呢？作家在藝術活動中要超越現實主體身份，轉化為審美主體，才有可能創造出超越現實、超越功利、超越時空的審美境界，使作品獲得心靈性和獨立的審美品格。文學的超越性主要包括三個層次，一是超越表象，進入現實深層，獲得對生活現象本質性的把握；二是創造藝術之夢，實現審美理想對於現實世界的超越，三是超越經驗世界進入超驗世界，讓讀者感悟經驗世界無法理解的神秘因素，獲得特殊的生命啟示。

三、審美性是文學的基本屬性，也是創作的根本目的。所謂文學的審美性，就是指文學作品具有適應人的審美需求的藝術特質，能夠讓讀者在欣賞過程中獲得美感享受，提升讀者的審美鑒賞能力。禪的思維方式主要是悟，但其內涵大於悟，除了悟這種哲學智能，禪是一種審美狀態。具體說來，作家的禪性，就是能夠直覺感悟生命與世界的美，並把對美的直覺感悟融化在對生命及其存在方式的呈現過程中，使作品成為生命審美化的藝術成果。莊子、陶淵明、曹雪芹這些古代藝術巨匠，最了不起的藝術成就，就是把日常生活審美化，並通過最合適的審美形式，表述自己的審美理想。

四、悟證方式是進入心靈迷宮的捷徑。作品中的心靈呈現常常是無形的，撲朔迷離的，甚至與作者或人物的初衷相背離的，用證實方式難以捕捉其真實形態，用悟的方式卻可以讓心靈貼近心靈，情感與情感交流，靈魂與靈魂撞擊，產生對作品本真心靈情感的深切體悟。文學呈現的是精神世界、心理世界、情感世界，蘊含著啟迪性真理，通常情況下，無法用實證的和邏輯的方式求證，只能依靠直覺和悟性獲得靈感。悟證，是對啟迪性真理的瞬間感悟和把握，它實現的基礎是批評者日常積累的生命體驗、藝術感受和意識積澱。

五、人性的復歸，以心靈復歸為導向。心靈的復歸，是文學審美的方向，可以而且應該在文學的審美中率先實現。中國學術傳統從先秦諸子開始，就強調通過心靈與肉體合一、生命與道合一，通過內省和修心而獲得自我完善，故中國文化可以說是"心的文化"。文學心靈本體論，突出文學審美一個最平和而又最強大的陶冶功能，那就是復歸於樸、心存敬畏，守持平常心。

文學創作發動於作者的心靈，化作藝術審美形式中具體的心靈情感，與讀者、欣賞者的心靈碰撞交流，創作者藉助創作審美活動，讀者、鑒賞者通過欣賞審美投入，潛移默化的審美淨化作用，使他們都獲得一種心靈的提升。於是，文學發自心靈、經過心靈的審美過程又回到心靈深處，完成了一個心靈活動的迴環，這樣一個心靈審美迴環的終點，不是心靈的原點，而是人類精神不斷昇華的新起點。

三

自從禪宗心性說問世，中國思想文化史上出現過兩個心學高峰。第一個是明代王陽明開創的儒家心學，王陽明發展了孟子"仁"的思想，以"致良知"、"知行合一"和"心外無理"為其理論核心，以此掙脫宋明理學的思想束縛，喚醒個人良知意識的覺醒。第二個心學高峰，是劉再復發現並闡發的曹雪芹的詩意心學。曹雪芹藉文學意象叩問生命的價值，確信心靈是世界的本體，心明是人生的終極意義，通過呈現大觀園中的詩意生命狀態，不僅謳歌純真純美的心靈世界，而且表現出尊重女性、尊重兒童、尊重人自身的超前思想意識。劉再復的文學心靈本體論，是以禪宗心性說和陽明心學為主要思想資源構成的一種文藝美學理論體系，旨在探索文學呈現精神世界和心靈內宇宙的審美規律，為文學回歸文學和人文理想的復興，開闢一條切實可行的路徑。以“文心”、“妙悟”為要旨的古代文學理論，至此在心學體系上始集大成。這個理論更從心靈本質和心靈修養的角度探討當代人性復歸，涉及到現代倫理建設的根本性內容，不僅是文學的心靈學，而且成為思想文化史上第三個心學理論高峰。

文學心靈本體論，既是一種新的文藝美學綱領，也是劉再復二十世紀八十年代所提出的“文學主體性”理論的升級版。1980 年，劉再復著《魯迅美學思想論稿》，力避階級論，視真善美為魯迅美學思想的內核，開始建設與左傾文藝理論背道而馳的文藝美學構架。這個美學構架，以李澤厚“自然的人化”的美學理論為內核，從確認人是精神創造的主體開始，到強調心靈狀態決定一切，主張文學要發出靈魂的叩問，敞開心靈內宇宙，呈現存在的荒誕複雜狀態，在不斷深入人的內心世界、在探索人的存在與存在關係的過程中，實現外自然的人類化和內自然的人性化。[1]

劉再復在《文學評論》1985 年第 6 期和 1986 年第 1 期發表長篇論文《論文學的主體性》。他“在李澤厚主體性論綱的影響下”，集中闡發了文學的主體性原則。他強調人的主體性包括實踐主體和精神主體兩個方面，在實踐層面上，要“把人看作是目的，而不是手段”；在文學活動中，“要尊重人的主體價值，發揮人的主體力量”，落到實處，就是確定作家是創作的主體，通過精神創造獲得自我價值實現。楊春時評價“主體性”引起的文學論爭，其歷史意義在於“這場論爭結束了從蘇聯傳入的反映論文學理論的統治，建立了主體性文學理論。這是

---

1   李澤厚的人類學本體論美學提出，人的心理本體是兩個“自然的人化”，即“外在自然成為人類的，內在自然成為人性的”。李澤厚：《美學三書》，北京：商務印書館，2006 年，第 250 頁。

中國文學理論發展的一個里程碑"[1]。主體性理論的論爭，尚未完全展開就因為形勢的變化而中止，其理論建設留有不完善的遺憾。這就是楊春時所指出的，"文學主體性理論"在強調人的主體性的同時，忽略了"主體間性"的考慮，也就是說，缺乏對主體所不能脫離的複雜社會關係的深入思考。劉再復後來補充了他對主體性的認識："我們講的主體性是為了張揚個性，但個性不是原子式的孤立個體，而是在人際關係中存在的。所謂主體間性就是主體的關係的特性。因此也可譯為主體際性。叔本華說：人最大的悲劇是，你誕生了。人一誕生，就被拋入一種關係中，就被關係所制約。這就規定了人的主體性是有限的主體性，而不是無限的主體性。"[2]他在對主體性理論進一步思考的基礎上，形成了文學心靈本體論。與主體性理論相比，這個新的文學思想在向外、向內和向上三個向度上都實現了超越：向外，充分考慮到文學自性與他性的複雜關係，彌補了對主體間性考慮不足的缺陷；向內，通過批判尼采自我膨脹的超人意識而確立平常心，通過解剖自我內部本我與超我的不同性質及其衝突而展示人性和思想的多變特徵，深化了對主體內在複雜性的思考。向上，以大觀視角觀察心靈，觀察人生，觀察生命的複雜現象，以此獲得一個通過文學呈現心靈狀態的澄明境界。這種超越，體現了劉再復"自然的人化"的美學觀由外向內、由身向心不斷深化的趨向。

主體論的提出，具有明確的歷史針對性，為的是從根本上改變左傾文藝理論綁架和扼殺文學創作的現狀。文學心靈本體論問世，並不直接否定其他文學理論，它是一個原創性的理論建構，其目的是通過對文學的心靈原則和內在規律的闡發，讓"上帝的歸上帝、愷撒的歸愷撒"，文學回歸文學，重新樹立我們對於文學的信仰。讓文學回歸，就是真誠地抒發心靈情感，是真誠前提下對文學的現實意義和客觀規律的深刻闡發。真誠和深刻，是文學心靈本體論的基本生命，是複雜社會形態下文學復歸和繁榮的理由。真誠和深刻，賦予文學心靈本體論強大的拒絕的力量。它既徹底拒絕以虛假、功利、精神綁架為特徵的尚未完全退出文藝領域的舊式左傾文學思想，也決不認同後現代派虛無主義否定文學本質和解

1　劉再復、楊春時：《關於文學的主體間性的對話》，《南方文壇》2006 年第 6 期。

2　劉再復、楊春時：《關於文學的主體間性的對話》，《南方文壇》2006 年第 6 期。

構文學的態度；面對加諸文學的種種桂冠，不論是意識形態工具、戰鬥的號角，還是時代的良心、人民的代言人，它都以毫不妥協的態度與之切割。面對後現代派反本質主義思潮對文學的消解和衝擊，它賦予文學理論以生命的溫度，讓文學從現代科技和金融資本主宰的世界奪回大地和天空。在種種意識形態仍然雄心勃勃試圖滲透精神世界的每一個角落、數碼科技正用各種資訊狂暴地覆蓋窒息每一顆心靈的天際下，文學心靈本體論，像一棵"會思想的蘆葦"，在八面來風中搖曳、挺立。相對於強大的意識形態與社會思潮，文學是脆弱的，但它能在極端異化的土壤中撒下現代人文美學理想的種子，種子有倔強的生命力，幼芽破土而出，便向世界展示了強大的建設力量。

四

高行健曾和劉再復相約，要"把中國禪變為世界禪，即把佛家慧能視為普世思想家。把禪的思想看作世界的一種精神出路和新的思維方式"[1]。文學心靈本體論以禪宗心學、陽明心學為基礎構成一個現代文藝美學體系，這是劉再復在學理上打通中西，把具有東方傳統特色的文學理論推向世界的一個嘗試。

禪宗把早期佛教提倡的"思維修"即一心思維得以定心的修持方式，發展成心為本體的佛教哲學；劉再復與高行健以此為基礎，建成現代文藝心學理論平台，通過靈魂探索反觀自身黑暗，為複雜的存在關係中個體心靈的充實與精神領域的探索，開拓了一條現實的通道。這個文藝心學理論，不僅有利於個體心靈抵抗扼殺靈魂的政治文化思潮，在面對現代數碼技術突破心靈壁壘、控制個人隱私的強大攻勢下維繫一顆強健的心靈，更具有現實意義。人工智能技術的廣泛運用，為生活提供了空前的便利。個人要享受現代科技文明的便利，就必須以讓渡越來越多的個人信息與隱私作為交換。特別是各種娛樂型的網絡平台，通過大數據收集分析，了解人的享受喜好與性格弱點，採取迎合人性弱點"投料餵食"的方式，提供輕鬆而無聊的休閒娛樂程序，在培養軟件使用者享受成癮的過程中

1　劉再復：《五史自傳・我的寫作史》，第 220 頁。

獲取利益。這種商業行為，在數碼空間織出一張碩大的束縛心靈的蛛網，使人麻醉、馴服、沉湎於娛樂至死的精神縱慾狀態，這不能不說是現代科技文明的悲哀。個人隱私的讓渡與對個體心靈的作繭自縛，是對人類精神世界的非人性入侵，這是現代知識分子應當深刻認識並竭力與之抗爭的客觀現象。文學心靈本體論固然沒有、也不可能提供具體的應對此類精神入侵的措施和方法，但這個理論所闡述的心靈本體原則，能夠為年青一代增強抵制心靈束縛和精神腐蝕的抗體，對於東西方讀者來說，不僅引領主體精神去追求文藝的審美境界，而且為複雜變動的社會環境中如何維繫個體靈魂的尊嚴和精神世界的充實提供了心靈原則和行為準則。

劉再復在近年來的多種著述中充分闡釋並具體實踐了文學心靈本體思想，但他並未刻意提出一個概念或建構一個理論體系，他受禪宗慧能不立語言、明心見性的啟示，認識到"概念是人的終極地獄"。[1] 他說："這一認識，使我不再迷信體系，並對體系有所警惕。這就是覺察到體系固然能使邏輯嚴密，但也能使構築者走火入魔，以為自己是'絕對精神'的掌握者，把生命體驗窒息於體系之中……基於這一看法，我的學術思考便不再被體系所牽制，也不再被構築體系的概念所覆蓋，而是直接地進入真問題。" [2]

老子說"大制無割"（《道德經》），不把完整的思想分解成具體的概念術語，就是無割。劉再復傾向於擱置概念，避免建構理論體系，以免人的思維受理論概念術語的束縛而忽略文學本身豐富自由的生命形態，但他對種種文學現象的批評闡釋，實際上構成了一個內涵深厚而體系開放的文藝美學論綱。這個論綱沒有對創作、批評和鑒賞等文學範疇或概念作具體的理論界定，它只是試圖揭示文學的本義，闡釋一些基本命題，揭示文學與人性、與心靈的關係，以及這個關係為文學提供的無比宏闊的自由天地。說它的內涵深厚，因為其中每個理論闡述都直擊要害，扣住爭議焦點，進入問題深處，提出啟發性見解；說它具有開放性，因為它只否定反文學本義的偽理論，並不排斥其他文學理論體系，並且主張理論的多

1　劉再復：《思想者十八題》，香港：明報出版社，2007 年，第 7 頁。

2　劉再復著，楊春時編：《書園思緒·劉再復自序》，香港：天地圖書有限公司，2002 年。

元化，同時避免設置限定性概念與理論框架，在批評和審美鑒賞過程中驗證相關文學命題，不斷充實和豐富其思想內涵。對於這樣一項重要的理論創新，以學術方式闡明其精神創造的價值，是一件應該立即著手的工作。

筆者的這項研究，尊重劉再復"大制無割"的初衷，既不生造概念，也不構築純粹理論體系，避免把他的具有生命活力的文學思想轉化成冷冰冰的理論面孔。筆者的工作，是把他各種著述中的文學心靈本體思想的脈絡，做一個比較系統的梳理和闡述，為學界進一步研究、闡發、豐富這個理論，提供初步的學術探討。這項研究包括兩項基本內容：第二章勾勒文學心靈本體論的基本綱要；第三章至第五章，藉助作品分析，分層次闡釋心靈內宇宙思想及悟證方法，討論文學心靈本體論在現實層面、形而上層面以及悟證方法運用層面上的實踐成果。採用這樣的體式，是想避免"理論概念相"，同時呈現文學心靈本體論的完整思想脈絡及其形成過程的本真狀態。

劉再復的心學思想，近幾年來開始受到學界的注意。2019 年元月，澳門《藝文雜誌》把劉再復列為 2018 年度"藝文致敬"人物，主筆陳志明先生在介紹文章中說，劉再復歷時十年完成四大名著文化研究工程，"這也是當代學者首次獨力完成對四大名著的系統解讀。尤其他在書中所倡導的'悟證'、'心證'，為當下文學批評指出了新的方向"。他的文學心靈，晶瑩圓潤，和三十年前一樣，仍然未見歲月風塵的浸染，葉嘉瑩的詩"卅載光陰彈指過，未應磨染是初心"正好送給他。[1]

劉再復對於各類文學問題的思考，徹底放下了概念約束之"執"和榮辱得失之"執"，在叩問生命存在意義的維度上自由表述他對文學的精闢見識和成熟的思想，正如他的好友與合作夥伴林崗所說的那樣，"詩是他的本色生命，而思想則是他展開生命的翅膀"[2]。

1　陳志明：《藝文雜誌·引言》，澳門《藝文雜誌》，2019 年第 1 期。
2　劉再復著，林崗編：《人文十三步·序》，北京：中信出版社，2010 年，第 xiii–ix 頁。

第一章

理論建設者的
心路歷程
和思想資源

回溯現代文學的發展過程，文學之路竟然是一條浸泡著無數殉道者鮮血的荊棘叢生之路。西方文學史上，莫泊桑、傑克・倫敦、葉賽林、馬雅可夫斯基、伍爾夫、茨威格、法捷耶夫、海明威，相繼倒在文學朝聖者的途中。在二十世紀的中國，陳天華、王國維、朱湘、老舍、傅雷、陳夢家，還有聞捷、徐遲和海子，這些傑出的作家和詩人，在為人類編織出豐富多彩的文學之夢之後，毅然結束了自己的生命。老舍、傅雷的離去，固然由於政治迫害，其他文學天才的辭世，也各有各的因由，但一個共同的因素，是他們感覺到在人類無邊無際的靈魂世界艱難跋涉的疲憊和絕望。他們曾在禁錮著精神自由的蒙昧之堡中孤獨地尋找、凝視、掙扎，渴望藉文學之夢昭示人性世界的無限豐富和神聖，即使夢想幻滅，仍然讓生命作最後一次燃燒。生命的微光啟示讀者，黑暗中並不全是絕望，劃過天際的流星，便是聖潔的靈魂的祝福。

　　理論建設之路比創作之路更為艱難。以“個性解放”和“人的文學”為號召的“五四”運動，開啟了中國現代文學理論建設之路。但是，兩千年文以載道的學術傳統，在荒誕年代裏發展成意識形態君臨一切的現狀，極左主流意識不僅讓所有與之理念相左的文學理論消聲，而且迫使作為啟蒙主體的作家、批評家抉心自食，交出心靈主權，成為喪失靈魂的軀殼。“唯物主義反映論”的文學理論對各種“唯心主義”文學思潮的長期打壓、批判和污名化，使文學理論領域成為現代中國精神園林中最荒脊的一塊土地。

　　物極必反，長時期的思想控制和精神壓抑，必然引起有識之士的反省、思考和不屈不撓的探尋，驟然開放帶入的自由空氣，使八十年代成為思想最為活躍的年代，理論界出現了火山爆發激情噴湧的場面。歷史選擇劉再復承擔率領文學理論創新的使命，他高舉“主體歸位”的旗幟，呼喚“五四”運動所確立的人的尊嚴與價值，激發了作家、批評家心中窒息已久的激情。當主體性原則被擱置之後，他冷靜地反省歷史教訓，在中西對照的人文環境背景下，建構了更為徹底的"人的文學"的理論——文學心靈本體論。

文學心靈本體論的形成過程，既是劉再復追求文學真理的心路歷程的真實寫照，也折射出文學理論界有識之士百年來啟蒙、救世、自救以及自我完善之路。這個文學思想的形成，並非簡單地借用禪宗心學，而是廣泛汲取了傳統學術思想的精華、會通古典和現當代西方哲學素養，是熔鑄多種文化資源的思想成果。

百年來文學理論建設的探索之路

一

　　以"五四"文學革命為標誌的中國現代文學，誕生於中國社會痛苦地擺脫沉重的皇權政治軀殼、艱難地跨入現代共和體制之際，它在誕生之初，就責無旁貸地擔負起啟蒙大眾、隨後是民族救亡的歷史責任。這個客觀因素導致新文學的創建者在理論導向上面臨兩個選擇：是民族革命意識優先還是人性啟蒙優先？啟蒙意識的先天不足，以及伴隨著救亡運動興起的階級革命，要求文學無條件地服務於政黨政治，導致理論建設在半個多世紀的時間裏以不斷削弱作品的文學性為代價，把載道傳統不斷推向新高。但是，儘管現實條件限制，在不同的歷史時期，仍然不乏有識之士積極探討文學的本義和它的美學規律，為文學理論的建設提供了思想和學識的積累。

　　西學東漸，催生了現代人文意識和新文學。與西方國家相比，中國的都市資產階級與知識精英階層處在萌生階段，啟蒙力量先天薄弱，封建文化與西方商業文化迅速結合，佔有強大的市場。思想界的先驅人物在新文學創建之初，既對新文學藝術規律缺乏深度了解，又充滿喚醒民眾的焦慮，因此自然地借用文學的載道傳統，把文學用作向舊思想文化宣戰的工具。上海 1843 年 11 月開埠，很快發展成東西方經濟文化薈萃的十里洋場。1860 年，美國基督教長老會把設於寧波的花華聖經書房遷入上海，成立美華書館，發展成當時最大的新式圖書出版社。1868 年，美國傳教士林樂知（Young John Allen, 1836–1907）創辦《萬國公報》，被譽為"西學新知之總薈"。1891 年 12 月，《萬國公報》開始連載美國空想社會主義作家貝拉米（Edward Bellamy, 1850–1898）的烏托邦小說《回顧》（*Looking Backward*），後以《百年一覺》為名印發單行本。小說借昏睡了 113 年的青年威斯特（Julian West）與醫生李德（Doctor Leete）遊歷美國社會，用百年回顧的形式，展示烏托邦理想的實現。《百年一覺》、《茶花女遺事》和《華生包探案》3 部西譯小說，在文學革命運動發生之前，成為最早對中國作家產生影響的西方小說。[1] 租界人口的迅速膨脹，現代報紙刊物依託租界生存和發展，給新式小說、雜文提供了發表的陣地。商業社會與市民文化的崛起，則使得通俗文學與庸俗文學盛行，以迎合新興暴發階層的文化享受需要。徐枕亞、包天笑、周瘦鵑等人以期刊《禮拜六》為陣地，發表《玉梨魂》、《廣陵潮》等鴛鴦蝴蝶派小說，專寫才子佳人故事，講述時髦膚淺的情愛故事，形成商業文學的主潮。又有《中國黑幕大觀》等黑幕小說流行，專門披露私娼、風流案、拆白黨之類政軍商學界黑幕，一度頗有市場。魯迅批評它，"醜詆私敵，等於謗書；又或有謾罵之志而無抒寫之才，則遂墮落而為'黑幕小說'"。（《中國小說史略》）1895 年中國在中日甲午戰爭中的慘敗，喚醒了知識分子亡國滅種的危機意識。進步的知識分子呼號奔走，表達富國自強的述求，對上海灘的庸俗與黑幕文化予以猛烈的抨擊。1902 年，梁啟超在日本《新小說》雜誌創刊號發表《論小說與群治之關係》，號召小說界革命。他在文章中激烈批判當時流行的舊小說，認為中國群治腐敗的總根源，來自那些"狀元宰相"、"才子佳人"、"江湖盜賊"、"妖巫狐鬼"等"誨淫誨盜"的舊小說。作為學者型政治家，梁啟超分析了"新小說"的藝術特點，強調新小說有"熏"、"浸"、"刺"、"提"四種感染讀者的藝術力量，"前三者之力，自外而灌之使入；提之力，自內而脫之使出，實佛法之最上乘也"。譬如讀《紅樓夢》，讀者就會以賈寶玉自比；讀《水滸傳》，讀者會自化其身為李逵、魯智深。小說之力用之以善，可以"福億兆人"；用之於惡，"則可以毒千萬載"。文章結尾一句道出全篇主旨："故今日欲改良群治，必自小說界革命始；欲新民，必自新小說始。"梁啟超的這篇宣言，雖然談到小說的藝術性，繼承的卻是"文以載道"傳統，號召新小說承擔救國救民的歷史重任。魯迅是晚清以來最重視文學作品啟蒙作用的作家，1908 年，魯迅在日本河南籍學生辦的《河南》雜誌上發表文言文論文《摩羅詩力說》，比較分析了印度、意大利等國家古代文明與社會進步的關係。魯迅指出，這幾個文明古國都是燦爛於古而蕭瑟於今，因為文化復古和重物質輕精神的傾向阻滯了社會的發展。他希望中國能"別求新聲

1　陳平原：《中國現代小說的起點——清末民初小說研究》，北京：北京大學出版社，2005 年。

於異邦"，出現雪萊、拜倫、裴多菲、萊蒙托夫之類的"精神界之戰士"，由此"破中國之蕭條"，為救國救民求得人類精神發展的方向。魯迅極為推崇歐洲浪漫派詩人富於創造性、張揚個性、富有想像力和熱愛大自然的藝術特徵，希望通過這樣的優秀作品塑造理想的人格。但論文的重心，是提出了文學選擇的政治標準，號召吸取西方浪漫派詩人反抗壓迫、啟蒙民眾和改造社會的鬥爭精神。

作為"五四"新文化運動組成部分的文學革命發生於 1917 年元月，[1] 標誌是胡適在《新青年》雜誌上發表的《文學改良芻議》。文章列出八項主張：須言之有物，不摹仿古人，須講求文法，不作無病之呻吟，務去陳詞濫調，不用典，不講對仗，不避俗文俗字。[2] 這場運動的起因，據胡適在《逼上梁山》一文中記載，是 1915 年前後他與一班庚款留美學生趙元任、任鴻雋、梅光迪等人關於反對文言文、復興四大古典小說白話文傳統的論爭，並在論爭過程中將語言的改革擴大到文學的創新，由此形成了運動的初衷："是要用活的語言來創作新中國的新文學——來創作活的文學，人的文學。"[3] 這個宣言，關鍵詞是"改良"，奏的是文藝復興式的主調：高揚純文學旗幟，呼喚人的意識的覺醒。胡適的改良宣言問世僅一個月，一個亢奮的聲音蓋過了它，陳獨秀在《新青年》1917 年 2 月號上發表《文學革命論》，提出三大主義："曰，推倒雕琢的阿諛的貴族文學，建設平易的抒情的國民文學；曰，推倒陳腐的鋪張的古典文學，建設新鮮的立誠的寫

---

1   "五四"運動具有三重屬性，一是政治運動，標誌是 1919 年 5 月 4 日以北京大學學生率先發起、後來蔓延全國多個城市的遊行、請願、罷課、罷市、罷工活動，號召"外爭國權，內懲國賊"，以抗議"巴黎和會"不平等條約的簽訂。二是新文化運動，起源是林則徐發起、魏源完成的《海國圖志》1843 年在揚州出版，開啟了中國知識分子"睜眼看世界"、引進西方科學知識思想文化以開啟民智的進程，在"五四"時期形成了破除舊思想文化、建設新思想文化的高潮。三是新文學運動，以《青年雜誌》1917 年元月改版為《新青年》並發表胡適的《文學改良芻議》為標誌，開始了文學革命、創建新文學的進程。"五四"運動三重屬性的內在關係不可分割且在一定程度上互為因果，顯示了 1840 年鴉片戰爭以來，中國現代意識的覺醒、新的思想文化對封建傳統文化的全面宣戰以及對外爭取民族獨立自新的進程。

2   胡適：《文學改良芻議》，《中國新文學大系·建設理論集》，上海：上海文藝出版社，1981 年，第 34 頁。

3   胡適：《中國新文學大系·建設理論集·導言》，上海：上海文藝出版社，1981 年，第 1 頁。

實文學；曰，推倒迂晦的艱澀的山林文學，建設明了的通俗的社會文學。"[1] 由此改變了胡適倡導的文學改良的方向。此後，錢玄同《寄胡適之信》，直斥古典文化為"選學妖孽、桐城謬種"，魯迅於 1918 年發表的第一篇白話文小說《狂人日記》，樹起了聲討封建傳統禮教"吃人"的大旗，周作人則主張"文學革命上，文字改革是第一步，思想改革是第二步，卻比第一步更重要"[2]。先驅者的共同努力，逐步深化了文學革命的內涵。

在早期文學理論建設過程中，也有一些涉及新文學藝術特點的論述，如劉半農強調散文改革要分清"文學之文"和"應用之文"的區別，"文學的既與應用的相對，則文學之文不能應用，應用之文不能文學"。[3] 康白情在《新詩底我見》中主張："新詩破除一切桎梏人性底陳套，只求其無悖底精神罷了。"[4] 鄭振鐸則高度概括了文學的情感與美的作用："我們要曉得文學雖是藝術雖也能以其文字之美與想像之美來感動人，但卻決不是惟娛樂為目的的。反而言之，卻也不是以教訓、以傳道為目的的。文學是人類感情之傾瀉於文字上的。他是人生的反映，是自然而發生的。他的使命，他的偉大的價值，就在於通人類的感情之郵。"[5] 這些論述初步提出了散文、詩歌特有的藝術要求與新文學的美學主張，但未能得到進一步的闡發，便淹沒在"打倒孔家店"的聲浪中了。在"五四"先驅人物當中，胡適、周作人、劉半農等人主張文學從語文到內容逐漸改良，代表改良派；陳獨秀、錢玄同、魯迅等人則代表改革派，主張徹底"推翻"舊文學，創建新文學。兩派文學革命先驅人物的共同傾向，是要通過改變文學書寫方式與內容題材，達到反抗封建、啟蒙民眾的目的。因為這個政治目的，他們在旗幟鮮明地對

1　陳獨秀：《文學革命論》，《中國新文學大系·建設理論集》，上海：上海文藝出版社，1981 年，第 44 頁。

2　周作人：《思想革命》，《中國新文學大系·建設理論集》，上海：上海文藝出版社，1981 年，第 201 頁。

3　劉半農：《多之文學改良觀》，《中國新文學大系·建設理論集》，上海：上海文藝出版社，1981 年，第 64 頁。

4　康白情：《新詩底我見》，《中國新文學大系·建設理論集》，上海：上海文藝出版社，1981 年，第 324 頁。

5　鄭振鐸：《新文學觀的建設》，《中國新文學大系·理論論爭集》，上海：上海文藝出版社，1981 年，第 160 頁。

"文以載道"和"遊戲人生"的舊傳統大張撻伐的同時，不自覺地因襲文學"載道"傳統，要求新文學荷載政治使命，成為摧毀舊文化的工具，因而程度不同地忽略了對新文學內在藝術規律的具體研究。

周作人在《人的文學》一文中給文學下了個定義："用這人道主義為本，對於人生諸問題，加以記錄和研究的文字，便謂之人的文學。"[1] 接著，他在《平民文學》一文中繼續強調"文學也須應用在人生上"，提出了"人生藝術派"的概念。至此，"文學為人生"這一公式作為新文學的基本特徵，成為現代作家與理論家的共識，而文學特有的藝術審美性質卻沒有受到充分重視，以反對"文以載道"開始的文學革命運動，因為先驅人物受啟蒙和救亡使命的驅動以及對文藝美學規律的認識不足，只將"文"所載的封建道統轉換為"為人生"，就以為文學革命取得了實績。殊不知，"文學為人生"不過是舊瓶裝新酒——一種新的文以載道。這一概念，成為文學研究會的創作宗旨。文學研究會由在京的江、浙籍作家於 1921 年元月成立於北京，發起人有沈雁冰、鄭振鐸、葉紹鈞、周作人等 12 人，以《小說月報》為會刊，奉行的原則是"反對把文學作為消遣品，也反對把文學作為個人發洩牢騷的工具，主張文學為人生"（沈雁冰《關於文學研究會》）。該會成員譯介大量歐洲、俄國、日本、印度等國現實主義作家作品，其創作多以現實人生問題為題材，產生了一批"問題小說"，如葉紹鈞的《倪煥之》、冰心的《斯人獨憔悴》、王統照的《沉船》、茅盾的《蝕》三部曲等。這些作品在表現人生、人性及人的社會關係方面，代表了新文學的藝術水平，但文學研究會的成員們對新小說的藝術特徵理論總結不足，他們的"為人生"的藝術主張對中國現代文學的發展影響深遠，客觀上誇大了文學的現實社會作用，在強調文學的社會價值的同時，忽略了藝術規律。

1921 年 7 月，留日學生郭沫若、郁達夫、成仿吾等人於東京成立創造社，出版《創造季刊》、《創造週報》等刊物，他們崇尚自我、提倡反抗、追求浪漫和唯美。郭沫若的《女神》、《天狗》崇拜自然和張揚自我，郁達夫的《沉淪》、

1　周作人：《人的文學》，《中國新文學大系·建設理論集》，上海：上海文藝出版社，1981 年，第 196 頁。

《南遷》暴露留日青年學生的苦悶與頹廢，鄭伯奇的《最初之課》、《帝國的榮光》等講述弱國子民漂泊異鄉的心理感受。與文學研究會"為人生"的宗旨不同，創造社諸子強調的是"為藝術而藝術"，尊重天才、張揚個性、傾訴內心情感。因而，他們這個時期的詩歌、小說與文學研究會作家的作品相比，具有更為鮮明的藝術個性。以郭沫若為代表的浪漫派作家、詩人在 1925 年捲入革命大潮之後，以蘇聯拉普派的左傾文學理論為其綱領，[1] 迅速轉變到以革命取代啟蒙、從"表同情於無產階級"到建立無產階級文學的立場，完全放棄了原先的藝術主張。蔣光赤留蘇歸來，在《新青年》1924 年第 2 期發表論文《無產階級革命與文化》，明確提出"共產主義未實現之前，當然能夠創造出自己特殊的文化——無產階級文化"。他於 1925 年出版詩集《新夢》，歌頌列寧與"十月革命"；1927 年成立太陽社，出版《太陽月刊》，同時出版《少年漂泊者》、《短褲黨》等革命題材的小說，標誌無產階級革命文學的創建。1930 年 2 月，"革命文學"論爭中的主要辯手魯迅、郭沫若、茅盾等四十多人，在上海成立中國左翼作家聯盟，出版《拓荒者》等機關刊物，旨在同國民黨爭奪文藝宣傳陣地。從此，蘇聯的"唯物主義反映論"的文學理論，成為中國進步文藝界的指導思想。

　　1930 年代初，一個鬆散的作家群，以周作人、馮文炳（廢名）、沈從文、李健吾等人為代表的"京派作家群"形成了。他們以《文學雜誌》、《文學季刊》、《大公報·文藝副刊》等刊物為陣地，其作品的基本特徵是重視平民性、關注平凡人生但疏離政治，強調"純正的文學趣味"和靜穆的藝術境界，以和諧、節制、自然美為審美的基本原則。廢名 1929 年出版的《竹林的故事》，有詩化與散文化的美，開啟鄉土小說先河。沈從文的《邊城》，則是他供奉自然人性理想與藝術理想的"希臘小廟"。周作人的《苦茶隨筆》、朱自清的《剪拂集》、何其芳的《畫夢錄》等散文作品，與京派小說一樣，在關注人生的同時，著重表

1　拉普，是法語"無產階級"一詞音譯的縮寫詞。拉普，一般指蘇聯的左傾文藝組織，包括 1922 年 12 月成立的十月文學小組、1923 年成立的莫斯科無產階級作家聯合會，1925 年成立的全俄無產階級作家聯合會。這一時期的拉普成員以雜誌《在崗位上》為主要陣地，捍衛無產階級文學的戰鬥原則，排斥和攻擊不同觀點的作家，1932 年聯共（布）中央作出《關於改組文藝團體》的決議，拉普宣佈解散。

達其淡泊自然的美學理想。京派文學與上海左翼文學之間文學觀念的差異，引發
1933 年開始的京派、海派（主要指"左聯"）文壇論爭。沈從文發表《文學者
的態度》等文章，批評海派作家"記著時代，忘了藝術"，指責海派作家是"名
士才情"加"商業競賣"，妨礙新文學的健康發展，引起左翼作家的強烈反彈。
魯迅連寫七篇"論文人相輕"的雜文，反駁沈從文對海派的指責，強調"在這可
憐的時代，能殺才能生，能憎才能愛，能生能愛，才能文"[1]。京派與海派左翼的
藝術立場之爭，斷斷續續持續到 1947 年，左翼憑藉強大的革命理性支撐，把對
京派朱光潛等人美學理論的藝術批判聯繫到對國共之間"第三種力量"的階級定
性，京派對藝術理念長達二十年的追求，遂成絕響。

　　1949 年以後，文學理論的探討被納入馬克思主義文藝理論體系建設的軌
道，主要由高校文學理論教材所體現。五六十年代，高校大多採用依照蘇聯權威
理論著作為樣板寫的自編教材。六十年代初，在周揚的領導下，第一次全國文藝
學統編教材工程上馬，由以群、蔡儀擔任主編分別寫出《文學的基本原理》（上
海文藝出版社，1963–1964 年）和《文學概論》（人民文學出版社，1963 年），
供全國高校使用。經歷了五十年代政治運動和思想教育的教材編著者，嚴格地以
馬克思主義哲學——唯物主義認識論（反映論）為理論基礎，定性文學是社會
生活的反映，屬社會意識形態。他們在這個理論框架內建立了邏輯聯繫緊密的創
作論、作品論、批評論等理論範疇，儘可能地闡發一些文學的基本規律和特徵。
但這個理論體系的基本原則，是嚴格恪守《講話》的幾點精神：一、文學服從黨
性；二、工農兵方向，即以通俗的形式向大眾傳遞黨的理念；三、現實主義和革
命浪漫主義的兩結合是最先進的創作方法。這個文藝理論體系在後來的教學與文
學活動實踐中把上述幾點精神絕對化和概念化，最終成為扼殺文學創作活力、固
化創作思維的教條。

　　當代馬克思主義文學理論的建設，對非馬克思主義文藝理論的批判和清算，
是其中一個重要的組成部分，它開始於五十年代中期的"美學大討論"和批判

1　魯迅：《且介亭雜文二集·七論"文人相輕"》，《魯迅全集》第 6 卷，北京：人民文學出版社，
　　1981 年，第 405 頁。

"文學是人學" 的運動。1956 年，借 "百花齊放，百家爭鳴" 為名，《文藝報》發動了一場批判朱光潛美學思想的討論，同年 6 月，朱光潛在《文藝報》上發表《我的文藝思想的反動性》作自我審查。隨後，黃藥眠、蔡儀等人相繼著文，批判朱光潛美學理論 "所起的反動作用"。這場美學大討論開啟了作家藝術家精神上自我矮化、臣服主流意識的自我思想改造之路，值得慶幸的是，它僅僅止於思想批判，尚未上升到政治迫害層面。批判討論中形成了朱光潛的主客觀統一派，蔡儀的客觀派，呂熒、高爾泰的主觀派，以及李澤厚的客觀社會派四種美學理論派別，為八十年代初 "美學熱" 的興起埋下了火種。

同一時期，文藝界與理論界還展開了對 "文學是人學" 觀點的批判。1957年 5 月，錢谷融在《上海文學》發表近 3 萬字的長篇論文《論 "文學是人學"》，顯示了學術界探討文學內在規律的理性自覺。在這篇閃爍著思想光華與藝術才情的論文中，錢谷融用五部分內容分別論述了文學是反映社會還是寫人，文學的標準是人民性、愛國主義還是人道主義，典型與階級性的關係等文學的五個重大問題。錢谷融策略地藉助高爾基的 "人學" 提法作導引，否定季摩菲耶夫在《文學原理》中提出的定義：文學對人的描寫是 "反映整體現實所使用的工具"。他指出："這種說法，恰恰是抽掉了文學的核心，取消了文學與其他社會科學的區別，因而也就必然要扼殺文學的生命。" [1] 錢谷融邏輯嚴密地論述了文學必須以人性取代人民性和愛國主義為標準的理由，他借用阿 Q、奧勃洛莫夫和高爾傑耶夫三個典型為例，說明 "階級性是從具體的人身上概括出來的，而不是具體人按照階級性來製造的" [2]。然而，錢谷融的文章剛剛在社會上產生積極反響，就受到了有組織的批判。《文藝月報》從 1957 年 8 月號開始發表批判錢谷融的文章，這些文章後來被收入《"論 '文學是人學'" 批判集（第一集）》，由上海文藝出版社於 1959 年初出版。"批判集" 把錢谷融的論文定性為 "一篇系統的宣傳修正主義文藝觀點的文章"，李希凡指責錢谷融的文章 "是資產階級右派在文學領域

1　錢谷融：《論 "文學是人學"》，《上海文學》1957 年第 5 期。
2　錢谷融：《論 "文學是人學"》，《上海文學》1957 年第 5 期。

中反對黨的文藝思想最完整的綱領”。[1] 上海作協於 1960 年開會 49 天，批判錢谷融和蔣孔陽。[2] 至此，文學批評轉化為對文化人的政治批判，人性和人道主義成為思想和理論的禁區，學術界失去了建設開放性的文學理論的可能。1962 年，毛澤東把小說《劉志丹》定性為“利用小說進行反黨活動，是一大發明”。[3] 1963年，全國批判京劇《海瑞罷官》和崑曲《李慧娘》，把這兩個劇定性為“反黨反社會主義的大毒草”，揭開了大興當代文字獄的荒誕序幕。1964 年 7 月 6 日，《人民日報》發表李希凡文章《努力創造革命戰士的英雄形象：評京劇〈智取威虎山〉取得的成就》，到 1967 年 5、6 月間，八個“革命樣板戲”在北京六大劇場調演，理論界全面進入“高大全”革命人物的造神運動時期。從延安文藝座談會開始，這似乎成了一個規律，歷次政治運動和思想批判的發難，總是先從文藝界開始，作家、批評家成了那個時代的高危職業。

自從“反映論”文學理論成為裁決作家作品的尚方寶劍，當年英氣勃發的現代作家後半生普遍創作萎縮，再也拿不出一部能夠媲美《家》、《雷雨》、《駱駝祥子》那樣的傑作，而發明了“反映論”文學理論的蘇聯，雖然也有《鐵流》、《水泥》、《列寧》一類以演繹意識形態為主調的作品，仍然湧現出大批優秀的小說，如《靜靜的頓河》、《第四十一個》和《苦難的歷程》，產生了蒲寧、帕斯捷爾納克、肖洛霍夫等 5 位諾貝爾文學獎得主。即使以歌頌鋼鐵工人和反官僚主義為主題的《葉爾紹夫兄弟》以及寫農業集體化運動的《被開墾的處女地》，其中也有極深刻的人性描寫和對人的真實精神狀態的呈現。《古拉格群島》、《從莫斯科到佩圖什基》等小說，則擺脫直綫性描述的傳統模式，以碎片化、互文性等敘寫手法襯托荒誕現狀，成為後現代主義文學思潮的先聲。究其原因，蘇聯具有強大的人文傳統，大俄羅斯沙皇帝國的君主制歷史只有幾百年時間且吸收了歐洲君主制

1　引自許子東：《談錢谷融：文學是人學》，《華東師範大學學報（哲學社會科學版）》2017 年第 4 期。

2　《歷史散葉 61：錢谷融以德報怨，戴厚英真誠懺悔》，“人民網”2011 年 9 月 26 日，來源《文史參考》。沙葉新的《心中的墳》，也回憶了戴厚英在思想被扭曲的年代批判錢谷融的情景。戴厚英小說《人啊，人》的後記，對當年走上左傾迷途還以為是“我愛我師，但我更愛真理”的做法，做出了真誠的反省與懺悔。

3　方海興：《小說〈劉志丹〉冤案始末》，《時代潮》2001 年第 11 期。

的近代文明因素；知識分子長期受西歐文明的薰陶並且天然守持十二月黨人擁抱苦難和不怕犧牲的精神；執政者對知識分子的改造運動雖然慘烈，主要體現在政治壓迫和人身迫害方面，他們發動的思想整肅、精神奴役運動在強大的人文精神面前受阻，難以進入知識分子群體的內心，讓他們甘願接受抉心自食的自我靈魂批判和自我精神摧毀。在中國，從董仲舒推行"罷黜百家，表章六經"、使儒學成為君主集權制度的思想文化基礎開始，讀書人的理想追求服膺王權道統，已有兩千年的歷史；從清乾隆朝開始的文字獄，到二十世紀六十年代強迫文化人跪在造反派腳下的政治迫害，不僅摧毀了知識分子的人文理想，而且讓他們在工農面前自我矮化，低到泥層當中。長時期的精神奴役，使人文理想的復興任重道遠。

進入八十年代，文學創作和理論研究獲得了千載難逢的機遇，人性問題在傷痕文學、反思文學的創作實踐中首先獲得重新確認，關於人性和人道主義的理論探討也成為學術的熱點。八十年代中葉，劉再復提出文學主體性理論，深化了文學是人學的理論內涵。他不僅重新確立"以人為中心"的命題，而且全面闡述了個人意志、能力、情感、意識包括潛意識，即精神主體在文學創作與欣賞中的主導作用。"主體論"猛烈衝擊了當時大多數人尚未擺脫的傳統思維定式，力求把人從極度僵化和封閉的政治教條約束中解放出來，重新獲得人的精神權利。鑒於當時的形勢，"主體論"沒有直接否定"反映論"這個理論概念，作者策略地表示，這是對"反映論"的補充和超越，實際上擱置"反映論"的文學原則，開啟了對文學內在規律的深入探討。

與此同時，一批學者不約而同地從美學角度探討文學的內在規律。1982年，錢中文界定文學是"一種審美意識形態"，此後又在另一篇文章中具體闡釋了這個觀點，"如果把文學對生活的反映，改稱為文學是現實生活的審美反映，比較更符合創作實踐。文學和現實生活的關係由此被納入審美的軌道"。[1] 王元驤1990年發表《藝術的認識性和審美性》，從文學的反映對象、審美目的、反映形式諸層面論證"文學審美反映"的特徵，論述文學藝術的審美性與認識性是兩者

---

1   錢中文：《人性共同形態描寫及其評價》，《文學評論》1982 年第 6 期。《最具體的和最主觀的是最豐富的》，《文藝理論研究》1986 年第 4 期。

統一的關係，文學審美反映和文學審美意識形態的概念，是複合結構，有理論的整一性。[1] 童慶炳在其主編的《文學概論》（1984 年）和《文學理論教程》（1992年）中，吸收西方文學理論中的形式分析方法、敘事分析模式和接受理論，並對中國傳統文論的一些內容進行現代性轉換，系統論述了 "審美意識形態論" 的理論特徵，具有開放性和理論多元的特點。這幾位學者試圖通過把文學的認識功能與審美性質相嫁接的方式，以文學的本質論否定傳統的反映論，獲得一個解釋文學本義的話語權。不過，這個理論既肯定文學是一種社會意識形態，又強調這種意識形態的特殊性在審美，將意識形態的價值屬性與審美的無功利性糅合在一起，難免牽強。這個理論體系，淡化了對意識形態主導作用的肯定，增強了對文學美學特徵的闡釋，實際上是處在意識形態為主導的學術環境中的理論變通，是藝術規律對意識形態表面妥協的以屈求伸，理論上並不完善。

進入 21 世紀，伴隨西方新的人文觀念的湧入，陶東風和南帆等人新編的文學理論課本吸收維特根斯坦、伊格爾頓的反本質主義[2]、德里達解構主義等文化分析理論的思想進行文學理論書寫，試圖同時突破政治化與審美化對理論發展的束縛。他們認為，本質主義的思維方式，就是尋求給文學一個本質的規定，已經過時。無論是蔡儀的反映論還是童慶炳的審美意識形態論，都是要將文學作一個本質的界定，然後放入本質論所規定的邏輯框架中加以闡釋，這種思維模式嚴重地阻礙了文學理論的自我反思能力與知識創新能力。要釋放文學理論的有效性，就要建立反本質主義的文藝學知識形態。陶東風的《文學理論的基本問題》（北京大學出版社，2006 年）試圖打破傳統文藝學中本質論、發展論、創作論、作品論的完整體系模式，把傳統文藝教科書的理論與現代西方文學思潮進行嫁接；但打破之後缺少建樹，理論闡述比較生硬，有些地方的論述，實際上支撐了文學本質主義的觀點。南帆、劉小新、練暑生主編的《文學理論》（北京大學出版

1　王元驤：《藝術的認識性和審美性》，《文藝理論研究》1990 年第 3 期。

2　（英）伊格爾頓著，伍曉明譯：《文學理論導論》，北京：北京大學出版社，2007 年。書中堅稱文學是沒有本質的，所有的 "文學" 都可以從 "非文學的角度" 去解讀，因此，現象學、闡釋學、接受美學、結構主義、符號學、後結構主義、精神分析學等種種理論都能進入文學分析，並從 "文學" 讀本中讀出大量別的東西。

社，2008 年），以及南帆著《文學理論十講》（福建教育出版社，2018 年），試圖從文學構成論、文化與文學、文學史與文學理論、批評與文學理論這四個方面建構體系，以"關係主義"方法論為核心，分析處於動態中的文學作品的意義，即把文學置於多重文化關係網絡中予以闡釋，聚焦於文學的意義是如何鑲嵌在各種關係網絡中、遭受種種關係的改造並得以重新定位。南帆認為，文學的形態和語義一直處於持續演變過程中，任何本質主義的終極性界定與預設，都是虛妄和可疑的。文學話語的豐富性、流變性、多元性，尤其是自我解構功能，沒有任何一種本質主義理論話語能夠做出窮盡的闡釋。文學理論的任務正在於與多種話語的對話、角逐和博弈之中不斷發現文學的獨特功能與特殊意義，重新理解現今文學之所以為文學的"文學性"。南帆反本質主義的文學闡釋自成體系，但是，在否定文學本質特性的前提下追蹤動態網絡中變動的文學現象，創作和研究很容易喪失主體性方向和主體的審美判斷。借反本質主義為名而否定文學的基本性質，在擱置文學本義的前提下追蹤動態中的文學現象，實為捨本逐末之舉。南帆和陶東風對文學理論的探索，視野開闊，以求變創新的活躍思維攪動文藝理論界的一池春水，但是，對於深入探索文學的基本規律來說，是否意南轅而實北轍，尚存疑問。

　　文學審美規律的複雜性和文學功用的多面性，使文學研究者對文學本義的探討和界定，成為千年難題。歷代學者對文學本質特徵的頑強探索，為中國的文學理論建設鋪墊了一塊塊基石。有些觀點保守，有些見解偏至，每種獨立的見解都是理論標尺上的一個重要刻度，如同數軸上的零，它存在的本身，對其他數字來說，就是一個重要的坐標，使大於或小於它的數字都能找到自己的位置。偏至的文學理想，更具有青春期的叛逆特性，它或許不受待見，卻可以讓人對習以為常的陳規發生懷疑，提出挑戰，種種反本質主義的文學論述，對於理論探索和建設，具有寶貴的參考價值。

二

探索者的心路歷程

　　劉再復是當代中國文學理論探索者隊伍中的一名主力，他五十多年的文學生涯，始終站在同儕的前列，執著地探尋文學的真理；他朝向既定目標百折不撓的追求以及對文學理論認識的不斷深化，成為百年來中國文學理論探索者命運的縮影。他對文學矢志專一、用情極深，雖九死而未悔，其理論見識也就具有常人未見的敏銳和穎悟。八十年代，當人們嘗試將藝術審美引入文學理論以修補反映論的認識論時，他已經超越反映論，探求文學中人的主體精神；二十一世紀初，當新一代學者嘗試擱置文學的本質，以闡釋方式獲得文學在動態世界中的不確定意義時，他卻凝神靜氣向人的內宇宙挺進，發掘文學的心靈本體。他在不同時期對文學本義所作的闡釋，一條主綫鮮明易見，那就是向"人的文學"歸位，人性和心靈，是他的文學世界的核心。

　　對人和人性的確認與尊重，是劉再復探索文學真理的起點。他在談到自己寫於"文革"後期的第一本著作時坦誠地說："七十年代中後期，我寫作《魯迅與自然科學》，但也沒有自己的思想，只是注釋魯迅和按照社會流行的觀點重整魯迅作品，注釋並不等於思想。"[1] 即使在這本時代色彩濃重的作品中，他已經注意到改變人的精神的重要性，"魯迅看到，國家的強弱，科學技術固然是一個重要因素，但更重要的是掌握科學技術的'國民'是怎樣的精神狀態"。[2] 他的早期著述《魯迅傳》（與林非合著，中國社會科學出版社，1981年）和《魯迅美學思想論稿》（中國社會科學出版社，1981年），其最大特色，是通過對魯迅日常生活、文章著述、婚姻友情和藝術理念的敘寫、分析，試圖把魯迅從"神"還原為人。

1　劉再復：《五史自傳·我的思想史》，第329頁。

2　劉再復、金鵬秋、汪子春：《魯迅和自然科學》，北京：科學出版社，1976年，第25頁。

文化大革命結束後，黨內改革派在社會政治領域大刀闊斧地"撥亂反正"，開啟了一個靈氣飛揚、激情燃燒的八十年代。受盡身心折磨的作家群開始反省過去的道路、反省"文革"的災難，產生了影響巨大的"傷痕文學"。劉再復充分肯定"傷痕文學"的價值，但他認為僅僅沉浸於災難造成的傷痛之中是不夠的，知識分子應當更深刻地反思災難與傷痛的深層原因。他說："從 1984 年開始，我就刻意地使用'反思'這個概念，而且這個概念很快地就被文學評論界所接受並加以沿用。"[1] "反思"概念的提出，標誌著劉再復作為一個文學思想者的理性自覺的開始，從那時候起，他開始深入思考如何清理意識形態所主導的複雜的文學理論體系，他反思政治、反思文化，但重心是反思文學。他意識到，現實主義創作方法曾經造就無數偉大作家，其創作原則不會過時，但是，一旦按照"蘇式教條"給現實主義加上"社會主義"、"革命"之類的政治性前提，文學就概念化，喪失真實、喪失生命。作為一個文學理論家，他為自己定下了艱巨的任務：推倒文學中變質的階級論、反映論和典型論。[2]

在乍暖還寒的八十年代初，儘管文學研究已經出現巨大轉機，但要率先挑戰上述"三論"，政治風險非同一般。劉再復以變通的方式，為新的理論闡釋戴上"社會主義"和"科學"的帽子。他強調，文藝科學變革的基本內容，"一是以社會主義人道主義的觀念代替以'階級鬥爭為綱'的觀念，給人以主體性地位；一是以科學的方法論代替獨斷論和機械決定論"。在確認"社會主義人道主義"的前提下，他強調"文學研究應以人的思維為中心"，給人以創造主體的地位，給人以對象主體的地位，給人以接受主體的地位，[3] 劉再復所提倡的"人的文學"，超越了傳統人道主義人性真實的一般要求，被賦予了新的內涵，那就是強調文學的超越性，強調主體精神對文學的主導作用，這個理論實際上已經包含心靈本體的思想萌芽，"文學，最深刻的意義在於表現人的心理、人的情感，人的靈魂"[4]。在這個理論基點上，劉再復於 1985 年出版了《性格組合論》，以此否

---

1   劉再復：《五史自傳‧我的思想史》，第 336 頁。

2   劉再復：《五史自傳‧我的思想史》，第 337–338 頁。

3   劉再復：《文學的反思》，北京：人民文學出版社，1986 年，第 40、46–49 頁。

4   劉再復：《文學的反思》，北京：人民文學出版社，1986 年，第 49 頁。

定變質的典型論和"高大全"的偽形英雄論。接著，通過闡述"文學主體性"的基本原理，在理論上確認人在文學領域作為實踐主體的地位，以徹底否定文藝創作的"黨性原則"和反映論文學理論。主體性理論對文學觀念的重大突破，在文學方法論創新的浪潮中產生了導向性作用。當時，把種種社會科學研究方法如心理學、統計學乃至自然科學方法如系統論、控制論、耗散結構等理論引入文學批評，成為時尚，顯示了思想探索的開放與活躍。主體性理論的提出，在令人眼花繚亂的理論實驗風潮中，將方法論探討的方向引向追尋文學創作的內在規律，成為把 1985 年方法論年的討論推向高潮的標誌。

文學主體性理論是對長期盛行的極左思維模式的反思、批判和突破，體現了社會轉型時期的時代精神和文化價值取向，因其思想的敏銳、內容的新穎和論述的縝密，在文學藝術界獲得普遍的反響，引領文學觀念的變革，同時也招致一些"馬克思主義理論家"的攻擊。陳湧在《紅旗》雜誌 1986 年第 8 期發表長文《文藝學方法論問題》，從政治、哲學和文學諸方面對主體性理論提出了尖銳的批評。此後，《文論報》發表敏澤等人的相關文章，指責劉再復散佈主觀唯心論，把文學引向絕路。"論爭從 1986 年持續到 1991 年，期間見諸報刊的文章近 400 篇。"[1] 八十年代末，社會形勢驟變，論爭轉化為一邊倒的思想批判，批判者指責主體性理論"不僅在思想上顛倒理論是非，對社會主義文藝事業造成了不良影響，而且，在政治上也起到助長資產階級自由化思潮氾濫的作用。因而，必須加以認真清理"[2]。批判聲浪喧囂一時，因沒有反響而逐漸止息，然而，2002 年中共中央十六大召開，把"以人為本"確定為新的執政理念，新思想新理念的萌生是那麼艱難，結出的果實卻突然降臨，時間是公正有力的裁判。

自從 1989 年走出國門，劉再復把這個時間定義為第二人生的開始。生命產生的巨大裂變，只有強大的心靈才能承受，他寫了《瞬間》、《第二人生之初》和《瀕臨死亡的體驗》等一系列散文，記敘自己經歷孤寂、絕望和重新站立起來的體驗。他在途經巴黎時與好友高行健相約，"我們現在最重要的事是趕快抹

1　宋偉：《李澤厚與劉再復："主體性哲學"與"文學主體性"》，《文藝爭鳴》2017 年第 5 期。

2　國家教委社會科學研究中心：《文學主體性問題討論會紀要》，《文藝報》1990 年 12 月 8 日，轉引自劉再復：《五史自傳‧我的思想史》，第 352 頁。

掉政治陰影，立即投入精神創造"[1]。環境的巨變，影響到他的學術態度轉變：一是由熱變冷，由擁抱現實變為冷觀現實，不再介入任何政治活動，只專注文學事業；二是從"有針對性"到"無針對性"，學術方式的基點從批判轉向建構，學術探索著眼於"普遍的真理性"，著眼於文學的真理。[2] 1993 年夏天，劉再復訪問彼得堡，親眼看到曾經崇拜過的"革命大帝國崩潰後的景象"，受到強烈刺激。他站在阿芙樂爾號炮艦邊上放飛思想，意識到"過去所接受的一切理念，從典型論、反映論到社會主義現實主義，都來自製造阿芙樂爾號的這一片土地，教條從這裏產生"。要獲得重生，必先清理思想，對過去作一番徹底的告別，徹底的放逐。他把對人生與文學思考的結晶，命名為《放逐諸神》，他要放逐心中原先供奉的五種神物：革命、國家、概念、自我和二極思維。[3]

《放逐諸神》是劉再復在九十年代初寫的一系列關於當代文學史和當代作家作品評論文章的輯集。他以《春蠶》、《太陽照在桑乾河上》和《李自成》等作品為例，分析了這些作品從宣揚仇恨崇拜到對政治意識無條件順從以及自覺造神的發展過程，主張現代中國應當以批評、改良、改革的方式解決社會問題，文學要告別以暴力革命為歷史必由之路的思維定式。他主張作家要放逐作為一個權力中心和意識形態產物的國家，從"被放逐"的文化心態中解放出來，特別要放逐"概念"、"自我"和"二極思維"：

> 即使撥亂反正的"正"字本身，也有許多問題值得反省。而且，把複雜的精神現象做簡單的"邪"、"正"之分也很不妥當。簡單化的"忠奸之分"、"邪正之分"、"革命與反動之分"和相應的"你死我活"、"你輸我贏"的思維方式，恰恰是本世紀中最要不得的思維方式。因此，要想讓思想活躍，就必須放逐大部分概念。[4]

1　劉再復：《思想者十八題》，香港：明報出版社，2007 年，第 4 頁。

2　劉再復：《五史自傳·我的思想史》，第 363–364 頁。

3　劉再復：《五史自傳·我的思想史》，第 366 頁。

4　劉再復：《中國現代文學運動的陷阱》，《放逐諸神》（第三輯），香港：天地圖書有限公司，1994 年。

劉再復在《魯迅研究的自我批判》等著述中論述了放逐自我的重要性，他檢討自己曾經把魯迅偶像化，把他的思想作為一種不可置疑的文化法則和絕對權威，使魯迅研究成為對魯迅的注疏和謳歌，喪失了與魯迅對話的能力。他強調：

> （批評家）應當有自己獨立的心靈和獨立的精神，有對文學的獨特的見解。為自身立言，並不是自我中心主義的反社會的病態人格，而是對祖國、對人類都有一種終極關懷的社會性健康人格。[1]

劉再復在《放逐諸神》中，通過對一系列作品的微觀剖析，針砭現當代小說盲目崇拜暴力革命、絕對服從意識形態和自覺造神的種種弊端，呼籲構建健康純正的文學研究和批評方式。他自始至終，都把自己放在被放逐的問題討論中心，在檢討文學問題的同時，首先從自己的內心進行一場毫不妥協的洗心革面的自我清理。這個內心的自我清理，是他在第二人生最初的"面壁"階段的精神收穫，只有清空了內心的負擔，思想才能重新飛揚。

劉再復學術生涯的"第二人生"，一個相當重要的建樹是返回古典和文學歸位。1995年，劉再復與李澤厚共同提出了"返回古典"的命題，"這個'古典'不是復古，而是對古典的重新開掘，進行現代化的提升"。[2] 中外文藝史上，借復古為名而求創新，是一個規律。歐洲的文藝復興運動以復興古羅馬為名而做出徹底不同於古代的新型文化變革，唐代的古文運動及新樂府運動都提倡復歸古樸文風，實則在文體、文風和語言內容諸方面追求變革創新。劉再復的返回古典，與前人的不同之處，是對傳統文化中非人性因素的深刻反省和批判。這是劉再復一以貫之的寫作主題，既體現他繼承"五四"精神再次啟蒙的願望，也源自於他對文革中世道人心大暴露的深刻認識。他早在《性格組合論》一書中，就批判過《水滸傳》和《三國演義》"視情欲為萬惡之源"和把婦女用作器物工具的非人傾向。[3] 此後所寫的《人論二十五種》及"漂泊"系列散文中許多篇章，對文化傳統的負面因素特別是當代中國的人性缺失作了深刻的批判。他的《文學的反思》

---

1   劉再復：《放逐諸神・論八十年代文學文體革命》，香港：天地圖書有限公司，1994年。

2   劉再復：《從"文化批判"到"重返古典"》，《羊城晚報》，2011年5月29日。

3   劉再復：《性格組合論》，合肥：安徽文藝出版社，1999年，第463頁。

和《傳統與中國人》（與林崗合著）是文學和文化反思的專論，一個重要主題，是清算文化傳統中的奴性意識。2010 年 7 月，劉再復出版《雙典批判》，告訴人們，《水滸傳》與《三國演義》這兩部古典小說所宣揚的暴力崇拜與權術崇拜，"500 年來危害著並且繼續破壞著中國的世道人心，是中國人的地獄之門。" [1]

劉再復在確認"雙典"是文學傑作的前提下，批判"雙典"所代表的官、匪文化傳統的價值觀念與敘事倫理，他認為這些價值觀念是巨毒的有血腥氣的負面文化，已經深入民族的骨髓，積澱為中華民族深層的文化心理，對傳統造成了巨大的破壞，因此有必要對它們做出徹底的清算。"雙典"批判並非自劉再復始，魯迅在《流氓的變遷》一文中指出，《水滸傳》有兩個問題：一是書中主角由"俠"變盜，終成奴才；二是李逵劫法場的方法，"掄起板斧來排頭砍去，而所砍的是看客"。他在《葉紫作〈豐收〉序》中又說，"中國也還盛行著《三國演義》和《水滸傳》，但這是為了社會還有三國氣與水滸氣的緣故。" 劉再復和魯迅持同一思路，深刻地剖析了"雙典"文化觀念的負面社會影響："雙典"問世後，又反過來強化中國的水滸氣和三國氣，使原有的國民性進一步惡質化。

劉再復批《水滸傳》，不是否定宋代農民起義的合理性，而是"批判小說中所顯示的暴力崇拜和造反旗號下的反人性的黑暗手段。"（《雙典批判》，第 29 頁）《水滸傳》的暴力崇拜，首先表現在對蒼生百姓性命的漠視，在造反有理的大旗下，造反者行使的是劊子手的職能。武松流放孟州，受到張都監的謀害，為了報仇，一口氣連殺張都監、蔣門神等十四五人，其中包括無辜的馬伕、僕人、三四個婦女和兩個兒童。宋江為了逼迫朱同上梁山，讓李逵斧劈知府 4 歲的兒子，小說稱孩子為"小衙內"，把一個幼兒列為敵對陣營的成員，給李逵的殺童行為披上了一層合法性外衣。通過對"搶劫有理"、圈外人皆可殺的"菜園子原則"以及"人頭入門券"等強盜行徑的分析，劉再復否定"造反有理"的絕對合理性，否定革命名義下濫殺無辜的匪徒邏輯。他痛心地責問："這種巨大血案，本是驚天地、泣鬼神的慘劇，可是，也是在'造反有理'的理念掩蓋下，從未進入中國人的反省日程，倒反而也屬替天行道的範疇之中。"（《雙典批判》，第

1　劉再復：《雙典批判》，北京：生活·讀書·新知三聯書店，2010 年，第 5 頁。

58 頁）他告訴讀者，《水滸傳》的暴力崇拜觀念違反中國文化傳統，傳統文化的主導層面是反戰的，《易》提倡"天地之大德曰生"，儒家主張："民為貴，社稷次之，君為輕。"（《孟子‧盡心下》）老子提出"勝而不美"的戰爭觀念更顯示了這位大哲學家的悲憫情懷（《道德經》）。《水滸傳》以"替天行道"大旗障目掩蓋殺戮的血腥，與古人"勝而不美"的戰爭觀背道而馳。作者充分欣賞武松、李逵等人沉溺於殺人的快感，一代又一代的讀者與今天的電視觀眾，看了也覺得痛快，"'嗜殺'的變態文化心理已經成了民族的集體無意識"（《雙典批判》，第 46 頁）。這種欣賞屠殺快感的文化心理，其最嚴重的歷史後果是：一方面，增強大眾自私冷漠的看客本能；另一方面，一旦社會矛盾激化到一定程度，這種暴戾的心理很容易發展成暴力災難。

　　《雙典批判》對《三國演義》的批判焦點，是小說推崇的五花八門的權謀術數、機心詭計，它們對國民性的影響更為深遠。權術是專制制度的特產，政權的維繫、官場的優勝劣汰、統治者內部關係平衡及後宮的爭寵奪嫡，無不需要高超而狡詐的權術。錢穆在檢討清代制度與法術關係時，發現了"制度衰則法術興"這樣一個規律。[1] 事實上，制度衰敗、皇權諳弱之時官場法術盛行，只是歷史表象，無論制度衰敗與否，在宮廷政變、改朝換代過程中，在各級官吏爭權奪位的日常政治生活中，無不充滿爾虞我詐的法術競技表演。官場文化輻射民間，便成為《三國演義》作者推崇其價值觀念的根源。《三國演義》借史說事，把各派政治勢力的相互鬥爭、各政治集團內部相互傾軋都化成具體的權謀法術之爭，其謀略之深、策劃之細、種類之繁、心機之險惡，成為歷史上藝術化的厚黑學之集大成。這種藝術再現雖然給讀者以認識價值和藝術欣賞價值，但種種厚黑術融化在引人入勝的情節裏，對讀者心理的負面影響更為惡劣，"《三國演義》是更深刻、更險惡的地獄之門。最黑暗的地獄在哪裏？最黑暗的地獄不在牢房裏，不在戰場上，而在人心中"（《雙典批判》，第 99 頁）。

　　《雙典批判》在對官、匪文化的價值觀做出徹底清算的同時，充分肯定了書中合理進步的倫理價值觀。劉再復讚揚魯智深身上散發出來的人性光輝，"他英

1　錢穆：《中國歷代政治得失》，北京：生活‧讀書‧新知三聯書店，2001 年，第 140 頁。

勇善戰，但不濫殺無辜，始終守持戰士的人性邊界"。他對宋江的正面評價有特別重要的意義，不僅徹底推翻文革中對"宋江是投降派"的荒謬定論，而且是對積澱了深厚暴力革命意識的頭腦的再次啟蒙。他說，宋江"不想當皇帝"這個根本性的思想，彌補了中國革命文化的兩個缺陷："和平妥協政治遊戲規則之缺"和"只反抗不佔有的真俠精神之缺"。（《雙典批判》，第 92 頁）針對延續了幾千年的暴力革命旨在奪權的蒙昧意識，劉再復為宋江的辯護，實際是提倡一種理性建設精神與和解寬容精神，相對於魯迅的"決不寬恕"，體現了時代的進步。

劉再復"返回古典"的另一個方面，是對古典作現代化的提升。他發掘《西遊記》和《紅樓夢》所蘊涵的優秀文化價值和思想內涵，指出這兩部古典小說和《山海經》、《道德經》、《六祖壇經》一樣，代表了中華傳統的原型文化，是本真本然沒有被生活經驗所歪曲變形變質的文化，《山海經》裏的英雄都是犧牲自己為人類造福的英雄，孫悟空和賈寶玉展示的是人的真心、本心和赤子之心。他的"返回古典"，總體上表達了四點精神：一、人類大文化的走向，不一定是流行觀念所勾勒的從現代走向後現代，也可以是從現代返回古典，即用古典思想豐富現代理論。後現代主義只講解構，不講建設，通過返回古典與後現代的非本質思想作切割。二、返回古典，是豐富現代文化的策略，不是沉迷於古典，不是復古倒退，而是沿著文藝復興大思路革故鼎新。三、返回古典不是指返回西方古典，而是返回中國古典。中國古典有兩大流脈，以儒學為主體的重倫理、重教化、重秩序的一脈，以及老莊為代表的重自然、重自由、重個體的一脈，不同的傳統可以互補，現代文化建設應當吸收各派所長。四、返回古典的落腳點不是對古典實行創造性轉化，而是轉化性創造；不是轉向西式，而是創造中式，創造我式，創造中國獨特的現代文化體系和現代社會形式。[1]

劉再復通過對概念偶像的放逐、自我的清算和返回古典，確立了自己的心靈方向，那就是"反向行走"，如《道德經》所指出的那樣，復歸於嬰兒、復歸於樸、復歸於無極，進入"平常心"的澄明境界。

1　劉再復 "新浪博客" 2015 年 3 月 28 日文章，《儒學能指導做人，但未必適合治國》。

三

思想文化資源

　　文學心靈本體論的創立，旨在促使"文學復興"，這個理論因此便具有"復興"的基本特徵：借恢復文化傳統為號召而貫徹創新意識，以革除創作領域與批評領域的弊端，破除喪失目標後的迷惘，讓文學重新繁榮。因為這個性質，文學心靈本體論必然以深厚的古代思想資源為基礎，支持其革故鼎新的現代意識。2008 年秋天，劉再復赴台灣，在台北中央大學和台中東海大學任駐校學者和講座教授，為兩所大學的學生作"我的六經"系列講座。他告訴學生："四書"、"五經"，只是傳統文化的一部分。中國傳統文化還有相對獨立的另一條發展綫索，即由《山海經》、《道德經》、《南華經》、《六祖壇經》、《金剛經》和《紅樓夢》組成的"六經"。這"六經"具有重自然、重自由、重個體生命價值的共同特性。從這些古代人文經典出發，就不難打通從中國傳統文化到現代化的通道。[1]

　　文學心靈本體論對古代文化傳統的繼承和吸收是多方面的，概括地說，它對古典思想文化的吸收主要包括三個方面：一是傳入中國的印度佛學，二是儒家文化中的心學一脈，三是老莊重個體、重精神自由的哲學思想。在這三大思想文化流脈中，最重要的部分是《金剛經》和禪宗心學，它們構成了文學心靈本體論的哲學思想基礎。

　　劉再復把《金剛經》和《壇經》"視為個體生命得大自在之經"。《金剛經》是產生於印度的大乘般若體系的佛典，於公元 402 年由鳩摩羅什譯為中文。《金剛經》的中心思想是追求"本來面目"即根本的真實，"凡所有相，皆是虛妄；若見諸相非相，則見如來"。其實踐宗旨是"應無所住而生其心"，即唯有心明，不住相，不偏執，才能把握實相。這個思想成為禪宗心性說的思想源頭，一千多

1　劉再復：《返回古典就是返回我的六經》，《南方週末》2010 年 11 月 18 日。

年來它不僅被中國人廣泛接受，而且成為中國精神文化系統的一部分血肉。慧能在聽到別人誦讀《金剛經》時豁然開悟，以《金剛經》為精神起點，創立了禪宗心性說。禪宗的形成，實現了佛教的中國化，不僅直接影響唐代詩風，出現了禪詩和妙悟詩論，對中國士大夫階層文化心理的形成，也產生了深遠的影響。葛兆光總結說：

> 禪宗開拓了一個空曠虛無、無邊無涯的宇宙，又把這個宇宙縮小到人的內心之中，一切都變成了人心的幻覺和外化，於是"心"成了最神聖的權威，人們保護它的清淨、祈禱它的平靜，期望在大自然中淨化它，又期望在自我平衡自我解脫中求得它。[1]

　　一千多年來，傳統知識分子主要以被動的方式、即隱遁的態度接受禪宗心性說理論，他們把禪宗心性說當作守護心靈的精神城堡，隱蔽其中，享受內心的安靈。劉再復則用它來解除心靈的奴役，他對禪宗心性說的吸收，是進取性和創造性的。劉再復認為，《金剛經》的思想精華是徹底解除心靈拘役的大智慧，慧能把《金剛經》所表達的修心為本和中道智慧提升到"悟即佛"、"但用此心，直了成佛"的高度，把禪的思想推向頂峰，抓住了《壇經》，就抓住了中國大文化儒、釋、道三維中的釋家一維。他對禪宗心學思想的吸收和創新表現在以下幾個方面：一、禪宗認為，自性含藏一切萬法，所以應從自心頓現真如本性，而不是向心外求法。劉再復把這條心學原則運用於生活和文學實踐當中，主張通過自性的開掘達到把握生命本真和當下存在，通過守持自性來抗拒現代政治、商業潮流對人性的腐蝕摧殘，通過認識文學的自性而把握文學的本義，深化文學對於人性的認知。二、禪宗確認法本一宗，以悟為得，或一言見性，或半句明心，以去除心性的遮蔽為旨歸。劉再復把禪宗悟的方式運用於文學批評和審美，創造了一種通過與作家作品作心靈交流、領悟啟迪性真理的研究方法。他以慧悟助思想，深刻發掘《紅樓夢》和《西遊記》等古典作品的思想哲學內涵。三、他從慧能身上看到了力透金剛的拒絕力量，因而形成拒絕任何偶像崇拜和概念限制的理念。

1　葛兆光：《禪宗與中國文化》，上海：上海人民出版社，1986年，第108頁。

他強調在創作和批評中要學會警惕和拒絕，拒絕政治框架和權力遊戲，拒絕概念和模式的限制，包括突破語言的束縛，獲得人世間最為寶貴的思想自由與表達自由。四、從"空"中悟出"有"。《金剛經》和《壇經》所代表的佛教哲學強調的"空"，不是真空和虛無，而是形而上的"有"，去掉欲望和它所派生的各種妄念，便抵達"無"；回到生命的本真狀態，感受內在智慧的充盈，便從"無"中獲得了"有"。

劉再復對儒家文化傳統的繼承，一是"天行健、君子以自強不息"的人文精神，二是從"仁"到"良知"的實踐性心學倫理，由此建構了實踐層面上情理合一的文學心靈本體思想。從倫理學角度看，他受孟子特別是王陽明的思想影響較大。儒家心學是一種實踐心學，和仁政的理念綁在一起，最初體現為孟子的"四端"說："惻隱之心，仁之端也；羞惡之心，義之端也；辭讓之心，禮之端也；是非之心，智之端也。人之有四端也，猶有四體也，有是四端而自謂不能者，自賊也。"（《孟子·公孫丑章句上》）這就是說，人性本善，天生包含四種美德，人若不能自覺發展這四種美德，就是自暴自棄，自毀"仁"的心性。這個"四端"說，是孟子"仁"的思想的理論基礎，後來發展成儒家仁、義、禮、智的道德標準。劉再復曾經從德育的角度談過孟子的"四端"，認為它與康德的道德"絕對律令"是相同的道德心理形式，"不管你持什麼立場，為哪個政治營壘而戰，但作為區別於'禽獸'的人，都應當具有'四端'。……守住不能淫、不能移、不能屈這些道德底綫即道德形式，也是絕對道德律令"[1]。這種傳統是道德原典，所講的做人的基本道理，永遠顛撲不破，永遠不會過時。

王陽明心學對劉再復文學心靈本體思想的形成，有直接的影響。王陽明的心學源於宋代程顥和陸九淵。程顥承續了孟子的仁學，與孟子的不同之處，"在於程顥比孟子更多地給予仁以形而上學的解釋"[2]。陸九淵直接提出了"心"的概念，他說"心即理"，強調"宇宙便是吾心，吾心即是宇宙"。[3]陸九淵的心學思

1　劉再復、劉劍梅：《教育論語》，福州：福建教育出版社，2012年，第30頁。

2　馮友蘭著，涂又光譯：《中國哲學簡史》，北京：北京大學出版社，1985年，第324頁。

3　《象山全集》卷十二、卷三十六，轉引自馮友蘭著，涂又光譯：《中國哲學簡史》，北京：北京大學出版社，1985年，第324頁。

想只是個概要，到王陽明才對心物一元論的心學體系作了詳盡的論述。王陽明的心學體系，見之於其門生所輯王陽明語錄《傳習錄》。王陽明提出"心外無物、心外無事、心外無理"的理念，又說，"心的本體就是天理"。這就是說，對一個具體的人來說，物不能離開心的感覺認知而存在，心也不能離開物而產生。王陽明和學生有一段關於"心"的對話，說明人是天地之心，心只是一個靈明：

> 可知充天塞地，中間只有這個靈明。人只為形體自間隔了。我的靈明，便是天地鬼神的主宰。……天地鬼神萬物，離卻我的靈明，便沒有天地鬼神萬物了。我的靈明，離卻天地鬼神萬物，亦沒有我的靈明。如此便是一氣流通的，如何與他間隔得？[1]

王陽明主張心物一元，宇宙和人心是一個整體，宇宙就是人心所認識感知的實際世界。此外，王陽明還提出了"致良知"和"知行合一"的理念，旨在促進自我道德修養，喚醒人的自我意識。劉再復經歷了與王陽明龍場悟道相似的生命體驗，對王陽明的心學思想有著超過常人的理解和感受：

> 王陽明那天夜裏的大徹大悟，終於使他創造了"心學"。在中國文化史上，他終於完成了從理學到心學的巨大轉變。整個儒家學說，也從此找到新的源頭……也就在此時此刻，王陽明重新進入我的生命，王陽明的代表作《傳習錄》在這個時候，贏得我愛。此時，我感到王陽明格外親切。他說的心外無物，心外無理，心外無天，我理解了，而且也感到思想與他息息相通。於是，我振奮起來，高舉自己的心靈，像兒時在鄉村裏高舉松明點燃的火把。我再也不管這是什麼唯心論還是唯物論，是"主觀唯心"還是"客觀唯心"，就相信心學是真理，相信"心靈狀態決定一切"，無論如何，一定當一個心靈的強者。[2]

如果說，慧能心學為劉再復提供了心靈本體論的思想哲學基礎，王陽明的心

1　王陽明撰，鄧艾民注：《傳習錄注疏》，上海：上海古籍出版社，2012年。摘自網易雲閱讀。

2　劉再復：《五史自傳·我的心靈史》，第306頁。

學思想則幫助劉再復確立了心靈的倫理準則，確立了以心靈體悟真理、主導生命方向的人生信念：

> 一切取決於自己的心靈。心即理。通過"心"去找"理"才是光明正道。要抵達"理"，不是通過格物，而是通過"格心"。心外無物，心外無理，心外無天。一切都在心中。[1]

劉再復的這段感受，既是對王陽明心學思想要點的概括，也是他開始構建心靈本體論的宣言。他還發現，王陽明超越了善惡是非，讓"良知"君臨一切，最後獨尊"致良知"。劉再復打通了從慧能禪宗心學到王陽明心學的思想發展脈絡，由此建構成以"心靈狀態決定一切"和"良知責任"為精神雙核的情理結構層面上的心學理論。

劉再復對於道家思想文化的汲取，綜合老、莊之長，重在精神自由和心靈復歸兩個方面，他尤其重視老莊思想中與儒家相近的自省精神。他在為台灣東海大學的演講中說：

> 中國文化整體，具有兩大血脈，如同人體有動、靜兩脈。一脈重秩序、重人倫、重教化。這是以孔孟為靈魂的四書五經和之後的程朱理學，一直延伸到曾國藩、康有為等；另一脈則重自然、重自由、重個體生命，此脈以老子、莊禪為靈魂，上可追溯《山海經》，下可連接《紅樓夢》和"五四"新文化運動。[2]

劉再復確認老莊一脈的自由精神在文學審美領域中的價值，他說，他對於《道德經》和《南華經》的理解，其實也是嘗盡概念的苦汁後的心得。這個心得，包含幾方面內容：一、莊禪思想的相通相同在於追求精神自由，它們之間"最大的差別是莊子有理想人格的追求，而禪卻沒有"。[3] 莊子的這個理想人格是"真人"，就是賈寶玉所體現的經過禪的洗禮的生活化的"真人"形象，他不僅體現

1　劉再復：《五史自傳·我的心靈史》，第 306 頁。

2　劉再復：《返回古典就是返回我的六經》，《南方週末》，2010 年 11 月 18 日。

3　劉再復：《賈寶玉論》，北京：生活·讀書·新知三聯書店，2014 年，第 30 頁。

了老莊重自然、重自由、重個體生命的人生原則，而且是誠的極致、善的極致和美的極致，這也是劉再復文學世界中的理想人格體現。二、老莊哲學最可貴之處在超越精神和復歸思想。莊子的《逍遙遊》中有一個文眼"遊"字，道出人生真諦，人生一世，不過是世間一遊。這世間一遊也是地獄之行，名利場、權力場、政治較量場，哪樣不是地獄？面對地獄，只可遊觀，不可捲入。遊觀之外，還應當真實地呈現，在文學世界中呈現自然的美好與地獄般的荒唐。老子的《道德經》中，也有一個文眼，就是"反"字。這個"反"字，就是返回的返，復歸的返，不僅要返回質樸的生活，更要返回質樸的內心，保持生命之初嬰兒的天真天籟。三、老子哲學中還一種與清教思想相近的形而上的罪責承擔精神，老子說，"受國之垢，是謂社稷主。受國不祥，是為天下王。正言若反"（《道德經》）。劉再復由此悟到：

> 這就是說，一個國家的領袖，重要的不是去享受權力和地位的榮耀及民眾的膜拜，而是去承受國家和國民的屈辱、不幸和災難，從內心上感受到一切災難都與自己相關，都有自己的責任。這是產生於中國古代的極為寶貴又重要的思想，產生的年代比《福音書》還早。[1]

《道德經》第三十一章說："兵者不祥之器，非君子之器，不得已而用之，恬淡為上。故不美，若美之，是樂殺人。夫樂殺者，不可得意於天下。故吉事尚左，凶事尚右。是以偏將軍居左，上將軍居右。殺人眾多，以悲哀泣之，戰勝以哀禮處之。"劉再復認識到這段話表達了一個可貴的思想，刀兵凶器，要盡量避免用兵；打仗殺了人，要以哀傷的葬禮安葬死者。戰勝者能體會到自己的罪責，不是一件容易的事，中國的歷史積澱了太多的嗜殺意識，造反者的"快意殺人"，為民間津津樂道，成為鼓勵民間造反的文化心理資源。老子的戰勝者哀，與基督的博愛思想相通，是中國文化的精華，人類文化的精華。劉再復對比越王勾踐和南唐李後主戰敗後的人生態度，勾踐為奪回個人江山，十年生聚，十年教訓，東山再起，絲毫沒有考慮到無數生靈塗炭。李後主卻產生了一種對生靈百姓

1　劉再復、林崗：《罪與文學》，北京：中信出版社，2011 年，第 146 頁。

和生命本身的罪感，他為了臣民免遭殺戮之苦，寧可肉袒出降，這固然有弱不勝強的原因，也有李煜承受國家災難的大慈悲心。他的詞之所以成為千古絕唱，因為他的悲情與凡人相通，流溢出一種普世的哀傷，體味國家百姓的恥辱和災難，王國維評價說：

> 後主之詞，真所謂以血書者也。宋道君皇帝（宋徽宗）《燕山亭》詞亦略似之。然道君不過自道身世之戚，後主儼然有釋迦、基督擔荷天下人類罪惡之意，其大小固不同矣。[1]

劉再復說《人間詞話》之可貴，就在它的真知灼見："王國維的《人間詞話》，篇幅很小。它所以會成為百年來的文學理論經典，就因為它道破文學的根本點。"[2]

劉再復以心靈的復歸為精神指向梳理傳統文化，向上回溯到《山海經》，向下聯繫到《紅樓夢》。他把《紅樓夢》稱為"我的文學聖經"，他在《山海經》當中發現了中國本真的精神歷史和本真的精神文化，認為《山海經》中那些失敗了的神話英雄，其事跡力透乾坤，是中華民族精神原動力，為中國文學提供了審美原型。《山海經》的本真、《道德經》的復歸、《壇經》的心性說和《紅樓夢》的青春理想，所有這些古代傳統的思想文化精華，都融會在劉再復的精神血脈中，熔鑄成以追求現代人文理想為目標的文學心靈本體思想。

1　王國維著，滕咸惠校注：《人間詞話新注》，濟南：齊魯書社，1987年，第93頁。

2　劉再復：《文學四十講》，第49頁。

四

打通中西方文化的血脈

心性本體論是純粹東方文化的產物，西學中沒有 "心學" 這個概念，但人類文化是相通的，西方文化中也有著和心學思想相通相似的因素。作為一個追求文學真諦的人文學者，劉再復重視人類共有的思想文化資源，他廣泛涉獵、吸收西方哲學、文化和文學理論，藉此驗證和和豐富文學心靈本體思想：

> 八十年代之前我接受的西方人文典籍是馬克思主義經典與俄羅斯的別、車、杜。八十年代後我才把閱讀重心放到歐洲的人文經典。儘管有點 "趕時髦" 的味道，但在閱讀中卻受到巨大衝擊。[1]

劉再復從弗洛伊德著作的閱讀中，深切感受到人性問題那麼複雜，人的內心真是不可思議。巴赫金的複調理論，薩特的 "存在先於本質"、"自我選擇（不接受他人命令）決定存在意義" 的論點，康德的 "人是目的王國的成員，不是工具王國的成員" 等理念，不僅使他產生震撼，而且成為他撰寫《論文學的主體性》的重要思想資源。但他並不是一股腦地全盤接受西方文化思潮，他說："在國內時我對福柯、德里達等缺少批判意識，出國幾年後我開始質疑這些把語言視為本體的時髦理論了。"[2] 到美國以後，他有計劃地接觸、閱讀和吸收了一些西方人文經典和前衛理論，結合對西方社會環境的觀察分析和對生活的切實體驗，加深對流行理論的理解，因此能夠以更加清醒的眼光看待各種流行學說。他對西方人文理論的借鑒和吸收，有以下四個基本特徵。

第一，劉再復結合對西方社會現象的觀察與感受閱讀各種人文理論著述，既

1　黃平、劉再復：《回望八十年代——劉再復教授訪談錄》，《現代中文學刊》2010 年第 5 期。

2　劉再復：《隨心集》，北京：生活・讀書・新知三聯書店，2012 年，第 126 頁。

把社會當作參考書來讀，又藉助流行理論去把握社會的脈動，對西方的價值觀就有一個比較切實的認識。在他的十卷總冠名為"漂流手記"的散文集中，有一半內容是對於西方社會文化的觀察與感受，他結合對美國社會的觀察讀愛默生、讀傑弗遜、讀納博科夫，從中讀出與眾不同的心得。劉劍梅在"漂流手記"第七卷《閱讀美國》的序言中說："出國後他又把美國和世界作為一部大書，不斷閱讀。閱讀時表面上看用的是頭腦，實際用的是生命。"他帶著生命的經歷和體悟閱讀經典、閱讀社會，逐漸加深對西方社會制度和文化的認知。在這本散文集的第一篇《美國的意味——在澳門大學人文學院的講話》中，他自謙地說是向澳門大學師生介紹對美國的一般看法，實際上他對美國的政治層面、社會層面、文化層面和人的層面層層剖析，對其長處和缺點的概括，切中肯綮、見解深刻：美國是一個既有活力又有秩序的社會，"全仰仗三個法寶：一是政治上法律上完善的制衡制度；二是民間道德監督體系（媒體等）；三是新教倫理與宗教情操……其表層文化，我喜歡它的 '無條件地尊重個人隱私空間' 這一點，美國人所謂人權，其實就是確認每一個人都有屬自己的、他人不可隨便踏進的空間……最深層的文化，這就是美國奠基者所創造的立國精神，即由《獨立宣言》等歷史文件和立國諸總統身上所體現的 '人人生而平等'、尊重每一個生命體的尊嚴和權利的精神"。

第二，劉再復對西方人文理論的研讀，是帶著清醒的分析眼光的揚棄性閱讀。他熱烈擁抱那些敏銳的思想和有啟迪性的見解，而對不利於建設"人的文學"的概念和思想，則犀利地指出其弊端而予以揚棄。八十年代初，西學湧入國門，尼采一本《查拉圖斯特拉如是說》，才華橫溢，激情如火，激動了無數人文青年。劉再復充分肯定尼采的意義，他借用尼采的"日神精神"和"酒神精神"的模型，對比分析高行健與莫言的不同創作風格。他在寫作方法上受禪宗破"法執"的啟發，"其次也受尼采的影響"，《紅樓夢哲學筆記》和《〈西遊記〉三百悟》等著述，和尼采的寫法頗有相似之處。[1] 但是，他清醒地認識到，尼采"上

---

1 劉再復著，葉鴻基編：《劉再復對話集：感悟中國，感悟我的人間》，北京：人民日報出版社，2011 年，第 50 頁。

帝已死"的宣言,包含著極端膨脹的"超人"精神,對形成健康人格、對中國的學術文化建設有著不利影響,因此對這個觀念作了深刻的批判:

> 尼采以為他可以取代上帝而成為新的救世主。這種幻覺,使他走向瘋狂……這種自我神話,又派生出一種集體的更膨脹的大我的神話,這就是中國現代知識分子的救國神話。[1]

劉再復從薩特的存在主義哲學汲取營養,確認"存在先於本質"這個哲學理念的可貴價值,說明人首先要選擇成為自己,然後才能確立自己,先知命才能立命。但是,劉再復對於薩特過分強調自我的片面性,亦給予嚴肅的批判,"我認為薩特'他者乃自我的地獄',列維納斯'自我為他者犧牲即人道主義'這兩個觀點,都是錯誤的"[2]。他不僅認為薩特的觀點錯誤,而且具體指出這個觀點可能對人產生的誤導作用:

> 薩特的"他人乃自我的地獄",其錯誤除了不尊重他者即不尊重社會秩序外,還在於它將導致自我的整個迷失,使自我成為本我的奴隸。人的本能蘊含著無限的惡的可能性,為了滿足本能人性欲望的需要,勢必做出各種反社會行為。在把他者視為地獄的同時,實際也把自我變成自我本能的奴隸即陷入自我地獄之中。[3]

二十世紀末,福柯、拉康和德里達提出語言本體論,解構和顛覆西方傳統的形而上學理論體系。此後,利奧塔、列維納斯、杜夫海納等人從不同的角度否定傳統,倡導新的個人自由主義。一波又一波的概念與理論引入國內,對傳統的人文理論產生了強烈的衝擊。劉再復通過對比分析漢語和西語的構詞方式不同,說明漢語的象形性,不適合西方的語義分析哲學,有自己特定的人文性。[4]他在《劉再復與李澤厚展望二十一世紀的對話》中,批評後現代主義在文學領域

1　劉再復:《高行健論・論高行健狀態》,台北:聯經出版事業股份有限公司,2004年,第100頁。
2　劉再復:《隨心集》,北京:生活・讀書・新知三聯書店,2012年,第57頁。
3　劉再復:《隨心集》,北京:生活・讀書・新知三聯書店,2012年,第59頁。
4　楊春時編:《書園思緒》,香港:天地圖書有限公司,2002年,第392頁。

的錯誤理念，"語言不是存在之家，德里達他們可以給人啟示，但他們是在玩遊戲。"[1]"福科、德里達、拉康等思想者也談文學，但是他們的理論有一致命的缺陷，這便是沒有審美的感覺。二十世紀造就了一批文化思想者，這些思想者的本質是造反的，他們有批判能力，而且借文學批評進行社會批判，可惜都沒有審美能力。"[2]劉再復批評這些人缺乏對自由的深刻理解，把自由理解為無限度的我行我素和為所欲為，也就是把自由理解為沒有限制的自我擴張與自我發展，從而把一切它者都視為對自由的障礙與限制。[3]對後現代主義理論缺陷的深刻認識，使劉再復更加確信心靈真誠與良知責任在文學實踐層面的意義。

第三，劉再復對西方人文精神的吸取綜合百家，並無定式，一個基本原則，凡有利於提高人文品格和心靈修養，有利於構建其文學心靈本體理論的，均參照借鑒。劉再復認為，西方存在主義哲學對人的第二次發現，是發現了人的荒誕，對文學發展有重大意義。所謂荒誕，就是非理性或反理性，這個世界本不荒誕，人的生命也不荒誕，但人生在世，陷入難以自拔的社會人際關係，生活常因此而荒誕。加繆的《局外人》寫主人公默爾索本來生活正常，一旦介入人際關係，便發生一系列荒誕事件，直到被坐獄處死。西方荒誕劇分為兩類，一是荒誕思辨，如貝克特的《等待戈多》、加繆的《西西弗神話》；二是表現世界的荒誕屬性，如加繆的《鼠疫》，熱奈的《犀牛》。劉再復肯定康德關於天才的見解，他把康德關於天才的直覺與禪宗的直覺慧悟方式相對比，認為康德關於"天才只能產生於文藝領域，不產生於科學領域"有一定道理，因為科學遵循理性、遵循邏輯、遵循規則規範，而天才是超邏輯、超規範、超法度的。天才靠直覺，靠藝術家捕捉獨特的感受並走向概念、邏輯無法抵達的高處與深處。禪宗的明心見性，也是這種思維方式。這種方式不可教、不可學、不可論證，所以是天才的方式。[4]劉再復把荷爾德林關於"詩意棲居"的思想，與心靈復歸、文學的心靈書寫相聯

1　楊春時編：《書園思緒》，香港：天地圖書有限公司，2002年，390頁。

2　劉再復：《大觀心得》，香港：天地圖書有限公司，2010年，第126頁。

3　劉再復：《隨心集》，北京：生活・讀書・新知三聯書店，2012年，第59頁。

4　劉再復著，葉鴻基編：《劉再復對話集：感悟中國，感悟我的人間》，北京：人民日報出版社，2011年，第17頁。

繫，把書寫和閱讀看作提升生命與心靈的需求：

> 到了海外之後，荷爾德林的名字在我心中愈來愈響亮，他的"人類應當詩意地棲居於地球之上"的思想也愈來愈成為我思索的中心。也就是說，我愈來愈自覺地把"詩意棲居"作為第二人生的目標。這種棲居方式，意味著遠離仇恨、遠離貪婪、遠離傲慢，遠離權力、財富、功名的追逐。寫作只是提升生命與提升心靈的需求，與功名、權力、市場無關。這種理念如果能化入生命進入潛意識，即能成為"詩人氣質"的一部分，該多好呵。[1]

劉再復從海德格爾的生死觀獲得啟示，他認為，海德格爾"向死而生"的理念，根本的好處，可以讓人真正理解生的意義與價值，珍惜時間性的存在，"海德格爾發現個體生命的時間性特徵，擁有時間是人最根本的特徵。夫子曰，逝者如斯夫。動物只有空間意識，沒有時間意識。海德格爾還認識到，死亡是時間的重要標誌，既然死亡無可逃避，我們在回答為什麼活的問題時，要真誠地面對死亡。只有在死神面前，存在才能充分敞開。因此，個體生命的'此在'應當向死而生，及時自我選擇，以實現存在的意義"。[2]

劉再復所涉獵的西方哲學與心學理論最接近的，是克羅齊的直覺——表現說。克羅齊是西方唯心派美學理論集大成者，"克羅齊的全部美學都是從'藝術即直覺'這個定義推演出來的"[3]。他把藝術創造看作是直覺與表現的同一，藝術創造是心靈活動，當人的心靈感受到作為外物的意象，便產生藝術的直覺，同時賦予意象以生命和形式。"於是，情趣、意象融化為一體，這種融化就是所謂'心靈綜合'。直覺、想像、表現、創造、藝術及美都是一件事，都是這種心靈綜合作用的別名，它們中間並無若何分別。克羅齊把這個定義引申為'藝術即抒情的直覺'。"[4]克羅齊把藝術創造整個地看作是心靈的活動，劉再復對此產生高度的共鳴，他說，"克羅齊的直覺——表現說，是文藝學真理，不僅是哲學，而

1　敘述者劉再復、訪問者吳小攀：《走向人生深處》，北京：中信出版社，2011年，第17頁。

2　劉再復：《隨心集》，北京：生活・讀書・新知三聯書店，2012年，第31頁。

3　《朱光潛全集》第一卷，合肥：安徽教育出版社，1987年，第354頁。

4　《朱光潛全集》第一卷，合肥：安徽教育出版社，1987年，第354頁。

且是心靈學，直覺是心靈哲學的邏輯起點，它包括心智性、整一性和文化性三大特徵"[1]。

第四，劉再復對西方人文思想資源的汲取，最終目的是打通中西血脈，建設健康的中國現代精神文化自式。這是他對中國文化建設發展的希望，是他一以貫之的學術追求。劉再復指出："人類世界建構了三個無與倫比的文化奇峰，一是西方哲學，二是大乘智慧，三是中國的先秦經典。"他承認，在這不同的文化奇峰之間存在諸多差異：中國文化重經驗（智慧），西方重先驗（上帝、先知和神）；中國文化重樂感，西方重罪感；中國文化重和諧，西方重正義；中國文化重聚合，西方重分散；中國文化重情本體，西方重理本體；中國文化重誠，西方重信；中國文化尚文，西方文化尚武；正是因為這些差異的存在，才使得中西文化有各自的長處：

> 中國文化重人際溫馨，重人倫責任，重人際關係，重人間關懷。它雖沒有"天主"，但有"天道"，雖沒有"上帝"，但有"上善"；雖沒有"懺悔"意識，但有"反省"意識。中國文化為什麼歷經數千年而不會滅亡，就因為它合情合理。
>
> 西方文化有信仰，有自由平等大理念，有對個人尊嚴的尊重，這些是它們的長處，值得我們學習。[2]

劉再復反對狹隘的民族主義文學觀，他認為，文學和文化是可以也是應當跨國界的。他稱讚高行健為"跨文化的普世寫作提供了一個成功的例證"，"他跨語種、跨文化、全方位的文學藝術創作，如此豐富，充分發揚了西方文藝復興和啟蒙時代的人文主義精神，同時也表明東西方文化對話交融並得以更新是完全可能的，這也是他給當代藝術創作的啟示"。[3]

劉再復試圖在中西方學術之間找到共同點，他敏銳地發現，這個共同點就

---

1 劉再復：《隨心集》，北京：生活‧讀書‧新知三聯書店，2012年，第290頁。

2 劉再復：《略談中西文化的八項差異——在田家炳中學"薪火相傳"儀式上的講話》，《書屋》2017年第6期。

3 劉再復：《再論高行健》，台北：聯經出版事業股份有限公司，2017年，第29頁。

是中道思想，東西方學術中都有中道。中道智慧這個概念最初是大乘佛教提出來的，其核心精神，是認為俗諦（世間法）和真諦（佛法認為的宇宙原則）都各有自己的道理。先秦經典講中庸與中和，和中道智慧相似，是儒家的行事規則，凡事不過激，取法於中，適當妥協，但有喪失原則之嫌。中道智慧同樣有妥協讓步的意味，但實質是承認悖論的雙方均有存在的道理，是在更高的哲學層面上以悲憫的眼光看待衝突雙方。他和高行健在討論禪宗的心性本體與文學的關係時，把禪與存在主義哲學相聯繫，認為慧能以他的驚世絕俗的行為告訴我們，存在的意義只有一條，那就是存在本身，是存在本身的尊嚴、自由和它對世界的清醒意識。感悟生命，便進入禪，所謂明心見性，也就是對此刻當下的清醒意識，對生命瞬間的直接把握。[1]

劉再復從廣博的東西方思想文化資源中汲取各種養分，試圖從精神上打通中西文化血脈、融會古今文化傳統、創建中國自式的現代文學理論體系，文學心靈本體論，便是這一嘗試的辛勤結晶。

1　劉再復：《思想者十八題》，香港：明報出版社，2007 年，第 10 頁。

第二章

文學心靈本體論綱要

文學心靈本體論是關於文學基本性質和道理的理論概括，具體由兩部分內容構成，一是心靈本體，也即心靈內宇宙的思想，包括文學的心靈本體屬性、精神的無限超越性、審美內涵等諸方面內容；其心靈本體屬性，主要由心靈情感所體現。另一個是悟證方法，涵蓋心靈慧悟的形式、原理、過程、想像力生成等方面因素，心悟，是藝術思維的基本方式。本體論加方法論，合成一個相對完整的理論體系，正如劉再復所說，"文學事業就是心靈事業，是心靈通過想像外化成審美形式去感動讀者的事業"[1]。文學的內涵和審美形式，兩方面都離不開心靈。

　　文學心靈本體論有兩個鮮明特徵，一是它的明確性，堅定不移、毫不含糊地堅持文學通過呈現人的心靈情感來揭示人性這一基本認識並以此為核心闡發文學的基本原理。二是它的開放性，它闡釋文學與心靈相關的基本原理，但不構建嚴密的概念體系，而是讓這個文學思想在創作與批評實踐中不斷獲得檢驗、充實和發展。它是"反理論"的，"反教條，反固定化模式。講理論只是為了幫助大家從教條中解放出來"[2]。它的"反理論"，不是要否定和推翻一般的文學理論，走向虛無，而是反對抽空或扼殺文學本義的偽文學理論，是反教條，避免將文學本質化、絕對化和終極化。劉再復在反省自己的魯迅研究時說，生命是極為豐富複雜的，"反省之後，則要放逐概念，用生命去感受魯迅"。他表示，"我是個多元文化論者，尊重不同的文化選擇和文學選擇，尊重不同的精神類型與文學類型"[3]。反理論，本質上是在維護文學生命活力的前提下主張理論的多元化與開

1　劉再復：《什麼是文學：文學常識二十二講》，香港：三聯書店（香港）有限公司，2015 年，第82 頁。

2　劉再復：《文學四十講》，第 148 頁。

3　劉再復：《思想者十八題‧論魯迅狀態》，香港：明報出版社，2007 年，第 339、352 頁。

放性。

文學心靈本體論，是一個簡單而實在的文學理念，涵容倡導者半個世紀以來文學知識和經驗教訓的積累，以輕馭重，再次發出文學回歸的呼聲：回歸文學的本真，打破文學的現代蒙昧。這蒙昧就是對政治意識形態的順從，對各種主義的俯就和對市場潮流的迎合。文學迎合政治、俯就市場是現代蒙昧，沉浸於後現代主義的玄談怪論諸如“文學不可定義”、“語言才是世界的本體”等等，也是一種蒙昧。不可否認，這是一個文學式微的年代，文學尚未完全擺脫上個世紀左傾意識形態的束縛，又幾乎成為高速發展的機器、數碼和商業廣告的奴隸。現代科技對人類的服務，也是對生命的綁架，在生活中無孔不入。解構主義以徹底的反傳統面目出現，否定傳統意義上一切崇高的事物和信念，顛覆過往各類文學敘事，把話語、語言結構當作為所欲為的領地，把文學變成一種擯棄了終極價值和生命意義的行為表演。面對理論界的亂象，劉再復強調：“文學面對的人性與人類的生存處境是非常豐富複雜的，唯有呈現這種豐富性與複雜性，才能把握文學的本性。”[1]

文學揭示人性，由具體的心靈情感所呈現，從這個角度講，人性等同於心靈，“心靈是前提，是基石。我理解的人性也就是心靈。動物無心，人與動物的區別就在於心靈。不過，在寫作中，我講述人性這一概念時包含著更多的‘欲望’，而講心靈時則涵蓋更多的‘精神’”。[2]文學心靈本體論從“心靈情感”這個原點出發，以明心見性的方式，討論文學的性質、功能、意義，及其與哲學、宗教、政治、其他藝術範疇的關係等一系列文學的重大命題，將“文學是什麼”這一問題的一些具體答案，本真本然地呈現在讀者的面前。

1　劉再復：《什麼是文學：文學常識二十二講》，香港：三聯書店（香港）有限公司，2015年，第3頁。
2　劉再復：《五史自傳·我的寫作史》，第234頁。

一

心靈情感本體

　　文學是什麼，或者說什麼是文學的本質？二十世紀以來，學術界一直在探討這個文學的根本問題。對這個問題的不懈叩問，與文學心靈本體思想的產生，有密切的關係。

　　二十世紀下半葉開始，儘管各種權威理論著作的具體表述不盡相同，給文學下的定義基本一致，以群的《文學的基本原理》（上海文藝出版社，1963 年）和蔡儀的《文學概論》（人民文學出版社，1979 年）都強調：文學是現實生活的形象反映，是上層建築的一部分，是一種特殊的意識形態。自文學從“文革”十年極端僵化的思想禁錮狀態中解放出來，學術界就文學是否有獨立性、是否從屬政治等一系列相關問題，發動了多次大討論。文學在這些討論中一點一點地掙脫鬆綁，在意識形態控制的縫隙裏迸發出巨大的創造力，催生了八十年代以來的文學復興。同時，學界關於文學本質的討論也從政治性向審美性轉移，童慶炳主編的《文學理論教程》提出，“文學的普遍性質在於，它是一般意識形態；文學的特殊性質在於，它是審美意識形態”。該書進一步闡釋說，審美從內容上看具有情感性，從表現方式上看具有形象性，從目的上看具有非功利性。意識形態則具有功利性、概念性和認識性。也就是說，文學具有雙重性質，既是無功利的也是功利的，既是形象的也是理性的，既是情感的也是認識的，既是審美的，又是意識形態的，因此，“文學具有審美與意識形態雙重屬性”。[1] 顯然，“雙重屬性”說的倡導者試圖通過採取一個折衷的辦法——在與“文學是意識形態”這一正統理論妥協的前提下，強調文學的審美屬性，以此來否定此前流行的“反映論”和“工具論”文學觀，體現了理論探索的艱難進步。這個理論和上世紀末傳入

1　童慶炳主編：《文學理論教程》，北京：高等教育出版社，1998 年，第 65 頁。

中國的一種西方文學理論頗為相似，美國文藝學家艾布拉姆斯（Meyer Howard Abrams, 1912–2015）在《鏡與燈——浪漫主義文論及批評傳統》[1]（北京大學出版社，2015 年）一書中，試圖從文學涉及的世界、作家、作品和讀者四個方面概括文學的本質：文學作為一種人類的文化樣式，是具有社會審美意識形態性質的、凝聚著個體體驗的、溝通人際情感交流的語言藝術。這種理論看似對文學的特徵作了最寬泛的概括，但暴露出一個致命破綻：將非功利的審美與功利性的意識形態兩種不同質的概念糅合成一個概念，又無法科學地闡明它們的相同或相通之處，因此難以成立。

近年來西方理論界的反本質主義思潮，則完全否定了文學可以被定義。反本質主義最初源自奧地利哲學家維特根斯坦（Ludwig J. J. Wittgenstein, 1889–1951），他在《邏輯哲學論》[2] 中提出，世界上有兩種事物，一種是"可說"的，另一種如人生、理想等事物，是"不可說"的。他在後來出版的《哲學研究》中，[3] 用"家族相似"的概念來概括這些"不可說"的事物。此後，莫里斯·韋茨（Morris Weitz, 1916–1981）在《理論在美學中的作用》一文中，[4] 發揮"家族相似"的思想，明確提出"藝術不可定義"。喬納森·卡勒（Jonathan D. Culler, 1944–　）1981 年出版《當代學術入門：文學理論》一書，[5] 認為現代理論已經把哲學、語言學、歷史學、政治理論等內容融合在一起，同時，非文學著作中也有文學性，所以"文學是什麼"並不是文學理論的中心問題，由此確定文學的不可定義性。二十世紀初，南帆主編《文學理論（新讀本）》（浙江文藝出版社，2002 年），陶東風主編《文學理論的基本問題》（北京大學出版社，2004 年），

1　Meyer H. Abrams, *The Mirror and the Lamp: Romantic Theory and Critical Tradition*, New York: Oxford University Press, 1953.

2　Ludwig Wittgenstein, *Tractatus Logico-Philosophicus* (Translated into English by Frank P. Ramsey and Charles Kay Ogden), London: Kegan Paul, 1922.

3　Ludwig Wittgenstein, *Philosophical Investigations* (Translated into English by G. E. Anscombe), London: MacMillan Publishing Company, 1953.

4　Morris Weitz, "The Role of Theory in Aesthetics," *Journal of Aesthetics and Art Criticism*. Vol.15, No. 1 (Sep. 1956), pp.27–35.

5　Jonathan Culler, *Literature Theory: A Very Short Introduction*. New York: Oxford University Press USA, 1997.

他們接受卡勒關於"文學不可定義"的觀點，把以群、蔡儀、童慶炳的理論視為本質主義而加以批評，試圖顛覆舊有的文學理論體系。[1]

　　二十世紀下半葉左傾文學理論權威給文學下的定義，確實有本質主義之嫌，問題不在於他們給文學找出什麼樣的本質特徵，而在於他們一旦確認文學的"本質"特徵，就把它們"本質化"，也即簡單化和絕對化，就亙古不變，成為"終極真理"，最後只能把文學理論引向死地。南帆、陶東風的著作批評文學理論中的本質主義是一種僵化、封閉、獨斷的思維方式與知識生產模式，其批判是有力的和深刻的。他們對於動態網絡背景下文學現象複雜和善變的分析，敏銳而有洞見。但他們都讚許卡勒關於"文學無法定義"的觀點，認為文學的本質，僅僅是一種"研究者"的"話語建構"。[2] 這個界說的缺點，是否定文學客觀性質的自身規定性，其理論界定走向了本質主義的反面，變成了用虛無主義態度看文學。按這個界說，文學無法定義，任何時代、任何研究者都可以按其主觀意願提出不同的關於文學的話語建構。

　　文學確實很難定義。莫言說，文學就是"在上帝的金杯裏撒尿"，一句話驚世駭俗，卻揭示了文學難以定義的原因，文學的內容和形式高度自由，是多種精神價值創造形態中最自由的形態。傳統文學理論定義長篇小說是"以人物形象塑造為中心的情節虛構的完整故事"，高行健的長篇小說《靈山》，恰恰沒有傳統意義上形象完整的人物和完整的故事情節，它以人稱代人物，以心理節奏取代情節的發展，完全打破以往對小說的定義。文學創作的不斷創新，說明文學的內容是開放的，其審美形式在不斷變化，文學理論建設也應該呈現出一種開放性，不要隨意製造限定性的概念和模式，輕率地為文學做出一個終極化的定義。文學難以定義，但文學的本義必需得到合適的理論闡釋，文學的研究者無法迴避這個問題，積半個世紀的研究和思考，劉再復對文學的本質特徵作了一個基本概括：

　　　　文學最大的文化美感與價值，不在於它的文采，更不在於它的"傾向"，而在於它的"心靈"，即在於它能切入人的心靈和呈現人的心靈，能

1　杜書瀛：《文學可以定義嗎，如何定義？》，《文藝爭鳴》，2016 年 7 月。

2　陶東風主編：《文學理論基本問題》，北京：北京大學出版社，2004 年，第 8 頁。

幫助人類作心靈的提升。我一再說，文學離不開心靈、想像力、審美形式三要素，而心靈是第一要素。[1]

這個界說，既確定心靈情感是文學的本體，也確立心靈自由想像對於創造審美形式的重要性。文學不僅是心靈情感的載體，也是心靈想像的載體，想像力和文學的審美形式均由心靈而生：

> 文學事業就是心靈事業，是心靈通過想像外化成審美形式去感動讀者的事業。文學既是心靈的載體，又是想像的載體。凡是不能切入心靈的作品，都不是一流的文學作品。[2]

劉再復確認心靈是文學的本體，是文學的第一要素。在他看來，傳統文學語境中常常提及的"典型性"、"傾向性"、"語言結構形式"等特徵，只是文學發展不同階段的特有現象，而非文學的本體特徵。作家殘雪接受記者的一段訪談，和劉再復的理論陳述異曲同工，她在回答別人評價她的作品是精神自傳時說："精神自傳是我過去提出來的，別人複述我的話。現在我將這種提法改為生命歷程，即靈肉合一的自傳。"記者問她如何看待作品反映現實的問題，她強調她的小說只探究個體生命，與反映現實無關：

> 我的作品根本就不是反映或反思"現實"的。即使採用了"現實"的材料，那也是另有用途。我認為我這種實驗小說的任務不是反映現實，而是逐步建立起個人的乃至全人類的生命王國，開拓、發展出一片新天地。反映論的觀點老掉牙了。[3]

這是一個懷抱人文理想的作家堅持純文學道路幾十年的深切體會。殘雪想強調的，也是文學的本體。這個本體不是現實的反映，不是人的純粹精神想像，而是靈肉結合的生命，是心靈情感所體現的活生生的個體生命。人性的複雜與深

1　劉再復：《文化傾斜與文學自由——答〈東方早報〉賈霜霜問》，《隨心集》，北京：生活·讀書·新知三聯書店，2012 年，第 196 頁。

2　劉再復：《文學四十講》，第 47 頁。

3　黃帥：《專訪殘雪：神秘低調的"諾獎熱門作家"揭開面紗》，《中國青年報》2020 年 1 月 14 日。

刻，主要通過具體個人的心靈情感來展示，心靈的自由想像，是創造各種文學審美形式的原動力。隨著時間的流逝，那些固化的現實性、典型性特徵會逐漸變化或消失，只有借個體心靈情感呈現鮮活的生命狀態和深層人性，才是文學創作恆久不變的基本規律。劉再復的這一理念，和亞里士多德關於心靈可以分為"主動的心靈"和"被動的心靈"的理念相通，被動的心靈會隨著肉體而生滅，主動的心靈則永遠不朽。

劉再復的文學心靈本體論，其直接的思想資源，是禪宗的心性說。他藉助禪宗彰顯自性的思想，支撐人性復歸的現代意識，促進文學觀念的根本性變革：

> 從"論文學的主體性"開始，我就為文學回歸文學本義而努力……文學本義的問題則是"文學是什麼？"的問題，也即文學的"自性"是什麼。自性這個概念原是禪宗慧能思想的核心，他講自性、自佛、自救，我即佛，佛就在自身清淨的本性之中。他以悟取代佛，以覺取代神，使佛教變成無神論，在哲學上很徹底。我到海外後用"自性"代替"主體性"，打破主客二分，融化在場與不在場，更徹底地把握文學的本義。認定文學是心靈的事業，與功利無關，或者說，它只審視社會的功利活動，但本身不是功利活動。它的自性是它的心靈性，生命性，審美性。[1]

為什麼在心靈以外，劉再復又提出一個"文學自性"的概念呢？文學的心靈性與自性之間有什麼聯繫呢？他另有兩段話對此有所說明：

> 使用"自性"概念。這不是妥協，而是更帶徹底性。"自性"本是佛教使用的概念。我借用過來，是為了說明文學應與一切他性區分開來，不要受"他性"所束縛。他性包括政治性、新聞性、意識形態性等，當然也包括黨派性、組織性、計劃性等等。這就比"主體性"所輻射的範圍更廣闊，也更容易理解。[2]

1　劉再復著，葉鴻基編：《劉再復對話集：感悟中國，感悟我的人間》，北京：人民日報出版社，2011年，第6頁。

2　劉再復：《"發現個人"的兩個偉大年代——答鳳凰網記者徐鵬遠先生問》，2015年11月15日。

自性隨緣而生，與文學沒有時空邊界這個特徵相通。自性既涵蓋作家主體，也涵蓋作品客體。剛才說文學是充分個人化的活動，也可以說，文學是充分自性化的活動。這一活動，不是風動、幡動，而是心動。[1]

"自性"是佛教術語，按季羨林的解釋，就是"梵我一如"。[2] 在佛教教義中，"自性"一詞有時指實在恆常的自體，有時指真如法身，《唯識論》說，一切法皆無自性，這裏的"自性"是指恆常實體；《起信論義記》中說，"自性清淨心名如來藏"，這個自性指真如法身。總的說來，佛教各宗主張無我，方可修得真如，是無自性。般若經講緣起性空，緣起無自性，緣起緣滅。慧能的自性，明確自性即心性，即真性真心。什麼是真，佛法以為永恆者為真，生滅者為假。慧能指出，"性含萬法是大，萬法盡是自性見"，他又說，"善知識，不悟，即佛是眾生；一念悟時，眾生是佛。故知萬法盡在自心，何不從自心中見真如本性？"（《壇經·般若品第二》）慧能確定心、性同一，心性是眾生的本體，亦是萬法的本體，以此宣示人的自救之途，通過"自性自悟"達到"一悟即至佛地"的境界，這是對"梵我一如"核心精神的準確把握和繼承。

禪宗的"自性"與古希臘哲學中的"本體"、康德哲學中的"物自體"，在追問宇宙和存在物的本性方面詞義相近。劉再復將"本體"、"自性"的概念引入文學，提出"心靈本體"和"文學自性"這兩個概念，說明"文學自性"就是文學的心靈性，就是文學的本體。強調文學的自性，就是要求文學從一切他性中解脫出來，才有自由。這是認知方式的徹底轉變，從對文學一般現象、特徵的認識，改變為對文學形而上本體性質的追尋和把握。"心性"和"自性"是哲學概念，通常用於形而上的理論思考，劉再復在從事作品批評或審美鑒賞時，使用"心靈"或"個體心靈情感"代替"心性"和"自性"。他在與李澤厚"關於哲學智慧和藝術感覺"的對話中說：

文學是自由情感的存在形式。

1　劉再復：《隨心集》，北京：生活·讀書·新知三聯書店，2012 年，第 129–130 頁。

2　季羨林：《談國學·關於"天人合一"》，北京：華藝出版社，2008 年。引自"和訊讀書"在綫閱讀，2019 年 1 月 22 日。

文學與藝術相比，文學更離不開情感本體。人的感情活動是非常複雜的，它是神秘的、無邊的，不合邏輯而且不合法律的。情感其實不可分析，如果用某種理論分析情感、歸納情感、整理情感，甚至對情感作出政治判斷，就會使情感變得簡單化、表面化，最後抹煞文學的本體。

　　我把文學界定為自由情感的存在形式，也是把情感視為文學藝術的根本。這幾年，我寫《性格組合論》、《論文學的主體性》，就是立足於人的情感本體，反對以黨性、階級性為文學本體，反對以政治本體取代情感本體，反對以意識形態作為文學創作的前提。[1]

文學的心靈本體屬性，心靈內宇宙的空間狀態，具體是由心靈情感來呈現的。文學作品的心靈情感，並不是完全發自本能的原始情感，而是涵容理性意識的構成作品審美意蘊的心靈情感。劉再復對文學心靈情感的作用和特徵的闡發，表現為以下幾個方面：首先，他強調心靈情感的美感作用，但從未否定作品的理性力量，他所有關於文學情感的批評和鑒賞，都與分析、發掘作品的思想內涵相結合。他提出的“有感之感”，是極為豐富的概念，前一“感”字是情和直覺，是表述情感的欲望；後一“感”字，則是對情感直覺的表達，直覺情感在表述出來時已經經過心靈綜合，便具有理性化、理想化和思想的特徵。他指出，有感而發“也是感物明志”，即情感中融合思想，便產生痛苦感、壓抑感，才想表述，產生寫作的欲望和衝動，因此，“良知壓抑”是中國作家的一個主要創作衝動：

　　如果沒有被放逐的壓抑感，就不會產生屈原的《離騷》；如果沒有被閹割的恥辱感，就不會有司馬遷的《史記》；如果沒有擺脫官場回歸家園的快樂感，就不會有陶淵明的田園詩；如果沒有國破家亡的滄桑感，就不會有李後主（李煜）的“問君能有幾多愁”等卓越詩詞；如果沒有緬懷“閨閣女子”的孤獨感與寂寞感，就不會有《紅樓夢》；如果沒有欠下一些女子情感債務的罪惡感，就不會有托爾斯泰的《復活》；如果沒有衝破鐵屋子的悲憤感，就不會有魯迅的《吶喊》與《彷徨》；如果沒有對於現實世界的絕望感，

1　劉再復：《李澤厚美學概論》，北京：生活・讀書・新知三聯書店，2015 年，第 172–173 頁。

就不會有卡夫卡的《變形記》、《審判》與《城堡》。每一部好作品，作家都是有所感而發，千萬種作品，其動因也千種萬種。每一部傑作未必只有一種感，也可能是百感交集。例如林黛玉的葬花辭，寫得那麼動人，其動因就是徹骨的傷感、悲感、孤獨感、寂寞感，尤其是絕望感。[1]

文學心靈本體論所倡導的心靈情感不僅涵容良知意識，還包括另外兩點內容，即承認自我的脆弱和回歸平常的自我，良知責任、自我是自我的地獄、回歸平常心，是心靈情感的三個思想基點。

劉再復強調文學的作用主要在表述心靈情感，但沒有把心靈情感的表述絕對化，而是認為文學同樣可以表達理性認識和思想，"其實偉大的文學家也有思想深度。有些'史詩'或'詩史'比史學家編著的歷史還深刻"[2]。他的"紅樓四書"對《紅樓夢》的講述，著眼於情，而歸結於悟，他從寶黛等人物的微妙情感表現中讀出人物的心靈走向，讀出曹雪芹對生命意義的探索與思考，讀出《紅樓夢》中深刻的哲學思想內涵。劉再復確認心靈情感是個情理結構，即文學情感中含有理性因素，文學的思想性必須是形象或意象的內涵，必須以文學的審美方式所呈現。"情理結構"一詞，原是李澤厚用來闡述儒家深層文化心理結構的哲學概念，說明它是"百姓日用而不知"的生活態度、思想定勢、情感取向；它們並不是純理性的，而毋寧是一種包含著情緒、欲望，卻與理性相交纏的複合物。[3]劉再復借用這一概念，形象地說明心靈具有情感表達與理性選擇的雙重功能，情感表達是基本傾向，理性選擇是潛意識中的思維習性，心靈情感是一種受到潛在理性影響的情緒、傾向、欲望和愛好的綜合感受。文學是"是以情動人"的藝術形式，它對於心靈狀態的呈現，對於理性思考的表述，必須藉助生命的自然情感流露這一中介來實現。心靈情感的流露和變化衝突，越本真、越符合自然生命的真實狀態，就越能打動人，越能把作者關於社會生活的思考在性情陶冶的過程中潛移默化地傳遞給讀者。這就是文學規律，違背這個規則，文學的哲學思考就會流

1   劉再復：《什麼是文學：文學常識二十二講》，香港：三聯書店（香港）有限公司，2015年，第140頁。

2   《〈明報〉文學訪談錄》，受訪者：劉再復，採訪者：劉劍梅，2016年9月，"再復迷網站"。

3   李澤厚：《初擬儒學深層結構說》（1996），見《說文化心理》，上海：上海譯文出版社，2012年。

於膚淺，或是近於說教，"文學雖然也蘊含思想，但這種思想訴諸形象與情感。比如貝克特的《等待戈多》，它雖內含對荒誕世界的思辨，但完全訴諸形象，與哲學意義上的純粹思辨完全不同"[1]。劉再復的文學批評，闡明了作品中情感與思想的辯證關係，心靈涵容情理，理為冷靜思考，情為生命熱度；作品中包含對人生的哲學思考，才有思想深度，哲學思考融入情感，借情感而呈現，才能產生生命的能動。

劉再復確認心靈情感呈現的獨特性對作品審美價值高低有決定性作用，因而特別強調作品要表現心靈情感的個性和豐富性。他說："感，又必須是個性之感。同樣是傷感，林黛玉的《葬花吟》與賈寶玉的《芙蓉女兒誄》就大不相同：前者傷自己，後者傷知己。同樣是憂煩感，林黛玉的夢和安娜・卡列尼娜的夢很不相同，這是感覺的不同。"[2]一首《葬花吟》，感覺是多麼地豐富，又多麼複雜，充滿傷感，但這是林黛玉獨有的傷感，其中包含著濃濃的悲感和愁緒，讀者還能從中讀出無依感、無助感、無常感、蒼茫感、空寂感、無知音感，甚至是死亡感。這種傷感表達的是"寄人籬下"的貴族少女林黛玉獨有的傷春悲秋情緒，細膩、具體、複雜，混合著生理感受與心理情緒，這種描述越具體、越豐富、越複雜，就越能傳遞作家的高級審美感覺，讓讀者從文字中享受美感。劉再復的文學批評還顯示，在特定情境中，作品人物所表現出來的卑劣的心理感受或低下的生理感受，同樣使作品產生強烈的情感效應，譬如，莎士比亞悲劇《麥克白》中，將軍麥克白在殺死蘇格蘭國王篡位之後感到手上的鮮血無法洗淨和聽到敲門聲時惶惶不安的心理活動，《駱駝祥子》中祥子墮落之後吃喝賭嫖時的生理和心理感受，其卑劣、醜陋或粗俗得到了恰當的描述，同樣使作品產生震撼人心的審美效果。

劉再復確認，作品根據情境的需要表述各種情感格調，但心靈情感的基本導向，應當是崇高與昇華，將人性導向神性，而不是純粹暴露粗鄙自然，或是一味沉淪於狹猥低俗的個人情緒。他以歷史上三個亡國帝王不同的心靈方向為例，說

1　劉再復：《什麼是文學：文學常識二十二講》，香港：三聯書店（香港）有限公司，2015 年，第 42 頁。

2　劉再復：《文學四十講》，第 151 頁。

明把握作品心靈情感方向的美學價值所在：

> 越王勾踐在亡國後念念不忘"十年生聚、十年教訓"，為了復國復仇而不顧蒼生天下的苦難；宋徽宗丟了北宋政權之後，內心只有個人的哀戚；唯有李煜，推己及人，從個人的不幸出發而想到普天下蒼生的不幸與苦難，把個體的悲哀化作普世的悲情，寫出"問君能有幾多愁，恰似一江春水向東流"的動人詞句。

心靈情感的無限豐富與複雜，是構成作品豐富多彩審美內蘊的根基，"確認心靈沒有終點，也就是確認文學沒有終點。了解這一點，才能明白文學無止境，也才能明白，文學不可追求結論，演繹結論"[1]。文學對心靈狀態的呈現，對人性深層的發掘，沒有止境，詩人是永遠的流浪漢，永遠的精神探求者。

心靈情感是文學的第一要素，文學的另外兩個要素想像力和審美形式，都與心靈情感不可分割。心靈是想像力和審美形式發生的基礎，想像力是自由心靈被藝術靈感激活時生命激情的迸發狀態，是讓心靈飛翔起來的心理機制，"想像就是詩法，就是魔法，就是起死回生法，就是無法之法，就是讓人的心靈、活力重新燃燒、開放、飛揚起來的創造法"[2]。一方面，文學想像具有現實基礎和人性根據，作家對現實人生體驗愈深刻，對人性的複雜性了解得愈透徹，基於現實人生的文學想像就愈加自然，愈容易獲得自由馳騁的空間，愈容易獲得讀者的理解和喜愛。孫悟空大鬧天宮、大鬧龍宮的文學想像奇特瑰麗，讀者之所以喜聞樂見，不僅因為它們有趣，還因為天宮、龍宮的階層結構以及孫悟空反抗、調侃權威的行為，是現實社會不同階層之間矛盾衝突的喜劇誇張和延伸。另一方面，想像的成功與否，以心靈自由的程度為前提。作家內心愈自由，愈不受規範的限制，其想像的力度也就愈強，劉慈欣的《三體》三部曲和《流浪地球》，用極冷靜的敘述和分析，講述膠捲顯示死亡倒計時，納米材料的細絲織成天網割碎巨輪，三顆太陽造成的日夜顛倒和文明滅絕，流亡過程中兩派人物的爭鬥，以極殘忍的手段

1　劉再復：《文學四十講》，第 234–235 頁。
2　劉再復：《什麼是文學：文學常識二十二講》，香港：三聯書店（香港）有限公司，2015 年，第 96 頁。

處死對方……神奇的想像，開拓一片新的視野，讓讀者在宏大的科幻場景中看到現實世界和深層人性的鏡像。

內容開拓方面的自由想像與審美形式創造方面的自由想像，都不是易事，特別是審美形式的創新，與作家自由想像能力的高低有直接的關係。李歐梵曾經批評當代中國小說"想像視野"不足，在幻想層面上比不上南美和印度作家，志怪和《聊齋志異》的自由想像傳統，始終不能轉化到當代寫實小說之中。（《人文六講》，中國人民大學出版社，2012 年）不僅當代文學，實際上整個現當代文學作品中，"想像視野"都比較狹窄，這段時期，革命現實主義成為文壇的主潮，大腦受制於主義，就削弱了想像力。不過，近期文學創作中，這種現象已經有了很大的改變，莫言、余華、閻連科等人的小說，都充分發揮了風格獨特的想像，"三位作者所採取的文本策略都是把自己的社會感受和病態發現推向極致，其對現實與人性黑暗面的見證也都超越一般的現實主義。三位作家均把'魔幻'、'半魔幻'、極度誇張、黑色幽默等方式帶入文本，以突出現實的荒誕屬性"。特別是莫言的小說《酒國》，其想像力度決不亞於南美作家，"後來莫言的想像視野不斷擴張，想像力幾乎是他的一切。到了《生死疲勞》，其想像視野與現實幅度的結合，更是抵達天衣無縫的地步，令人不能不叫絕叫好"[1]。劉再復因此而感嘆，文學所追求的是"生命生存之外更高的存在"，它最核心的本質就是"自由"，"為了表達這一存在，它充分想像，充分訴說，於是，它便打破現實世界中的一切框框、戒律，撕毀各種教條，包括政治學、倫理學、宗教學的教條，這就像在上帝的金杯裏撒尿"。[2] 作家勇於破除各種禁忌，充分發揮自由想像，作品才能散發出原創性的亮色。

審美形式是荷載和呈現心靈情感的藝術表現方式，審美形式只有適合特定心靈情感表述的需要，作品的想像力才能高度發揮，敘寫內容才能得到充分的表述，思想內涵才能獲得恰當的展示。劉再復關於文學審美形式的思想非常豐富，相關論述主要包括以下幾個方面：他重點思考的不是文學的語言、修辭等具體藝

1　劉再復：《莫言了不起》，北京：東方出版社，2013 年，第 38、44 頁。

2　劉再復：《什麼是文學：文學常識二十二講》，香港：三聯書店（香港）有限公司，2015 年，第23 頁。

術技巧，而是從美學原理的角度把文學的審美形式概括為審美範疇、審美趣味、審美方程式和文學樣式等四方面基本內容，主張創作要首先從這些大的方面滿足審美形式的要求。他主張判斷和評價作品，應當以審美基本範疇為視角，探索作品荷載的情感是否恰如其分和思想內涵的深刻性。"如果作品是一部悲劇，我們就要審視其悲劇的深度、廣度和真實度。如果是喜劇，我們也要審視其喜劇的快感、幽默感、分寸感和對醜的批判力度等等，而不是動不動就考慮作品的政治正確與否，或道德純正與否。"[1] 至於如何建構合適的審美形式，他傾向於按李澤厚的見解，由感知、想像、情感、理解四項因素組合成一個審美方程式，其中，核心原素是心靈的情和思，它們是變量，在不同情境下以無限種不同元素的有機組合，生成風格各異的審美形式。李澤厚的論述，從理論上提供了審美形式的構成方法，劉再復對莫言等作家作品的分析，則闡發了不同審美形式方程的獨特生命形態。劉再復坦誠地說，文學的難點尤其難在創造審美形式，審美形式的創新，關鍵是表現方法的細節突破。"所謂天才，就文學而言，乃是把心靈轉化為審美形式的巨大才能。"[2] 因此，創作者不僅必須具有形式意識，而且要善於運用形式技巧，突破文句之難、文眼之難、文心之難和文體之難的考驗。特別是文體，是最困難也最能表現作家水準的一個關口，要從細節著手，在寫作細節上有所突破，文體才能展示思想內容的浮雕性和可感性。托爾斯泰和陀思妥耶夫斯基在發掘和描寫複雜人性方面，達到同等高度，只有文體最能顯示他們之間不同的風格，他們的風格都無法複製。文學的審美形式是活的，審美形式無定式，創作在不斷更新，不斷打破已有的理念與寫法，審美形式如何適應心靈情感的表述和想像力的馳騁，全在作家對自己所熟知材料的自由選擇和對敘事技巧存乎一心而運用自如。他讚嘆莫言的敘事語言技巧之所以不同凡響，成一大氣象，就在於莫言不僅擅長於講故事，而且是一個想像力驚人、表現力超群的審美形式創造者，講故事講出了大格局、大結構、大悲憫，講出了巴爾扎克的歷史畫卷和馬爾克斯的魔幻神奇。究其根本，是他的敘事語言打通了心靈、想像力和審美形式三要

1　劉再復：《什麼是文學：文學常識二十二講》，香港：三聯書店（香港）有限公司，2015 年，第108 頁。

2　劉再復：《文學四十講》，第 171 頁。

素，把講故事變成了精彩的敘事藝術，作品中的生命才如此鮮活。"如果沒有深厚的精神內涵，如果沒有想像視野和現實幅度，僅僅玩技巧，玩語言，就會把文學玩得很蒼白，很乾癟，很乏味，甚至會把文學玩死。"[1]

劉再復的文學心靈本體思想，對於促使文學回歸文學的本義，具有三點突出的現實意義：首先，他的這一理論倡導有力地促進文學創作和批評的"向內轉"趨勢，即作家的觀察視角由外部客觀因素轉向主體內心世界，批評家美學鑒賞的目光從文學的外部特徵向內部規律發生位移。這一"向內轉"的過程始於二十世紀八十年代中期，迄今尚未完成。劉再復在 1985 年發表的《文學研究思維空間的拓展——近年來我國文學研究的若干發展動態》一文中，總結新時期文學研究方法"向內轉"的特徵，是藝術審美特徵的研究、新美學觀念的引進和對藝術形式美與藝術辯證法問題的探討。[2] 隨後，他在《文學研究應以人為思維中心》一文中指出，"研究文學的規律，最重要的是研究人的感情和活動、主體的審美方式、表現方式等等"。[3] 三十多年來，劉再復堅持文學創作和批評方向的"向內轉"，從堅持人的主體性到對人的內宇宙的開拓，沿著這個"心靈方向"，為創作和批評徹底的"向內轉"，提供了系統的理論支持。

其次，劉再復對"文學是心靈情感載體"這一理論的闡發，深化了對文學思維方式的認知。他從李澤厚"文學不是認識"這個理念出發，證明"形象思維"主要指藝術想像，是整個文學思維的一部分內容，"形象思維"不能完整、準確地表現文學思維的性質和特徵。[4] 文學思維必須經過表象到概念，然後形成意象，借審美形式表現出來，即是作品。它不是與邏輯思維相平行的、互不相干的思維，它涉及創作活動的整個心理過程，就其本質而言，是創作者將其內在的創作衝動化作理性調節下的文學意象塑造，是直覺感悟顯現、心靈情感傾訴和理性自覺參與的綜合過程。原始衝動、感受、感知、慧悟和邏輯思辨等多種心靈因素

---

1 劉再復：《莫言了不起》，北京：東方出版社，2013 年，第 45 頁。

2 劉再復：《文學研究思維空間的拓展——近年來我國文學研究的若干發展動態》，《讀書》1985 年第 2、第 3 期。

3 劉再復：《文學研究應以人為思維中心》，《文匯報》，1985 年 7 月 8 日。

4 劉再復：《李澤厚美學概論》，北京：生活·讀書·新知三聯書店，2009 年，第 108 頁。

共同參與創作構思，其中情感與心悟扮演關鍵角色，對文學意象的形成及其美學價值高低起決定性作用。作品形象或意象，是這種綜合心理活動過程的造物，而非藝術思維活動本身。劉再復的這一認識，同時強調文學藝術思維的情感性、形象性、直覺感悟和理性綜合諸因素，一是可以避免把形象塑造誤解為"文學是認識"的特殊方式，二是可以避免產生把形象作為文學的唯一亮點而過度美化與拔高的弊端。

再次，劉再復的這一理論倡導，通過對文學心靈情感表述特徵的闡發，把傳統理論賦予文學的冷冰冰的社會性轉變為生命性，使文學的審美具有生命的情感和溫度，和平凡人生的本真生命存在狀態建立了密切聯繫。從理論上把文學藝術從一種社會現象轉變為一種生命現象，是劉再復文學心靈本體論的一個特色，劉再復在闡述文學的生命現象時，避免了左拉式的把生命現象生物化，通過尊重存在的關係相關性，確認生命現象的社會化，同時，又確認這個社會化是通過個體的自由心靈情感來實現的，這就從理論上闡明，文學不僅需要有思想的深度，更要有充滿個性色彩的心靈情感。劉再復說：

> "破一切執，留一顆心"，這幾個字常常在腦子裏盤旋。心是世界的本質，心之外什麼也沒有，這是慧能的徹悟，也是賈寶玉最後發表的遨遊人間一回的感想。慧能與寶玉打破心之外的一切執著，看破身外種種幻相，由色入空，幫助我放下許多雜念，也幫助我走出許多舊套。[1]

確認心靈是文學的根本，這個全新的文學理念，目的就是破一切理論概念和意識形態之執，讓心靈插上藝術的翅膀，自由飛翔。

---

1   劉再復、劉劍梅：《共悟紅樓》，北京：生活·讀書·新知三聯書店，2009 年，第 4 頁。

二

文學的屬性：真實性和超越性

　　文學出於虛構，但作品書寫卻必須抱有百分之百的真誠，這是一個悖論。態度有一分虛假，作品就有成倍的瑕疵；只要刻意修飾，便是藝術自殺的開始；這是創作的基本法則，是由文學的基本屬性決定的。什麼是文學的基本屬性呢？劉再復提出：

> 　　最根本的只有兩點，一是它的真實性；二是它的超越性。這是本性，也是天性。[1]

　　真實性是文學的第一天性。文學最怕謊言和矯飾，虛構的文學作品必須以真實為基礎，只能以真實立足，以真實打動人，以真實獲得境界。這個見解，本是文學界的共識，劉再復關於文學真實性的獨特之處，表現在兩個方面：一是強調把握藝術真實的"度"，二是把創作態度的真誠提到絕對的程度。

　　什麼是藝術真實的"度"？劉再復提出了兩個基本標準："對於文學的功能，我則把它簡化為兩點：一是見證人性的真實；二是見證人類生存環境的真實。"[2]人性的真實，即心靈的真實，複雜、豐富、有無限的呈現形態；生存環境的真實，由無數具體的真實因素構成，作家的責任，是呈現其中對命運起決定作用的真實因素。文學寫真實，是一個常識，如何寫真實，卻是一個難題。作家王安憶在給復旦大學中文系學生講課時，曾經分析紀錄片《毛毛告狀》與文學創作的關係，一個湖南打工妹和上海弄堂中一個殘疾青年未婚生子，那男人卻不肯相認，母親勇敢地抱著三個月的女兒找法院打官司，做親子鑒定，最後在媒體與社會的

1　劉再復：《什麼是文學：文學常識二十二講》，香港：三聯書店（香港）有限公司，2015 年，第46 頁。

2　劉再復：《五史自傳‧我的寫作史》，第 235 頁。

干預下，問題獲得了解決。這個紀錄片對事件作不間斷的追蹤報導，把原始過程搬上屏幕，在上海灘引起極大的社會反響。但這個現象引起作家對文學真實性的反思，王安憶痛苦地追問：

> 《毛毛告狀》告訴我們，我們所做的“真實”，很多都是出毛病的。你們看，在生動的面目下的歷史事實，人家紀錄片也真實到這份上了，我們還能做什麼？到頭來還是那個問題：小說到底是什麼？

王安憶把自己對這個痛苦追問的思考告訴學生：過去對小說的觀念看來不對，單純寫真實的路其實走不通，小說應該呈現的是心靈的真實。她因此把自己的小說命名為“心靈世界”：

> 我覺得小說是一個絕對的心靈世界，當然我指的是好的小說，不是指那些差的小說。我是說小說絕對由一個人，一個獨立的人他自己創造的，是他一個人心靈景象。他完全是出於一個人的經驗。所以它一定是帶有片面性的。這是它的重要特徵。它首先一定是一個人的。第二點，也是重要的一點，它是沒有任何功用的。[1]

王安憶是一個作家，她從多年創作經驗中獲得的體會，和劉再復的理論探索所得不約而同。劉再復在評價高行健關於文學寫真實的見解時說：“他所說的真實，不是現實表層的真實，而是現實底蘊的真實，即人性深層的真實。”[2]

劉再復對《金剛經》的參悟，與他提出把握文學的深層真實性有關。《金剛經》的主旨是“願解如來真實義”，經文中說，“若菩薩有我相、人相、眾生相、壽者相，即非菩薩”，又說，“凡所有相，皆是虛妄；若見諸相非相，則見如來”。劉再復反對文學著相，不僅反對學者有學者相，作家有作家相，而且特別注意自己的批評與論述迴避“文字相”（即玩弄語言文字和賣弄才情），認為凡著相即為不真。他對賈寶玉最大的肯定，“是他天生一身佛性，天生沒有我執，

---

1 《心靈世界：王安憶小說講稿》第一講，“小說是什麼”。“努努書坊”2018 年 10 月 6 日在綫閱讀。
2 劉再復：《什麼是文學：文學常識二十二講》，香港：三聯書店（香港）有限公司，2015 年，第 49 頁。

不執著於我是誰，不執著於世俗角色，不執著我為何物何人，甚至不執著我是男性或女性。從各個層面打破執，打破隔閡，才有大愛與大慈悲。寶玉正是徹底打破我執法執的真情真性人。"[1] 劉再復所強調的文學真實，不是左拉那種事件調查實錄式的真實，而是人性的本真。他以《哈姆雷特》的主人公為例，指出哈姆雷特的性格表面徘徊仿徨，其人性深處則是極為複雜的多方面衝突，他要向殺父娶母的叔叔復仇，又怕傷害母親；放棄復仇，則無法重整乾坤，辜負了做人的責任；他深愛俄菲莉亞，為了復仇而裝瘋，只得對戀人故作無情；而俄菲莉亞的父親是他叔叔的幫手，在竊聽時被哈姆雷特所殺，他與愛人的關係中又多了一層愛恨交織。所以，《哈姆雷特》讓後人說不盡，就因為它呈現了人性的多面性和複雜性，其人性世界豐富至極也真實至極。《紅樓夢》中，賈寶玉、林黛玉、薛寶釵、王熙鳳、賈政等，沒有一個絕對好，也沒有一個絕對壞，卻都有各自鮮明而豐富的性格特徵。劉再復由衷地推崇莎士比亞和曹雪芹，"就是因為這兩位偉大作家都無與倫比地揭示了人性的豐富、複雜，和擁有對人類生存環境最深刻的認知，他們筆下的人物，其性情性格，全都具有多重暗示，絕無本質化（即簡單化）現象"[2]。

第二，劉再復特別強調作家創作態度的真誠，要求作家不欺騙讀者，認為這不僅是創作的思路，也是創作的倫理。他引高行健的話說：

> 真實，是文學至高無上的倫理。
>
> 文學有自己的道德，這個道德的核心是個"真"字。不欺騙讀者，寫出內心的真實和外在的生存環境的真實，便是作家的道德。文學不是法律，但作家必須具有自己的內在律令。勿撒謊，說真話，這是最高的律令。[3]

作家是否欺騙讀者，不在於創作是記錄事實還是編織故事，素材是源自於生

1　劉再復：《紅樓夢哲學筆記》，北京：生活·讀書·新知三聯書店，2009 年，第 21 頁。

2　劉再復：《什麼是文學：文學常識二十二講》，香港：三聯書店（香港）有限公司，2015 年，第 47 頁。

3　劉再復：《大觀心得》，香港：天地圖書有限公司，2010 年，第 132 頁。

活還是源自於想像，一個基本的判別標準，看作者是粉飾人生還是真實地呈現人生。作品是粉飾還是呈現，由作者的創作動機所決定，真誠的作家其創作都是有感而發，不帶功利動機，即使是表現某種重大社會現象或政治事件，也是因為有深刻的真切感受。柳青的《創業史》，寫農村初級社會主義改造運動，作者扎根陝西長安縣皇甫村 14 年體驗生活，作品雖然帶有那個時代無可避免的左傾意識，但因作者對農民生活習性的真正了解，他成功地塑造了普通農民梁三老漢形象，在呈現舊時代農民的生活現狀與精神狀態方面，在同時代的作品中具有獨特的亮色。如果不是有感而發，而是為著功利動機或受意識形態驅動而寫作，作品必然免不了有虛假成分，拿浩然同一時期寫農村生活的《艷陽天》作對比，就可以看出後者對蕭長春等農民形象的理想化塑造，已經摻雜過多的粉飾成分；到他的另一部作品《金光大道》，主角高大泉實際上成了現代農民英雄形象的泥塑金身。劉再復分析作家抵達人性真實所遭遇的種種障礙，半個世紀以來，造成中國文學進入現實底蘊的障礙，最重要的是兩種錯誤理念：一是把“主義”當成創作的出發點。在政治生活領域，信奉某種主義，當然可以理解；但在文學領域，以某種主義為創作出發點，就會有意或無意按照主義的傾向設計作品，用主義剪裁人性，最後造成人性概念化，作品變成主義的傳聲筒。二是把“社會批判”當作創作的出發點。知識分子天然地同情大眾而批評政府，有天生的左翼傾向；作家大多持有一定程度的道德義憤，對社會不公充滿憤怒。但文學不能停留在暴露與控訴的層面，這樣做，會使作品淪為晚清時期的黑幕小說、譴責小說，停留在“溢惡”的層面，而不能進入人性深處。[1]

二十世紀中期的中國文學創作，作家失語、失真和粉飾是嚴重現象。這種現象的產生，根子在不正常的社會政治生活，高華的《紅太陽是怎樣升起來的：延安整風運動的來龍去脈》，[2] 用公開出版的歷史文獻證明，個人崇拜的極度膨脹，左傾思潮泛起，是國家民族遭遇一系列災難的根本原因。災難的歲月過去以後，

---

1 劉再復：《什麼是文學：文學常識二十二講》，香港：三聯書店（香港）有限公司，2015 年，第54–55 頁。

2 高華：《紅太陽是怎樣升起來的：延安整風運動的來龍去脈》，香港：香港中文大學出版社，2000 年。

人們懺悔自新了嗎？潛藏在靈魂深處的原罪得到清算了嗎？沒有！德國人在納粹災難以後，為使後人了解真實的歷史，聯邦教育法規定：德國歷史教科書必須在內容上包含足夠篇幅的納粹時期歷史。1970 年，勃蘭特總理在華沙的受難猶太人墓碑前真誠地下跪，這一跪喚醒全歐洲人對新納粹崛起的警惕。有了全民族的誠實面對，理性反思，德國才會在二戰的廢墟上迅速崛起。中國作家是寬厚的，在極左思潮橫行的年代，他們以失語的方式表示不合作態度；寬厚的另一面常常表現為中庸或妥協，目睹虛假存在而不發聲。作家並不承擔清算作惡的社會責任，但卻負有呈現真實人生的良知責任，當作家為了迎合潮流而忽略良知責任時，就會導致文學成為粉飾。粉飾的方式多種多樣，主要有三種形式：第一種是作家以“主義”或特定政治傾向為創作出發點，即使素材完全源於生活，但被用來演繹某種“主義”或政治傾向，就必定造成影子和本體相分離的虛假效果。七十年代上海縣寫作組寫的《虹南作戰史》，廣東軍區牛田洋創作組寫的《牛田洋》，以農村生活和軍墾農場抗災事件演繹流行的政治基調，完全沒有文學性，令人不堪卒讀。浩然的《金光大道》，不乏農村生活細節描寫，為了“三突出”的需要，只能以閹割人性為代價圖解人生，最終生產出來的是偽現實主義作品。第二種是通過對真實性材料作選擇性取捨，形成粉飾現實的導向。改革開放初期，黑龍江省王守信貪污案發，《黑龍江日報》於 1979 年 8 月 15 日發表長篇通訊《十年浩劫的一個側影》，次日，《人民日報》發表同類報導《觸目驚心、發人深省——大貪污犯王守信為什麼會有那麼大神通？》，把王守信定性為四人幫餘孽，這兩篇重大報導在社會上毫無影響。隨後，《人民文學》1979 年第 9 期刊登劉賓雁撰寫的長篇報告文學《人妖之間》，立即在全國引起轟動。同樣的紀實作品，效果為什麼會有天壤之別？原因就在粉飾與真誠的差別。兩個大報採用宣傳工作的一向套路，一是把罪過推給替罪羊，與四人幫上掛下聯；二是喪事當作喜事辦，把腐敗大案當作反腐勝利成果來宣揚，從文革政治宣傳的欺騙中覺悟過來的大眾，對這種虛假的宣傳方式自然充滿不屑。劉賓雁的報告文學之所以具有石破天驚的力量，除了事件和細節的真實，作者還深挖腐敗的具體社會根源，筆鋒所及，揭露省、地、縣黨政組織內的腐敗勢力，文字間灌注了作者的理想熱情和人格力量。第三種則是為了媚上或邀寵而寫作，則必然粉飾現實，虛構情感，甚至會把肉麻當有趣，"兆山羨鬼"和"秋雨淚勸"兩個新典故，可以看作是這類寫作的典範。[1] 作家是人，有常人的七情六欲，作品因為某種原因，出現一些誇張或粉飾的成分，是正常現象，至多導致作品品格不高；但是，以放棄"真誠"這個創作原則作交易來取悅權勢，也就踐踏了作家的職業道德倫理。

真誠，是文學的底綫，一個作家不論是為了主義還是為了功利，只要開始粉飾，就是親手殺死文學。不僅創作，理論研究同樣必需嚴格恪守真誠的原則。劉再復說，不欺騙讀者，不僅是創作的思路，也是創作的道德，從這個意義上來說，真就是善。人性的真實可以從不同的視角去發掘，只要作家抱著真誠的創作態度，循著文學的規律，不論張愛玲的殘酷寫實或沈從文的溫厚寫實，都可以從不同側面發掘人性的深層，給讀者帶來人性的溫暖。

文學創作的能力，最重要的就是捕捉和表現內心真實的能力，所謂文學天才就是把這種能力推向極致並充分表達出來的才華。高行健說：

> 如果要寫的是令你動心，卻尚說不清道不明的，你竭力要去捕捉的，那就是真實。這真實那麼不可以名狀，而又確實存在，只要你充分鬆弛，精神飛揚時，才有可能體現在你筆下。這是無法定義的。真實並不等同於我們日常生活中業已經歷過的事實。不如說，它是主觀與客觀的相交，它又不具有實體的性質，說它是純然精神的，卻又實實在在。寫作中捕捉的，就是這不可捉摸的，不可能定義的卻可以感受到的，我們稱之為真實。[2]

劉再復把高行健的這段創作感受概括為"捕捉內心真實"，"他寫的不是現實，而是'現實背後人的內心感受'，也就是內在真實。抓住這一點去讀《靈山》，就會讀出'其中味'"。他引摘《靈山》中一個情竇初開的少女初次做愛時的內心感覺，評價說："這一節共 1540 個字，是獨立的、精粹的、完美的短篇。我們從這一節中可以看出高行健文字的風格：準確、洗練、富有內在的情

1　"兆山羨鬼"一典，產生於山東省文聯副主席王兆山在 2008 年 6 月 6 月《齊魯日報》上發表的詞《江城子‧廢墟下的自述》；"秋雨淚勸"一典，產生於余秋雨的散文《含淚勸請願災民》，發表於《中國報導週刊》，2008 年 6 月 9 日。

2　引自劉再復：《高行健論》，台北：聯經出版事業股份有限公司，2004 年，第 146 頁。

韻。這個女子，也許現實中並不存在，只是主人公幻想中的審美理想。我們如果把這一節作為一篇獨立的散文來欣賞，也會覺得很美，很有情趣，有一種天人合一的感覺。"這就是高行健所說的難以捕捉而他又成功地捕捉到的心靈狀態，作者道破少女內心秘密，是那麼準確，那麼有趣，又是那麼有分寸。這不是傳奇，也不是語言把戲，而是對生命真實很貼切的感知，這正是王安憶所感嘆的紀錄片所難以企及的東西。

文學寫真實，追求的是藝術的真實性，即選擇適當的真實材料、或者想像的真實情境，採取逼真的書寫方式、體現作者的審美理想或朦朧的審美意識；沒有審美意識這個靈魂，現實描寫纖毫畢現，也難以提高作品的藝術品味。審美，作為作品的靈魂，並不是作者一廂情願的傾訴，它必需符合藝術美的本質的規定性：一、審美意識是寫真實的基礎，它不是左傾作家們曾在實踐中一敗塗地的情感宣洩和傾向表述，而是用美的法則體現文學理念。二、文學理念的形象表述，必須同時遵循美的創造規則和生活本質真實的邏輯。因此，敘寫的內容不僅要源自生活經驗，而且要提煉為藝術精神，即魯迅所說的畫眼睛。同時符合生活和藝術的雙重邏輯，藝術真實才可能高於現實真實。達到這個水準，即使作品對生活常態誇張變形，如卡夫卡筆下的人變成甲蟲、魯迅筆下阿 Q 的變態行為，反而讓人感到更加真實，這就是劉再復在評價閻連科時所提到的"神實"——拷問出生活表象背後世界的真諦。三、真實的內核在靈魂的坦誠。

文學的另一個基本屬性，是超越性。文學的視角是純粹個人的視角，憑藉個體精神觸角感知人生，獲得獨到的體驗。文學的視角是非世俗的視角，擱置現成的理解世界的意識形態，才能獲得超越的發現。文學的視角是人道的，作家對人生的種種反思與追問，最終都落實在人道關懷和同情上。[1] 真實，是心靈依託的根基；超越，是心靈飛翔的翅膀，飛翔的心靈能夠讓精神追求立足於現實又超越現實，不斷昇華。追求超越是人的天性，文學寄寓作者的審美理想，自然要求作品超越現實經驗，為讀者展示更廣闊的精神境。超越本是宗教概念，指跳出經驗世界而進入先驗世界，也指超出現實世界而探索精神世界。按禪宗的"不二法

1　劉再復、林崗：《罪與文學》，北京：中信出版社，2011 年，第 97–101 頁。

門"，真實與超越的關係，不可分割。因為真實，文學描寫才感人，才能讓人見識人性的本真；因為超越，作品才給人以啟悟，引領理想的審美方向。所以，創作既要依據現實經驗探索現實的深層，又要擺脫現實經驗的束縛，在精神境界上有所提升。文學的超越，首先是創作主體自身的超越，劉再復八十年代中葉提出的"主體論"，核心思想就是從理論上論證創作主體超越的必要和可能，"文學主體性就是要充分展示藝術主體本真本質屬性，即個性、我性、自性等等。總之，實現文學主體性，就是實現他人不可重複、不可代替的個性，就是超越黨派性、大眾性、群體性、世俗性而進入審美殿堂"[1]。他在《性格組合論》中提出："作家精神需求都帶有精神無限性，任何一個作家都要發揮自己的能動性和想像力，謀求超越時空的限制，作家永遠不知道滿足，把自己的心靈生活無限制地向外延伸。"劉再復準確地闡述了精神創作的超越性特徵和作家的職業使命，但這種論述受到嚴厲的批評。批評者指責劉再復把作家變成了"超人"，並且責問道："劉再復說，'作家的超越是無限的'。那麼，請問怎麼個'無限'法？又如何能做到'無限'？作家也是現實社會裏的人，他雖然是能動的、具有歷史主動精神的、富有積極創造性的主體，但是他能超越歷史超越時代對他的限制而'無限'嗎？"[2] 批評者把馬克思"人在歷史所給定的一定條件下創造"的論斷當作金科玉律，用來檢驗和批判作家的無限超越性，自以為掌握了真理，卻不知這正是把理論教條化，如同希臘神話中惡魔普洛克路忒斯（Procrustean）之床一樣無理，惡魔貌似和善，守在路口，見到行人就抓他們放到床上量一量，太長的用斧子砍去腳，短了就拉長，被他丈量過的人，沒有一個不送命。

　　劉再復確認作家精神創造的超越性是無限的。"無限"在這裏是個關鍵詞，強調了文學超越性的本質特徵，這是劉再復的一個很重要的文學思想。正如高行健所說："個體在現實關係中實際上是不自由的，但在精神領域卻有絕對的自由，或者說，精神領域的自由是無限的，就看你怎樣發展。"[3] 劉慈欣的《三

1　劉再復：《什麼是文學：文學常識二十二講》，香港：三聯書店（香港）有限公司，2015 年，第61 頁。

2　杜書瀛、張婷婷：《文學主體性的超越和局限》，《文藝研究》2001 年第 1 期。

3　劉再復：《高行健論》，台北：聯經出版事業股份有限公司，2004 年，第 256 頁。

體》、郝景芳的《北京摺疊》、王十月的《如果末日無期》，以科幻的鏡面折射現實影像，既為讀者展示宏闊的超越現實的場景，又提供了極為豐富的超越世俗法則的啟示，生動而深刻。電報技術發明不久，英國科幻作家克拉克（Arthur Charles Clarke）就說，人類文明的發展，關鍵在全球通訊覆蓋技術的產生。他的科幻作品《2001：太空漫遊》，想像出覆蓋整個地球外層空間的衛星通訊方式，後來通訊衛星技術的發展，與他的想像性描述幾乎一致，所以地球同步衛星軌道被命名為“克拉克軌道”。如果沒有作家對精神無限超越性的追求，就不可能產生這樣的作品。在當代中國文學理論家當中，劉再復率先提出人的心靈宇宙具有無限邊界，闡明文學超越的無限性問題。他所強調的精神超越，與把作家當作“超人”毫無關係。“超人”與精神超越是兩個完全不同的概念，超人，指人的實際能力超出客觀規律的限制，在現實生活中為所欲為；精神超越，是人對未知世界的精神探索和對更高境界的不停追求，是人類作為歷史本體推動文明發展的本能，是人類文明得以不斷進步的原動力。儒家文化傳統講超越，只是道德倫理範疇內在修養的超越，未能超越自然條件和世俗環境的限制；老莊的超越強調由內到外，人與自然合一，但缺乏自審和精神的自我提升。劉再復所提倡的精神超越，首先是作家對自我的超越，這個超越包括對自我的否定和肯定兩個方面，通過否定自我的黑暗和脆弱，消解自我內部的負面因素，提升自我的精神境界；通過肯定自我選擇，肯定個體的獨立價值，堅定追求的方向，獲得超越世俗現實的精神力量。這不是尼采所提倡的自我膨脹，自我膨脹是超人，不是超越。否定自我內部黑暗為基礎的主體內在超越，是實現文學無限超越性的根基，人稱陀思妥耶夫斯基擁有“第二雙眼睛”，這就是超越的眼睛，他不僅能看到人物在苦難的環境中掙扎，而且能看到靈魂內部的掙扎和呼告，看到人性的弱點以及靈魂在人性弱點折磨下的痛苦。他的文學書寫，深刻地揭示了心靈真實，同時又超越現實，提供啟示，引領讀者往人性的無限深遠處思考。

人的精神追求永無止境，賦予文學創作以無限的超越性，劉再復強調藝術作品應該體現作家追求超越的精神創造。這個超越包括兩個層次，一是文學在現實層面上應當超越功利境界，體現高於現實的審美理想。文學可以揭露、可以休閒、可以逗樂，可以產生無限種影響精神狀態的功用，但文學具有超越性的審美理想，是一部文學作品能在不同讀者當中獲得共鳴的根本原因。劉再復說，文學的最高境界是超越現實功利、現實道德、現實視角，也超越現實時空的審美境界，這一境界，王國維稱之為"宇宙境界"，馮友蘭稱之為"天地境界"。王國維在評論《紅樓夢》時，把中國文學中擺脫了大團圓結局風格的作品分為兩大境界，一是"桃花扇境界"，一是"紅樓夢境界"。這兩大境界的區別就在於，前者止步於現實視角，借候、李故事以寫故國之戚，境界是政治的、國民的和歷史的。後者則借寶、黛愛情悲劇的演繹，始知生活之欲與解脫之道反覆衝突無解，生活與痛苦不能相離，因此覺悟宇宙人生之真相，因而是哲學的、宇宙的和文學的（《〈紅樓夢〉評論》）。也就是說，《桃花扇》雖然打破了傳統的大團圓結局的寫作模式，在亡國背景之下寫家破人亡的悲劇，揭示了人物命運發展的必然結局，但作者只是注目於現實人生，視角停留於歷史時空，未能給讀者以更多的回味與啟示。《紅樓夢》通過貴族少年男女的婚戀悲劇，揭示了人生悲劇的普遍性以及深刻性，作者的視角不是注目於時代，而是注目於時間；不是同情悲劇衝突的一方，而是以悲憫的眼光看待衝突的雙方；呈現的是一個特定時代的故事，揭示的是任何其他朝代、其他時空環境中都可能存在的生存困境和人性困境，為讀者提供了無限的回味和思考。

文本層面上的另一層超越，是超越經驗世界進入超驗世界。劉再復認為，作家以超越的眼光觀察存在現狀，由本真之維進入本體之維，體悟到生命的神奇和命運的難以把握，可以給人以更多的啟示，展示文學所擁有的豐富想像力和精神的深廣度。敘事作品關於超驗世界的表述大體有三種類型：一類作品所記述的故事和所蘊含的意象，直接遠離人類的經驗世界，《離騷》中由山鬼、女嬃、湘夫人、往古人物及人格化了的日月風雷、鸞鳳鳥雀引導主人公遨遊天地上下求索；《神曲》中有天堂、淨界、地獄的種種對世俗世相的警示場景；《浮士德》中浮士德與魔鬼簽約；《西遊記》中的孫悟空降妖伏魔，寫的均是超驗世界的故事。另一類作品則在現實生活中融入許多神秘情節和神秘的超驗因素，《巴黎聖母院》描述的是舞女愛絲梅拉達、副主教孚羅洛及鐘樓怪人加西莫多之間不正常的愛的悲劇，人物命運的變化與古老的巴黎聖母院的神秘背景相交織，構成了一個現實環境中的超驗世界。還有一類作品的敘寫風格，內容完全寫實，人物命運卻受到無形的命運之手操縱。《駱駝祥子》是一個典型的現實主義作品，年輕力壯、生氣勃勃的城市勞動者祥子，希望通過拉洋車創造幸福，但在命運之手捉弄之下不斷失敗，終於無可奈何地走向墮落。祥子生活奮鬥的挫敗和婚姻的不幸，是個現實故事，籠罩著命運不可捉摸的神秘感和靈魂死亡的象徵色彩，使得悲劇意蘊更為濃重。這三類作品表現超越的藝術方式不同，但對人類精神世界的深刻揭示，卻異曲同工。劉再復以梅雨維爾的《白鯨記》中人挑戰大海中名叫莫比敵的白鯨失敗的悲劇為例，指出優秀作品的超越性能夠使作品思想深刻，既是對大自然背後的超驗力量的叩問，也是對人的有限力量的叩問，"而《白鯨記》則把人的意志力量放在與自然意志、神的意志的較量中來表現，這就表現得令人驚心動魄，其蘊含的象徵內容便豐富深廣得多"[1]。

　　文學的超越性首先產生於思想的深刻性，其超越性的審美形式則源自創作者的自由想像力，想像力越豐富，作品的超越性愈強。但是，自由想像所產生的藝術魅力，仍然要有心靈情感的真誠作前提，幻想的奇特性只能借心靈坦誠產生藝術魅力。《離騷》、《西遊記》之所以感人，作品中色彩綺麗的自由想像固然產生重大作用，但首先是作者真誠的心靈情感叩開了讀者心靈的大門。《封神演義》以周朝歷史為背景，以神奇幻想的故事編織歷史傳奇，既不缺少史實，也不缺少想像，唯一缺少的是心靈情感，人物便站不起來。心靈真實，是藝術生命的土壤；深刻的思想，是精神超越的原動力；心靈自由的想像力，有助於作品展開超越性的翅膀。

1　劉再復、林崗：《罪與文學》，北京：中信出版社，2011 年，第 245 頁。

三

文學的潛功能

文學有沒有特殊功能？它的性質和特徵是什麼？因為文學曾經被當作工具、宣傳品長期濫用，理論界對這個基本問題的認識也比較混亂。

談文學的功能，涉及到許多人爭論的一個問題：文學究竟是有用還是無用？現實生活中，文學確實無用，盼著它指導人生、洞察世事、交接友朋，最後發現所得未如預期。特別是處在這個信息爆炸、腦袋時刻被各種資訊填滿的時代，文學與成功無涉，在生活中可有可無，只不過是讀書人的精神奢侈品。莫言在諾貝爾文學獎頒獎典禮結束後的晚宴上講話，便以這樣一個結束語概括了他對文學功能的評價："文學最大的用處，也許就是它沒有用處。"[1] 這句話顯然是從康德的名言"無目的的合目的性"衍生出來，但它傳遞了莫言對文學功能的認識：文學不具有實用性，文學創作只是作家個人的精神追求。另一方面，文學似乎又有無數功能，魯迅視雜文為匕首和投槍，將它們刺向無邊的黑暗；政治集團以文學作宣傳工具，借藝術形象傳達其政治理念；教育部門以作品為教材，發揮其對少年兒童的教化範導作用；在音像媒體普及之前，有閒階級以它作消閒娛樂的主要手段，欣賞其中的浪漫與夢幻；更有無數的青少年從閱讀文學作品開始，認識外部世界。

文學在現實生活中究竟有沒有實際功用？劉再復的回答是肯定的，文學不僅具有認識功能、教育功能，而且有審美功能，能夠啟發生命中的靈性，幫助人詩意地生活；能夠導引精神方向，彌補人格的闕如；能夠賦予人以審美的眼睛，享

1　莫言：《莫言在諾貝爾獎授獎儀式後的晚宴上脫稿講話內容》，"鳳凰網文化"，2012 年 12 月 11 日，https://culture.ifeng.com/huodong/special/moyannobel/content-3/detail_2012_12/11/20040732_0.shtml。

受一種審美境界。[1] 但是，所有這些功能都是潛功能，不能直接對人發揮作用。他從正反兩個方面闡明了一個人人似乎都知道但未曾把它說清楚的道理：文學的功能是隱蔽性的，潛藏在文學形象、意象和情感當中；這些功能的實現，是間接的，通過"只可意會，不可言傳"的方式"默傳"給讀者；文學的功能是潛功能，只能通過心靈情感的交流和審美欣賞間接對讀者產生影響。

文學沒有顯功能，只有潛功能，不能硬性改變什麼，只能對人產生潛移默化的影響，這是一個極淺顯普通的道理。但是，一些權力部門不顧這個文學規律，把文學當作教材、宣傳品和批判的武器使用，效果往往適得其反。劉再復以文學的教育功能為例，說明二十世紀文學的教育功能因為被不適當地強調和使用而變質：1. 教育的功能蛻化為政治宣傳；2. 教育功能蛻化為思想灌輸；3. 教育功能蛻化為道德說教。[2] 實踐中的亂象，導致人們對文學的功能產生種種誤解，事實上，文學作品是可以產生思想教育作用的，但它不能由思想改造的方式施加給讀者，它必須藉助情感交流、經過讀者的心靈自覺才得以實現。"偉大的文學作品肯定具有星辰般的道德指向、心靈取向和良知方向，這些指向、取向、方向，都帶有隱蔽性，即都深深地隱藏在作品深處。" [3]

劉再復關於文學潛功能的理念，可以通過以下幾方面論述得到證明：他確認文學之所以只有潛功能，沒有顯功能，因為文學教育是美感教育的一種，"更帶有情感的普遍性"，文學的潛功能"是通過潛移默化、陶冶性情達到'教育'的目的。這是中外文學公認的方式"[4]。根據社會心理學原理，人都具有認同意識，文學必須經讀者的認同意識發生作用才能對人產生影響。認同意識包括個體認同和群體認同，個體認同的特徵一是單向性，只與個體自動選擇並感興趣的接觸交

1　劉再復：《什麼是文學：文學常識二十二講》，香港：三聯書店（香港）有限公司，2015 年，第 11–18 頁。

2　劉再復：《什麼是文學：文學常識二十二講》，香港：三聯書店（香港）有限公司，2015 年，第 146 頁。

3　劉再復：《什麼是文學：文學常識二十二講》，香港：三聯書店（香港）有限公司，2015 年，第 147 頁。

4　劉再復：《什麼是文學：文學常識二十二講》，香港：三聯書店（香港）有限公司，2015 年，第 145 頁。

流對象產生共鳴。二是隨機性，個體的外部接觸與認同，大多依憑即時內心欲望和傾向對外部的感受而隨機產生。三是不受控制性，個體心理認同只受外部因素影響而不願受控制，受到外部因素強迫認同時，個體心理會產生反感乃至對抗意識。群體認同要求作為群體成員的個體心理具有團體內部的認同意識、歸屬意識、整體意識和排外意識，一般說來，大群體內部的認同程度相對較低，小團體內部的認同程度相對較高。個體心理認同與群體心理認同既相互排斥又相互滲透。相互排斥，是因為這兩個類型的心理認同具有不同的認同原則，群體心理認同遵循服從的原則，其產生的基礎是群體的共同利益、目標和規範，要求個體心理認同歸屬於集體。個體心理認同的產生則遵循自然法則，自然發生、隨機選擇、傾向自由和不受干擾，只有心靈感受到個人與自身所在群體的價值觀、利益追求、目標、規範趨於一致時，個體心理認同才會對集體認同產生歸屬意識。相互滲透，是因為任何個體心理認同都不是孤立地產生，個體心靈情感的發生與變化，必然地受到周圍環境、個體所屬集體的群體心理認同、外部事件對心理刺激的綜合影響。譬如，在民族家國認同問題上，個體一般都和同一國族的其他成員擁有相似或相同的民族家國情感，這種個體心理認同傾向不論何時何地，都會自覺地與大多數同胞有相同的歸屬，高度合一，用兩個字表述就是："愛國"。這不僅是一國民眾具有利益、目標的一致性，更在於這種情感具有多少個朝代歷史文化的積澱作基礎，因而強大和持久。但是，即使這種高度一致的心理認同趨向，也可能產生排斥性，當集體認同在某個具體問題上強行要求個體心理認同歸屬集體時，譬如，要求個體為表示愛國毀壞自己擁有的外國商品時，個人認為這種要求無理，個體心理認同就不會發生，甚至轉化為抗拒心理。個體心理認同是天然發生，是第一性的；群體心理認同是社會生活中形成的，是第二性的。文學的功能，只有通過潛移默化的情感作用獲得個體心理認同，即劉再復所說的心靈自覺，才可能發生；任何強加於外的，以群體認同方式強加給個體的，未獲得個體心理認同的文學現象，都不可能對讀者產生真正的影響。

其次，劉再復確認審美是文學的基本功能，文學的其他功能只能通過讀者對作品的審美體驗而發生；讀者的審美體驗，產生於閱讀過程中和作家作品的情感交流，產生於對作品美感因素的心理認同並與之發生共鳴。他推崇蔡元培所提倡的"美育"，"這就是培養'審美的眼睛'的課程。美育不光是學繪畫、學唱歌，更重要的是培養一種精神氣質，一種境界——一種非功利的境界。……這最後最高的境界，其實就是審美境界"。他借寶玉對探春代管大觀園時過於算計表示不滿為例，強調"美就是超功利"，"文學的心靈就一定是超功利、大慈悲、合天地的心靈"。[1] 文學的審美，是心靈的基本需求，審美是人類試圖約束原始欲望衝動，改變自身動物性，沿"自然的人化"的方向追求文明進步的起點，這個起點是人與動物的分界線。文學審美功能獲得心理認同，在於作品所涵容的人性美、藝術美喚醒讀者心靈中潛藏的藝術直覺和美感經驗，在不斷滿足心靈審美情感需求的過程中，引領精神昇華。弗洛伊德認為，文藝與夢相近，是隱意識（即被壓抑的欲望）的產品。他把人因性欲而產生的生理與情緒的衝動稱為力比多（libido），強調力比多引導得當，可以讓情緒昇華。藝術家把這種隱意識用於文藝創作，就好比把盜賊訓練成為有紀律的軍人。[2] 朱光潛批評弗洛伊德的理論是泛性欲主義，釋放性壓抑，是創作的動因之一，但不是文學的根本動力。朱光潛從弗洛伊德的隱意識說和克羅齊的藝術直覺說出發，探討審美心理狀態和美感實現的原理，認為美感產生於直覺，美感的經驗就是直覺的經驗，"它是自康德以來美學家所公認的一條基本原則"[3]。他借德國美學家立普斯（Theodor Lipps, 1851–1914）的"移情說"解釋美感經驗產生的原理，指出人對物的美的屬性產生直覺，便將這種情感外射於物，使物變為有情，獲得藝術生命。朱光潛對移情說的闡釋，疏通了文學從美感發生到審美心理變化的過程。劉再復肯定朱光潛的提法，"他認為自然美是因為自然與人接觸後，人的情感移入自然對象，與人的思想感情發生關係才是美"[4]。劉再復把美學分為哲學家美學與藝術家美學，認為"藝術家美學則訴諸直覺，訴諸感受，追求的是個別性的問題，但與藝術實踐緊密相連。我講《紅樓夢》哲學，首先把曹雪芹哲學界定為藝術家哲學，他與莊子

1　劉再復：《什麼是文學：文學常識二十二講》，香港：三聯書店（香港）有限公司，2015 年，第16–17 頁。

2　朱光潛：《變態心理學》，《朱光潛全集》卷一，合肥：安徽教育出版社，1987 年，第135–136 頁。

3　朱光潛：《文藝心理學》，《朱光潛全集》卷一，合肥：安徽教育出版社，1987 年，第208 頁。

4　劉再復：《李澤厚美學概論》，北京：生活·讀書·新知三聯書店，2009 年，第107 頁。

一樣，是訴諸直覺"[1]。劉再復"訴諸直覺"的文學理念，與朱光潛的"美感直覺"有理論上的一致性，他在關於老子、莊子和《紅樓夢》等有關古典的論述中，充分闡述了文學的美感經驗源自心靈和直覺感悟的原理，創作者與讀者正是因為對美的體悟，才能打破自我及環境對精神的限制，進入到非自我的領域裏活動。生命無窮，時空邊界無限，心靈宇宙的審美活動也就無盡。從有限到無限，從限定到自由，心靈獲得大解脫，獲得淨化，文學的審美功能把人性提升為神性。

再次，劉再復確認，文學的潛功能，"隱蔽得越深越好，隱蔽得毫無痕跡，如鹽入水中，那就更好"[2]。文學的功能隱藏得越深，說明作品的藝術性愈強，思想內涵也越深刻。文學作品必然涵容作者的價值標準，必然地具有傾向性，當作品向讀者敞開作者的心懷時，不論主觀意圖還是客觀效果，都會把自身的傾向性傳遞給讀者。但文學作品不同於一般宣傳品，它不能對讀者作任何直白的說教，只能藉助形象、意象和心靈情感傳遞作者的傾向性或對社會人生的思考。文學的宣傳功能，是通過讀者對作品的審美體驗而間接實現的，文學各種功能實現的前提，都要經過讀者的審美體驗，即讀者心靈的直覺、感知、過濾、認同和接受。在文學所具有的各種潛功能中，認識功能往往在閱讀之初最早發生，通過直觀的方式進入讀者的意識。但認識功能的發生，同樣是間接的、潛在的，是在審美體驗的過程中完成的。讀者閱讀作品，雖然對作品內容中某些事、物、現象產生直觀認識，但它們仍然是由形象、意象或審美情感傳遞給讀者的，這就是李澤厚所說的"文學不只是認識"。閱讀文學作品，不是為了認識什麼，單純為了認識的目的而讀書，可以去讀各種專業著述，內容清晰、系統而準確。讀文學作品，是因為受到作品中藝術美和人性美的吸引，是心靈情感的需要，感受到作品中形象、意象和情境美之後，才能逐漸感知意象和情境所荷載的意義。當然，在審美體驗過程中，認識功能因其具有直觀性的特徵，比其他功能更早進入讀者的意識層，認識功能初步實現後，教育功能、警示功能、判斷功能和批判功能等種種具體功能才會相繼實現，但這仍然不能改變認識功能必須通過審美體驗而實現的性

---

1   劉再復：《李澤厚美學概論》，北京：生活・讀書・新知三聯書店，2009 年，第 104 頁。

2   劉再復：《什麼是文學：文學常識二十二講》，香港：三聯書店（香港）有限公司，2015 年，第147 頁。

質。文學的各種功能，因為是潛功能，往往不可能一次性完成。讀者從作品的閱讀中，首先獲得對某種事情的初步感受，隨著閱讀面的不斷拓寬、特別是結合自己的人生經驗去體會，讀者會不斷加深對作品內涵的認識和理解。

劉再復指出文學潛功能實現的主要途徑在淨化、警示和範導。他贊同亞里士多德的悲劇"淨化"說，即人們在觀賞悲劇時，獲得一種心理上的快感，恐懼情緒也得到緩解。"淨化"本是醫學概念，亞里士多德"天才地把這一概念移用到悲劇效果和藝術效果上"，確立了文學審美的一個基本經驗。亞里士多德談的是情緒的淨化，劉再復進一步闡發"淨化"這一概念的內涵，認為文學不僅淨化情感，還可以淨化道德，人性的種種弱點、人實踐各種惡的可能，"都可以在文學藝術面前得到淨化"。人的精神重壓、生活中的種種限制和重負產生的痛苦和焦慮，也可以在閱讀和審美的過程中，得到淨化和解脫。淨化並不是實現文學潛功能的唯一途徑，文學可以通過呈現惡行可能產生的後果來警示人們注意自己的行為與修養，但丁《神曲》中"地獄"篇33首歌寫得特別精彩，罪人的靈魂按其生前罪孽的大小，被安排在地獄的不同層面上接受懲罰。這種"罪與罰"的邏輯結構，不是因果報應，而是通過想像、隱喻和激情，通過詩意盎然的敘寫，告誡人們警惕自己不要落入黑暗的深淵。如果說"警示"的方式還帶有"勸誡"的消極意味，那麼，文學還可以通過形象展示人性中美好的東西，引導讀者的心靈向真向美向善，這就是"範導"途徑。譬如《悲慘世界》中的主教，以自己高尚的品行關懷、引導苦役犯冉·阿讓，使他最終成為一位偉大的慈善家。

劉再復特別提醒說，文學潛功能的實現必須循著真誠的路綫，因為"文學的教育功能很容易變質，容易朝著政治方向發生'偽形化'"。[1] 如果違背文學自身藝術規律，其美感教育就可能變成枯燥的政治理念說教。政治教育、道德教育、知識教育等各門類的教育都是知性教育，即通過"知覺"來實現教育目的，只有文學的美感教育，是通過心靈的"自覺"，即心靈的感悟和覺悟而實現的。

1　劉再復：《什麼是文學：文學常識二十二講》，香港：三聯書店（香港）有限公司，2015年，第154頁。

四

美學風格和審美傾向

　　任何一種文學理論，因其本身傾向性和內容的規定性，都會具有特定的審美傾向。文學心靈本體論主張美學風格多樣化，尊重不同的美學理念，但這個理論本身強調文學審美以心靈為底蘊，以心靈為導向的審美傾向，在文學實踐活動中便自然地形成展示生命的本真、呈現大悲憫情懷、具有理性觀照色彩，以突出澄明透徹的心靈性為特徵的美學風格。

　　文學心靈本體論美學風格的基本特徵，是追求和呈現生命的本真狀態，由此獲得文學表述形式的充分自由，形成一種健康向上的審美態度。這種審美傾向和禪的精神是一致的，劉再復把禪理解成一種審美，一種生命體驗，就是主張通過心靈感悟和情感呈現來展示生命的本來面目：

　　　　禪實際上是審美，懸擱概念、懸擱現實功利的審美。廣義的禪性，就是審美性。有些詩人，例如陶淵明，他生在達摩進入中國之前，與禪宗沒有關係，但他的詩卻有很高的禪意。"結廬在人境，……心遠地自偏。""此中有真義，欲辨已忘言。""縱浪大化中，不喜亦不懼。"他講的全是心性本體，是心靈狀態，與禪完全相通。[1]

　　禪的這種呈現心靈情感，表述精神自由與超越的審美態度，與傳統載道文學立功立德立言的功利觀念相悖，禪主張擱置一切外在的東西，主張超功利，形式上主張不立文字、明心見性，所以，禪在本質上，

　　　　是一種表達與立身行為的自由態度，這是對立言、立功、立德意識的消解。禪打破手與心之隔，打破表達與生命之隔，它提示作家應有的角色乃是

1　劉再復：《思想者十八題——海外談訪錄》，香港：明報出版社，2007年，第4–5頁。

心靈的呈現者，人性和人類生存狀態的見證者，而不是功德的追求者、謳歌者與締造者。[1]

　　劉再復說禪是審美，包含幾層意思：一是擱置概念、擱置現實功利的審美；二是生命的、感悟的、直觀的哲學方式即審美方式；三是不立文字，排除概念、範疇的遮蔽，直抵生命的本真；四是徹底內心化的自救原理，力量不是來自救世主，而是內心，因此，外在的求佛變成內在的自覺、內在的清明意識。與禪的審美相似，以心靈為本體的文學，其審美傾向不僅是非功利、去概念，而且要突破意識形態的遮蔽，直抵生命的本真。現代社會的普遍性精神危機是信仰危機，信仰的缺失和幻滅，導致傳統道德系統坍塌而新的道德系統難以建立，導致現代人沉湎於物欲橫流的消費享受，或是陷於悲觀絕望的精神沉淪。文學心靈本體論倡導一種健康的審美態度，以求重建人的精神家園，如同李澤厚指出的那樣，它引導人們不再滿足於悅耳悅目，悅心悅意，而是追求悅神悅志。[2] 按劉再復的話說，是讓生命擺脫一切束縛，獲得內在的精神解放，"作家從內外各種束縛、各種限制中超越出來，其結果就獲得一種內心的大自由"。當真與善的追求在審美過程中和諧實現，審美傾向與倫理價值標準趨於一致，依靠自身求取內心自由的審美態度，便有助於建立具有內在價值系統的倫理秩序，培養一種健全的人格。

　　文學心靈本體論強調文學關愛生命，在作品中化作具體的同情、理解與寬恕，化作自覺擔荷天下罪責、以及無分別心的無量慈悲，形成一種大悲憫情懷。什麼是文學心靈本體論所稱許的大悲憫情懷，是需要講清楚的。悲憫情懷，並不是一個時髦詞彙，而是人類深厚的同情心，是對一切生命充滿同情、寬恕和敬畏。基督教和佛教都宣揚大悲憫情懷，基督教悲憫情懷的核心是愛，是為施愛而奉獻和犧牲；佛教悲憫情懷的核心是慈悲，旨在超度眾生和祛除他人的痛苦。悲憫情懷是文學的恆久命題，是文學存在的理由，自希臘悲劇產生以來，偉大的作品總會展現出大悲憫情懷。劉再復與劉劍梅在關於高行健和莫言創作風格異同的對話時評價莫言：

1　劉再復：《大觀心得》，香港：天地圖書有限公司，2010 年，第 125 頁。
2　李澤厚：《美學三書》，天津：天津社會科學院出版社，2003 年，第 250 頁。

他的內裏卻有一種大關懷、大悲憫。小悲憫容易，大悲憫不容易，大悲憫不但要同情好人，而且也要同情 "惡人"。[1]

這裏可以看到文學心靈本體論關於大悲憫情懷的一個特點，就是同情 "惡人"。以莫言的作品為例，作家的深切同情不僅放在《天堂蒜薹之歌》中受盡官員和市場盤剝的底層農民身上，也放在《紅高粱》中那個被逼為匪的主角余占鰲的身上，放在一力追剿余占鰲的縣長朱豪三身上；放在《蛙》中那個嚴格執行計劃生育政策扼殺過上千個胎兒生命的姑姑身上，甚至放在《檀香刑》中主持行刑的縣官錢丁和劊子手趙甲那樣的惡人身上。這不是無原則的同情惡，而是作家對人性的深刻理解，余占鰲敢愛敢恨，既有土匪的兇殘霸道，又對窮人朋友慷慨義氣；朱豪三奉行為官一任，造福一方的宗旨治理地方，不分土匪中的好壞，與土匪勢不兩立；趙甲是殘酷至極的凌遲劊子手，但在處決錢雄飛和變法六君子時仍然有意志動搖的時候，說明他的人性還未完全泯滅；錢丁既想為民請命，又不敢違背朝廷，只能在矛盾中糾結掙扎⋯⋯莫言的人物性格都是那麼複雜、分裂、非理性，好與壞、是與非、對與錯、黑與白、正義與非正義，都融化在作者熱血自由揮灑的創作激情中，注入一個個性格複雜而又鮮明的人物身上。他同情這些人物的命運，讚美他們求生的本能和生命的野性，對他們的缺點甚至罪惡，表現出最大的寬恕，他們的天性中固然有罪惡和醜陋的種子，但讓這種子發芽生長、把人拋出正常人生軌道的，是環境和命運。作品中的大悲憫情懷，不是為惡行尋找藉口，而是通過同情與寬恕，承認人性具有難以克服的弱點。更重要的是，即使最邪惡的形象，寫出他的惡與特定情境下善的閃光，寫出他內心也有的靈魂掙扎，才能避免反面人物形象漫畫化，顯示反面形象特有的美學價值，讓讀者自己在作品呈現的人性鏡像中做出判斷，獲得啟示。

大悲憫情懷並不僅僅是深沉的寬恕，它具有拷問靈魂的性質。劉再復稱讚陀思妥耶夫斯基是複調小說的大師，他筆下所展示的靈魂對話，充滿強烈的辯論和爭議，辯論和爭議，同時是對靈魂的拷問。小說《罪與罰》圍繞著拉斯科爾尼科

1　劉再復、劉劍梅：《莊子與孫悟空——高行健莫言風格異同》，劉再復新浪博客，2013 年 4 月 16 日。

夫的殺人，有三種聲音在相互對話，相互衝突，各自都有自己的理由和根據。法律、正義和良知，每一種聲音都謀求說服自己的對手，但謀求說服實際上又是不可說服，這才是對話的本質，"他沒有說出結論，也許這本身就不應有結論，但他獨樹一幟的複調小說，卻有震撼讀者靈魂的力量"。[1] 劉再復和林崗在《罪與文學》一書中，以中西文學史上的豐富史料證明，文學需要靈魂維度上的論辯，需要具有明確的自審意識和懺悔意識，需要個體對共同罪責的自我承擔，只有坦誠而深刻的對共同之罪的自審和懺悔，才可能在作品中展現深刻的靈魂掙扎，展示人性的深淵。中國現代文學史上，魯迅是最具有靈魂自審意識的作家，他的作品中所表現出來的痛苦、焦灼、孤獨、憤怒、絕望，不僅來源於對文化傳統僵化保守性質的穿透性認識，更來自於作家對民族性缺陷的自審意識和批判精神。他讓閏土用蒼老的聲音喊出"老爺"，聲音的利刃直刺自己的靈魂；他由衷地發出"我也吃人"的痛苦呼告，對自己的靈魂作毫不留情的批判，顯示了他對蒙昧靈魂深切的悲憫。魯迅的遺產，成為當代中國作家重要的精神資源，余華、張煒、陳忠實、閻連科，以及方方、畢飛宇、王十月，作品中都帶有不同程度的自審意識和懺悔意識，通過人物的靈魂自審，暴露自我的陰暗心理和人性惡的一面，檢討這一代人在民族災難過程中應當承擔的罪責。對自審意識與懺悔意識的逐漸自覺，是中國當代文學最為可貴的精神收穫。

文學心靈本體論的另一個美學風格特徵，是傾向於創作和鑒賞過程中的高度理性觀照精神，借尼采在《悲劇的誕生》中的說法，就是日神精神。尼采把希臘悲劇藝術的原始衝動分為酒神精神和日神精神，酒神精神代表一種醉境，是對生命本能的肯定，他所喚起的是人本真的生命衝動。人們在酒神式享受迷狂狀態的快感中，創造出一種相對現實世界的可感形象，它接受人生的苦難，融入、超越這些苦難，象徵著浪漫主義、音樂和表演藝術。日神精神則代表一種夢境、理性和古典主義，象徵和諧的外觀，一種節制、對稱、可分辨的形式美。文學心靈本體論所強調的理性觀照不完全等同於日神精神，日神精神側重於靜穆、理性和形式美，心靈的理性觀照則包括外觀和內審，體現為冷靜的審美態度，高行健的作

1　劉再復、林崗：《罪與文學》，北京：中信出版社，2011 年，第 124–125 頁。

品尤其具備這種特色，劉再復稱之為"冷文學"：

> （高行健）創造了一種節制浮躁情緒和浪漫情緒的"冷文學"方式。即以中性的眼睛取代政治立場，以人稱代人物，以心理感受替代故事發展，以情緒變化調解文體的方式。這種方式首創於《靈山》，後來在《一個人的聖經》中又有所發展。[1]

從這段評論中可以看出，"冷文學"風格形成的基礎，就在心靈的理性觀照，就是說心靈中有一雙理性的眼睛，始終以冷靜克制的眼光自審和外觀。這是中性眼光，不受任何政治、集團、流派、功利和思潮的影響，不拘於一時一地之對錯，只呈現真實；對錯的標準劃分會隨著時間、環境變化而調整，真實的原則永遠不會變更。理性的內省，是對自我本身作嚴苛的自審和批判，聆聽靈魂掙扎和分裂的聲音，看到自我內部的脆弱與黑暗。對外部世界和自我內部的冷靜觀省和呈現，力求避免受到浮躁情緒和浪漫情緒的影響，只有如此，才可能客觀地呈現觀察與思考。高行健的小說之所以是"冷文學"，就在於作家在寫作過程中始終保持這種極端冷靜的創作心態，"這就是無論他的小說或者戲劇，都能將自己的靈魂打開，把內在世界打開，真誠真誠地打開，打開的程度又是很徹底的"。[2] 劉再復評價《靈山》，正是由於作家的"冷觀"態度，才能緊緊抓住人物的"內心真實"，也就是"現實背後人的內心感受"這個特點，才能避免不必要的浪漫情緒，恰到好處地表現出人情美與人性美。即使是寫少女情懷，作家用的也是極端冷靜而理性的眼光，劉再復把小說第五十節主人公為少女看手相的對話過程全部引摘，以此說明這些文字理性節制，但很美、很有情趣，有天人合一的感覺：

> 這一節表面上是看手相，實際上是在描述心相，在捕捉和勾畫處於戀愛中的少女那種微妙的內心圖景。這就是高行健說的要捕捉難以捕捉的心靈狀

1　劉再復：《現代文學諸子論·論高行健的文化意義》，香港：牛津大學出版社，2004年，第56–57頁。

2　劉再復：《中國現代文學諸子論·閱讀〈靈山〉與〈一個人的聖經〉》，香港：牛津大學出版社，2004年，第79頁。

態。仔細體味一下，我們就會發現，作者道破少女內心秘密，是那麼準確，那麼有趣，又是那麼有分寸。這不是傳奇，也不是語言把戲，而是對生命真實很貼切的感受。這正是電影和其他視覺藝術所難以企及的。[1]

高行健憑藉其獨特"冷觀"態度，創造了"冷文學"風格，劉再復則用同樣冷靜的理性眼光"冷觀"高行健的筆觸，闡發高行健深刻的創作思想和細膩的藝術觸角；他們的冷靜而理性的文字表述，飽含熾烈的藝術熱情，具有一種外冷內熱、雋永而真率的風格色彩。

文學心靈本體論所追求的文學意境，是審美的宇宙境界。宇宙境界，近似於馮友蘭所說的天地境界。天地境界源自於"天人合一"的古代文化傳統，這種精神境界不臣服於一個統轄或指導一切的精神性上帝，但它強調"同天"和"順天道"——順應合乎天道的道德秩序，與天地自然和諧共存。劉再復所說的宇宙境界，是指文學的審美境界，它與馮友蘭的天地境界同樣追求精神的高度和審美的超越性；其不同之處，是劉再復所說的宇宙境界包含對理想人格追求有更深刻的理解。馮友蘭的天地境界追求道德完善的儒家理想人格，劉再復則倡導回歸為擁有平常心的"真人"。他借莊子之口批評儒家理想人格：儒家只知效一官、比一鄉、合一君、信一國，因而境界不高；道家追求與天地獨往來的理想人格，禪沒有理想人格的追求，禪的理想是返回平常心，做平常人。賈寶玉既莊且禪，他的理想人格是經過佛教洗禮的日常生活化的"真人"。這個"真人"表現為"聖人"時，不是儒家的聖王形象，而是道家許由的"不王"理想人格；表現為"神人"時，不是神仙飄渺的非人形態，而是有血有肉、出淤泥而不染的脫俗性格；表現為"至人"時，則是真的極致、誠的極致、善的極致和美的極致，是一個不為物役也不役物的逍遙自在的真人。[2] 追求宇宙境界這一美學風格的核心思想，便是擁有宇宙空間自由精神的平常心。

文學創作與欣賞，需要審美風格多樣化，這不是抹殺一種審美形式或一種藝

1　劉再復：《中國現代文學諸子論·閱讀〈靈山〉與〈一個人的聖經〉》，香港：牛津大學出版社，2004 年，第 89 頁。

2　劉再復：《賈寶玉論》，北京：生活·讀書·新知三聯書店，2014 年，第 30–31 頁。

術風格的美學特徵，恰恰相反，它要求各種審美形式或藝術風格應該具有各自獨特的美學特徵和精神指向，擁有這個獨特性，才可能顯示藝術個性，也才可能由不同的藝術個性合成風格多樣化。文學心靈本體論主張創作和研究可以多種多樣，不必重複，這個理論本身的藝術傾向，卻是冷靜而澄明、悲憫而熾熱、沿著明確的心靈方向追求超越，構成了文藝理論多種風格中的獨特一種。

五

批評是審美再創造

　　文學批評，是指批評家對作品所進行的一種積極主動的認識、鑒賞和評價活動。文學批評作為審美再創造這一理念，早已經廣泛為人接受，但文學批評領域的實踐狀態，卻差強人意。劉再復是提出、實踐和不斷推進這個理念的卓越批評家之一，他把批評看作是審美再創造，具有如下特點：一、他在左傾意識形態主導文學批評的時代就已經提出這個理念並對其做出過系統闡釋；二、他在批評實踐中不斷提升對這個理念的理論認識，並用李澤厚的審美方程式對這個理念從審美原理上作了詳細闡述；三、他的論述突出心靈情感對美學批評的關鍵作用，提供了一條心靈化批評的大思路。

　　當代中國文學批評領域，批評家的主體性意識不夠強大，導致批評作品大多成為意識形態的注腳或是對作品內容的粗淺解讀。針對這一現象，劉再復在《論文學的主體性》一文中即提出，讀者和批評家在對作品的接受過程中只有發揮再審美的能動性，才能成為接受主體。接受主體實現的標誌，一是實現人的自由自覺本質，二是激發欣賞者創造再審美的能動性。接受主體性的實現，有兩個基本途徑："一是通過自我實現機制，使人的非自身復歸為自身，把人應有的全面情感歸還給人佔有；一是通過創造機制，也即欣賞者的完善的審美心理結構，以發揮審美再創造的能動性。"劉再復關於文學接受主體性的倡導，引領八十年代文學批評"向內轉"的趨勢，引領批評界把文學批評從對作品外部因素的分析為重心轉向對創作主體及對象主體內部因素的分析，從對政治性質的定性轉向對作品內涵及形式本身的分析，由此促進了文學批評從政治批判和社會批判向美學批評這一學科的回歸。

　　三十多年過去了，文學批評與同一時期文學創作的實績相比，相對落後，"我國從事美學研究和文學理論工作的人，缺少別林斯基那樣的美學鑒賞能力。

自己談一套，也談得頭頭是道，但無法面對活生生的文學作品與文學現象。他們的文學評論，其出發點不是藝術感覺，而是概念，乏味得很"。[1] 這種現象，是意識形態長期掌控文學批評的後續影響，雖然人們已經認識到批評應當是審美再創造，但整個文學批評狀況的改變，卻需要批評家有一個觀念上的徹底轉變和堅持不懈的實踐嘗試。文學批評，首先是一種學術上的藝術內容認知與審美價值判斷，這是批評的基礎，但僅僅止於內容認知與價值判斷，只是對作品的解讀，尚未構成有美學價值的文學批評；只有當批評者在批評中實現了接受主體的主體性和審美再創造的雙重使命時，文學批評才能成為具有生命靈性的藝術品。

批評家的審美再創造，並非是自說自話的任意想像，他的責任首先在發現作品的亮點，文學的亮點就是作家的藝術原創性：

> 文學的亮點並不一定都能自動展示，它常常被埋沒，被遮蔽，被抹煞。因此，對於文學的亮點，也往往需要有人去發現，去開掘，去宣揚。好的批評家就是善於發現文學亮點的批評家。例如，俄國最著名的大批評家別林斯基，他就具有一雙天生的善於發現文學亮點的慧眼，這就是他的文學感覺力。他聽到別人給他朗讀《窮人》，在他眼前就出現一顆文學新星，這就是陀思妥耶夫斯基。後來時間證明，別林斯基發現的這個亮點，乃是俄羅斯的文學巨星，也是全世界的文學巨星。別林斯基不到 40 歲就去世了，但他發現果戈理、陀思妥耶夫斯基的歷史功勳則永遠給人以啟迪。[2]

文學批評不僅需要敏銳地發現作品的亮點，還需要把閱讀轉變為對作品原創性的藝術鑑賞。鑑賞活動展開的過程，就是審美再創造逐步實現的過程。審美再創造，首先確立批評家在接受美學中的中心地位，即批評家不受外界因素和作品傾向干擾控制而獨立思考的主體性地位；其次，審美再創造的實現程度取決於批評家的審美經驗，特別是對美的敏感力；再次，審美再創造需要批評家必須具有高度理性調節下的充沛藝術熱情，這就要求批評家在藝術鑑賞過程中與作家作品

---

1   劉再復：《李澤厚美學概論》，北京：生活・讀書・新知三聯書店，2009 年，第 112 頁。

2   劉再復：《文學四十講》，第 182 頁。

保持一個適當的距離，不能讓自己的審美期待去迎合或是立即融入作品的藝術氛圍。也就是說，批評家必須在沉浸於欣賞的同時，保持一份理性，讓充沛的藝術情感受到理性的調節，把他的文學經驗、美學素養、藝術品味、批評指向恰到好處地用於發掘作品藝術價值，才能在審美期待實現時，把審美體驗昇華為審美再創造。一部優秀的作品，必然包括批評者未曾體驗過或經歷過的東西，這些東西吸引著批評家的好奇心。批評家在文本閱讀過程中，他的審美期待與新的文學意象相遇，產生一種藝術直覺。他必須善於捕捉這個藝術直覺，以理性思維與藝術才情去溝通直覺與審美之間的空白間隙，其審美期待便可以在把直覺感受化作審美再創造的過程中充分實現。批評家對優秀作品的每一次審美欣賞，都可能產生新的藝術直覺，因為每一次欣賞的情境和潛意識中被激發出來的經驗是不一樣的。批評家可以並且應該設法調動潛意識中的經驗去加深對作品的理解，從中獲得新的審美感受，實現自己的審美期待。這個過程的實現，大體經歷以下幾個步驟：一、批評家對作品中原創性因素有著特別的藝術敏感，每當進入一部優秀作品或是受到作品中藝術原創性因素刺激，其心靈感受便異常活躍，由此產生審美直覺。二、作品的藝術原創性因素既激發出批評者的審美興趣，亦構成了批評者審美預期中的不確定性和空白點，要求批評家調動潛意識中的經驗和想像等因素去解讀、補充、豐富對作品的理解，由此而產生新的超出預期的審美感受。三、審美直覺的獲得，激發批評家調動全部藝術情感和理性因素去感受、理解和鑒賞作品的藝術美，並把獨特的審美發現合邏輯地創造成一件有價值的藝術批評作品，批評家的主體性包括接受主體性和創造主體性便獲得了實現。

文學批評審美再創造原理是簡單的，批評實踐過程的心理活動極其複雜，這可以用劉再復對李澤厚的審美數學方程式中審美四要素（情感、想像、理解、感知）的闡釋加以概括，這個闡釋既適合於創作，也適合於作為審美再創造的文學批評：

> 特別是四要素的排列組合，可以展示為千姿百態的藝術。李澤厚認為，在審美過程中這四個要素不可分離，感知中如果沒有理解，最多不過是一種動物性的信號反應；想像中如果沒有情感參與，想像便失去動力；情感中

如果沒有理解，情感就失去方向和規範；理解如果沒有情感，思想就成了外在形式。李澤厚在分析四要素之後，又對每一要素進一步分解，例如情感因素，在中國就有喜、怒、哀、樂、愛、惡、懼等，而每一種情感因素，又可再分解，例如笑，就有哄笑、狂笑、冷笑、獰笑、嘩笑、慘笑、奸笑、暗笑、失笑、莞爾一笑、捧腹大笑等等，而審美心理諸要素的不同排列組合變化，便會使藝術顯現出不同風格……[1]

這個闡釋顯示，心靈情感在具體的批評審美再創造過程中豐富多彩而複雜，呈現出不斷變化的幾個層次：第一個層次是審美直覺，不帶任何價值判斷的預設，只是通過閱讀文本，對作品產生直觀性的感受。第二個層次是審美體驗，在作品美感因素刺激的基礎上，激起情感和愉悅，把作品的美感轉變為自身的生命體驗活動。第三個層次是審美情感的昇華，理性介入，在直覺與體驗的基礎上發現和發掘作品的美學價值，通過審美再創造，實現本質力量的對象化，達到精神自由的境界。

劉再復對李澤厚審美數學方程式的闡釋，特別強調情感和感知、即心靈情感的作用，他從心靈情感的角度綜合禪宗的頓悟思想和美學的直覺理論，由此形成了一種心靈化批評的思路。批評和鑒賞的心靈化，是一種覺悟之道，採用“體悟其心”的方式走入作品，走入人物與作家的心靈。以覺悟之道進入作品，不僅為了理解作品，更是要把批評和鑒賞當作一種心靈的事業，為批評確立明確的精神指向和審美目標，從超越的大觀視角闡發作品的精神內涵與藝術特質，以此為創作和鑒賞提供有價值的啟示。情感體驗，是覺悟之道的基礎，也是審美活動的發端。最初的美感，所謂觸景生情，是借感知和情感合成的心理活動產生的。感知深化情感，情感的深化則幫助批評家激發心底的潛意識經驗，常常躍過一般思維活動的聯想和理解過程，直接進入“悟”的狀態，這是一種比通過邏輯推理獲得結論更有價值的生命體驗，如果不及時抓住，瞬間即逝。這種因情感刺激而導致潛意識經驗瞬間驟變所獲得的新的審美感受，由直覺、情感直抵頓悟，頓悟中浸潤著理性因素，批評家與審美欣賞客體產生共鳴，審美主體的情感經驗與作品的

1　劉再復：《李澤厚美學概論》，北京：生活·讀書·新知三聯書店，2009 年，第 73 頁。

美學意象契合一致，甚至進入物我同一的情境。批評家調動理性因素參與感悟，把這種審美體驗以合邏輯的形式呈現給讀者，便是審美再創造的文學批評。由情感、感知和徹悟產生的審美體驗，在文學批評過程中的最大益處，可以使文章避免理論腔和概念相。劉再復對莫言小說的批評，就是批評審美再創造的生動例證，他在批評中完全擯棄理論和概念，以心靈去體悟莫言的創作情感，兩種情感交流撞擊生出來的文字，充滿生命的動感和批評的美感：

> 他是生命，他是頑皮地搏動在中國大地上赤裸裸的生命，他的作品全是生命的血氣與蒸氣。80 年代中期，莫言和他的《紅高粱》的出現，乃是一次生命的爆炸。本世紀下半葉的中國作家，沒有一個像莫言那樣強烈地意識到：中國，這人類的一"種"，性退化了，生命萎頓了，血液凝滯了。這古老的種族是被層層累累、積重難返的教條所窒息，正在喪失最後的勇敢與生機。因此，只有性的覺醒，只有生命原始欲望的爆炸，只有充滿自然力的東方"酒神精神"的重新燃燒，中國才能從垂死中恢復它的生命。十年前莫言的《透明的紅蘿蔔》和赤熱的《紅高粱》，十年後的《豐乳肥臀》，都是生命的圖騰和野性的呼喚。[1]

這種批評文字，表現的不是技巧，不是文采，是噴薄而出的熱情，是情感迸發瞬間對作品內涵的深刻體悟，作家原著對生命狂野狀態的禮讚，令批評者悟到作者的創作衝動，就是追求有血氣的生命。劉再復讚揚莫言是最有原創性的生命旗手，而他的批評文字，同樣洋溢著原創性生命激情之美。

文學批評的心靈化，不僅在捕捉和表述心靈情感，更在為批評立心。文學批評無心，就無精神立場，無心靈維度，也就難以產生靈光四射的藝術直覺和美學發現。文學批評所立之心是什麼？就是批評的精神指向、價值尺度和審美理想，劉再復對此有過具體的說明：

> 文學批評離不開兩大標準：精神內涵與審美形式。傑出的作品必定具有精神內涵的深度、廣度與高度。把精神內涵狹窄化為政治內涵，把精神內涵

1　劉再復：《中國大地上的野性呼喚》，《明報》，1997 年 9 月 17 日。

的尺度狹窄化為政治尺度，以政治話語取代文學話語，是二十世紀我國文學歷程中的一大精神教訓。文學事業是心靈的事業，不是功利的事業，但它具有廣義的功利內涵。換句話說，文學不追求具體的、短暫的功利，但天然地符合人類生存、發展、延續、提升的"功利"，還需強調的是，文學雖涉及功利，但它不追求功利，只審視功利，即審視人類功利活動在何處迷失，它構成怎樣的人性困境與生存困境。[1]

這段陳述表達了三層意思，一是指出批評必須兼顧精神內涵和審美形式；二是必須警惕批評可能產生的依附性，批評依附於意識形態或是權威秩序，將導致批評精神的淪喪。應當通過一個個有獨立靈魂的批評個案，確立批評的原則。三是強調，批評的精神指向不是狹隘的現實功利，而是有助於人類文明發展和精神提升的長遠目標。這是批評之魂，有魂魄，批評的文字才不會蒼白苟且。

不依附的基本要求，是避免趨炎附勢，為權勢唱和，或是人云亦云，專做粉飾功夫。真正的批評，是憑藉獨到的藝術敏感，發掘作品的精神內涵和文學現象的本質性特徵，劉再復的文學批評，始終躬行這個原則。金庸的武俠小說在二十世紀後期風靡整個華語世界，但很多批評家認為金庸所寫的是通俗小說，難登大雅之堂。劉再復在二十世紀中國文學史變遷的大背景下評述金庸的貢獻，說金庸小說"真正繼承並光大了文學劇變時代的本土文學傳統；在一個僵硬的意識形態教條無孔不入的時代保持了文學的自由精神；在民族語文被歐化傾向嚴重侵蝕的情形下創造了不失時代韻味又深具中國風格和氣派的白話文；從而將源遠流長的武俠小說傳統帶進了一個全新的境界"[2]。金庸小說的藝術成就是多方面的，劉再復所闡發的這三個特徵，本土文化傳統、文學的自由精神和具有時代韻味的大眾化語言，是金庸小說美學的三根支柱，也是文學發展的方向。

劉再復強調文學的無功利性原則，也適用於文學批評，與康德"無目的的合目的性"的哲學理念出於同一道理。這個概念的大意是，審美判斷沒有外在目的，即不涉及功利性，但審美判斷符合美的規律，其結論便與美的客觀目的自

1　劉再復：《我的文學觀》，《小品文選刊》2018 年第 7 期。

2　劉再復：《金庸小說在二十世紀中國文學史上的地位》，《當代作家評論》1988 年第 5 期。

然相合。人類的精神追求，符合康德的這個哲學理念，繪畫、書法、舞蹈、音樂和體育競技本身，如果不考慮商業社會給予它們的市場價值，除了獲得榮譽，沒有實用性。攝影比繪畫更精確、印刷比書法更適用，音樂僅僅展示聲音的和諧之美，現代交通工具遠遠快過奧運會短跑冠軍的速度，但是，人們仍然要發展繪畫、書法、舞蹈、音樂和體育競技，藝術的追求不斷為人類設立一個更美的目標、一個更高的精神高度、一個永無止境的挑戰。當藝術家和運動員在向更高的美和力的目標衝刺時，當普通人為他們達到的新高度歡呼時，人的精神追求便提升到一個新的高度。文學同樣如此，優秀的作品並不因為直接的功利目的而產生，只有那些具有精神內涵充滿藝術魅力的作品，才能產生長期滋養人類精神的大功利。歷朝歷代，產生過很多政治意圖明確的作品，車爾尼雪夫斯基的《怎麼辦》，梁啟超的《新中國未來記》，直接圖解作者關於社會改革的理想，其立意不可謂不高，獻身精神不可謂不強，因為不符合藝術創作規律，便沒有藝術價值。文學批評要有明確的精神指向，不在拔高作品，而在以超越的眼光，發掘作品的深刻精神內涵和特殊審美價值。劉再復的文學批評和鑒賞便具有這樣的特色，因此能發別人之所未發。93 歲高齡的紅學家周汝昌雙目失明，讓他的兒子轉告劉再復，說他聽了劉再復先生和他女兒關於《真俗二諦的互補結構》的對話，"可以說這是兩百多年來對《紅樓夢》的最高認識水平，能聽到這番對話是三生有幸" [1]。

文學批評，作為一種審美再創造，其目的是實現心靈審美境界的提升，即心靈對作品中美的感受、判斷、鑒賞和再創造能力的提升。心靈審美境界的提升，是對傳統美學 "境界說" 的繼承和發展。古典文論中談境界的地方頗多，清人張潮《幽夢影》說："少年讀書如隙中窺月，中年讀書如庭中望月，老年讀書如台上玩月，皆以閱歷之淺深，為所得之淺深耳。" 他以賞月為例，說明讀書三境界：從門縫中窺月，視野不寬，難識月亮丰采；庭中望月，見月亦見空闊天宇，但乃受四圍環境局限；登上高台賞月，飽覽天地宇宙氣象，視野、胸襟俱寬，才能抵達自由快樂境界。也就是說，讀紙墨之書要與讀人生的大書相結合，吸取知

---

1 劉再復：《賈寶玉論》，北京：生活·讀書·新知三聯書店，2014 年，第 122 頁。

識要與人生閱歷、磨練相摻合，境界才會不斷提高。張潮的"望月說"和宋代禪宗大師提出的參禪三境界、王國維提出的治學三境界，都是同一道理。劉再復的文學批評，深得古人"境界說"的精髓，他所關注的首先是作品的大境界，"觀察文學，不是觀察其'風動'與'幡動'，即不是關注其故事情節，而是關注其'心動'即心靈信息。以此觀之，便可看到，《水滸傳》充滿兇心與忍心（缺少不忍之心），《三國演義》充滿機心與野心。唯《西遊記》與《紅樓夢》充滿童心與佛心。"[1]

心靈化的批評必須貼近文學，更要超越文學。這個超越，不是說批評家的水平和境界高於作家，更不是說批評要居高臨下地隨意解構作品，而是說，批評要進入作品，更要走出作品，從多維視角看到作品意象中蘊含的更深的東西。批評與創作的不同之處在於，它必須較多地依靠理性思維，藉助理論、概念來表述思想，容易流於枯燥和格式化。心靈化批評針對這個現象，強調放下概念，以心讀心、以悟解悟，以心靈情感和生命意識去體悟作家作品，在深切體悟的基礎上融合理性的力量，用平白樸素的文字清晰地表述深刻的思想內容，才能讓批評成為真正的審美再創造。

1   劉再復：《〈西遊記〉三百悟》第 82 則，香港：香港城市大學出版社，2019 年，第 20 頁。

六

中道智慧

　　文學心靈本體論有一個重要思想，主張文學應當涵容人間智慧，劉再復說：
"《紅樓夢》充滿人間智慧，但最高的智慧是中道智慧。"[1]

　　中道是佛教術語，是釋迦牟尼的核心教義之一，是佛教認識世間百態和對
待萬事萬物的立足點，是超越有無、增減、苦樂、愛憎等兩邊之極端偏執、不
偏於任何一方的中正之道。中道，作為佛教哲學理論，在大乘佛教祖師龍樹的著
作《中論》中得到系統闡述："因緣所生法，我說即是空，亦為是假名，亦是中
道義。"（《中論‧觀四諦品》）這段偈語涵容中道思想的精髓：法因緣而生，它
可以在剎那間生滅，因此其本性為空。觀察假名假相的因緣果報變化，性空無礙
緣起，緣起無礙性空，這兩個真理都被確認，即是中道。《中論‧觀四諦品》還
說："諸佛依二諦，為眾生說法，一以世俗諦，二第一義諦。若人不能知，分別
於二諦，則於深佛法，不知真實義。"世俗諦為世間法，是佛的方便說；第一義
諦是出世間法，是真實法；世俗諦對世界真相的認知是相對的，必須依傍真諦的
絕對性才能避免偏頗；真諦的絕對性亦要由俗諦的相對認知來顯現，二諦須彼此
相互依籍才得以成立。"二諦"是佛法的根本思想，《中論》採用四句論式的辯
證方式來說明"兩諦"的關係，最能顯示龍樹思考周詳的論證特點。[2]《中論‧觀
法品十八》第八頌說：

1　劉再復：《隨心集》，北京：生活‧讀書‧新知三聯書店，2012 年，第 150 頁。

2　《中論》亦稱《中觀論》，是龍樹菩薩解釋佛經引導眾生悟入諸法實相的論述，是佛教闡述般若思
　　想的代表著作之一。《中論》主要敘述佛教的性空思想，藉助三種邏輯論證：兩難、假論證與四句
　　否定式來展現"唯破不立"，以此論證諸法無自性，以破自性而證空義為中心義理。參見：理淨
　　法師《龍樹〈中論〉思想述義》，《中國佛學》，總第 25 期，2007 年；聖玄法師《〈中論〉"空"
　　義的主要邏輯解析》，《中國佛學》，總第 29 期，2010 年。

一切實非實，亦實亦非實，非實非非實，是名諸佛法。

這個四句論式，表述了四個命題。命題一："一切實"，一切事物真實；命題二："非實"，一切事物都是表相，不真實；命題三：一切事物真實而又不真實，構成一對悖論；命題四：並非一切事物真實而且也並非不真實，事物亦真亦假，亦此亦彼，有無不二，真假共存於一身。這四命題歸結為一，用通俗的話來講，就是同時重視真諦與俗諦。真諦是佛的法則，要覺悟事物的本義，回歸本真本然；俗諦是世間法則，是講穿衣吃飯世俗生活的規則；真諦和俗諦都符合充分的理由律，都不可偏廢。

龍樹的這個哲學觀念，由禪宗發展為不二法門。佛為適應眾生根性，說無量法門，通稱八萬四千法門對治八萬四千塵世的煩惱。佛教以戒、定、慧為修行的基礎，戒是止一切惡，修一切善；定是心念不受環境和情緒所動而生煩惱；慧為斷除煩惱而生慈悲。佛教要求僧徒持戒、入定、生慧、逐步覺悟；到慧能，革新佛教哲學思想，做了兩件事，一是將般若性空說改造為"自性即佛"的佛性論，把本體"空"轉變為本體"悟"："自性若悟，眾生是佛；自性若迷，佛是眾生。"（《六祖壇經·付囑品》）二是把戒、定、慧統一，提出："定慧一體，不是二。定是慧體，慧是定用，即慧之時定在慧，即定之時慧在定。"（《六祖壇經·定慧品》）這個提法，其重要性不在修正了參悟的程序，而在明確提出了禪宗理解世界的方法論——不二法門：

> 佛言善根有二：一者常，二者無常；佛性非常非無常，是故不斷，名為不二。一者善，二者不善；佛性非善非不善，是名不二。蘊之與界，凡夫見二，智者了達其性無二，無二之性即是佛性。（《六祖壇經·行由品第十》）

"不二"指一實之理，如如平等，沒有彼此分別；"法門"，是修行得道的門徑。"不二法門"這一概念由《維摩詰經》提出，由慧能闡發為獨一無二的修行方法，就是不落兩邊超越二元對立的思維方式，就是對好惡、是非、善惡、大小、黑白、人我……一切相對的邊見，統統泯滅，一體涵攝，不生分別心。"無量法門"就其實相而言，法法平等，無彼此、無差別、無高下。不二法門，是中道哲學的通俗化表述，清晰地闡釋了中道哲學的核心精神，就是不落兩邊，超越表相，在更高的哲學層面上看待事物的是非、善惡、衝突兩方，用慈悲心理解兩邊各自的本性和成立的理由，有助於獲得對事物本相的覺悟。

佛教的中道思想，產生於佛教哲學家對於現實人生的形而上思考。人類賴以生存的現實環境，客觀上是一個兩極相對的世界，明暗相對、善惡相對、是非相對、愛憎相對、動靜相對、美醜相對。科技不論發展到什麼程度，都利弊兼具；各種思想，也都有自己的價值判斷傾向，難以圓融會通。人類生活在這種相對的環境和關係當中，其主觀意識、生存狀態、身體條件有別，物質利益和精神追求有別，難以達成共識，因此起爭執、生是非、乃至仇恨爭鬥。中道思想教人不要執迷一端，把是非心、爭執心化作清淨心、慈悲心、平等心、大愛心，不落兩邊而又兼具雙方，是最圓滿、完整和高級的思想。[1] 因此，劉再復稱讚，"大乘佛教的最高境界是中道"，其核心精神，是認為俗諦（世間法）和真諦（佛法認為的宇宙原則）都各自有自己的道理，是在更高的哲學層面上以悲憫的眼光看待悖論雙方。

李澤厚曾經提出"度"的概念，強調取度適中，過猶不及。劉再復認為李澤厚的"度"，克服了中庸的不足，體現了中道精神，"這是李澤厚歷史本體論中的一個重大範疇"。在歷史主義張揚、倫理主義付出重大代價之後，要強調社會公平就必須掌握好這個"度"，"李澤厚講度，反對走極端。這個度，便是把握中道。這不是概念，而是實踐。它不是語言，而是人類生存的根本，歷史前進的根本"[2]。

劉再復把中道智慧運用於審美鑒賞，指出《紅樓夢》全本書浸透了中道精神，"是一部無是無非無善無惡無好無壞無因無果的藝術大自在"[3]。他概括出《紅樓夢》的中道智慧具體表現在三個方面：第一，曹雪芹用全部心血塑造的理想人格形象賈寶玉，"本身就是一個中道的載體"。賈寶玉心中自然有價值觀念、是

1　劉再復著，葉鴻基編：《劉再復對話集：感悟中國，感悟我的人間》，北京：人民日報出版社，2011 年，第 49 頁。

2　劉再復：《隨心集》，北京：生活‧讀書‧新知三聯書店，2012 年，第 78 頁。

3　劉再復：《賈寶玉論》，北京：生活‧讀書‧新知三聯書店，2014 年，第 134 頁。

非標準，但他以無分別心對待天下眾人，在他的心目中沒有絕對的壞人，大慈悲心化成了他自然的人生態度。第二，"中道智慧還體現在《紅樓夢》的整體文本裏"，這是指曹雪芹的中道思想，就是說，曹雪芹持中道眼光從整體上看待人性和人生，這就非常了不得。西方社會兩次對人的發現歷經三四百年才得以完成，兩次發現趨於兩個極端，對人的本質都有深刻的發掘。曹雪芹在一部《紅樓夢》中，"把西方兩次人的發現都涵蓋在裏面"。他塑造了一系列詩意生命形象，詩意女兒形象，另一方面，曹雪芹又發現人沒有那麼好，像賈赦、賈蓉、薛蟠、趙姨娘等人，靈魂非常髒，非常無恥。但是曹雪芹沒有把他們寫成魔鬼，而是寫出了他們在欲望中的掙扎，表現出人性的豐富性。第三，《紅樓夢》成功呈現人物的靈魂悖論，把中道思想變成一種創作原則。作者對薛寶釵和林黛玉兩種完全對立的人生態度，並不褒此貶彼，而是把雙方寫得各有自己存在的理由，把兩個形象都寫得那麼美。因此，中道既是創作也是批評的審美原則，作家擅長在書寫中運用中道智慧，可以讓人物性格更加豐滿，作品中具有更為豐富深厚的思想內涵；批評家用中道智慧的眼光閱讀作品，才能不偏不倚，讀出作家作品心靈傾訴的真實情感。

劉再復不僅主張文學應當含有中道智慧，而且發現中道智慧可以成為聯結東西方學術文化的精神血脈：

> 我讀書後發現地球上最了不得的文化高峰有三座，一是西方哲學，二是大乘智慧，三是中國的先秦經典。……這些經典都帶有天地元氣。我的工作是儘可能把三座奇峰的血脈打通。後來我發現三座文化高峰有個相通的大智慧，這就是中道智慧。三峰都把中道看成最高境界。中道智慧如果用很通俗的語言表述，就是不要走極端，不要偏執，就是確認兩極對峙中有一中間地帶。西方哲學最高的水準由康德體現。康德最了不得的地方是提出四大悖論，悖論其實就是中道。[1]

中國古代文化傳統提倡執中而行，《尚書》說："人心惟危，道心惟微，惟

1　劉再復：《隨心集》，北京：生活·讀書·新知三聯書店，2012 年，第 15 頁。

精惟一，允執厥中。"（《尚書·大禹謨》）據說這是舜傳帝位給禹時對他的囑託，意思是說，人心變化莫測，道心中正入微，做事就要真誠地保持唯精唯一之道，使人心與道心和合，執中而行。這段話後來成為中國文化傳統的"十六字心傳"。儒家學說提倡一種世俗的中道即中庸，孔子說："君子中庸，小人反中庸。君子之中庸也，君子而時中；小人之中庸也，小人而無忌憚也。"（《中庸·君子中庸》）提倡有道德修養的君子，其議論和行為都要符合中庸標準，批評沒有道德修養的人，總是恣意妄為，違背中庸之道。朱熹闡釋程頤關於"中庸"的定義時說："子程子曰，不偏之謂中，不易之謂庸。中者天下之正道，庸者天下之定理。"（《中庸·朱子章句序》）把中庸上升為儒家道德行為的最高標準。儒家中庸與佛教中道的不同之處在於，儒家的中庸，既是其知人論世的技能，也是它至高的倫理準則。中庸之道在實踐中以成功為目的，化成難得糊塗、能屈能伸、以柔克剛等世俗方式，在實踐中容易流於平庸、圓滑、和稀泥狀態。劉再復對儒家的中庸與佛教中道之間的差別，有深刻的認識，一方面，他確認，"中國先秦經典講中和、中庸、陰陽互補也是中道"[1]。另一方面，他明確地指出這二者之間的差異，"中道是比中庸更高的一種境界，中庸在現實關係的矛盾中找到一個平衡點，導致和諧，但須犧牲某些原則。中道則超越世俗的是是非非、真真假假、善善惡惡，在更高的層面上觀照人際的紛爭，用悲憫的眼光看待一切"[2]。

中道思想在西方也是有傳統的。荷馬史詩中多次提到"和諧"與"合度"的概念；畢達哥拉斯數學學派認為數是最高智慧，數具有完全、勻稱、和諧的德性。這個勻稱、和諧不是簡單地將物體中分為二，而是確定抽象形式空間長方形平面上最能引起美感的分割線，他因此提出了 0.618 的黃金分割比例定律。亞里士多德的倫理學包含了深刻的中道思想，他把中道看作是關乎生命的德性，是行事的尺度，是立身的目標。他把人的生活分為政治的生活、快樂的生活與沉思的生活，思考什麼樣的態度合於中道，導致三種生活的平衡並因此得出結論：德性就是中道，是最高的善和極端的美。康德的四大悖論，用哲學思辨的形式構建了

1　劉再復：《隨心集》，北京：生活·讀書·新知三聯書店，2012 年，第 78 頁。
2　劉再復著，葉鴻基編：《劉再復對話集：感悟中國，感悟我的人間》，北京：人民日報出版社，2011 年，第 49 頁。

現代西方的中道理論，劉再復充分肯定康德的四大悖論，"康德的二律背反倒是最有道理的，它分清不同的層面、不同的場合，在某個場合中，講歷史，講人的主體性是符合充分理由律的；在某個場合，講解構，講反本質也是有道理的"[1]。他因此確信，中道智慧是東、西方哲學共同擁有的一種智慧，最能夠聯通東西方文化血脈。

劉再復不僅把中道智慧作為治學和探索真理的基本思維方式，而且把它當作自己立身處世的原則，他在接受《東方早報》記者訪談時，對自己的人生作這樣的定位：

> 我把自己的人生劃為三個人生，第一人生是中國的學生、學人；第二人生是中國的漂泊者；現在第二人生結束了，開始了第三人生，這一人生是超越國界的具有中華民族血緣與中國文化血脈的思想者。做這樣的自我界定，是為了讓自己更自覺地站立於中性立場，用中道智慧看歷史，看人間，看中國與西方。中性、中道立場，乃是對人類的終極關懷立場，這也是知識者應有的立場。[2]

1　劉再復：《李澤厚美學概論》，北京：生活・讀書・新知三聯書店，2009 年，第 121 頁。
2　盛韻：《劉再復評新左派與自由派的爭論：都脫離中國實際》，"鳳凰網・歷史"，2012 年 6 月 14 日。

七

悟證方法

　　悟證方法，是文學心靈本體論的方法論，源自於禪宗的頓悟思想。頓悟，是慧能心性說的核心概念，是一種叩問事物"本來面目"的不二法門，具有方法論和本體論雙重性質。劉再復將頓悟這一概念運用於《紅樓夢》的批評與鑒賞，並把它發展成一種具有穿透性認知能力的悟證方法，運用於文學研究。他在《文學慧悟十八點》等著述中，對這個思想作了多方面的補充闡述。

　　悟，是佛教傳統修行方式，到禪宗六祖慧能，提出"悟即佛"，賦予悟以新內涵，使"悟"兼具手段和目的的雙重性質。據《壇經·頓漸品第八》載，南、北禪宗都講禪悟，有頓、漸之分。眾人不解原由，慧能開示眾人："何名頓漸？法無頓漸，人有利鈍，故名頓漸。"南北禪宗並盛之時，北禪宗祖師神秀自認修為不如慧能，派弟子志誠前往慧能處聽法，志誠受了慧能的開示，虔誠追隨慧能，沒有再回北方。志誠告訴慧能，神秀對佛法"戒、定、慧"的解釋是，"諸惡莫作名為戒，諸善奉行名為慧，自淨其意名為定"。這首偈語概括了傳統佛教的基本教義、道理、行為和果報，所以，神秀對戒、定、慧的理解，要求弟子如法修行，次第而進，逐漸參悟，是佛教正統的修持方法。慧能聽了以後，開示志誠：

> 吾所說法，不離自性。離體說法，名為相說，自性常謎。須知一切萬法，皆從自性起用，是真戒定慧法。聽吾偈曰：心地無非自性戒，心地無癡自性慧，心地無亂自性定。不增不減自金剛，身去身來本三昧。

　　慧能的開示，說明"悟"實無頓漸之分；自性就是菩提涅槃，本來不生不滅，不增不減，明心見性即可。所以慧能又說："自性無非、無癡、無亂；念念般若觀照，常離法相，自由自在，縱橫盡得，有何可立？自性自悟，頓悟頓修，亦無漸次，所以不立一切法，諸法寂滅，有何次第？"慧能告訴僧眾，菩提與煩惱本為一體，"煩惱即菩提"。菩提是覺悟，煩惱是遮蔽，是妄想，產生於眾多因緣和合之間。如果能在眾多因緣中保持智慧觀照，就是明心見性，煩惱就無從生起。覺了，煩惱就斷了，斷的一剎那，是頓；頓的一剎那，是悟。

劉再復總結慧能"頓悟"說的長處，可以不通過理性，而通過悟性抵達不可說之處，抵達事物的本體，抵達理性難以觸及的心靈深處：

> 悟的思維方式被禪宗特別是慧能推向了極致，最後從方法論變為本體論，斷定"悟即佛"。悟不僅是手段，而且是目的，不僅是用，而且是體；不僅是抵達佛的路徑，而且是佛本身。[1]

劉再復把"頓悟"轉化為"悟證"，並把它運用於文學審美鑒賞，使之成為與作者、作品人物相默契的心靈交流，成為能夠穿透思維霧靄直達真理處所的認知手段，即在心靈理解的基礎上體悟作者、作品的精神內涵。他認為禪宗的頓悟和莊子理解世界的方式相通，是屬於中國哲學中有別於邏輯論證的一種普遍性方法：

> 這就是直覺、直觀的方法。這種方法沒有思辨過程，即無須"證"。因為悟完全靠自己去發現、感受、捕捉、道破，沒有普遍必然的原理法則可作依據，也不是語言可以抵達，甚至難以解說。但為了解說與講述，也為了把宗教性之悟與學理性之悟區分開來，我便使用"悟證"一詞。[2]

悟證之法的長處，有助於批評者帶著了解作品的情感衝動去閱讀，有助於批評者在與作者作品心靈撞擊的過程中產生慧悟的火花，有助於批評者通過直覺感知作品的精神，發掘作品的審美內涵，獲取對作家、作品的洞見，在鑒賞和批評中實現審美再創造，"就像別林斯基對果戈理的批評一樣，一方面表現出對果戈理的最深刻的理解，另一方面又創立了別林斯基自身特有的審美理想和文學觀

1　劉再復：《紅樓夢哲學筆記》，北京：生活・讀書・新知三聯書店，2009年，第168頁。
2　劉再復：《紅樓夢哲學筆記》，北京：生活・讀書・新知三聯書店，2009年，第168頁。

念"[1]。在批評鑒賞過程中，悟產生於瞬間，但它與批評家保持理性的自覺不可分離。一方面，批評者必需信任和尊重作品，尊重作品的原創性，對作品的欣賞和解讀，要依據作品本身傳遞出的信息和美學傾向，沒有任何價值標準的預設。另一方面，批評者在鑒賞過程中始終要堅信自己的眼光和感覺，不能被作品的傾向性所左右，既要深入作品又要跳出作品。深入作品，以心靈去體察、溝通作品的心靈性；跳出作品，以大觀視角俯視作品的內蘊，才能獲得對作品美學內涵的全面理解和對作品藝術特質的準確把握。

劉再復對"悟"的功能，有一個重要發現：啟迪性真理無法通過邏輯推論去證明，卻可以從"悟"中獲得，人文科學領域的研究，探討的大多是啟迪性真理，主要依靠研究者的穎悟，才能夠加以理解和把握。這一理性認知，為探索啟迪性真理開拓了一條通道，悟性越高，研究者從作品中體悟到的心靈世界愈寬廣。劉再復把悟證之法用於解讀《紅樓夢》，對人物心靈和精神內涵的闡發多有獨到之處，《紅樓夢》第十九回，寫寶玉在黛玉處，"又聞得一股幽香"，於是，一把將黛玉的衣袖拉住，要瞧籠著何物。黛玉笑道："冬寒十月，誰帶著什麼香呢？"寶玉感到奇怪，這香味兒不是來自日常所用的香球子、香袋子，不知來自於何處。寶、黛的對話沒有結論，兩個人都沒弄明白到底是什麼香。這是曹雪芹的高明之處，此前他寫過寶玉與寶釵關於冷香丸的對話，是實寫；此處虛寫，合乎情理，構成一種含蓄的美，讓讀者生出無窮的猜測和回味。批評者對黛玉身上香味來源的猜想，大多偏於俗見。劉再復說，這個香味不可以驗證，"用悟證可以悟到這是林黛玉身上靈魂的芳香"[2]。悟證首先是悟，直覺感受到黛玉身上的芳香決非俗物，當與她的精神氣質相關。其次是證，悟證無法用邏輯證明，但慧悟所得必有直覺的依據，"靈魂的芳香"，最可靠的直覺依據，一是來自黛玉的身世，二是來自她的性情。她的前世，是西方靈河岸邊的一棵絳珠仙草，有神瑛侍者日以甘露灌溉，其天然清香難以描摹。在性情方面，"林黛玉身上有一種絕對性與徹底性，也可以說是一種純粹性。……除了真性真情，一無所有；除了

1　劉再復：《文學的反思》，北京：人民文學出版社，1986 年，第 106 頁。

2　劉再復：《隨心集》，北京：生活‧讀書‧新知三聯書店，2012 年，第 8 頁。

所依戀的那顆靈魂，一切都不存在"[1]。如此純粹的性情，只有借形而上的審美判斷感受到她高貴的女兒氣息，這個香味，自然不能用任何世俗的字眼去玷污，因此，靈魂的芳香，便成為劉再復對黛玉少女氣息的準確界定和讚美。

劉再復所闡發的"悟證"方法，借禪宗心性原理，用直白的文字解析文學現象，其實具有充分的心理學和美學依據。慧悟的根本在心覺，在心靈對真理的瞬間把握。明心見性沒有邏輯過程，但卻是潛邏輯的，心性覺悟擱置邏輯中介，省略思辨過程，但在不悟與悟之間卻潛藏著與邏輯演變相似的心理覺悟過程，這個過程就是積澱於心中的相似經驗在不經意間受到某種因素刺激時突然爆發、引領心智獲得對特定事物瞬間穎悟的過程。也就是說，人從注視某一現象到突然間獲得感悟，沒有邏輯過程，但與邏輯思辨相關的潛意識活動卻潛在地、快速地運行，在人覺悟的瞬間已經完成了它的"裂變"過程，如同計算機內存在每秒時間內的千萬次運算。邏輯證明依憑材料證據、歸納、演繹去發現主客體之間的關聯，發現事物發展衍變的規律；悟證擱置邏輯證明程序，依靠直覺、直觀的方式去感受和發現，獲得本體性的把握。直觀誘發了潛意識中相似經驗的自然選擇，直覺暗含了內心判斷，覺悟所得符合所悟之物的邏輯發展必然性和邏輯推理所要求的因果律，否則就難有所悟。現代心理學認為，人的認知過程有三個步驟，最初是直覺，其次是知覺，再次是概念。朱光潛說："在實際經驗中它們常不易分開。知覺決不能離直覺而存在，因為我們必先覺到一件事物的形象，然後才能知道它的意義。概念也決不能離開知覺而存在，因為對於全體屬性的知必須根據對於個別事物的知。"[2]這個闡釋，說明"悟"在一剎那間同時實現直覺與知覺，有充分的心理學根據。從文藝美學的角度看，"悟"的產生與作用，是一種人在物我兩忘狀態中審美突然實現的現象，美感經驗是一種聚精會神的心理狀態，全部精神聚焦於一個對象，該意象就成為一個獨立自足的世界。用志不紛，乃凝於神，凝神到忘我，就可能產生純粹的直覺。朱光潛把這種美感經驗概括為五個要點：一、美感經驗是一種聚精會神的觀照，即直覺的活動；二、要在觀賞的對象

---

1   劉再復：《紅樓夢悟》，北京：生活·讀書·新知三聯書店，2009 年，第 77 頁。

2   朱光潛：《文藝心理學》，《朱光潛全集》卷一，合肥：安徽教育出版社，1987 年，第 207 頁。

與實際人生之間闢出一種適當的距離，才能達到這個境界；三、處於這個境界，我們常由物我兩忘走到物我同一，由物我同一走到物我交注，產生移情現象；四、在美感經驗中，我們常模仿在想像中所見到動作姿態，使知覺愈加明了；五、同一事物對一千萬人即現出千萬種形象，物的意蘊深淺以觀賞者的性分深淺為準。[1] 朱光潛的美感經驗說，源自克羅齊的"藝術即直覺"說，它從文藝心理學的角度理清了心理直覺、心靈情感、精神現象與審美及藝術創造的關係，為劉再復的悟證方法，提供了美學理論的支持。劉再復的"以心靈去貼近心靈"、"對《紅樓夢》作生命的傾訴"的文學批評觀，是朱光潛"美感經驗"的美學觀在經歷了半個世紀的人生磨礪和一個時代文學災難的教訓後的昇華，它不僅是一種文學批評方式，也是生命對文學的深刻體驗。

劉再復的悟證之法不僅是直覺說美學觀的昇華，更重要的，是整個悟證過程涵容著批評者的生命體驗。他的悟證，摒棄概念、範疇、邏輯推演，擱置傳統的資料考證、推衍事由、於穿鑿附會中尋找綫索的做法，把整個生命情感投入到作品當中，不是用頭腦去閱讀，而是以心靈去體悟作者、作品人物的心靈世界，"求證每個人物心靈所蘊含的真正哲學之謎與文化之謎"。[2] 這種把心靈情感和生命意識注入閱讀的方式，是"悟"之所以實現的第一原動力。劉再復為著學術目的把悟與證結合，以確立"心靈之悟"在學術上的"合法性"，這也是禪的"方便法門"。借用這一方便法門，他深切領悟《紅樓夢》這部偉大的著作不是"做"出來的，而是曹雪芹閱歷感悟人生的結果，是一部大徹大悟之書，得用心靈去領悟，以心傳心，以悟讀悟。

劉再復在《紅樓夢》、《西遊記》等古典著作的閱讀和批評書寫中充分實踐了悟證方法，並在《什麼是文學》、《文學慧悟十八點》等著述中，從不同角度闡述了悟證方法的原理。特別是《文學慧悟十八點》，其中有豐富的對文學創作、批評和鑒賞的感悟體驗，閃耀著思想的光華。概括地說，劉再復在這些著述中對"悟證"方法的理論闡述與補充，主要包括以下幾個方面：一、他從理

1　朱光潛：《文藝心理學》，《朱光潛全集》卷一，合肥：安徽教育出版社，1987 年，第 269–270 頁。

2　劉再復、劉劍梅：《共悟紅樓》，北京：生活・讀書・新知三聯書店，2009 年，第 8 頁。

論上講清楚這個道理：科學講實在性真理，文學則講啟迪性的真理。面對人性的豐富性和複雜性，生活中的種種啟迪無法依靠邏輯、思辨和概念所獲得，只能通過心靈感悟而獲得，"就是要用智慧去感悟萬物萬有，包括社會人生與文學藝術"。[1] 二、悟證有思想和哲學視角作導引，對事理可以獲得更為深刻的慧悟。他說，"還需要思想，尤其是需要哲學視角。找到一個新視角就可以開闢一片新天地"。[2] 三、悟證在很多情況下，不是一次就能完成，多次相關聯的悟證，能夠組成一個認識深化的過程，"悟證很難有一個結論，它應該是一個不斷領悟、不斷接近真諦的過程，不可能一次性完成"。[3] 不僅要悟到真實的、具有個性特徵的感覺，而且要跳出低級的生理快感，悟到高級感覺，這就是美感。四、劉再復強調學識積累和閱歷而悟，說明知識與經驗的積澱，是實現慧悟的基礎。"感悟其實有個閱歷而悟跟一個憑虛而悟有不同，你需要有閱歷，也需要有修煉，所以這種東西沒有別的捷徑，只能靠修煉，靠不斷地讀書，就是富而好學這條路。"[4] 禪宗的瞬間感悟，是心靈神秘體驗的高峰。這不是飛來峰，這座高峰是有根基的，它的根基就是人生的積累，包括知識的積累與經驗教訓的積累。瞬間感悟，有小悟、有中悟、有大悟，有徹悟，但感悟的深淺，與人生閱歷和知識的積澱深淺相關。佛教唯識宗有"轉識成智"之說，教人不要囿於識、執著於識，要通過把識轉為智慧而獲得佛性。劉再復有一個悟證，說妙玉的形象折射佛教唯識宗文化，其學識和閱歷在這個悟證中起了重要作用。妙玉的行為有"分別相"，招待賈母一行人喝茶，認定劉姥姥是卑賤之人，就把她喝過的杯子扔掉。劉再復指出，佛教諸派，只有唯識宗談分別識，"頌曰：由一切種識，如是如是變。以輾轉力故，彼彼分別生。"（《成唯識論》卷七，《大藏經》第三一卷頁三十九）另外，唯識宗為唐玄奘所創立，他的《成唯識論》佛學知識繁瑣，其要義只有少數人能明白。寶玉在解釋妙玉為什麼給他送生日拜貼時說："因取我是個些微有知識的，方給我這個帖子。"劉再復解釋說，這裏的佛學知識，顯然不是禪的知

1　劉再復：《文學四十講》，第 144 頁。

2　劉再復、劉劍梅：《共悟紅樓》，北京：生活·讀書·新知三聯書店，2009 年，第 20 頁。

3　劉再復、劉劍梅：《共悟紅樓》，北京：生活·讀書·新知三聯書店，2009 年，第 16 頁。

4　劉再復：《中國貴族精神的命運——在鳳凰衛視〈世紀大講堂〉上的演講》，2012 年 3 月 7 日。

識，而是有難度的知識，恐怕只有唯識宗才算得上。[1] 這段悟證，如果不掌握有關佛教各宗教義的知識，是無法實現的。五、劉再復強調悟證，但並不放棄和否定理性思考在文學批評鑒賞中的重要作用，"重於悟證之法，也不放棄論證之法，把直覺與邏輯結合起來，轉負為正，先直覺再邏輯"。[2] 他還說，"放下心靈以外的一切動機，包括在方法論上也不執於一念、一法，更不執著於一種意識形態"。[3]

悟證方法不僅具有實踐價值，而且具有啟迪意義，它既無頓漸之分，也不受任何客觀條件限制。批評家如果有目的地積累與訓練，可以提高悟證的能力，可以駕輕就熟地憑直覺捕捉美感，可以在悟的過程中靈活運用論與證來昇華對作品美的認知，亦可以在獲得悟的啟示之後，反過來以理性方式作對比邏輯驗證。還可以突破"悟證"模式本身，把"悟"運用於任何閱讀鑒賞活動，以穿透性的生命體驗與理性態度、邏輯思辨方法結合，以期獲得一個大觀視角下深刻的藝術穎悟。

1　劉再復、劉劍梅：《共悟紅樓》，北京：生活·讀書·新知三聯書店，2009 年，第 11 頁。

2　敘述者劉再復、訪問者吳小攀：《走向人生深處》，北京：中信出版社，2011 年，第 51 頁。

3　劉再復、劉劍梅：《共悟紅樓·序一》，北京：生活·讀書·新知三聯書店，2009 年，第 4 頁。

八

復歸思想

　　復歸思想，是文學心靈本體論一個重要的組成部分。復歸，不是遭遇挫折之後的畏縮，不是功成名就之後的榮歸，不是青春鋒芒盡失之後的退隱，更不是進取精神萎頓的託辭；它是哲人對複雜生命現象的睿智見解，它是慧悟天人合一之道後的人生態度，它代表心靈的方向，也指引文學的方向。劉再復曾在丹佛美中交流協會第十一屆年會上作的《第二人生的心靈走向》講演中，專門談過這個思想：

> 　　此時我要用一個短語來表述我的心靈方向，這就是 "反向努力"。也就是說，這二十多年我的心靈走向，不是沿著人們通常理解的那種向前向上的方向去追求更大功名、更多財富，而是朝著相反的方向去努力，即向後方、向童年、向童心、向質樸這一 "反" 方向去努力。我在散文詩中曾說，回歸童心，是我最大的凱旋。[1]

　　劉再復以 "反向努力" 一詞表達他回歸童心、回歸質樸的願望，源自對老子哲學的理解。老子的《道德經》提出："反者，道之動；弱者，道之用。"這裏的 "反" 字，可作 "反向" 或 "相反相成" 理解，整句話的大意是：相反相成的力量可以促進宇宙自然規律的運動變化；力弱者行為做事，只能對道加以利用，即必須遵循自然規律。錢鍾書在《管錐編》中彙集了有關《道德經》中 "反" 字的種種解釋，劉再復結合老子的復歸思想，確認其中一條最符合老子的原意："反" 字，"是返回的返，是復歸的返"。[2] 復歸思想是老子哲學的一個核心理念，

1　劉再復：《隨心集》，北京：生活・讀書・新知三聯書店，2012 年，第 105 頁。

2　劉再復：《返回古典就是返回我的六經》，《南方週末》，2010 年 11 月 18 日。

《道德經》第二十八章專論這個理念：

> 知其雄，守其雌，為天下溪。為天下溪，常德不離，復歸於嬰兒。知其
> 白，守其黑，為天下式。為天下式，常德不忒，復歸於無極。知其榮、守其
> 辱，為天下谷。為天下谷，常德乃足，復歸於樸。

這段話的大意是說明知強守拙、柔能克剛的道理，教人行為處事順應自然之道，"復歸於嬰兒"、"復歸於無極"、"復歸於樸"。老子是擅長於逆向思維的古代哲學家，他所闡釋的"道"，大多從事物的反面入手，根據事物正反兩面辯證轉換關係，發現處於反面狀態下的事物在一定的條件下，可以獲得正面發展的結果。他的見識和理念彙集成許多精闢的語句，如"柔能克剛"、"哀兵必勝"、"以天下之至柔，馳騁天下之至堅"，凝結千年來的民間智慧。但老子哲學過分傾向於順應自然而反對人為的進取，甚至表現為反智傾向，如"大道廢，有仁義；智慧出，有大偽"，具有相對的保守性。

通過內心修養而得道，不僅是老子哲學的核心內容，也是儒家與佛教哲學的重要因素。孔子提倡"吾日三省吾身"，以達到"七十而從心所欲不逾矩"。（《論語‧為政》）孟子以"四端"說強調道德完善的根本在於人心，歷代儒家知識分子主張以誠為本，正心修身，追求內聖外王的境界，成為綿延久遠的儒家人文精神。禪宗不僅強調悟，而且提出要識得"本來面目"，這就使禪宗的修行從認知出發，復又回歸本體。據《壇經》記載，慧能辭別五祖南歸途中被惠明追上要奪取他的衣鉢，他便開示惠明："不思善，不思惡，正與麼時，那個是明上座的本來面目？"惠明因此覺悟，拜別慧能而去。悟到"本來面目"，是禪修的目的，"不思善、不思惡"，是識得本來面目的前提。劉再復認為，"善、惡"在這裏代表認識的兩個不同方面，也可以是生與滅、黑與白、真與偽、是與非等對立項。理性的成熟，幫助人類擺脫原始思維狀態，使人能夠從辯證關係的角度多方面考慮一樁事情發展的可能性結果。辯證關係的引入，在提高思維能力的同時，也容易導致思維偏頗，成為對思維潛能的一種限制。二元對立的思維方式可以讓人比較容易對事物的好壞正反做出判斷，也容易使人惑於事物的某些因素而執著一端，結果是產生思維盲區，迷失事物的本來面目。慧能所說的"不思善、不思

惡"，就是叫人先去是非之心和分別之心，走出理性思維的盲區。這與莊子要保持"混沌"狀態（《莊子·應帝王》）、海德格爾要把該否定的東西全否定掉、只去關注"存在"本身的道理相似，都要求人們擱置僵化的思維模式，讓事物的本真狀態從紛繁複雜的表象遮蔽中呈現出來。識得本來面目的過程，也就是真實人性復歸的過程。

劉再復結合自己大起大伏的人生經歷，從傳統文化中綜合吸收養分，熔鑄了樸素的復歸思想。他吸收《道德經》中的"復歸"思想，但摒棄老子絕智棄聖的保守，融入儒家"天行健，君子以自強不息"的進取態度，把老子的復歸思想轉向人生進取的方向。他更在復歸思想中融入禪宗"本來面目"的理念，提出要保持一顆"平常心"，把復歸精神貫徹得更為徹底：

> 我要努力做一個人，努力從"有知"變為"無知"。所謂"無知"，是指"不知"，即變成一個像嬰兒那樣不知算計、不知功過、不知輸贏、不知得失、不知仇恨、不知報復、不知生存策略、不知恩恩怨怨的人，也就是回到莊子所說的"不開竅"的"混沌"。莊子所講的"混沌"，乃是天地之初、人生之初的本真本然。[1]

這種復歸，是心靈的復歸，是徹底的人性的復歸。在劉再復那裏，復歸，超越了老子的哲學理念，成為一種宗教情懷。它以恢復人的純真本性為目標，以審美理想為內在動力和堅持的信念，而獲得一個在不理想的生存環境中精神充實、人格完善的理想人生。他在同一篇講演中，借用一個著名的文學意象的隱喻說明"反向"努力的不易。他說，兩大希臘史詩《伊利亞特》和《奧德賽》，概括了人生的兩大基本經驗：《伊利亞特》象徵著出擊和出征，《奧德賽》象徵回歸與復歸。人們通常認為出征艱難，回歸容易，其實回歸比出征更為艱難，回歸的路上充滿艱難險阻、妖魔鬼怪，意想不到的誘惑與陷阱。他把復歸分為身的復歸與心的復歸，指出心的復歸比身的復歸更難，很多成功人士可以實現身的復歸，但無法實現心的回歸。他們在獲取了功名、財富、權力之後，可以保持平樸的生

1　劉再復：《隨心集》，北京：生活·讀書·新知三聯書店，2012 年，第 106 頁。

活方式、平易近人的態度，但那只是表象，他們的心已經回不到童年時代那一片
天真天籟了。然而，人生境界的提升，關鍵是在心的回歸。當前人類處在地球向
物質傾斜、人的欲望燃燒的時代，放下物質欲望回歸生命本真更加困難。他把人
生的復歸努力分為三個層次，第一個層次是回歸到質樸的生活，實現這一層的回
歸，是內心回歸的基礎。第二個層次是回到"質樸的內心"，對於一個人來說，
在擁有了功名、財富和權力之後，再回到質樸的內心，是最困難的，能有幾個帝
王、總統、億萬富翁能回到質樸的內心？但是，很多大藝術家、詩人、作家，卻
能夠永遠保持童心，譬如曹雪芹和托爾斯泰，始終都保持這樣的心靈。復歸的第
三層面是回歸"質樸的語言"。文化大革命當中，漢語表述內容變質，出現了大
量的套話、大話、廢話、謊話、空話，產生了語言暴力和語言欺詐，如今，文化
大革命在政治層面上早已結束，但在語言層面上並沒有結束，語言暴力和語言欺
詐還在持續，這類語言病毒不僅有害於作品，而且作為思維的載體，繼續侵蝕心
靈與頭腦。所以，純潔心靈和文學，應當從清潔語言開始。

　　劉再復對復歸意識的堅守，不僅對他保持本真的生命狀態和心靈狀態產生了
巨大影響，而且幫助他進入古典名著的精神內涵，在四大名著的研究領域為文學
的"回歸傳統"與復興，開拓了一條踏實的進取之路。他以赤子之心去發現赤子
之心，成為第一個發現並充分闡發賈寶玉那顆世界文學中最純粹、最質樸心靈的
人，成為第一個發現並闡發曹雪芹意象性心學內涵的思想者，成為第一個充分闡
釋孫悟空自由心靈特徵的批評家。劉再復清楚地闡釋了文學的回歸與心靈回歸的
關係，"在文學史上，'回歸'是一種大現象。回歸，有時是文學的策略，有時
是文學的主題，有時是作家的自救"。[1] 他在《什麼是文學》一書中，專門分析了
中西方文學回歸的性質與特點。西方 15 世紀的文化復興，借回歸希臘為主題，
反對中世紀的神權統治，把"人"從"神"的牢籠中解放出來，產生了拉伯雷、
塞萬提斯等文學巨匠。中國唐代以韓愈、柳宗元為代表，發起古文運動，一改六
朝以來駢文盛行的綺麗浮華文風。宋代歐陽修、王安石、梅堯臣等人倡導復古主
義傳統，反對宋初楊億、劉筠等人"西昆酬唱體"的雕章琢句，開創一代健康清

1　　劉再復：《文學四十講》，第 225 頁。

新的詩風。這些文學史上的"復古"運動，"復興"是目的，"回歸"只是策略，借復古而創新，使文學重新成為人的文學。劉再復和李澤厚共同找到一條合理的"回歸古典"和光大發揚傳統的道路，明確提出了"返回古典"的命題。他把"返回古典"具體確定為"回歸我的六經"，即《山海經》、《道德經》、《南華經》、《六祖壇經》、《金剛經》以及《紅樓夢》，這"六經"代表了中國文化"重個體、重自然、重自由"的一脈，可以和代表中國文化中重倫理、重秩序、重教化的"四書"、"五經"互補，使傳統文化的精粹得到更好的發揚光大。

"復歸"，不僅是文學的傳統，也常常成為文學的主題，西方文學從《奧德賽》開始，產生了"回歸"的創作主題；中國文學史上也有"回歸"的主題。晉代偉大詩人陶淵明，其著名的《歸去來兮辭》公開宣告："歸去來兮，田園將蕪胡不歸，既自以身為形役，奚惆悵而獨悲。實迷途其未遠，知來者之可追。"這是詩人對回歸的覺悟，覺悟到離開官場、回歸田園，就是離開迷途，返回生命本真狀態。他回到故鄉田園，生發出一種"羈鳥戀舊林，池魚思故淵"的真切感受，他的詩歌，與唐代隱逸詩人王維所寫的"獨坐幽篁裏，彈琴復長嘯"（《竹裏館》）相比，完全是兩種格調。王維的詩顯示的是隱居的閒情雅致，寫的是身體回歸，陶淵明所書寫的，則完全是心靈的回歸，其詩歌達到了"天然"的審美意境。蘇東坡在官場失勢、流放嶺南之後，深切感受到什麼是真正的回歸，他為陶淵明作了100多首"和詩"，高唱"九死南荒吾不恨，滋遊奇絕冠平生"（《六月二十日夜渡》），為擺脫京邑朝廷的羈絆而心存喜悅。他的詞"竹杖芒鞋輕勝馬，誰怕？一蓑煙雨任平生"（《定風波》）顯示出和陶淵明一樣對官場世俗坦然釋懷的真義。現代中國文學史上也有一批以"回歸鄉土"為主題的作家，如馮文炳、李劼人和沈從文。他們對二十世紀上半葉中國都市社會浮華的"現代化"發展失望，分別在作品中表現出強烈的"原鄉"意識，認為只有回歸到沒有被畸形的"現代化"所污染的鄉土，回歸到本真本然的人性，才是文學表現的方向。特別是沈從文，他的邊城敘寫，展示了未被現代浮華人生污染的風土人情，呈現的是作家嚮往質樸人性的赤子之情。

劉再復說，作家的回歸，心性的回歸更為重要，即在成功之後向兒童時代、兒童心性的回歸。對於作家來說，這個回歸應當表現在兩個方面，一是赤子之心，即單純的遠離功名利祿世俗人情的本真之心，是內心回歸的根基。另一方面，則要保持孩子的好奇心，對世界對文學仍然充滿好奇，充滿好奇才有可能不斷發現和創新。作家的身上總是存在兩個角色，一是世俗的角色，另一個是本真角色，創作尤其需要保持這個本真的角色，但這是"知易行難"，作家只有把"心靈的復歸"當作終身努力的方向而嚴加自律，才有可能接近老子所說的"復歸於無極"的境界。

九

文學的一些重大命題

　　文學心靈本體論的理論體系並不複雜，但維護文學的純潔性立場鮮明，在有關文學的本義、文學的審美本質等基本理論方面都有系統的闡述。此外，還涉及一些與文藝關係密切、長期以來困擾著當代文學理論研究的一些重大問題，諸如文學與政治的關係、文學是不是屬意識形態等等。這些問題，表面看來，不是對文學心靈本體論的直接闡述，但實際上，對這些問題的清醒認識，與文學的心靈自覺、心靈空間、心靈自由、心靈解放有著直接的關係，這裏揀幾個重要的問題作一簡單的梳理。

（一）文學獨立於政治

　　文學心靈本體論主張文學獨立於政治，不是說文學與政治絕對無關，也不是說文學不能表達政治傾向，而是科學地闡明，文學和政治分屬不同的範疇，應該按照各自的內在規律要求顯示各自的功能。

　　文學與政治的關係，自從二十世紀初中國現代文學運動發生，就一直困擾著中國知識分子。無可否認，文學自產生之日起，便與政治有擺脫不了的密切關係，在民族國家遭遇重大危機特別是戰爭時代，文學自然成為民眾捍衛民族國家的武器。兩次世界大戰期間，各民族人民面對法西斯入侵，把文學當作喚起愛國精神的工具服務於抵抗侵略的鬥爭，蘇聯、法國、美國、德國，產生了無數以反戰反侵略為主題的文學傑作。相對說來，在和平時期，厭倦政治的社會心理增強，一般的文藝批評家，傾向於文藝與社會政治相切割，強調文學的獨立性。一個典型的例子，是二十年代俄羅斯形式主義批評流派的產生，這個批評學派主張發展正統俄羅斯文學符號和語言，其背後的驅動力"似乎是一種強烈的願望，即要求破壞僵化的概念，發現新形式，給生活輸入一種有價值的氣質"。這個思潮，被稱作"俄國文學復興"，對俄國文化領域產生了深遠的影響。[1] 在中國，現代文學自誕生之日起，就深深介入民族解放、政治革命運動，1942 年《在延安文藝座談會上的講話》問世，"文學從屬政治"這一立論，成為無可質疑的文學立場達四十年之久。八十年代以後，文學的"從屬論"、"工具論"觀點受到質疑和否定，逐漸從高校文學理論教科書中消失，但批評界對文學與政治的關係，仍然保持一種"剪不斷、理還亂"的曖昧。有學者著《文藝政治學導論》（四川大學出版社，1995 年），試圖建構馬克思主義文藝政治學理論框架；有學者試圖聯姻文學與政治兩個學科，強調從政治學角度來研究文學問題，"立場是文學的，視角是政治的，這就是文學政治學的立場與視角的交叉融合，從而形成一門交叉學科"。[2] 這些著述似乎具有學術探索的精神，實際上反應學界急於"建學"、"立言"的浮躁心理，連問題的癥結在哪裏都沒有弄清楚，這種跨學科的聯姻，只能給學界帶來更多的困擾。

當代中國文學批評領域還有一種很流行的觀念，試圖在否定"工具論"、"從屬論"的同時，以妥協的態度調和文學與政治的關係。一方面，他們提出，"在社會大系統中，政治與文學自然分屬不同的分系統，其結構和要素、價值和功能都不相同"。另一方面，又堅持"文學不可能完全脫離政治"。[3] 這種浮泛而談看似有理，實際沒有切中肯綮，指明政治與文學關係相互衝突的關鍵所在。文學與政治的關係，在文學運動中總是顯得千頭萬緒相互糾纏，既難分難解，又勢不兩立。一方面文學與政治有著無法解脫的緊密聯繫，作家作為人類精神文明的創建者，天然地關注文明發展和社會進步並為此發聲，因而介入政治；執政者也總是要把文學當作工具，緊緊抓住文學為其政治理念服務。另一方面，文學和政治因其學科性質不同和價值取向相反，雙方之間強烈的衝突和矛盾始終存在。作家作為個性獨立的思想者，必然對社會問題、制度弊端比一般人更敏感並且提出尖銳

1　佛克馬、易布思著，林書武、陳聖生、施燕、王筱雲譯：《二十世紀文學理論》，北京：生活·讀書·新知三聯書店，1988 年，第 17 頁。
2　劉鋒傑：《試構"文學政治學"》，《學習與探索》2006 年第 3 期。
3　張炯：《論文學與政治生態關係》，《文藝報》"中國作家網"，2014 年 12 月 8 日。

批評，而執政者為了維繫政治穩定，則鼓勵、高抬粉飾作品而無情打壓批評的聲音，於是，文學和政治的衝突就在所難免。魯迅說，文藝和政治之間不可能相安無事，衝突是二者關係中的常態："我每每覺到文藝和政治時時在衝突之中，文藝和革命原不是相反的，兩者之間，倒有不安於現狀的同一。惟政治是要維持現狀，自然和不安於現狀的文藝處在不同的方向。……政治家最不喜歡人家反抗他的意見，最不喜歡人家要想，要開口。……文藝既然是政治家的眼中釘，那就不免被擠出去。"[1] 魯迅在講演中把文學家定位為社會的批評者，感覺靈敏，率先發聲。魯迅說的是真話，知識分子追求真理的前提，就是要敢於向威權說真話。劉再復的文學心靈本體論，在文學與政治的關係問題上，恰恰表現出向威權說真話的特色，這個真話就是明確指出二者之間衝突的實質，以及怎樣擺正二者之間關係的具體方法：

> 政治，包括時髦的民主政治，也不能改變政治的基本性質，這就是權力的角逐與利益的平衡。文學則是超功利的事業。它的天性本就遠離權力的角逐，也遠離現實利益的各種交易。[2]

文學追求的是符合人類發展終極目標的美與善，它從超現實功利的視角，看到的是現實中存在的缺陷和限制，因此會暴露缺陷和弊端，以期贏得改進。政治，則完全以現實功利為標準，要獲得權力和維繫權力，要讓現實利益最大化，就會對批評的聲音採取極功利的態度。反對派往往傾向於利用文學，以文學作武器攻擊政敵；執政者則多對文學高度警惕，壓制文學所傳遞的批評聲音。民主政治環境中，批評的聲音時常被合法消解；集權政治狀態下，一般都不允許批評的聲音存在。這種天然分歧，必然導致文學和政治總是發生衝突，而且是永恆的不可迴避、不可調和的衝突。要解決這種衝突，劉再復提出，最有效的方法，是文學去政治化：

---

1 魯迅：《文藝與政治的歧途》，《魯迅全集・集外集》，第七卷，北京：人民文學出版社，1981 年，第 113 頁。

2 劉再復：《什麼是文學：文學常識二十二講》，香港：三聯書店（香港）有限公司，2015 年，第 192 頁。

這套文學理念包括確認文學的天性乃是真實性與超越性，而非傾向性與階級性；文學的基本要素是心靈和審美形式，而非"現實"、戰鬥力和意識形態轉達形式；文學既不可以成為謀生手段，也不可以成為匕首與投槍（武器）；作家詩人要保持"本真本色"，就不應當去從政或從商；不得不從政的時候，也應當超越世俗角色，而守持獨立不倚的文學自性和創作個性；文學天生具有引導人類向真向善向美的倫理態度，但不是道德法庭；文學無須為政治服務，也無須政治為文學服務。[1]

怎樣理解這段"去政治化"的陳述？它並不是要切割文學與政治的關係，它要表明的是，文學必須避免介入現實政治的功利活動，徹底擺脫政治的干預，只有拒絕當政治的附庸，才能維繫文學的自性。劉再復曾經強調："以前我為了向習慣性思維做些讓步，說得不夠透徹。今天必須說，文學絕不是功利活動，更不能是介入現實的政治功利活動。"[2] 同樣，文學也不需要政治的服務，政治家倡導為文學"服務"的態度固然值得嘉許，但過去年代的實踐證明，"服務"很大程度上意味著恩寵，意味著圈養。恩寵，讓作家感激涕零，以放棄立場原則作回報；圈養，使作家成為權力的依附，失去獨立思考能力，失去了主體性。"去政治化"，是劉再復關於文學與政治關係的一個基本觀點，在文學徹底擺脫政治干預的前提下，他主張妥善處理文學與政治的關係，必須遵循三個原則：一、文學的內涵大於政治的內涵。政治是人類生活的一部分，而文學所反映的是人類情感和整個的生活，所以，文學可以描寫政治生態和政治問題，也可以表現非政治性生活，如果強行要求文學表現政治，是會使文學變成政治的傳聲筒，毀了文學的世界。二、人道原則大於政治原則。政治原則是政黨、集團的原則，只代表黨派和團體的利益，即使在革命政治原則下，持不同政治信仰的人也可能受到排斥或打壓；人道原則是普世原則，以個人權利為底綫，以全體人的利益為旨歸，只要個人的行為沒有構成社會犯罪，個體的生命、自由、財產等基本權利就要受到法律的保護。真正代表人民利益的政黨，其政治原則和人道原則自然是同一方向，

1　劉再復：《文學四十講·自序》，第 10–11 頁。

2　劉再復、劉劍梅：《共悟紅樓》，北京：生活·讀書·新知三聯書店，2009 年，第 45 頁。

所以，文學維護人道原則，也是維護先進的政治原則。三、文學標準先於政治標準。在特別情形下，如文藝被當作武器用於衛國戰爭時，以政治標準、國家標準為上，是合乎情理的。即使處在這種特別的情勢，文學仍然不能為政治目的而放棄創作原則，否則，作品就會變成宣傳品。通常情況下，堅持政治標準第一，實際意味著放棄藝術標準，結果毀了文學。劉再復並不反對作家從事政治敘寫，"去政治化並不意味著放棄思想，相反，我特別強調文學的思想性"。[1] 他所堅持的是，作家在敘寫政治生活時，必須遵循文學的法則，將傾向性化作思想，如同化鹽入水，融入文學意象，而不作政治判斷：

> 政治生活是社會生活的一部分，作家也可以反映這一部分生活，然而，作家在反映這一部分生活時，應當站在政治之外，即以政治的"檻外人"、"局外人"身份去審視其得失，或者根本不作審視，只作呈現和見證。倘若介入政治，並對政治生活作出黨派性質的判斷，就會把文學變成政治的注腳，而政治注腳只是政治而非文學。[2]

這三個原則，既尊重文學也尊重政治。政治是一門科學，參與政治事務的人應當懂得政治科學或者有政治活動能力。一個人如果願意當政治學家，可以專心從事政治科學研究；如果願意當政治家，就去發揮治國理政的能力。作家大多不是政治家也非政治學家，並不諳熟政治理論和治國方略，一定要置文學創作原則於不顧，在作品中詮釋政治、粉飾政治或是憑個人情緒褒貶政治，其實是害了政治、害了文學、也害了作家自己。這種率性所為，與作家從事批判現實是兩回事，狄更斯的《雙城記》、司湯達的《紅與黑》、雨果的《九三年》都涉及重大政治題材，但他們用高超的藝術手法和富於個性的審美形式呈現社會革命的作用、弊端及其對人物命運的影響，而不是談論政治話題，因而成為優秀的藝術品。不否認部分作家有政治才能，在社會生活中能兼任政治角色；或者不從事政治活動，也有自己的政治理念和政治傾向，這都無可非議。但作家進入創作過

1　劉再復：《文學四十講·自序》，第 11 頁。

2　劉再復：《什麼是文學：文學常識二十二講》，香港：三聯書店（香港）有限公司，2015 年，第 36–37 頁。

程，就必須遵循文學的規律，按照藝術法則去呈現他所觀察到的政治生活，如果違背創作規律，效果將適得其反。

現代社會，文學和政治相互滲透甚深，劉再復的理論梳理，旨在擺正文學和政治的關係。文學和政治是兩個相互獨立的性質完全不同的範疇，必須按照各自的法則行事，既不可以相互干涉亦不可以相互服務。政治的目的是權力和利益，特徵是謀求控制；文學的目的是審美，特徵是精神自由；兩者行事原則相悖，只能各司其職；強行越俎代庖，效果適得其反。政治對文學最大的支持，就是不干預，給文學以自由表述的權利。文學必須按照文學的審美規律呈現社會的政治生態，不可以隨意作政治預設或政治裁判，創作一旦設置政治意識前提，人性就會受到裁剪，心靈會被扭曲，作品就會喪失真誠這一基本屬性。

（二）文學不是審美意識形態

二十世紀八十年代初"美學熱"流行，一批學者為從理論上徹底否定佔統治地位的"文學為政治服務"的觀點，不約而同地從審美角度探討文學的內在規律，提出了"文學是一種審美意識形態"的概念。自從童慶炳在其主編的《文學概論》中系統闡釋這個理論之後，它為多種高校文藝理論教科書所首肯和引用，成為一種新的權威性的關於文學性質的界說。這個理論通過把文學的審美屬性與意識形態屬性相嫁接的方式，以藝術的審美特性否定傳統的反映論，試圖在意識形態為主導的學術環境中獲得理論變通。1982 年，錢中文在《文學評論》第 6 期發表《人性共同形態描寫及其評價》，首提文學"是具有審美特性的意識形態"。1989 年，他在著述中進一步解釋說：

> 文學作為審美的意識形態，以感情為中心 …… 是一種具有廣泛的社會性及全人類性的審美意識的形態。[1]

童慶炳則在其文學理論教科書中對文學審美形態作了定義性的表述：

---

1 錢中文：《文學原理——發展論》，北京：社會科學文獻出版社，1989 年，第 110 頁。

文學是一種意識形態，文學又是人的一種審美活動。文學的意識形態性與文學的審美性有機地結合在一起，就產生質變，產生了作為文學根本性質的"文學審美意識形態"。[1]

為了證明這個概念的合理性，作者對"意識形態"作如此解釋：

意識形態被看作是人類社會外化的形態，文學是人類意識活動的產物，即人類意識的外化，形態化，就這一點而言，它如同政治、哲學、科學、宗教、道德一樣是一種意識形態。[2]

這是一個似是而非的概念演繹，讓人看了很困惑，如果用一個公式來表示，來龍去脈就清楚了：

文學＝人類意識活動＝人類意識外化＝形態化＝意識形態

公式顯示，作者先將個人意識與人類意識混同，再造出一個"意識外化"的概念並把它與"形態化"等同，幾次轉換變向，作家個人的意識活動就變成了社會意識形態。批評者先為文學注入"意識形態"針劑，再為它貼上審美標籤，生產出一種內容含混、內在因素自相矛盾的新概念。現實世界裏，作家個人意識不等於社會意識，意識活動與意識形態是性質完全不同的兩個概念。這個理論既肯定文學是一種社會意識形態，又強調其特殊性在審美，將意識活動與意識形態混一、將意識形態的價值屬性與審美的無功利性糅合在一起，不僅牽強，而且製造出一種新的本質論，對模糊文學的本義具有更大的誤導作用。

強行把審美和意識形態合一並把它界定為文學的本質屬性，理論的含混與自相矛盾相當明顯。理論倡導者的初衷，是為了借文學審美屬性否定文學的政治工具屬性，但其理論依據，仍然與"工具論"相同。王元驤強調："文藝的意識形態性是馬克思主義文藝理論的核心命題，也是馬克思主義文藝理論的理論支

---

1 童慶炳：《文學概論》，武漢：武漢大學出版社，1996年，第72頁。
2 童慶炳：《文學概論》，武漢：武漢大學出版社，1996年，第60頁。

點。"[1] 因為這個基本認識，他對文學的審美屬性的闡釋，最終只能把審美塑形為意識形態。如果說，文學意識形態論是把文學政治化，那麼，文學審美意識形態論並未改變其實質，不過是把文學泛政治化而已。童慶炳強調："'審美意識形態'不是審美的意識形態，不是審美與意識形態的簡單相加。它本身是一個有機的完整的理論形態，是一個整體的命題，不應該把它切割為'審美'與'意識形態'兩部分。"[2] 童慶炳的這一說法，顯示出他的理論變通智慧，但是，不論是童慶炳，還是錢中文、王元驤等人，寫了若干著述，都無法合邏輯地證明"審美"和"意識形態"能夠融合無間地成為一個有機整體。幾位學者把"審美意識形態"界定為文學的"第一原理"，目的是從理論的角度把它界定為文學的本質屬性。但是，本質屬性不應當空泛，一旦空泛，也就無本質可尋。審美意識形態，不僅內涵過於含混，外延也太寬泛，可以用於界定文學以外的任何一個藝術門類，音樂、電影、繪畫、造型藝術，統統可以把這頂帽子換了戴。一個專門的定義如果外延過寬，被界定的事物就無法用其所規定的特徵確證自身，相關的理論闡述也就失去了意義。審美意識形態既然無法說明什麼是文學的本質內容，無法高度概括文學的形式特徵，也就不具備界定一個特定範疇的科學性。

從理論建設的角度來說，童慶炳等學者做出了可貴的貢獻，至少是試圖給步履維艱的文學理論走向自由之門開拓一條通路，但這個提法僅僅是對"文學意識形態論"的理論改良和學理上的延伸，完全沒有改變文學意識形態論的本質屬性。說文學是審美意識形態，比文學是意識形態只不過是騰籠換鳥，把文學之鳥從小籠子換到一個稍大一點的多一點美的裝飾的籠子中，文學仍然得不到在空中飛翔的自由。

對於意識形態與文學審美水火不容的特性，劉再復曾經做出詳細的闡述：

> 意識形態不僅不是文學，而且會把文學變成非文學，把詩變成非詩。……所謂意識形態，就是與某種"經濟基礎"相對應的，屬"上層建

1　王元驤：《關於文藝意識形態性的思考》，"文藝學網"，2015 年 5 月 16 日。http://www.wenyixue.com/index.php?m=content&c=index&a=show&catid=105&id=764。

2　童慶炳：《怎樣理解文學是"審美意識形態"？》，《中國大學教育》2004 年第 1 期。

築"範疇的世界觀、社會觀、歷史觀等，因此，意識形態乃是指涉某種社會功利需求的理念與觀念。而文學面對的是人性與人的生存環境，不應當允許意識形態的介入，即不應當把文學變成意識形態的形象轉達形式。文學一旦變成這種轉達形式，就會淪落成意識形態的號筒。有人覺得把文學視為社會意識形態實在不妥，便加以修正，說文學乃是一種審美意識形態。這也不對。審美就是審美，意識形態就是意識形態。審美超功利，包括超越帶有強烈功利性質的意識形態。兩者不可相容。就像賈寶玉出家之後，皇上賜給他一個"文妙真人"的封號，就完全不通。"真人"一詞代表莊子的人格理想，它的特點恰恰是揚棄世俗各種負累，不著世俗的任何"相"。也就是說，既為真人，便不文妙；既是文妙，便非真人。同樣地，"審美意識形態"也包含了兩個難以相容的概念：審美沒有功利性，也沒有傾向性，一旦有了傾向性，就變成意識形態；而意識形態如果沒有政治傾向性和其他利益傾向，也就不成其意識形態。因此，我們可以確認，"審美意識形態"理念，也不是文學。[1]

文學和審美，都是人的意識活動的產物。人具有意識、潛意識、下意識，但這和意識形態是兩回事，意識是心理學概念，意識形態是哲學概念，是"關於觀念的科學"。意識形態和意識之間有兩個本質性的區別，一是它的社會性，若將意識形態視作抽象的純學術概念，它是指集體的想法、共識、價值及假設的總和，即觀念的系統化。一般情況下，意識形態這個詞被用於社會政治領域，指社會運動、利益集團、黨派的共同理念或意願，是一個集體或集團內的封閉思想系統，而不是個人心靈狀態或文化心理。二是它的傾向性，意識形態的社會集團性特徵，使它不可避免地具有明確的傾向性和價值標準，帶有集團思想體系的印記，體現某一集體政治的、社會的、倫理的傾向或價值衡量標準，自然對其他價值觀產生強烈排斥。文學的審美則完全是個人意識，個人感受和體驗，無功利，無價值傾向，如果強行將意識形態融入文學的審美，意識形態必然喧賓奪主，改

1　劉再復：《什麼是文學：文學常識二十二講》，香港：三聯書店（香港）有限公司，2015年，第37–38頁。

變文學的性質。

　　文學當然是作家個人意識活動的產品，但文學不是意識形態，而是呈現各種意識活動和意識形態的審美媒介。文學作品可以而且必然呈現種種意識形態，但它本身不是意識形態。如果把文學創作看作一種精神生產，其有形的物質原材料是語言和文字，無形的原材料是創作者的個體心靈情感，其最終產品則是對人類某種生活狀態和深層人性的呈現。既然呈現的是人類社會生活，不同人物或文學意象，就可能帶有特定的意識形態屬性，也可能帶有對某種意識形態的批判和否定，呈現更多更主要的，則是具體的非意識形態的個體人性。因此，作為具體的某一詩歌、小說或戲劇作品，可能帶有某種意識形態，可能批判某種意識形態，也可能根本與意識形態無關。比對前述意識形態的基本特徵，文學純粹是個人心靈情感的衍生物，與集體性天然忤逆；文學只是一種藝術形式，是情感與觀念的載體，可以借藝術形象或意象表現種種不同的傾向性與價值觀念，其本身並沒有意識形態的屬性。如果一定要說文學本身具有傾向性和價值觀，那唯一傾向性，是心靈情感傾訴；唯一的價值判斷，是審美；因此，文學本身並不是意識形態。

　　審美，本質上是個人的主觀意識和潛意識活動，體現為個體對美的感知、感受、趣味、標準、理想等心理情感，它是無功利的和非傾向性的。個體之間的審美態度和審美感受，因為性格與情趣的不同，必然有審美差異。但人性的相通，使人對審美對象的美感屬性的感知，具有最大程度的共性，審美因此成為跨種族、跨階層、跨集團的人類共同的精神追求。審美意識並不完全沒有集體的傾向性和功利性，只是這類傾向性和功利性因集體因素而產生，並不影響審美本質上的非功利性，譬如希臘時期對酒神精神的讚美，封建時代宮廷階層對病態美的欣賞，顯示不同時代、不同階層與不同種族之間審美意識的差異。這種集體性的審美傾向，如果不被利益集團用作宣傳工具，本身並無功利性。而且，在具有這種共同審美傾向的人群中，人們大多除了在特定審美傾向方面有相似的追求，他們各自還有更多的個體審美追求。所以，說審美是社會意識形態，根本是混淆了個人意識與意識形態的差別。

（三）本質化和反本質主義

文學心靈本體論倡導中道智慧，主張允執其中而又兼顧狷與介，這在劉再復關於堅持明確文學的本義這個問題上得到鮮明的體現。

過去幾十年中，中國文藝理論界關於文學的理論性質界定，經歷了過山車般的起伏和兩極之間的巨大搖擺。正統意識形態曾長期堅持文學的本質化，學界對於這種絕對本質化的理想破滅，與西方湧入的後現代主義思潮相遇，產生出一種反本質主義思潮，認為文學無法定義。中國文藝理論傳統，從曹丕的"文章乃經國之大業"到當代的文學意識形態論，都一以貫之地強調文學的本質是"載道"，為政治目的服務，導致文藝理論研究中，本質主義長時期成為唯一取向。這種單一性的本質界定，即是本質化，也就是劉再復所譴責的簡單化和絕對化，從根本上抹殺了文學的審美屬性。以維特根斯坦為代表的西方分析美學學派，認為美和美的本質屬於沒有意義、不能言說的偽命題，心理分析美學學派把"無意識"心理現象在審美和藝術創造中的作用推向極端，以"無意識"囊括一切藝術現象。他們都認為，藝術沒有一種公認的尺度標準和可以把握的規律，因此文學也無法定義。

兩種截然相反的文化觀念，前者是簡單化、片面化和絕對化，目的是把文學當作工具；後者從藝術探索中的畏難情緒發展到虛無態度，從反本質主義變成本質虛無，殊不知否定了文學的本質，也就整個地否定了文學本身。劉再復對於文學理論研究中的本質化與反本質主義現象始終保持高度的警惕，他在八十代初寫出的一系列著述中，就全力批判和否定意識形態論這種絕對本質化的觀念，以人和人性為中心闡釋文學的本質性特徵。1996年，他在與李澤厚關於教育的對談中，敏銳地表達了反本質虛無的立場：

> 走過二十世紀，我倒感到還是康德的二律背反最深刻，黑格爾的"一"，導致對"本質"的追求和迷信，語言解構主義者竭力打破這個"一"，反對本質主義，把"一"打成碎片，這有功勞，但同時把主體打成碎片，把人打成無意義、無靈魂的碎片，則值得質疑。我覺得把歷史、世界、人解釋

為碎片與解釋為"一"的本質世界同樣有問題，我們正處在本質被強調到極點與本質被粉碎到極點的中間點上，我想康德的二律背反倒是最有道理的，它分清不同層面、不同場合，在某個場合中，講本質講人的主體性是符合充分理由律的，在某個場合中，講解構講反本質主義也是有道理的。此時因為反本質反主體已走到極端，所以我們才重新講人的價值和講歷史的根本。[1]

否定文學研究中本質化的價值取向，同時反對文學研究中反本質的非理性傾向，為劉再復闡釋文學心靈本體思想確立了理論起點和基本立場。他提倡認識和把握文學的本義，即文學的基本屬性，但是反對把文學的基本屬性本質化，而是主張文學理論的建設應當具有開放性，在文學的實踐活動中不斷充實和發展。文學的基本屬性不可取代文學的豐富內涵，文學的內涵永遠處在積累和發展的過程中，是理論建設不斷豐富的源泉。鑒於這個理論意識，他的文學批評從來力避空泛，總是在具體的作家作品和文學現象的分析鑒賞中發掘獨到的東西，提出洞見。有兩個例子，尤其彰示他的這種學術風格。

一是關於作家作品研究，具體地說是魯迅。劉再復的學術生涯是從魯迅研究起步的，他的早期著述如《魯迅和自然科學》（1976年）、《橫眉集》（1978年）帶有時代的濃重色彩，魯迅被當作批判的工具，用於對非正統思想意識的批判和討伐。他八十年代寫的《魯迅美學思想論稿》和《魯迅傳》等著作，與當時大部分同類研究著作相比，實現了學術上的超越，超越自我，亦超越時代，率先擯棄了當時流行的"溢美"和"溢惡"的文風，把魯迅當作一個活生生的人來對待。1991年，劉再復在東京大學魯迅紀念學術會議上發表《魯迅研究的自我批判》，在確認魯迅是中國文學和中國文化的特殊現象、一個精彩而巨大的存在的同時，對魯迅研究中造神運動的起源、過程和複雜原因作了全面的清理，坦率地剖析自身曾經因為把魯迅偶像化而使自己喪失了與魯迅對話的能力和提出質疑的能力。他呼籲，要改變把魯迅當作不可置疑的文學法則和價值尺度的現象，充分認識魯迅是一個充滿"內在悖論"的複雜存在，以此告別"以政治意識形態重塑魯迅的

---

1   劉再復、劉劍梅：《教育論語·關於教育的兩次對話》，福州：福建教育出版社，2012年，第108頁。

時代"。[1]

　　另一個例子關於文學史研究的辯證態度。二十世紀下半葉的中國現當代文學史，因為受左傾意識形態長期的影響，普遍存在著比較嚴重的學術質量問題，主要表現為三個方面的缺陷：首先，這些現當代文學史多是以革命現實主義文學為主綫的單綫文學史，而不是這一歷史時期內完整的文學思潮、文學活動、文學現象與各類有影響的作家作品的綜述，例如抗戰時期淪陷區的文學活動迄今沒見一本文學史有具體論述。[2]二，現當代文學史有意地擱置了許多非左翼陣營但有較高藝術成就的作家及其作品，如沈從文、張愛玲、謝冰瑩、蘇青等人，直到八十年代末以後，這種現象才有所改善。三，對歷史上作家作品的評價分析，原則上以"革命性"為基本標準，藝術性分析相對薄弱。在這種宏大的歷史敘事氣魄籠罩下，作品作為個人的審美體驗和心靈情感呈現，在史書中幾乎沒有痕跡。聚沙成塔，抽去了作為具體作家作品的"沙"，文學史這座"塔"便不再真實和堅實，成了詮釋意識形態的空架子。針對這個現象，劉再復和林崗在《罪與文學》一書中，對現當代文學史的主要問題作了一個系統的梳理。他們指出，歷史決定論的意識形態使整個文學史敘事"千部共出一腔"，成為革命文學的直綫進化史：

- 20 世紀 20 年代，產生優於古代文學的現代啟蒙文學；
- 20 世紀 30 年代，產生優於啟蒙文學的革命文學和左翼文學；
- 20 世紀 40 年代，產生優於左翼文學的工農兵文學；
- 20 世紀 50 年代，產生優於工農兵文學的社會主義現實主義文學。[3]

　　劉再復提出，重寫文學史不僅是要改變主導意識，給被忽略的作家作品以應有的地位，更重要的，是要看清文學史的走向，不僅要把握文學史發展的主綫，更應當看到整個文學史發展過程中的悖論，看清楚現當代文學史乃是一個多種走

1　劉再復著，林崗編：《人文十三步‧魯迅研究的自我批判》，北京：中信出版社，2010 年，第197 頁。

2　筆者 1985 年曾經按賈植芳先生的建議，翻譯過愛德華‧崗‧穆恩的《不受歡迎的繆斯》，該書包含了極為豐富的關於日偽時期淪陷區的文學活動與文學成果的信息。

3　劉再復、林崗：《罪與文學》，北京：中信出版社，2010 年，第 297 頁。

向、多種情節和多種意識系統和話語系統相互交匯的過程。他把中國文學史發展過程中的一些複雜現象列出了五組悖論：

一、**文學發展 / 文學無發展**：文學的發展，是確認文學史的發展具有時代性與歷史性，隨著時代的進步而變遷。但相對於時代的發展而言，文學在特定階段又是無發展的，因為文學屬超越性文化，既有與現實生活的流行發展相聯結的一面，又有超越現實和超越時空的獨立自足的一面。一部有藝術價值的作品產生、或一種文學模式文學傳統形成之後，它便成為一種獨立自足的存在，並不隨著時間的流動而失去審美價值，這就是文學的永恆性。一個時代的優秀的文學形式產生以後，成為獨立自足的符號系統，與前代文學高峰只是並列關係，而非前後發展關係。

二、**文學發展具有共時性 / 文學發展具有歷時性**：共時性是指某種文學模式與文學形態對文學的分割和間斷；歷時性則是通過文學模式、文學形態的轉換，實現文學的發展。這一組悖論是指文學的空間通過對時間系統的切割形成共時性而自身又有歷時性的過程。中國南方文學與北方文學模式在形成之後，便具有相對穩定的地域風格色彩，南方風格清麗婉約，北方風格悲壯沉雄。這種空間差異在唐代以前一直跨越時代而保持相對的穩定性，這就是切割時間與超時間的共時性。有了文學模式和文學形態的穩定性，才形成文學傳統。文學模式和文學形態的轉換，造成傳統的轉向或變遷，形成文學史的歷時性，中國古代詩歌形態經歷了一個從四言詩、五言詩、七言詩到自由詩體發展的歷時性，體現了中國詩歌形式的發展過程。

三、**文學的周期性 / 文學的非周期性**：中國現代文學史觀以進化論取代循環論之後，文學的周期說就被視為錯誤理論。人的審美心理是變化的，當某一走向的文學發展到極端之後，社會就會產生另一種審美風格的需求，文學審美風格的不同類型因此變化重複，成為周期性現象，陳平原《二十世紀中國小說史》闡述了小說創作由俗入雅和由雅轉俗的周期現象，"小說發展中的雅、俗交替作用，就像鐘擺運動一樣，兩邊動作的幅度幾乎相等"。[1]

1　轉引自劉再復著，林崗編：《人文十三步》，北京：中信出版社，2010年，第98頁。

說文學發展沒有周期性，也是有道理的，評論家所列舉的喜劇、悲劇、傳奇劇、諷刺與喜劇的戲劇風格或形式的循環，只是藝術形式的重現，但作品的內涵和美學精神，並不是過去時代文學的重現，舊瓶裝的是新酒。

四、文學時間不可逆／文學時間可逆：文學藝術的時間，是情感化了的時間，它把過去、現在、將來都融化於情感的瞬間。由於宇宙、人生、社會、文學極其豐富複雜，時間並不同質。一方面，文學史向前發展，時間不可逆。另一方面，作品克服了自然時間的限制，創造出自由時間（審美時間）。在審美時間裏，審美主體不是作為自然物，也不是作為人，而是作為精神存在形式，自由地馳騁在時間向度上，"觀古今於須臾，撫四海於一瞬"，既可順應時間行走，也可以逆時間而行，把古往今來皆備於我的"這一瞬"當中。

五、文學有規律性／文學無規律性：文學史的發展從宏觀上講，有規律可尋。從微觀角度看，各時代各區域都不同，因此無規律可循。文學進入現代社會，藝術個性充分發展，給作家和批評家都出了難題，作家必須以更大的力量衝破已有的規範，力求作品的獨創性。從個體創作與批評的角度看，文學的規律性有無並不重要，文學最要緊的是補充和共生，個體的文學世界無所謂規律，無所謂先後，唯一要做的是不斷地補充，以自己的獨創補充文學史的空缺，使之豐滿。[1]

文學史產生種種悖論，意味著文學現象的複雜性和作家作品個性特徵的豐富性，正是作家作品的不同個性與各種文學現象的融合構成了一個時期的文學史。充分關注歷史上具體作家作品的個性特徵和特殊的文學現象，才能理解文學史悖論雙方的共有價值，才能夠打破文學史撰寫的僵化與公式化形態，發掘文學的個性。

劉再復的研究在避免本質化、同時又抵制本質虛無傾向方面，做出了不間斷的努力。他的批評實踐提供了一個有價值的啟示：不論創作還是批評，保持獨立的思想，不為潮流所動，對於抗拒本質化和本質虛無主義的雙重影響，是一劑千金良方。

1　劉再復著，林崗編：《人文十三步》，北京：中信出版社，2010年，第92–107頁。

（四）開拓第三話語空間

從 2002 年到 2006 年，劉再復連續在《亞洲週刊》、《明報月刊》上發表三篇文章，闡述 "第三空間" 的概念，倡導社會應當開拓一個價值中立的自由話語空間：

> 所謂 "第三空間"，便是價值中立的文化空間，即在白與黑、正與邪、忠與奸、革命與反動這種極端兩項對峙下的立足空間。因此，第三空間也可說是非黨派空間、非集團空間、非權力操作空間。這是一種獨立的、超越 "非黑即白" 思想框架的自由話語空間。[1]

第三空間，是伴隨著資本主義民主制度形成和完善過程而產生的一種現代理性思路。這個理性思路的目的，是營造一個價值中立的公共思想文化領域，讓不同的立場和觀點都具有平等准入的權利和自由發聲的資格。在這個思想學術空間，各種思想觀點可以交鋒，可以接受學術上的反思、辯駁和批判，但學術的駁斥和否定，不涉及主觀性的政治、道德、倫理價值判斷，任何思想觀點不得以預設的絕對價值規範壓抑或取消歧見。按這個規則形成的思想學術空間，可以相對公正地檢測和形成各種社會科學理論、方法和觀念，並將它貢獻於社會改造和制度建設。"價值中立"，是德國社會學家韋伯（Max K. E. Weber, 1864–1920）的社會科學方法論的核心概念。韋伯於 1904 年接手主編《社會科學和社會政策文庫》雜誌時，闡釋其辦刊宗旨，提出 "價值中立"（Wertfreiheit）的概念[2]。他強調社會科學與自然科學的區別，堅持文化研究方法的客觀性和科學性，確立一個公正有效的由社會科學學術倫理、方法論、以及學術共同體構成的學術規範。他把價值中立的思想和責任倫理緊密聯繫，合成一個整體理念，即把價值中立視作知識分子承擔現代社會責任的一個執行原則。一個人在承擔某種社會責任時，首先要分清意圖倫理和責任倫理。意圖倫理強調動機，是一種政治倫理，它以實現

1　劉再復著，林崗編：《人文十三步》，北京：中信出版社，2010 年，第 243 頁。

2　德文原文為 Wertfreiheit，英文譯作 Value Neutrality，或是 Value Free，中文亦有譯成 "價值無涉"。

政治集團的意圖為目標，視觀念相同的人為政治上的同盟者，視持有歧見者為政治上的對手或敵人，拒絕價值中立的存在。也就是說，意圖倫理的性質，是以政治意圖和道德意圖取代普遍性的社會責任。責任倫理強調個人行為對整個社會的責任效果，嚴守價值中立的學術態度，與權力之爭的社會戰場拉開距離，把普遍性的社會責任視作倫理準則。韋伯的這個理論對現代民主社會的建設產生巨大影響，現代社會的公務員制度和軍隊國家化制度，都得益於韋伯的價值中立思想。

　　一個話語自由的文化空間，是思想和文明建設的先決條件，是現代公民社會不可缺少的民主保障，因此，言論自由在比較法學領域被視為政治自由與精神思想自由的核心內容，成為各國憲法普遍確認並予以保障的一項公民權利。中國《憲法》第 35 條以根本大法的形式規定："中華人民共和國公民有言論、出版、集會、結社、遊行、示威的自由。"《憲法》第 38 條、第 51 條、第 53 條、第 54 條則分別規定了與言論自由相關的公民的義務和限制，"因此，憲法第 35 條和上述條款結合起來才是一個完整的言論自由規範"。[1] 在司法實踐中，《憲法》的權利保護 "經由立法" 的方式，即化為具體法律條款後才可以被法院援引和適用，這就為不同立法部門對憲法的法理解釋產生差異提供了可能，為一些掌權者利用法理解釋權限制言論自由提供了可能。在法制不彰的年代，對言論自由的打壓，更是與政治迫害緊密相連。因此，在現實社會政治生活中，倡導 "第三空間"，需要無懼無畏的道德勇氣，這個理念在中國現代文學史上曾經遭受過兩次沉重打擊和徹底否定。

　　二十世紀中期的中國文學史，價值中立的立場沒有立足之地，任何試圖建立 "第三空間" 的嘗試，剛剛發聲就受到沉重打擊。階級權力之爭下的政治環境，使知識分子在兩大營壘之間無以立足，只能為某個階級發聲，失去獨立思索的自由、批評的自由和沉默逍遙的自由。三十年代初，出現過以蘇汶、施蟄存、韓侍桁為代表的 "第三種人" 作家群，他們聲稱自己不站在任何階級立場，提倡藝術真實論、文學的自由品格和藝術多樣性。他們的觀點受到魯迅、周揚等人的

1　馬得華：《我國憲法言論自由條款類似於美國憲法 "第一修正案" 嗎？》，《比較法學研究》2016年第 4 期。

持續批判，隨著左聯的崛起，這種自由主義文學思潮很快地在文化界銷聲匿跡。1947 年前後，以儲安平主持的《觀察》雜誌為陣地的一些自由主義作家如蕭乾、朱光潛、沈從文、錢鍾書在政治上厭惡國民黨，同時又遠離共產黨，他們反對作家從政，提倡自由主義思想，倡導思想文化的第三空間。這個思潮受到即將取得革命勝利的共產黨人的聲討和批判，孟超指責朱光潛"有意把創作超出於現實鬥爭之外"；[1] 馮乃超責斥沈從文是"地主階級的弄臣"；[2] 林默涵判定聶紺弩的文章《往星中》，"等於勸人們向暴力低頭，向鬥爭卻步"；[3] 郭沫若則把文藝批評變成了純粹的政治討伐，說沈從文是"一直有意味的作為反動派而活動著"的"桃紅色"文人，其小說是"文字上的春宮"，說朱光潛是對國民黨老爺"畢恭畢敬"的藍衣社之流，[4] 說蕭乾是偽裝成白色的黑色作家，是"御用、御用、第三個還是御用！"，是"鴉片、鴉片、第三個還是鴉片"。[5] 郭沫若等人對國統區自由知識分子的激烈批判，不是個人的率性所為，而是一場革命全面否定和取締第三空間的預演。

劉再復曾經沉痛地總結過這個歷史教訓：

> 20 世紀最大的文化教訓甚至可以說文化理念上最大的失誤就是消滅了第三空間，而對人進行黑與白、正與邪、革命與反革命的極端本質化的簡單分類。分類是一種權力操作，兩極性的分法使得知識分子、企業精英、媒體精英、社會精英、社會建設者喪失其價值中立的可能，也丟棄了超越黨派的中性眼光。[6]

知識分子的天性是追求真理、追求正義，這使他們的思維定勢是以天下為己

---

1 孟超：《朱光潛的"粗略"》，《小說月刊》1 卷 5 期，1948 年 11 月。

2 馮乃超：《略評沈從文的〈熊公館〉》，《大眾文藝叢刊》第一輯，香港生活書店，1948 年。

3 林默涵：《天上與人間》，《野草》新四號，1947 年 8 月。

4 三民主義力行社，是中華民族復興社的核心組織，以其別稱"藍衣社"聞名一時。該社 1932 年成立，1938 年解散，核心人物多畢業於黃埔軍校，強調"一個主義，一個政黨，一個領袖"，打著民族主義旗幟介紹德國、意大利的社會制度及法西斯主義的理論，其中有些人是南京政府特務體系的籌建者。

5 郭沫若：《斥反動文藝》，《大眾文藝叢刊》第一輯，香港生活書店，1948 年。

6 劉再復著，林崗編：《人文十三步》，北京：中信出版社，2010 年，第 241–242 頁。

任，為民族國家的多數人著想，聲討社會不公，為大眾特別是弱勢群體發聲，顯示出對歷史對人民負責的職業良知。這種天性，注定使他們不情願附屬全白或全黑的政治陣營，即使置身於他們所信奉的進步陣營中，也會出於良知責任，對這個陣營的政治理念和行動策略提出批評。對於一個社會來說，如果形成這樣一個為了社會進步而保持話語自由的第三空間，才有良知的自由和充分展示公眾智慧的可能。可惜的是，非黑即白的思維模式總是吞噬這一空間，為知識分子設置了一個“令狐沖處境”。金庸《笑傲江湖》中的令狐沖，主持正義，特立獨行，超越正、邪兩大派之間。他是所謂正教華山派岳不群的弟子，又與邪教日月神教中人交朋友，兩派的首領都想拉攏他，拉攏不成又想殺害他，他在兩派之間都不能容身，最後只能彈奏一曲千古絕唱《笑傲江湖》，隱居山林。

劉再復以“令狐沖處境”形容中國知識分子曾經遭遇的人文環境，是希望這種人文環境得到根本改變。處於改革進入深水期的中國社會，創建一個在價值中立原則下建言發聲、自由表述思想的第三空間，才真正有利於民主制度的建設，這就需要尊重令狐沖應有的三種權利：批評的權利、沉默的權利和逍遙的權利。劉再復在《明報月刊》創刊四十週年的學術研討會上，清晰地表述了對創建“第三空間”的具體要求：一、在歷史層面上，力求對歷史事件作出客觀評價，對歷史人物採取理解同情的態度，而不是從黨派立場與權力鬥爭角度對人作絕對價值判斷。要摒棄“追究歷史責任”的寫作模式，只要是對中華民族的進步和人類福祉做了實事好事的，都要肯定其功績其價值。二、在政治層面上，拒絕依附和避免捲入黨派紛爭，把人類的普世價值和長遠利益視為終極價值標準。只關懷政治，不捲入政治和派別紛爭；只做政治觀察者和社會評論者，不做宣傳員和代言人。三、在哲學層面上，以平等對話的雙向思維代替一家獨尊獨斷的單向思維，告別蒼天已死、黃天當立的農民起義改朝換代的你死我活理念，拒絕打倒、顛覆、抹黑、橫掃一切的造反方式，在更高的精神層面把握是非和把握人類的共同心靈原則，化解人類的生存困境。四、在文化和文學層面上，充分尊重作家、藝術家和思想者的獨立思考與表達自由，把獨立思考視為人類天經地義的生命尊嚴和靈魂主權，把自由表述視為大於其他價值的根本文化價值，努力保護思想者與作家的自主性，並支持他們進行社會批評乃至政治批評，也包括支持反批評的聲音。[1]

　　劉再復關於第三空間建設的倡導和論述，對於維繫健康的人文精神具有建設性意義。首先，他循著"改良有益"的大思路，為了整個社會的和平、安寧和建設，要求執政者給予知識分子充分的自由發聲的空間。社會理當尊重不同的聲音，哪怕是反對派的聲音，也要給予表述的自由。他援引俄國思想家扎米亞京的名言"異端對人類思想是必要的，如果沒有異端也應當造出異端"，說明雙向思維和雙向對話，對於改變社會專制人格與專制心理的重要性。中國知識分子的家國情懷有幾千年傳統，面臨專制制度、專制人格和專制社會心理的打壓也有幾千年之久。中國專制制度歷史過長，在民間形成了普遍的專制人格與專制心理，甚至以反專制制度為使命的革命者，也往往有很嚴重的專制人格，撐控一言堂，只知命令，不允許對話，動不動就使用語言暴力。要根治這個社會弊病，就需要發揚寬容的文化精神，別人說你 100 句話，99 句錯的，只有一句對的，你可以吸收這一句的真理，而不計較另外 99 句錯誤。從這個角度來看，寬容不是縱惡，不是委屈求全，而是加強社會批評與文化批評的力度，是制衡，是對錯誤和罪惡可能發生的有力限制，是建設現代文明的必要文化條件。

　　其次，劉再復倡導的"第三空間"，與前輩知識分子的倡議相比，顯示出歷史的超越性。這個第三空間是超越的，它不是提供黑白相對、善惡相鬥的場所，而是一片廣闊的供生命萬物自由旺盛生長的空間。老子說："道生一，一生二，二生三，三生萬物。萬物負陰而抱陽，衝氣以為和。"（《道德經》第四十二章）一為陽，二為陰，陰陽相對之間的三，是陰陽交合、衝氣抱和的廣闊空間，為萬物提供了呼吸空氣吸收雨露茁壯成長的充分條件，生命才得以輝煌，宇宙才得以生成。劉再復要求給予令狐沖以沉默的權利和逍遙的權利，就是要讓知識分子可以放下家國情結的重負，可以不以天下為己任，可以不再承擔那麼多道義責任，而專事精神文化創造，這個思想與老子宇宙生成論的精神一脈相承。歷史上最傑出的詩人文學家，往往是在徹底擺脫世俗塵網的羈絆之後，才能夠寫出優秀的作品，為人類留下千古不朽的精神遺產，這當中就有陶淵明和曹雪芹。

1　劉再復著，林崗編：《人文十三步》，北京：中信出版社，2010 年，第 246–247 頁。

再次，劉再復所倡導的"第三空間"，從審美角度闡明了拓展藝術思維、追求藝術原創是文學家藝術家不應受制的天賦權利；這個基本權利不受侵犯，精神創造者才能獲得更廣闊的自由心靈空間，不受束縛地探索人類深邃的精神世界。他在評論高行健的創作時說："高行健還有第四個重大'人文發現'，這就是發現對立兩極之間有一個廣闊的第三空間，也可稱作'第三地帶'。……他一再更新表述形式，都與'第三地帶'的發現有關。"[1] 高行健全方位的文學藝術創作涉及小說、戲劇、詩歌、電影與繪畫，在各個領域都做出了藝術審美形式的原創性革新。他的小說以人稱代人物，以思緒的語言流代情節，在對話者兩極之間增加一個冷靜觀察不同自我的第三主體；他的戲劇對多聲部到多人稱的嫻熟運用，從同一人物的自我對話到中性演員的表演，以及把心理狀態作舞台形象呈現；他的繪畫在具象與抽象之間，訴諸提示與暗示，提供了一派難以捉摸的內心影像；他的電影則把戲劇、舞蹈、音樂、詩歌和繪畫因素熔於一爐，樣樣"自第三地帶"中推出，在兩端之間開拓出新的認知的廣闊天地。劉再復對高行健的美學鑒賞顯示，高行健最大的成就，不在於他創作出幾部優秀作品和獲得諾獎，而在於他的藝術創新，在小說、戲劇、詩歌、電影、繪畫、藝術理論等主要的文學藝術領域，都作出了充分的先鋒性實驗並取得了巨大的原創性成就，可以為當代文藝美學探索提供豐富的思想啟迪，而這一切，尚未得到充分評述和認識。

劉再復的這一提倡，與前人的同類倡導相比，其重心不是為異議尋求生存空間，而是為了精神價值的創造。他殷切期盼，老子宇宙生成思想的偉大預言，能化作現實社會的第三空間，讓許多建設性的好思想、好主意從這裏產生。文學心靈本體論秉持真誠不二的學術原則，孜孜以求探索關於文學的真理，現實目的，是為文學的復興和繁榮爭取一片自由呼吸生長的第三空間。堅定不移地立足於真誠，理論的探索才可能逼近真理。涉及當代中國文學理論領域，真誠表述不是一件容易的事，只有同時突破外部和內部的枷鎖束縛，才可能釋放真誠。正如林崗所說："世俗的束縛無處不在無時不在，與外在的枷鎖相比，心靈的枷鎖更關

1　劉再復：《高行健論·當代世界文藝復興的堅實例證——再論高行健·序》，台北：聯經出版事業股份有限公司，2004 年，第 309 頁。

鍵。作家不能掙脫心靈的枷鎖，亦無從擺脫世俗的枷鎖，而文學的生命也就窒息了。再復點中了產生於巨變時代的中國當代文學的穴位。文學心靈是擺脫了所有世俗束縛之後的自由心靈。"[1]

1　劉再復：《五史自傳・林崗序》，第 12 頁。

附：文學心靈本體論論綱示意圖

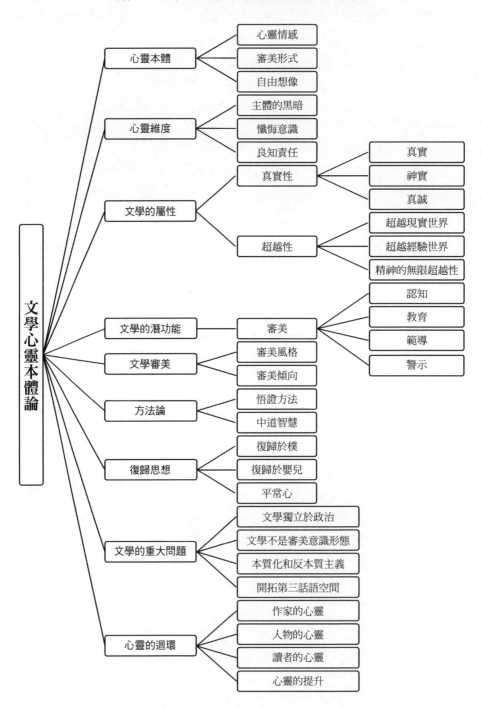

第三章

懺悔意識
與良知責任

2002 年，香港牛津大學出版社出版了劉再復與林崗合著的《罪與文學》，這是一本深刻反省中國現當代文學創作與理論研究根本缺陷的專著。它以現當代文學史的百年發展為背景，從具體的作品與文學現象入手，析其成因，溯其源流，發現千百年來中國文學的一個根本缺陷是“缺乏罪感意識和懺悔意識”，因而從罪感和懺悔意識這個特殊視角進入，探討了文學與靈魂維度及思想深度相關的種種問題。劉再復在該書的“導言”中談到作者的創作思想：

　　　　懺悔意識是基督教的大概念，我們引入文學思索，深化為三個主要範疇，一是良知責任，二是罪感，三是“自審”。1987 年我在“新時期文學十年”討論會上就提出一個眾所周知的判斷，說新時期文學的基調“譴責有餘，懺悔不足”，而且認定，作家如果不能審判自己，就沒有資格審判時代。[1]

　　對於習慣了從“反映論”角度把文學看作是社會人生的反映的中國讀者和學者來說，這是一個令人震撼的創作和欣賞視角的徹底轉變，從文學反映社會人生的表相轉向呈現人的內心和靈魂，從文學批判社會轉向懺悔與自審。人們因此明白，文學令人靈魂震顫的藝術魅力，來自它對心靈的觸碰和把靈魂的內裏徹底展開。《罪與文學》問世的意義，不僅在於引領創作與欣賞視角的轉換，更重要的是，這本書通過對懺悔意識、罪感意識、生命的神性及良知責任等命題的層層剖析，以理性推論的方式勾勒出文學心靈本體論的基本綱領：在文藝美學的諸範疇內，從心靈原則的角度揭示與人性相關的文學命題的性質和意義。另一方面，

1　敘述者劉再復、訪問者吳小攀：《走向人生深處》，北京：中信出版社，2011 年，第 150 頁。

通過對具體作品的審美鑒賞，展現經典如何藉助呈現複雜的心靈狀態發掘深層人性，從技術分析的層面豐富和充實心靈本體理論。縝密的理論推演與令人信服的審美分析，在創作和欣賞的實踐層面建構了文學心靈本體論的思想體系。

文學的心靈本體原則，在《罪與文學》相關理論問題的探討過程中，集中體現在兩個方面，一是以王陽明的心學原則為出發點，打破世俗的對錯、是非、黑白、善惡標準，從心靈視角看待文學中的自然人性行為；二是對作品與文學現象的分析鑒賞，始終通過對人的心靈情感和靈魂內部掙扎狀態的呈現，來揭示深層人性的光輝與黑暗，由此體現優秀作品無可替代的人文價值。

王陽明的《傳習錄》中，有四句著名的話體現了他的心學原則："無善無惡心之體，有善有惡意之動，知善知惡是良知，為善去惡是格物。"這段話的大體意思是：良知是心之本體，洞明無礙如同明鏡，沒有預設的善惡之分；心念產生，加諸具體事物，就有了好惡感；良知是內心的靈明，在心念化為行動之前可以明覺其善惡；格物即正物，心正物無不正，為善去惡，便是良知。劉再復把王陽明的心學原則概括為一句話，"心靈狀態決定一切"，並把它運用於對文學中複雜人性的理解和認識，他高度評價王陽明的思想超前於時代，"王陽明的心學，發現了人性的無限廣闊性"。[1]

阿基米德說，給我一個支點，我能撬動地球。《罪與文學》的作者，藉助懺悔意識這個心靈支點審視人性，從靈魂自審到良知責任的確立，一層一層地把心靈對文學審美價值的決定性作用、心靈作為文學本體的客觀性質清晰地展開，建構了文學心靈本體論在創作與批評實踐層面上以開掘人性為中心、以實踐理性為導向的情理合一的理論框架。

1　劉再復：《文學四十講・文學的基點》，第 180 頁。

懺悔意識的人性基礎

懺悔意識，是基督教徒因為對原罪的恐懼和對救贖的嚮往，自覺剖析靈魂、追求向善的神聖宗教行為，它是人在文明進化過程中的一項最艱難最持久的工作，即人性的自我改造與自我完善。在這個從自然的人化到人化的自然的演變過程當中，個體心靈時刻要與自身所沾染的偽善、與可能說出的謊言抗爭，不能違背對真誠原則的承諾，靈魂只有經歷嚴苛的自我檢討和清洗，才可能不斷淨化和昇華。這個行為需要絕對的心靈自覺，無法以任何藉口逃避自審，它嚴格考驗自我人性，內心狀態才能得到全面透徹的呈現。人類這種艱難的靈魂淨化和人性提升過程，複雜的追求完善的內在心理活動狀態和自我約束機制，只有文學能夠、而且事實上做出了最大範圍和最深程度的記錄。充分認識到文學的這一不朽價值，劉再復與林崗在《罪與文學》中旗幟鮮明地提出"文學的懺悔意識"這一概念，並且以此概念為坐標，系統探討了中西方懺悔文學在如何發掘人性、呈現人性以及追求人性復歸方面的差別。

《罪與文學》把西方文學史上的懺悔文學作品分為四個基本類型：第一種形態是作家直接作為懺悔主體的身世自敘傳，奧古斯丁的《懺悔錄》是這類作品的開創之作。作者以天主——上帝的意志和偉大作為參照物，檢視自己崇信上帝的心路歷程。這是典型的神學懺悔，具有如下特點：一是懺悔與謳歌結合，作者剖露心跡以證明上帝的無限偉大。二是把主作為唯一和絕對的參照系，在主的光照下虔誠懺悔。三是把主的意志視為懺悔主體的意志，以主的意志克服心理障礙，改變自身行為方式。[1]這種懺悔，本質是臣服於天主絕對意志的自我審判，而不是靈魂的理性自審。第二種形態是作品主人公的靈魂告白，最初的代表

1　劉再復、林崗：《罪與文學》，北京：中信出版社，2011年，第49頁。

作是盧梭的《懺悔錄》。與奧古斯丁的神性告白不同之處在於，它是一部身世與靈魂的自傳，把盧梭從出生到 53 歲的全部生活經歷，其身世、性格、情感、靈魂，毫無保留地剖析於讀者面前。它的心靈懺悔不以神的意志作參照，它的身世剖訴不是神性的見證而是人性的見證，它的懺悔重點不在裁決而在展示過程，而這一點，是懺悔文學最重要的形式特徵。它把靈魂的陰暗面和人性的弱點作毫無保留的呈現，不僅通過向虛偽宣戰而體現文學的最高倫理準則——真實和真誠，而且通過自我靈魂解剖證明一個真理，即“人不完美”，人性弱點的存在是合理的，唯有如此，人才可能成為人。這個見解，代表了啟蒙時代對人性的理性認知。在啟蒙時代之後產生的各種《懺悔錄》中，思想最為深刻的是托爾斯泰的《懺悔錄》。托爾斯泰以徹底坦白的方式懺悔年輕時的決鬥、賭博、打仗、酗酒、吹牛，以及出於虛榮和驕傲而寫作。他從自己 40 年來的勤奮工作中看到的是一無所有，只留下一副腐蝕的骸骨與無數的蟲蛆，他痛苦地自責自審，以至於幾乎自殺。這不是一個作家的精神變態，而是一個真誠的思想者尋找人生意義時的精神裂變。托爾斯泰的真誠懺悔完全拋棄通過自我表白而獲得心靈安慰的心態，他在良知主持的道德法庭上無情地清算自己，判定自己進入造成千萬生靈苦難的共犯結構，由此開始了真誠的贖罪過程。第三類形態的懺悔文學，由作品主人公代替作家擔任懺悔主體、進行靈魂告白。《復活》無疑是這種類型的經典，它通過主角聶赫留朵夫從“動物的人”經過人生洗禮昇華為“精神的人”，完成了托爾斯泰式的靈魂意象的塑造，譜寫了一部靈魂蘇醒與再生的史詩，成為見證人類良知復蘇的象徵。第四類形態是沒有懺悔主角但具有懺悔意識的作品，如《哈姆雷特》，其主題是復仇而非懺悔，但作品滲透了濃厚的懺悔意識。王子的復仇之劍總是猶豫，難以出手，因為他的復仇之心一直為自身所負道德責任和敵手的懺悔意識所牽制，為自己復仇意識將會毀滅母親和愛人的生活而內疚。他的敵手克勞狄斯在殺兄娶嫂的陰謀得逞之後，感到罪責的重壓，充滿了內心的掙扎。正反面人物同樣具有懺悔意識，“使得人物的性格內涵和心理內涵更為豐富，使情節更為曲折。它幫助作家作品走入更深的人性層面”。[1]

1　劉再復、林崗：《罪與文學》，北京：中信出版社，2011 年，第 73 頁。

與西方文化傳統一個不同之處，是中國文化缺乏靈魂叩問的資源。中國文化的主脈儒家，不關注靈魂問題，孔子說，"敬鬼神而遠之"，代表了脫離巫術時代未久的古代文明既不願再受巫術時代神祇的控制、又無法對生命的生滅及靈魂現象作合理解釋時的理性態度。孔子為人格完善開出的方子，是建構完善的道德秩序，把內聖外王設定為個人修養的目標，但對王道秩序的自覺服從卻使人逐漸喪失自我意識，導致個體靈魂思考活力的萎縮。與儒家同時代的道家，對個體生命解放持積極的態度。莊子是中國第一個叩問人的存在意義的思想家，他對人生充滿懷疑，感到身為物役，心為形役，人的生命被自己所創造的物質環境所壓迫，物質文明越是進步，個人的生命負擔就越沉重。然而，"莊子對存在意義的叩問是一種消極性的否定性的叩問，叩問之中打破了生死、禍福、是非等界限，取消了對立，但同時也失去了關注，失去了密切。所謂失去了關注，是在他的思想世界裏再也沒有現實情感和現實精神創造的關懷；所謂失去了密切，是再也不理會人內心世界不同價值觀念的衝突與緊張，更談不上靈魂的掙扎與呼喊"。[1]

　　因為缺乏叩問靈魂的資源，和擁有宗教背景的西方文學相比，兩千多年的中國文學史便暴露出一個空缺：靈魂維度的空缺。因此，古代文學作品大多缺乏超越視角，缺乏靈魂辯論的內涵，缺乏探索人性的深度。作為兩千年來文學主流的中國詩歌所表述的主題，是鄉村情懷。詩歌的作者，不論身在廟堂還是隱遁鄉野，都擅長藉助鄉村文化背景發出人生慨嘆；無論是現實主義還是浪漫主義，無論是"載道"派還是"言志"派，作品中都缺少舍斯托夫所提倡的那種"曠野呼告"、即靈魂呼告的文學意象。靈魂呼告，為人類開闢了走向真理、走向擔負人間苦難的道路。傳統詩歌以現實人生的詠嘆調為主，大多沒有超出關注世道人心和感慨天地人生的範圍，"即使屈原的'天問'，也只是對大自然與某些政治歷史問題的叩問，並不是對靈魂的叩問。屈原對大宇宙的呼叫不是靈魂深處的衝突與吶喊，而是現實困境中的大呻吟。他的質疑，是對自然之天和現世權力之天的質疑，不是靈魂的對話與爭辯，因此，也很難說得上具有靈魂的深度。……中國兩千多年的詩歌，其主流都是《離騷》的伸延與變奏，因此，表層的牢騷怨恨

1　劉再復、林崗：《罪與文學》，北京：中信出版社，2011年，第 IX 頁。

很多，深層的內心對話很少"。[1] 中國的小說，在《紅樓夢》之前，也缺乏靈魂的維度，從唐代傳奇到明代的"三言二拍"，人物命運大多由輪迴、轉世的因果說所決定，沒有個體生命內部靈魂的博鬥。最優秀的短篇小說《聊齋志異》和長篇《水滸傳》、《三國演義》，不論其人物是才子佳人、精魂狐女，還是英雄豪傑、大奸大惡，大多缺乏內心的緊張。也就是說，兩千多年的古代中國文學史上，固然不乏風格獨特的傑作經典，但總體上來說，這些作品有著濃厚的政治色彩、家國天下色彩、人倫道德色彩、地域風俗色彩，唯一欠缺的是對靈魂的自我叩問和懺悔，因此作品中缺乏深厚的人性關懷。

　　"五四"新文學運動的先行者朦朧地發現了中國文學缺乏靈魂維度這一根本缺陷。周作人說，中國文學除了自我譴責精神的集體性欠缺，中國作家還缺少陀思妥耶夫斯基式的個體靈魂維度，輕薄風流倒是不少，缺少的是對靈魂的深刻解剖。(《文學中的俄國與中國》)魯迅高度稱讚陀思妥耶夫斯基呈現人性的技巧："凡是人的靈魂的偉大審問者，同時一定是偉大的犯人。審判者在堂上舉劾著他的惡，犯人在堂下陳述他自己的善；審問者在靈魂中揭發污穢，犯人在所揭發的污穢中闡明那埋藏的光耀。這樣，就顯示出靈魂的深。"(《集外集·"窮人"小引》)現代作家作品中開始出現懺悔意識和靈魂衝突的描寫，最具代表性的是郁達夫。他的《沉淪》、《南遷》和《銀灰色之死》等系列短篇，是中國現代小說史上最早的靈魂懺悔的力作。但他的小說表現了一種不純粹的懺悔意識，不純粹的原因，在於主人公借用家國道義的倫理來掩遮病態心理，在心靈懺悔的同時藉助外在因由讓靈魂解脫，懺悔與自審便不徹底。"五四"以後，作品中懺悔意識，大多涉及個人家庭婚姻問題，以及對封建家族制度的批判。柔石的《早春二月》中，蕭澗秋在船上看到文嫂一家悲慘的狀況就內心極度不安，這種不安使他放棄與少女陶嵐的愛情，主動代社會贖罪。曹禺的話劇《雷雨》，借男主人周樸園父子對女傭魯侍萍母女的始亂終棄造成的人倫悲劇，表達作者對不公正的人生的沉痛懺悔。在巴金的《家》中，主人公覺新作為長子，為了維持大家庭的秩序總是逆來順受，因此犧牲了愛妻，留下深深的遺恨。巴金後期作品《憩園》和

1　劉再復、林崗：《罪與文學》，北京：中信出版社，2011年，第 XI 頁。

《寒夜》，繼續探討制度和秩序扼殺生命與個性的主題，主人公的"自審"和"懺悔"心理，也得到了進一步的發掘。但總的說來，中國現代文學史上真正叩問靈魂維度的作品稀有，且懺悔意識也不夠純粹和深刻：

> 這裏的原因，是現代作家一開始就背上一個其他國度的作家不必背負的包袱，這就是國家興亡、社會制度更替的包袱。幾乎所有中國主流作家都把眼睛投向社會的合理性問題（社會正義），在"啟蒙"和"救亡"上耗盡大部分精力，無法超越啟蒙而轉身探究自身的靈魂。[1]

《罪與文學》的作者對文學傳統中靈魂維度的缺失這一根本性缺陷的批評，坦率而深刻。他們坦誠地指出，中國文學傳統缺乏靈魂維度，其原因在兩個方面：一是缺乏思想和文化資源，不能燭照人心。作家老是徘徊於是非、善惡、邪正的舊套，怎能寫出精彩的靈魂辯論？二是對文學本身也缺乏認識，"國家興亡"與風月傳統都成為壓在文學頭上的重負，作家並不明白，文學要做的是人性深度的探索。懺悔意識是文學的一個重要母題，懺悔意識實質是內心展開靈魂的對話和人性的衝突，是良知在內心把懺悔者從自我迷失中喚醒，使之真誠地反省並對更高的心靈原則產生領悟。懺悔意識坦誠地展示了人性深層的奧秘，文學因為人性的探秘及其產生的啟示而獲得藝術魅力。

《罪與文學》的作者在對中西文學歷史發展狀態的全面比較基礎上所做出的這個結論，不僅揭示了懺悔意識對於文學呈現深層人性的意義，而且提供了幾個極為重要的啟示：首先，懺悔意識本質上是人性的覺醒，源自人類對罪的意識的自覺，它不僅與基督教相關，而且可以溯源到生命的本源，溯源到人類最初就擁有的對生命萬物敬畏的本能。不論對東方民族還是西方民族來說，不論中國傳統文化還是西方基督教文化，懺悔意識，都具有最原始的人性基礎，只是它在不同的文明進化過程中，為歷史塵埃所覆蓋遮蔽的狀況不同，所散發出來的人性光輝的程度也就有了相當的差別。懺悔意識固然是基督教倫理的產物，並成為西方文學的傳統敘事模式，實際上，文化人類學研究早已以豐富的材料證明，罪的意識

1　劉再復、林崗：《罪與文學》，北京：中信出版社，2011年，第 XV 頁。

是人類共有的普遍文化心理：

> 人類的罪性和罪的意識並非始於《聖經》，早在這之前，罪的意識就在
> 原始先民之中生成，生成為非常普遍的文化心理。所以，決不可認為原罪意
> 識和懺悔意識獨屬基督教。不是的，哪裏有人類，哪裏就有生存的悲劇性命
> 題，哪裏同時也就具有原罪意識和懺悔意識。[1]

英國人類學家弗雷澤的人類學巨著《金枝》，以整個第九卷的篇幅討論了原
始人轉罪和轉災的活動，即通過尋找替罪者承擔自己的罪孽以獲得釋放精神重負
的活動，說明原始人已經普遍具有罪感意識和通過修正自己的行為擺脫罪感的欲
望。新西蘭原始部落時期的毛利人在砍伐大樹製造獨木舟時，要由祭師主持向林
神坦尼的禱告儀式，去除禁忌後，才能開始作業。[2] 漁民出海航行之前，必須向
海神唐伽諾獻祭，乞求海神寬恕人們的冒犯。[3] 泰努依部落登陸新西蘭時，人們
把獨木舟從陸地拖進曼努考港灣，獨木舟紋絲不動。大酋長的妻子瑪拉瑪明白，
她上岸散步時與隨身奴隸發生了性關係，得罪了神。於是，她吟誦符咒向神告
罪，獨木舟順利滑進了港灣。[4] 原始部落時期的人類學資料證明，原始人普遍具
有罪感本能和敬畏意識，這是人性自我糾錯和追求向上的原動力，是人類共有的
人性基礎。基督教將人類的這種原動力發展成為理性的懺悔意識，引導人們通過
靈魂內省而皈依上帝；中國古代文化傳統則為人格自我完善設計了一條內聖外王
的路徑，要求人按公共倫理秩序規範自覺調整思維方式與人格行為，消解了對人
性缺陷的懺悔和內省。但這不是說，華夏民族沒有懺悔意識，以魯迅為代表的現
代作家群，從不同人生境地表現出來的深刻而痛苦的自責與懺悔，正是在突破了
封建文化意識蒙昧之後對原始人性的復歸。古代文化傳統，將自然人性的這種本
能追求轉化成社會倫理秩序建設，將個體真誠的懺悔自審轉化為修繕外在形象的

1　摩羅：《原罪意識與懺悔意識的起源及宗教學分析》，《中國文化》2007 年第 2 期。

2　Elsdon Best, "Māori Religion and Mythology," *Dominion Museum Bulletin*, Vol. 10, 1924. p. 72.

3　Margret Orbell, *The Concise Encyclopedia of Māori Myth and Legend.* Canterbury University Press. 1998. pp.146–147.

4　James Cowen, *The Māori of New Zealand.* Whitcombe and Tombs Ltd, 1910. p.67.

"罪己"、"自譴"、"內省"行為，偏離了人類從原始時代就開始的人性自我完善向上的方向，為人性復歸設置了一道遮蔽心明、遮蔽智慧的"執"，破除這個"執"，才會對人性復歸的方向保持明確的認知。

《罪與文學》提供的另一個啟示，在於它所探討的懺悔意識，並非只屬宗教範疇，而是建立在對人性全面透徹理解的基礎上。全面理解人性，首先要清除人性認知方面的障礙。人性，指人的自然屬性與社會屬性的共和，包括部分與動物本能相似的心理本能。反映論的文藝理論奉馬克思主義關於人的本質"是一切社會關係的總和"的論斷為圭臬，推導出人性就是人的社會性、階級性，這種觀點本質上是反人性的。馬克思早期著述中關於人性是"社會關係的總和"，涉及以下三方面內容：

> 他們的需要即他們的本性。[1]
>
> 種的類特性就在於生命活動的性質，而人的類特性恰恰就是自由自覺的活動。[2]
>
> 人的本質並不是單個人所固有的抽象物，實際上，它是一切社會關係的總和。[3]

綜合判斷上述三方面陳述，可以得出一個相對客觀的結論：人根據生命本能的需要選擇生產方式、生活方式和美的創造；自由自覺的生命活動是人類的基本屬性；生存需求使人以類的形式從事合作性的生產和活動，人因此獲得社會屬性並成為社會關係的總和。社會關係總和，指人的社會性，它包括人的階級性與非階級性。人因為對生產資料及資本佔有的差異形成不同階級，經濟關係在社會進程中不斷變化發展，階級性隨之發生變動、變化或最終消失。因此，人的社會屬性大於階級性，它產生於人的自然屬性且不能排除人的自然屬性，"滿足個人需

---

1 馬克思：《德意志意識形態》，《馬克思恩格斯全集》第 3 卷，北京：人民出版社，1979 年，第 514 頁。

2 馬克思：《1844 年經濟學哲學手稿》，《馬克思恩格斯全集》第 42 卷，北京：人民出版社，1979 年，第 96 頁。

3 馬克思：《關於費爾巴哈的提綱》，《馬克思恩格斯全集》第 3 卷，北京：人民出版社，1979 年，第 5 頁。

求"、"個人的自由自覺活動"、以及人的社會關係，才是人的完整屬性。

劉再復在創建"文學主體性"理論之初，便超越時代，試圖從上述三方面積極地理解馬克思的人性思想，他超越階級和時代，既看到"存在關係的相關性"，而且從人的自然屬性、人的"自由自覺"個性特徵的角度，探討更為深刻和複雜的人性特徵。經過 20 年的文學批評和理論建設實踐，他對人性的認識，回歸到文學對人性和心靈的本質把握。他的論述，超越了有關人性論述的表層理論特徵，緊扣文學所呈現的複雜心靈情感狀態，探求人性的靈魂掙扎與良知呼號，以及文學描寫所達到的人性深度。鑒於對人性內涵的完整把握，劉再復確認文學呈現人性，是超越時代、超越時空的永恆性工作：

> 反映論總是強調文學是時代的鏡子。但這只是道破部分真理。文學固然可以見證時代，但是文學也常常反時代、超時代。它所見證的人性困境，常常不是一個時代的困境，而是永遠難以磨滅的人類生存困境和人性困境。從人性的角度上說，文學並非時代的鏡子，而是超時代的人性的鏡子。[1]

在中西文化傳統相對照的大背景下，《罪與文學》的作者清晰地看出，現代文學先驅者懺悔意識的現世品格，既包含經歷了歷史絕望與恥辱後的獨到犀利，也有它在叩問靈魂的門前望而卻步的局限，他們在"絕望和恥辱啟示了對罪孽的自覺，而在對罪孽的自覺中又看見了自我，覺醒了的自我再為掙脫絕望和恥辱而奮鬥，在普遍的奮鬥中自我終於又陷入了沉淪"[2]。《罪與文學》的作者既看到"五四"時期懺悔意識的時代性，也看到它無可迴避的歷史局限："五四"先驅懺悔的是歷史之罪，在思想層面上發現中國人的罪，是四千年歷史積澱下來的罪；魯迅超越時代，率先懺悔"我也吃人"的共犯結構之罪，這不是宗教意識，卻與宗教的道德共負原則相通。然而，"魯迅通過反傳統的啟蒙救贖，最根本的落腳點還是在社會，而不是在靈魂。文化的運動最終還是還原為一個社會運動來表達它的意義"。當現實的拯救運動進入新一輪革命階段後，懺悔就讓位於批判、否

---

1   劉再復：《隨心集》，北京：生活·讀書·新知三聯書店，2012 年，第 29 頁。

2   劉再復、林崗：《罪與文學》，北京：中信出版社，2011 年，第 217 頁。

定和譴責，從"五四"新文學轉變為革命文學，無論在思想的深刻還是在文學的成就方面，後者遠遠不如前者，所有革命文學家們找到了一個替罪羊"階級敵人"，完成了對"五四"運動懺悔意識的逆反，而文學中的"靈魂深度"也消失殆盡。

《罪與文學》的作者對"五四"啟蒙運動中懺悔意識的性質及其命運的深刻闡發，發現和把握"五四"以來懺悔意識的性質和局限，指出問題的根源所在，比單純地倡導重視文學書寫中的懺悔意識，具有更加重要的昭示人性方向和呼喚良知的超越性意義。

二

罪感與靈魂的掙扎

　　罪感文學的獨特藝術價值，在於把心靈中最隱秘的私密、最難於啟齒的尷尬坦誠地公佈於眾；在於通過靈魂的自我審判，發掘和展示人性惡的一面；在於通過靈魂的掙扎與呼號，呈現人性複雜而黑暗的深淵。

　　罪感文學的基礎是罪感本能以及由此生成的懺悔意識，罪感本能由基督教的原罪說所闡釋：人類從其祖先那裏繼承了一種墮落的本性，於是世世代代就帶有原罪。原罪說是一個基本假設，其價值是從形而上的角度抽象出來的象徵意義，它被用來解釋人不可避免地生活在一種矛盾的困境中，人性並不完善，人必須永遠不停地通過贖罪來加強自身的完善，才是首選的生存方式。《罪與文學》的作者把原罪與罪相比，概括出原罪的三個特點：一是天性中所有，與生俱來；二是沒有傷害對象，它是人心深處不善的欲念，但有可能會轉化為現實中的惡；三是原罪的消除，需要人終生自我救贖。基督教倫理借用原罪說，把生命解釋成一個不中斷的懺悔與救贖的過程，一個不斷還債的過程，客觀上建立了一種人性自我完善的機制。奧古斯丁從原罪說發展出救贖論。他強調，我們生活著的世界存在著上帝之城和地上之城，也就是精神之城與世俗之城。"雙城"的存在，意味著人分為兩部分，前者身在天國，後者與魔鬼同遭磨難，人需要依賴上帝的恩典和啟示不斷救贖，才能進入上帝之城。奧古斯丁從宗教理論上完善了懺悔與救贖的主題，長時期影響了西方文學的發展，使得西方作家在挖掘人性深度方面，獲得一個強有力的思想源頭。[1]

　　十九世紀文化人類學研究成果啟示我們，基督教的原罪意識並非自創，它來自原始宗教的罪感本能。原始人覺得自己有罪，會通過巫術將罪轉到其他物或

1　劉再復、林崗：《罪與文學》，北京：中信出版社，2011 年，第 23–26 頁。

人的身上，以便讓自己脫罪，弗雷澤指出，"在野蠻人的頭腦中，對我們的轉罪概念，即把罪過和遭殃轉到別種生命的身上，是相當熟悉的"。[1] 原始人面對大自然與生命現象中數不清的謎而無解，由心中的敬畏感產生萬物有靈觀並創造了眾神，新西蘭毛利人的原始宗教，"從天神、死神、統轄各個生活領域的神到家族的保護神，有無數種神的概念"。[2] 面對眾神主宰的世界，原始人相信，如果違背神的意願，就會受到神的懲罰。對神的敬畏，使他們感到他們所做的事或是將要做的事有違神的意願時，就會產生一種罪感，為了消弭罪感，原始人為自己設置禁忌和向神獻祭。庫克船長十八世紀後期三次探險南太平洋海域，發現各島嶼的原始人都有禁忌的傳統，英語中"禁忌"一詞 Taboo 即是庫克船長 1777 年訪問湯加時，由土著人的詞彙禁忌 Tabu 派生出來。禁忌是為避免罪的發生而自我設限，獻祭則是向神謝罪，求神寬恕，土著毛利人收穫的第一個紅薯、釣到的第一條魚都要用來向神獻祭。禁忌和獻祭，體現了原始人對神的負罪感，本質上是原始人向神懺悔和自我贖罪的行為。土著人因懼神而生成的負罪感與贖罪行為，是基督教文明中原罪意識與懺悔意識產生的源頭。懺悔，是主體對於罪性的自覺，於是自我歸罪，承擔罪責，在懺悔中贖罪。原始人還有轉罪風俗，即尋找一個替身代自己承擔罪責，在基督教文化中發展成耶穌主動代天下人承擔罪責，人在耶穌形象的對照和感召下，生成自我罪感意識和懺悔意識，成為基督教文化的核心倫理和西方主流文化的精神價值觀。但這種原始宗教情結，在中國文化傳統中消失了，原始的轉罪與替罪風俗，發展成為尋找替罪羊讓自己脫罪的傳統。李澤厚追溯中國原始宗教發展的文明綫索，提出"由巫入禮歸仁"說，巫是起點，"自原始時代的'家為巫史'到'絕地天通'之後，巫成了'君'（政治首領）的特權職能"。[3] 巫君合一，即政教合一，經由周公旦製禮作樂，完成了巫史傳統的理性化過程，巫的神奇魔力及其循行的禮儀規範，轉化為君王德行、品格，以及統治體系的規範秩序。孔子釋仁歸禮，強調禮不僅是外在形式，而且體現德與仁的

---

1   James G. Frazer, *The Golder Bough: A Study in Magic and Religion*, Vol. IX, London: McMillian, 1911. p. 1.

2   張靜河：《毛利文化》，北京：商務印書館，2019 年，第 178 頁。

3   李澤厚：《歷史本體論‧己卯五說》，北京：生活‧讀書‧新知三聯書店，2008 年，第 159 頁。

內在精神，於是原始宗教中的敬畏情感轉化為知錯、認錯、自我檢討的內省。"如果說周公的'製禮作樂'，完成了外在巫術禮儀理性化的最終過程，孔子的釋'禮'歸'仁'，則完成了內在巫術情感理性化的最終過程。"[1] 正是中國文明傳統中過早成熟的可怕的"理性化"，將原始宗教所產生的對神的負罪感轉化成了為鞏固君臣家國秩序而積極追求的道德自省。於是，中國古代文獻和文學作品中最常出現的是君王或知識分子的"罪己"、"追悔"、"內省"、"自訟"、"反躬自省"等與道德修養相關的詞彙，而觸及個體靈魂的懺悔與罪感，被那個"理性化"過程，以及尋找替罪羊的政治手段，從外到內過濾殆盡。

《罪與文學》以豐富的文學作品為例證，證明兩千餘年的封建制度，以強大的外部力量構築起中國人對罪感強烈拒絕的文化心理。對中國老百姓來說，"清白"二字是他們坦然生活在人間和神界的身份證，說某人有罪，不僅奪其清白，而且辱其先人。祥林嫂那樣一個赤貧卑微到塵埃中的人，心中唯一忌諱的是自己的"罪"，要到廟裏捐一條門檻去贖自己的罪。這種文化心理在知識分子心中是加倍放大的，對個人歷史污點的厭惡，更增加他們對罪感的疏離和拒絕，他們認為錯誤只是性格修為的不足，"君子之過也，如日月之食（蝕）焉"（《論語‧子張》）；修正錯誤，人皆仰之。罪，則是人格污點，是黔首刖足，刺字砍腳，成為恥辱的永久印記。所以，讀書人特別怕認罪和被定罪，認罪和定罪，除了意味著伏法、受酷刑折磨和株連家人，還在"清白"二字上牽連祖先，殃及後代，精神上永遠不能抬頭。對罪的恐懼與拒絕，使封建文化背景下的文學，缺乏觸及靈魂的傳統，沒有寬恕與懺悔的搏鬥，沒有靈魂的拷問，精神信仰和靈魂拯救的作品，在古代文學史上長期闕如。漢樂府《孔雀東南飛》是中國文學史上第一首長篇敘事詩，最優秀的古代詩篇之一，講述東漢末年一樁普通人的婚姻悲劇，廬江郡小吏焦仲卿的妻子劉蘭芝因為不得婆母的歡心，被休遣回娘家，因拒絕被父兄逼婚另嫁而投水自沉，焦仲卿知道和妻子復合無望，亦投繯自盡。焦、劉兩家不得不將二人合葬，中國文學中由此產生了"比翼鳥"和"連理枝"的美好意象。這首長詩固然是對封建家長制的控訴和對焦劉夫婦真摯愛情的謳歌，但長詩

---

1 李澤厚：《歷史本體論‧己卯五說》，北京：生活‧讀書‧新知三聯書店，2008年，第181頁。

中沒有一行顯示男主角焦仲卿在順從母親意見休妻後的懺悔態度，沒有一句顯示焦母和劉父、劉兄逼死孩子後的悔恨與自責，受害者的至親，包括受害者焦仲卿本人，構成了這個悲劇的共犯結構，卻至死沒有覺悟自己的罪責。另一個古典名劇《竇娥冤》，講述年輕寡婦竇娥被地痞張驢兒逼婚不從，張驢兒想毒死她的婆婆而霸佔她為妻，不料誤殺自己父親，便誣告竇娥殺人。太守桃杌嚴刑逼供，竇娥不忍連累婆婆受刑而含冤認罪，被判斬刑。她臨刑前指天立誓，死後將血濺白練、六月飛雪、楚州大旱三年，結果一一應驗。三年後，竇娥之父竇天章金榜題名，官任廉訪使，重審此案，革桃杌太守之職，斬首張驢兒，為女兒申冤。竇天章在女兒七歲之時，把女兒送給蔡家為童養媳，赴京求取功名。在復審冤案時，他強調送女兒做童養媳時，就要求她三從四德，擔心女兒犯案，會"辱沒祖宗世德，又連累我的清名"。他為女兒翻案的目的，是"方顯得王家法不使民冤"，絲毫沒有對自己不盡父親撫養之職的悔恨之情，沒有一點參與共犯結構的罪感。

　　這兩個優秀的古典作品，固然在內容方面彰顯人情之美，在形式方面具有詩、劇結構之美，但暴露出古典作品的致命弱點：缺乏靈魂掙扎的描寫和深層人性的呈現，只塑造好人絕對好壞人絕對壞的單一性格。劉蘭芝才貌具佳，不見容於婆母；竇娥賢淑堅貞，遭此奇冤；焦母、劉父以及張驢兒父子的所作所為，不通人情，成為造成悲劇的"幾個蛇蠍之人"。涇渭分明的優劣品格，黑白對照的正反面人物，既無法反映現實生活中複雜的人際關係，更難呈現陷入複雜情勢中的個體靈魂掙扎，這種書寫方式形成了竇娥呼天搶地式的控訴和譴責文學傳統。控訴和譴責模式雖然有利於推動情節衝突，卻犧牲了作品的人性描寫。這兩個經典在人性呈現方面尚且如此薄弱，其他一般作品中人性描寫闕如的情形，可想而知。現、當代中國小說中開始有了罪與懺悔意識的書寫，但面對疏離罪感的傳統文化心理這道屏障，整個中國作家群和整個民族要形成自覺的懺悔意識和罪感意識，要把它們當作健全人文品格的精神資源，還有相當長的路要走。

　　《罪與文學》認為西方文學經典，通過罪感、靈魂呼號表現深層人性，形成了優秀的文學傳統。希臘悲劇《俄狄浦斯王》在一齣人與命運衝突的悲劇中，一層層地展示了古代英雄在與命運抗爭過程中的心靈緊張和靈魂搏鬥，成為這個傳統的開端。科林斯王子俄狄浦斯從神諭中得知自己命中注定會殺父娶母，為了躲避命運降臨，他逃離科林斯王宮的養父母身邊。他在去忒拜的途中受人凌辱，一怒之下殺死四個人，其中包括他的生父忒拜國王。此後他以聰明才智除掉危害忒拜人的人面獅身女妖斯芬克斯，被擁戴為王，娶了前國王的王后實際是他的生母並與她生下四個孩子。瘟疫降臨忒拜，他為了平息瘟疫流行，按照神諭尋找殺害前國王的兇手，結果發現要找的兇手就是自己。他的母親在悲痛中自盡，面對命運之手揭開的現實，他絕望地痛哭，發出靈魂深處的呼號："一切都應驗了！天光啊，我現在向你看最後一眼！我成了不應當生我的父母的兒子，娶了不應當娶的母親，殺了不應當殺的父親。"他從母親屍體上摘下兩支金別針，刺瞎雙眼，在女兒陪伴下自行放逐。俄狄浦斯王的苦難與生俱來，他要為生父贖罪的宿命，是神諭定下的不可改變的預設結局，俄狄浦斯王越是追查實情，便越是加快向悲劇的深淵下滑。命運的不可避免，讓人不得不承認人生的有限性與悲劇性，但俄狄浦斯王痛徹心扉的靈魂呼號，宣示人對宿命的抗爭、對現實困境的超越並不只是夢想，更在嘗試；嘗試的過程和不敗的精神遠重於結局，而在這永恆不斷一次又一次的超越嘗試中，人性才得以昇華。莎士比亞的悲劇《麥克白》中，麥克白是個謀殺國王篡位的惡魔，他也有靈魂掙扎和靈魂搏鬥，謀害國王之後，也"謀殺了他的睡眠"，他一再洗刷沾過鮮血的手，總覺得洗不乾淨。《哈姆雷特》中王子的叔父殺害兄長、篡奪王位，強娶王后，"可謂十惡不赦，但是莎士比亞也沒有把他寫成絕對的壞蛋，就像麥克白一樣，他也有良心的掙扎，也感到罪戾之氣佈滿全身，也懺悔。因此，他還不算純粹的'蛇蠍之人'。莎士比亞從不把自己筆下的人物寫成善惡觀念的寓言品，每個人都有非單一化的內心，克勞狄斯也是如此。懺悔意識幫助了莎士比亞實現筆下人物性格的豐富性"[1]。

《罪與文學》的作者欣喜地看到，中國現代文學對於人性認識的加深，是作品中有了關於罪感與懺悔的文學描寫。最能體現罪感與靈魂自審的作家是魯迅，他的短篇小說《在酒樓上》和《孤獨者》，充分展示知識分子面對現實困境時的靈魂狀態。《在酒樓上》的主人公，"年輕時有著戰士英姿的"呂緯甫滿懷隱痛的自責，回溯自己努力進取卻失敗的一生，嘲笑自己像蒼蠅一樣，"可不料現在

1　劉再復、林崗：《罪與文學》，北京：中信出版社，2011年，第74頁。

我也飛回來了，不過繞了一點小圈子"。《孤獨者》中，外冷內熱型的歷史教師魏連殳失業後去給杜師長做顧問，最終在靈魂自責的痛苦中去世。他給"我"留下了一封六寸多長的信，交代了他在半年時間裏完成了從生到死，由死轉生的涅槃。沉重的筆調，顯示出作者是"真的猛士，敢於直面慘淡的人生"，同時又隱含著因為無可奈何與現實妥協而產生的罪感。這種罪感不僅出現在魏連殳的遺書中，也深藏在魯迅的心中，由他的散文集《野草》折射出來。《影的對話》表達作者對自己靈魂中"毒氣和鬼氣"的憎惡，以及想去除它卻不能的矛盾心態。《死火》所思考的是"死火"在人生荒誕處境中的兩難境地，留在冰谷中，將會無所作為地凍滅；跳出冰谷，重新燃燒，則會化為灰燼。《墓碣文》中，作者在夢中審判已經成為死屍的自己，"胸腹俱破，中無心肝。而臉上卻絕不顯哀樂之狀，但濛濛如煙然"。魯迅所描畫的，不正是一代蒙昧的國民形象嗎？但他從自我審判開始，達到了徹底決絕的程度，"……抉心自食，欲知本味。創痛酷烈，本味何能知？……"這些敘寫，不是走向虛無，而是對人生困境近乎絕望的叩問。在《秋夜》中，魯迅寫道：

> 在我的後園，可以看見牆外有兩株樹，一株是棗樹，還有一株也是棗樹。
>
> 這上面的夜的天空，奇怪而高，我生平沒有見過這樣的奇怪而高的天空，他彷彿要離開人間而去，使人們仰面不再看見。然而現在卻非常之藍，閃閃地夾著幾十個星星的眼，冷眼。他的口角上現出微笑，似乎自以為大有深意，而將繁霜灑在我的園裏的野花草上。

《秋夜》象徵意味強烈，兩株棗樹，和前邊所提及的兩個短篇小說相似，也可以說是魯迅靈魂內部對話的象徵。面對壓在頭頂的奇怪而高的夜空，棗樹感到重壓、無奈、絕望和沒有出路；同時，棗樹將繁茂的枝葉刺向夜空，反抗高壓、反抗孤獨、反抗絕望。兩個意象，發出靈魂中的兩個聲音，靈魂的絕望以及在反抗絕望中掙扎，面對風雨如磐的社會，魯迅選擇了承擔黑暗、反抗絕望，孤獨地在思想與現實的縫隙中尋找實現生存價值之路，他的自省與自審，第一次把中國文學引向解剖自我靈魂和暴露精神深淵的高度。

魯迅孤獨而絕望的靈魂自審，源自於他對歷史之罪、社會之罪和自我之罪的深刻認識，當其他"五四"先驅以狂飆突進的精神批判傳統、弘揚人的獨立與自由品格時，魯迅比他們更進一步認識到，以自由精神否定傳統的我們，自身帶有歷史的原罪，改造國民性的人，首先要改造自身的國民性。《罪與文學》的作者指出，魯迅超越時代，就在於他的靈魂自審。魯迅於歷史困境的無可奈何中發現罪，自悟其罪，自悔其罪，他的思考所歸，一是歷史之罪，二是社會之罪，三是共同犯罪。承認共謀，是魯迅的偉大精神，一面是靈魂的審判者，一面是犯人；一面是傳統的摧毀者，一面是傳統的一部分。明白自己是傳統的一部分，對傳統的批判因此更加深刻。這種認知的徹底性，把神性裁判變為自性裁判，在自明自悟的同時，走向啟蒙，超越了啟蒙，可惜"五四"啟蒙運動沒有能沿著魯迅的精神方向發展。兩位作者也客觀地指出魯迅的不足之處在於，他的懺悔與自審，受到特定歷史環境的限制，集中在對歷史之罪、社會之罪和共同犯罪方面，對於個人的靈魂自審，還需要更進一步深化。[1] 兩位作者的這一見解，是近年來魯迅研究中的最深刻的思想認識。

　　《罪與文學》的作者透徹地分析並犀利地指出當代文學創作在這方面的缺陷：新時期文學延續了"五四"傳統，雖然作家經歷了良知的覺醒，但創作的弱點繼續存在：一是更多地表現良知的外在性內容，即對愛的召喚和對摧殘愛、摧殘人性尊嚴的社會惡的抗議和批判，基本屬譴責文學範疇，良知的內在性內容即自我理性批判比較薄弱。二是某些帶懺悔色彩的小說缺少良知意義的自責，對被環境扭曲的性格帶有半展示半欣賞、顧影自憐的態度，在展示一個正面的自我時，卻不敢顯示另一個醜陋的真實自我。三是一些表現良知的作品，只承擔有限的責任，對於無限責任的良知觀念，中國作家還沒有清醒的意識。造成現、當代文學中這個根本性弱點的深層原因，就在"作品裏聲音的單一性體現了作者對意識形態或世俗識見的內心認同。但是，在人的靈魂裏有不同原則的對話是永存的。文學中懺悔的主題揭示的正是這些原則之間的對話。通過靈魂對話的方式，

1　劉再復、林崗：《罪與文學》，北京：中信出版社，2011年，第229–233頁。

使得文學作品有更深刻的人性深度"[1]。

《罪與文學》關於罪感文學的學理分析，坦示了中國文學傳統在人性描寫方面的致命缺陷，對當代中國文學創作的走向，是一個極有價值的啟示。審視當代文學創作狀態，相當一部分作家忽略甚至迴避呈現人性這個基本創作方向，把重心放在活用民間敘事傳統方面，把故事寫得驚心動魄，寫得柔腸百轉，用情節的力量打動讀者，這是一個聰明的創作策略，但卻因此丟失了文學之魂。故事的傳奇情節遮蓋了內涵，導致作品精神蒼白，思想匱乏。文學作品當然不能缺少故事，但真正的文學不是在題材上獵奇，而是要穿過故事抵達心靈，燭照人物內心的陰暗、明亮、晦澀和種種隱秘，建立起靈魂的維度，才是小說故事情節展開的意義所在。《罪與文學》的作者所解讀的那些優秀作品，從莎士比亞到陀思妥耶夫斯基，其人物在欲望和困頓中的掙扎，總是讓人看到靈魂掙扎與精神突圍的努力，產生一種倫理認知和情感認知，在與人物的心靈情感交流之後獲得內心的澄明和昇華。這些經典對罪感意識與靈魂分裂狀態的生動呈現，展現高超的敘寫藝術，它可以把故事敘事從單維轉為多維，從扁平面性格描繪轉向立體性格塑造，使作品具有精神向度和心靈空間，在呈現人性掙扎與困頓狀態的同時引領對於生命與死亡的思考、對於時空宇宙奧秘的解讀、以及對於存在的深刻體驗；它可以賦予作品博大的人文關懷，以人間道義和悲憫情懷去揭示生活的疾苦，感觸生命的渴求、疼痛與尊嚴，挖掘人性中恆久的真誠、善良與美好。這種發自心底的靈魂呼號，是對生命神性召喚的回應，能夠淨化心靈，讓心靈變得純淨澄澈，抵近人神相交的宇宙境界。

1　劉再復、林崗：《罪與文學》，北京：中信出版社，2011 年，第 126 頁。

三

複調小說和靈魂的對話

　　《罪與文學》除了比較全面地闡述心靈內涵對於文學呈現人性的美學價值，還從小說創作技巧的角度證明作品的審美形式構思，與呈現心靈情感之間有不可分割的關係。審美形式構思的精巧與否，由作家的智力所決定，智力在現代小說中的地位越來越重要，它體現在兩個方面：一個是故事表述的技能，即技術的智力，另一個是發現的智力，也即產生思想的智力。一篇小說寫得有沒有深度，耐不耐讀，很大程度上取決於作者的這兩種智力，而後者更為重要。小說就其本性來說，就是以作家獨到的發現和穿透世俗的識見開闢一個人性與良知的澄明境地，一部有深度的小說必定是作家對人生的獨到發現，這種發現離不開對人心的洞察。《罪與文學》的這個論斷，從小說技術的角度突出了文學的心靈本體性質，文學的發展，要求作家培養高於普通人的心靈慧悟能力，也就是以心靈去發現、去獲得識見深層人性的智力。這個要求，對批評家同樣適用。一個優秀的批評家更需要有“發現的智力”，有了發現的智力，才可能發現作家作品的原創性藝術特質，提升自己的審美能力。

　　《罪與文學》的作者，運用發現與表述的智力，探討“複調小說”和“靈魂的對話”這一寫作技巧，在創造精妙的、有利於呈現深層人性的小說審美形式方面，具有極高的美學意義。圍繞“複調”和“對話”的主題，作者剖析了《心》、《列車正點到達》和《罪與罰》等三部不同背景、不同題材與不同主題的小說，發現這三部小說之所以膾炙人口，一個共同的特點，是作者以靈魂的對話甚至同一靈魂的複調雙音構成衝突，讓靈魂在道德法庭上以對詰的方式自審自辯，揭示人性更深層的隱秘。小說所敘述的不是社會勢力的角力，不是意識形態的對抗，而是人性衝突構成的心靈宇宙風暴。心靈風暴給讀者帶來的不是對某種生活方式的認同，而是對生命之謎的無窮追問和反思，造就了小說不朽的藝術價值。

夏目漱石的小說《心》發表於 1914 年，表現了這樣一個主題：良知是靈魂的嚴酷的拷問者，懺悔是良知對靈魂的自我審判。故事的情節並不複雜，在小說的前 53 章 "先生和我"、"父母和我" 中，敘事的主角是年輕的學生 "我"；小說的後 56 章 "先生和遺書" 中，敘事的主角則是另一個 "我"——小說真正的主人公 "先生"。小說由年輕學生觀察先生的生活開始，在學生眼中，他的先生心地純良，家庭幸福，但眼中總有一種異樣的光。他每個月都定時去給一位朋友掃墓，常常說一些讓學生聽不明白的話，諸如 "愛情是罪惡"，"我的妻和我，我們應該是生來最幸福的一對" 等等。這些簡潔的描述是 "設謎"，讓學生對先生心中的奧秘產生疑團。漸漸地，謎團解開了，原來先生年輕時和朋友 K 同時愛上了房東小姐，K 向先生吐露了自己的心事，先生表面上批評 K "不求上進"，背地裏卻搶先一步向房東太太提出要娶小姐為妻，房東太太同意了，婚姻遂成定局。K 知道真相後在絕望中自殺，給 "先生" 留下了一生的不安和自責。在別人的眼中，先生的生活圓滿無缺，但他自感罪孽深重，受到良知的拷問。他想自殺贖罪，又不忍因此而傷害妻子，兩種聲音在心靈深處交鋒，構成他半生的靈魂自審。最終，他領悟到靈魂的自由才是生命的第一要義，決定瞞著妻子自殺而獲得解脫。

小說的背景，是明治維新之後的社會轉型導致新舊價值觀的衝突，傳統道德倫理把自我犧牲的善放在第一位，商業時代的價值觀則把個人選擇和個人權利放在第一位。夏目漱石深深陷入苦惱之中，他要追問新舊之交的社會變化給人的心靈帶來怎樣的震蕩，在遭遇到利己就必然害他的兩難境地時，人應當怎樣選擇？他最終以 "則天去私" 的理想給了一個讓自己滿意的答案。"天" 是一個複雜的概念，"則天" 是把自己的意志交給一個更高的存在，意味著人必須按帶有宗教色彩的 "天" 的引導去克服人性惡。小說的結尾以另一個故事增強了 "不逃避" 這一主題的意義：明治天皇大葬之夜，乃木希典大將與妻子一同剖腹自殺。35 年前，乃木大將在西南戰爭中丟了軍旗，決定自殺謝罪，天皇傳話，"須得朕死之後"。於是，報喪的號炮，成為明治時代和那個時代倫理觀念結束的通知。小說主人公叩問自己："對他（乃木希典）來說是活三十五年痛苦，還是把刀刺入胸中的一剎那間痛苦呢？" 這也是小說作者對生死意義的發問：如果我們不逃避，我們將在多大程度上經得起良知的拷問？"先生" 的戀愛和求婚，都沒有違背社會人倫規範，但無法預料的結局使他成為道德意義上的罪人。他如果不顧及良知發現，就會和大多數人一樣平靜地過日子；一旦良知發現，他的精神世界整個顛覆，最終以自絕的方式為良知贖罪。夏目漱石以"不逃避"的選擇揭開了人類精神世界的一個永恆衝突：個人欲望與良知責任的衝突。欲望不能說服良知，良知也消除不了欲望，它們之間的對壘，讓心靈不得安寧。夏目漱石讓他的主人公用半生的時間接受良知的拷問，虔誠地懺悔，最後作出悲劇性選擇。《罪與文學》的作者高度讚揚小說的作者對人性的洞察力：

> 夏目漱石有一種敏銳的目光把握人性，……不得不承認作者寫出了人性的深度，寫出了把靈魂撕成兩半的那種對話。實際上，古今中外那些涉及懺悔主題的作品，都有《心》的特點，通過靈魂對話去表現懺悔的主題。[1]

諾貝爾文學獎獲得者伯爾（Heinrich Böll, 1917–1985）的中篇小說《列車正點到達》，反映的是戰爭責任與良知的衝突，小說思想的深刻性，不是利用戰爭製造曲折情節，而在於作者對處在戰爭狀態下的人性有深刻的理解。德軍士兵安德烈亞斯在德國已經全綫崩潰的戰爭尾聲被派往前綫，在軍列上，他回顧年輕的生命過程，在地圖上指出自己將會喪命之處，內心充滿對這趟死亡之旅的糾結。最後一夜，火車停在波蘭小鎮倫貝格，安德烈亞斯與同伴到一家妓院過夜。他二十四歲的生命裏沒有愛過一個女人，也沒有被女人愛過，他決心不能虛度這生命的最後時刻，他要祈禱，要懺悔。妓院是抵抗戰士的地下據點，妓女奧麗娜是曾經受過德軍踐踏的地下抵抗戰士，她借出賣肉體的機會刺探德軍的情報，設法讓安德烈亞斯這樣的敵人去送死。安德烈亞斯對此毫不知情，卻在大廳裏彈鋼琴時與奧麗娜一見如故，真誠地向她懺悔自己的過去，講述自己對戰爭和目前處境的感受。奧麗娜被他的真誠所打動，也向他傾訴了自己的秘密。他們倆同年同月出生，都喜愛音樂、痛恨戰爭，他們的內心都發生了劇烈的衝突，懺悔他們過去在生命中曾經逃避的責任。安德烈亞斯為新的生活希望所鼓舞，計劃和奧麗娜一起逃往喀爾巴阡山區。然而，當他們乘著將軍的汽車逃跑時，遭到游擊隊的追

1　劉再復、林崗：《罪與文學》，北京：中信出版社，2011 年，第 107 頁。

擊，汽車被炮彈擊中，死亡如期而至。

在這篇小說中，戰爭只是一個大背景，作品的重心是探討宏大戰爭背景下小人物的命運及其靈魂衝突。事件的發展改變了人物的命運，人物的選擇扭轉了事件的方向。安德烈亞斯是戰爭的工具，也是戰爭的犧牲品，他帶著被戰爭死神扼住喉嚨的絕望心理開赴前綫，面對無可把握的命運，他即將從一個戰爭的工具變成戰爭的犧牲品。他在生命的最後時段裏遇到了奧麗娜，因為愛產生了希望，他們一起祈禱、懺悔，為那些即將贏得戰爭的人祝福。在令人窒息的死亡氛圍中，兩位主角的複雜心理活動及因愛而產生的希望，反襯出戰爭的嚴峻和慘烈，展現了安德烈亞斯在生命的最後五天中"向死而生"的心路歷程。小說的長處，不僅僅是寫出了安德烈亞斯在死亡之旅過程中複雜、絕望、無可奈何的心理，而且寫出對人與戰爭的關係、對戰爭扭曲的人性，以及對人的生命責任的反省。《罪與文學》的作者以為，這正是《列車正點到達》的境界高於一般戰爭題材作品之處：通常描寫戰爭災難的作品，其價值判斷是二元對立的，善惡二元對立的觀念在一個形式責任分明的法理世界是合理的，但文學單純以善惡二元對立觀念整合敘事，就使得良知麻木，無法深刻動人。這個中篇不同凡響之處，是打破了善惡二元對立的概念，站在人類良知的立場上思考戰爭的責任問題，讓每一個普通人都捫心自問，自己對這場戰爭是不是負有責任。其次，從文學的角度說，越是有價值的生命的毀滅，便越能產生悲劇性，悲劇的美學意義建立在人性的高貴和命運不可逆轉地毀滅的基礎上，年輕生命在坦誠的靈魂自審過程中散發出生命的光彩，最終卻被戰爭之手毀滅，作品因此獲得了震撼人心的悲劇力量。小說通過主人公的懺悔發出了心靈的雙音，既是對戰爭的沉痛譴責，譴責戰爭造成了成千上萬普通人的災難；同時又深深自省，作為戰爭的犧牲者，他們被戰爭拖入火坑，又把其他無辜者拖了進來，"我這才恍然大悟，我們害的也只是些無辜的人……僅僅是一些無辜的人"。《罪與文學》的作者總結說："《列車正點到達》比一般描寫戰爭的小說要深刻，就在於作者對戰爭的人性根源有深刻的體驗。作者能夠在對話中展示戰爭的責任，比別人具有更廣闊的視野。"[1]

1　劉再復、林崗：《罪與文學》，北京：中信出版社，2011 年，第 119 頁。

心靈的複調雙音在陀思妥耶夫斯基的小說中，得到了天然鮮活的表達，兩種甚至多種聲音從同一個靈魂深處發出，相互爭吵辯駁，為自己尋找成立的理由，無法說服對方，難以獲得共識，由此展示靈魂的掙扎、呼號與分裂，呈現人性最深層隱秘複雜的一面。在陀思妥耶夫斯基的《罪與罰》中，充滿不同靈魂的對質和同一靈魂深處不同聲音的爭辯，由此一層層清晰地展示了主人公撕裂的靈魂。大學生拉斯柯爾尼科夫殺死了一個放高利貸的老婦人，以自己的原則抗議社會的貧富不公。圍繞拉斯柯爾尼科夫的殺人，有三種發自不同靈魂的聲音相互對話，第一種是法官為維護現存秩序而要求殺人者承擔法律責任，第二種是殺人者本人的聲音，質疑現存制度和法律的正義性，第三種是索尼亞的聲音，代表良知的呼喚。當殺人者面臨法律的審判與索尼亞的質問時，他分裂為兩個人，他認為法律只能定他形式上的罪，他在現存社會制度面前無罪。在索尼亞面前，他心甘情願地承認自己是一個罪人，他必須為救贖而經受苦難，在苦難中檢驗自己的信仰，沒有重重的人生苦難，救贖毫無意義。陀思妥耶夫斯基不愧為複調小說的大師，在他筆下所展示的靈魂對話，具有強烈辯論和爭議的色彩。三種聲音相互對話，相互衝突，各有自己的理由和根據，每一種聲音都謀求說服對手，由此顯示出靈魂自審的艱難與深刻，這是陀思妥耶夫斯基比一般作家更高明之處。他筆下的靈魂對話與夏目漱石和伯爾有很大的區別，在夏目漱石和伯爾小說裏，違反道德的動機與自我懺悔之間關係明晰，主角的覺悟與變化軌跡明顯，而陀思妥耶夫斯基的小說裏，即使主人公的認識有所變化，也不意味著他放棄原先的立場，他只是在特定範圍裏認同這個立場，而在另一個範圍裏還保持原來的立場，拉斯柯爾尼科夫即使在索尼亞面前心悅誠服地服罪時，也沒有對現存法律和制度完全折服。因此，陀思妥耶夫斯基的小說被巴赫金稱作"複調小說"，"陀思妥耶夫斯基小說裏所表現的靈魂的對話，正如巴赫金所說，是一種未完成的對話，小說中的角色也就成了某種思想的形象，他們本著獨特思想與別人辯論、交鋒。因此在他的小說裏，對話無處不在，一目了然"。[1]

　　複調小說是蘇聯學者巴赫金創設的文學概念。複調本是音樂術語，即複音音樂，指歐洲 15 世紀在教堂音樂基礎上形成的一種"多聲部音樂"。僧侶唱詩

1　劉再復、林崗：《罪與文學》，北京：中信出版社，2011 年，第 120 頁。

班唱頌歌時在不同的聲部吟唱不同的旋律，通過技術性處理，將兩個、三個或者四個在藝術上有同等意義的各自獨立的旋律疊置複合，協調地進行，各聲部的節奏、力度、高潮、終止及旋律起伏各有其獨立性，沒有主旋律和伴聲之分，同時，各聲部之間又形成彼此呼應的和聲關係。巴赫金借用這一術語，來形容陀思妥耶夫斯基小說敘事的美學特徵，以區別"那種基本上屬獨白型（單旋律）的已經定型的歐洲小說模式"。所謂已經定型的"獨白型"小說特徵，就是依照作者的意志，讓眾多人物性格在特定背景環境下，按各自命運的發展形成相互衝突或關聯的關係，構成一個統一完整的藝術世界。在此類作品中，作為藝術主體的人物，是作者意識和意志的客體；體現人物衝突的事件，具有附屬於客體的性質，純粹為客體形象的成立而展開。作品主人公和其他人物發出具有各自性格特徵的聲音，但這些聲音都經過了作者意志的"過濾"，只能讓不同的性格和情節圍繞一個基調活動，它們不能形成各自的獨立聲部，聽起來就像是以作者意志這個聲部為主旋律配以多種和聲的合唱。在這類小說中，主人公的意志本質上統一於作者的意識，而不是一個真正意義的獨立藝術主體。

巴赫金在《陀思妥耶夫斯基詩學諸問題》（生活・讀書・新知三聯書店，1988年）一書中，概括了陀思妥耶夫斯基複調小說的藝術特徵，"在於他把個性看作是別人的個性、他人的個性，並能客觀地藝術地發現它、表現它，不把它變成抒情性的，不把自己的聲音同它融合到一起，同時又不把它降低為具體的心理現實"，而是讓他的主人公們各自以自己獨立且相互"等價"的聲音參與"對話"。複調小說中，不論是敘述者還是不同人物，形式上是按自己的獨立意志和聲音參與對話，誰也不能壓倒他人的聲音，甚至作者的聲音，也只是構成了複調的一個聲部。作者是一個高明的魔術師，從形式上看，作者放棄全知全能的立場，把自己擺到一個傾聽者或平等參與者的位置，讓書中的人物成為可以自由言說的個體，眾多個體的言說，匯成一個獨立的話語世界。實際上，所有對話者的訴說仍然是作者的聲音，它們可能傳遞作者本人分裂的思想或意識，也可能是作者有意安排於作品中與作者並立或是相反的聲音，這種具有原創性的對話形式，是作者按"真實"這一藝術原則完成的創造物。陀思妥耶夫斯基小說的美學價值在於，其故事敘事和對話的複調結構，體現了作者的美學觀念，就是在逼真的情境中創造各具獨立品格的藝術生命，以此顯示人與人之間的關係只能是平等的對話關係。這個創作理念賦予所有作品人物都有自己的藝術主體性，可以在小說的藝術空間裏相互對詰，甚至與作者平起平坐，平等對話。對詰互審的平等對話形式，產生一種強烈的美學效果：讀者可以從中看到近乎存在本相的生命真實。因此，複調小說不僅是一種小說創作技巧，更是小說創作理念的革命，是文學理念從傳統向"現代"過渡的一個重大突破，對現代派的意識流、接受美學乃至後現代派的解構主義都有深刻影響。

《罪與文學》的作者把複調小說敘事中的平等對話關係凝縮為"靈魂的對話"，不僅緊扣複調小說的核心理論，而且藉助對"靈魂的對話"這一小說表現技巧的分析，表明這種對話可以更為客觀地再現個體靈魂的複雜狀態，構成心靈內宇宙的多重衝突，揭示深層人性。他們從以下三個方面闡發了複調小說理論的美學價值，以及心靈在構建文學審美形式及其內涵方面的本體作用。第一，他們從小說審美形式的創新性特點入手，把寫作技術的分析轉為對寫作理念的闡釋，由此揭示靈魂的對話在呈現真實心靈狀態方面無可代替的作用。複調小說的敘事方式，含有複調音樂的四要素：多聲部、主體性、對話性和對比性，這四個因素在平等對話過程中具有各自不同的職能。多聲部起著整個對話的結構性作用，使各種聲音在同一作品的不同場合或位置獨立發聲；主體性賦予每一種音調以獨立主體的性質存在，而不是變成另一個音調的和聲；對話性讓不同聲調之間構成適當衝突並達到適當的和諧；對比性則重在突出複調演奏過程中不同聲部的個性特徵。《罪與文學》的作者在解讀陀思妥耶夫斯基的作品時，沒有局限於對這些技巧作具體分析，而是凝神聆聽多聲部的靈魂對話，體悟這些對話對呈現複雜人性方面的美學價值。複調中的多聲部同時發聲，代表不同的靈魂或是同一靈魂中不同角色之間的相互勸解、對詰、抗辯、衝突、難以妥協，"不同聲音之間的對話不等於被說服，每一種聲音都謀求說服對方，但謀求說服實際上又是不可說服，這才是對話的本質"[1]。

第二，《罪與文學》的作者的分析重心，不在闡釋複調敘事理論，而是重在

1　劉再復、林崗：《罪與文學》，北京：中信出版社，2011 年，第 125 頁。

呈現靈魂衝突，特別是靈魂衝突的無解，以此呈現深層人性。他們所討論的作品《罪與罰》，故事情節不複雜，一起大學生殺害放高利貸的老婦人的案子，主綫是殺人、偵破，主人公從拒不認罪到認罪。故事在舊俄時代社會背景上展開，快速推進，沒有太多的懸念，由大學生拉斯科爾尼科夫內心衝突為中心構成的心靈複調，帶有俄羅斯文學敘寫繁複冗長的特徵。《罪與文學》的作者抓住的是大學生、法官、索尼亞三種心靈聲音的互詰，以及大學生靈魂內部的相互抗辯，由此凸顯了陀思妥耶夫斯基小說特有的思想力量。他書寫的是俄羅斯人的深重苦難，但他並不渲染苦難，放棄苦難的細節描寫，苦難只是從人物的自身感受中傳達出來，"因為作者意識到，現實主義式的關注細節和詳細描寫，會破壞其中的宗教性含義。對於讀者來說，僅僅知道他們在苦難中就已經足夠了，至於什麼樣的苦難則沒有追問的必要。讀者需要體會和琢磨的，是人物對於苦難的反應和態度"。靈魂的對話與抗辯，最終目的，不是再現社會的貧富不公與是非顛倒，而是展現受難者面對良知的態度。人在苦難中理解上帝，苦難喚醒良知，苦難被理解為領悟上帝並通向至善的唯一道路，經歷苦難而確信良知，成為信仰賦予的使命。這是陀思妥耶夫斯基的傾向，但他不作是非判斷。沒有結論，人性中的種種善惡因素才有相互辯詰的理由，才能通過反復持久的相互對抗，展現一個完整的靈魂。

第三，《罪與文學》的作者強調，靈魂對話的思想力度，不在對社會的直接批判，而在闡明文學的超越立場並且借文學審美引起的超越性思考喚醒讀者的良知。直接的社會批判，重在譴責人所共知的社會不公與黑白不分，其結果是把苦難的發生歸咎於"替罪羊"，或是引導讀者尋找某隻"替罪羊"。這種書寫模式，只能暴露作家情感世界的膚淺，對文學性質理解的膚淺，以及對人性認識的膚淺。"文學對責任問題就要採取超越的態度，站在超越的立場看待責任問題。否則，所謂文學的社會批判，就只有指責意義而沒有喚起良知的意義。"[1] 正由於文學對責任問題採取了超越的態度，才能意識到共負原則下個體的道德責任，才能讓人在關注歷史社會災難的同時，關注自己的靈魂，從迴避責任與推卸責任的沉迷中驚醒過來，找回失落的良知。

1　劉再復、林崗：《罪與文學》，北京：中信出版社，2011年，第128頁。

四

敬畏生命的神性

　　敬畏，是文學心靈本體思想的一個重要理念。生命有敬畏，心靈的活動才可以保持向善、向上、向著純粹的方向；文學有敬畏，才可以發人深省，給人以啟迪，光照精神世界深處。敬畏什麼？不是敬畏作為偶像的神，而是生命的神性。什麼是生命的神性？劉再復曾經這樣解釋：

> "我們今天只能說，複雜紛繁的人性至少包括動物性、人性和神性，即人性可以下墜為動物性，也可上升為神性，心靈則是人性與神性組合的精神存在，它以駕馭並導引人性來拒絕動物性。……心靈不屬本我，它不是本能，而是理性的'自我'與神性的'超我'結合的精神存在。也就是說，我們所講的心靈，既不是肉身意義的心臟，也不是超肉身的神靈，而是存在於我們身內又導引肉身提升的靈魂性存在。"[1]

　　生命的神性，具有敬畏神秘未解的生命現象與宇宙現象的超驗性質，在陀思妥耶夫斯基小說中體現為苦難生命所憧憬的宗教之光。劉再復強調文學應當敬畏這種帶有超驗色彩的生命的神性，但他的理論闡述，更為珍視的是現實人性所具有的神性，是人所追求的超我的精神存在。這個理解，與文學追求超越、表現心靈內宇宙無限豐富性的方向同一合一，為文學的審美突破現實層面的維度，在思考、想像、情感諸方面對精神領域作無盡的探索提供了理論依據。

　　生命具有神性，源自基督教教義。基督教認為人性中包含了動物性，即性欲和基本生理需要；還有靈的因素，即上帝創造人時賦予人的神性生命因素。在亞

1　劉再復：《什麼是文學：文學常識二十二講》，香港：三聯書店（香港）有限公司，2015年，第84頁。

當犯罪以前，人性是完美的。亞當墮落以後，動物性膨脹，人性被罪所敗壞和捆綁，神性被罪遮蔽。《新約‧加拉太書》說，聖靈所結的九種果子，就是"仁愛、喜樂、和平、忍耐、恩慈、良善、信實、溫柔、節制"。這就是上帝賜予人的神性。人在墮落以後，產生崇拜偶像、行邪術、異端、姦淫、忌恨、結黨、紛爭等本能欲望，就是動物性的原罪。罪與生俱來，靠人的力量無法勝過，只有堅信和依靠神啟的生命神性，才能消除罪欲，淨化人性。

宗教關於神性的教義無法證實，也無法證偽。從歷史的角度看宗教教義，說人性和神性不能截然分開，或許有道理。耶穌是凡人瑪麗亞所生，被殺而死，因此是人。《聖經》說耶穌的父親是上帝，耶穌死後七日復生，應當是神。基督教無法確認耶穌到底是神還是人，只能含糊其辭地說"三位一體"，挑明了，就是神人合一。佛教對神的概念更含糊，印、藏佛教中有鬼神世界，大梵天、濕婆是神，金剛、護法諸神負責降鬼護法，但佛教沒有一個眾神之神。漢傳佛教講涅槃、有生滅法，以悟為佛，只承認佛和佛祖，實際是無神論。佛教認釋迦牟尼為佛祖，實際不是神而是境界在神之上的人，即得道之人。宗教源自原始神話，神話中當然有神，但神怎樣才能作用於人？先民最初的經驗是創造眾神，藉助對神的信仰限制和規範人的行為，又讓神在需要時顯靈，給人以救助。但神、人畢竟相隔，神直接顯靈干涉人間事務有諸多不便，原始部落酋長便藉助向部眾闡釋神跡的方式發明了巫術，自己兼任巫師或派遣專職巫師，擔當溝通天、地、人的中介，成為一個方便法門。北美印第安人、南太平洋波利尼西亞人原始部落中都有專職巫師或酋長兼任巫師，部落每遇大事，由巫師向神禱告，施行巫術，預測凶吉。中國神話中黃、炎二帝，也是大酋長兼巫師，所以黃帝能封禪祭天、制定曆法、以神蓍推算。巫師，既能呼風喚雨與天地通，又生活於部落民間，向同胞傳遞神的聲音，於是，巫師一身兼具神性和人性。基督教和佛教這兩大宗教，對原始宗教最大的繼承和保留，就是把古代大巫師的職能專業化、純粹化，創造出一個兼具神人性質的神人之間的人物：耶穌或是佛祖，附著於他們身上的神跡以及他們超人的資質，便成為信徒所認知的神性。對於非信徒的眾生來說，他們所崇敬的神性，則來自對生命神奇性質的敬畏和心靈向善的信仰，這與宗教信徒對耶穌、佛祖聖賢神性品格的崇拜，具有相似性質。

中國古代文化傳統包含原始宗教的因素，經歷文明的洗禮，將原始時代的神人中介進化為聖人的形象，使之肩負神傳使命。三皇五帝、商湯、文王、周公、老子、孔子，留下不同的事跡，類似神傳文化，即以文化形式承載和傳遞聖人的囑託與意圖，保留了傳統中神性的一面。文化的作用，是為人找回迷失的本性，洗去靈魂中的塵埃，維護生命的尊嚴。但古代神傳文化在延續過程中，內在神性因素不斷減弱，外在的神性形式卻不斷世俗化、迷信化，出現天堂地獄的構想與因果報應觀念。原始宗教神話的世俗化和迷信化，讓信仰變成迷信，閹割了人性中的神性。西方現代大宗教取代原始宗教，不僅是把原始宗教的巫術儀式發展成涵容現代文明精神的宗教儀規，而且保留和昇華了原始宗教敬畏的神性。以神性抑制原罪，是宗教對人類精神文明進步的最大貢獻，其重要性超過對愛的宣揚。傳播愛，是外在的社會教化行為；抑制原罪，則讓神性在心中生根，罪欲難以發芽生長，使向善和敬畏成為個體生命自覺奉行的道德律。李澤厚強調，中西文化之間有一個最大的區別，中國是一個世界的文化（只有人的世界、現世世界、此岸世界），而西方則是兩個世界的文化（人世界與神世界，此岸世界和彼岸世界）。"這種大文化基點，影響到人對世界對社會對個人的認識。使人產生敬畏、產生謙卑，在此種文化下，毫無敬畏之心的流氓、痞子、潑皮等比較難以生長，人而有信，不敢胡來，因為有一種超人間的偉大眼睛時時看著。美國就靠這種宗教精神（新教倫理）支撐著。西方宗教使個人產生敬畏之心和謙卑之心，這是宗教特殊的重大的也是很積極的作用。"[1]

生命的神性，體現為生命現象中蘊藏的無可窮盡的生命奧秘、體現為生命的無限豐富性和超越性，體現為生命的尊嚴高貴以及人為了維護這尊嚴高貴而勇敢面對磨難和犧牲。生命現象是一個不斷體驗、探索、創造和超越的過程，個體生命活動只是這個永不止息的自然過程中的一瞬。對於個體生命來說，參與人類的生命活動過程，可能會享受世界的豐富多彩，也可能經受非人的磨難；人性的高貴，就在於人為了探索生命的奧秘和維護生命的尊嚴而坦然接受命運的賜予，在磨難中創造價值、追求超越。個體生命的積極參與，生成無數生命細胞裂變和新

1　敘述者劉再復、訪問者吳小攀：《走向人生深處》，北京：中信出版社，2011 年，第 106 頁。

的生命奧秘，無數個體生命的誕生、成長、經歷磨難與艱難探索，構成人類無止境地追求超越的生命長河。敬畏生命的神性，是一個真誠的作家應有的態度，也是作品獲得深厚精神內涵的關鍵因素。高行健說："生命是個讓人永遠迷惑而解不開的謎，越深究越不可解，越豐富、越任性，越不可捉摸。上帝在生命之中而不在生命之外，主體不在別處，而在這自我。生命的意義，與其說在這謎底，不如說在於對這一存在的認知。"[1] 作家不是先知，無法解釋生命之謎，作家的職業專長，是以睿智的目光觀察和發現生命之謎的種種現象，以藝術的形式將迷人的未知世界展示給讀者；探究謎底，憑讀者自己的興趣，作家藝術家永遠不要越俎代庖。劉再復以懺悔與良知為其生命的倫理和文學的倫理，懺悔以敬畏為發端，有敬畏才能有懺悔，才可能產生良知，才可能產生文學對精神超越的不懈追求；他的論述，浸透一個天才作家的悲憫情懷和思想者洞察人生的大智慧，他所倡導的文學的神性，主要體現在以下幾個方面。

對既往文學經驗的檢討，使《罪與文學》的作者認識到，忽略生命中的神性，是中國文學的根本性缺失之一。因為忽略生命的神性，導致現代文學整體上只能與現實世界對話，只能從世俗視角審視社會人生，作家的思想空間和文學內涵就只剩下"國家、社會、歷史"的內容，文學變成單維文學，缺乏幾種非常重要的維度：

1. 缺乏與"存在自身"對話的維度，即叩問人類存在意義的本體維度；

2. 缺乏與"神"對話的維度，即叩問宗教以及與之相關的超驗世界的本真維度；

3. 缺乏與"自然"（包括人性內在自然與物性外自然）對話的維度，即叩問生命野性的本然維度。

因為上述三維度的薄弱，因此形成中國現代文學的兩個大的局限：缺乏想像力和形而上的品格。[2]

---

1 高行健：《沒有主義》，第 84 頁，見劉再復、林崗：《罪與文學》，北京：中信出版社，2011 年，第 437 頁。

2 劉再復、林崗：《罪與文學》，北京：中信出版社，2011 年，第 244 頁。

《罪與文學》的作者在批評中國文學缺失上述三重維度的同時，探討了現、當代作家在展示不同審美之維方面的嘗試經驗，他們的批評，為文學向超越的方向拓展審美之維提供了極具參考價值的真知睿識。有一些現代作家的作品，注意到文學叩問人的存在意義這一維度，抓住這一維度，文學可以更深刻地揭示個體的靈魂衝突與心靈困境。在這方面，張愛玲的小說，"對人生的無情懷疑和對存在意義的尖銳叩問，真是激動人心"。她發現了人性的一種悲劇性怪圈：人為了擺脫物質荒野而創造文明，但被文明刺激出來的欲望又使人走向荒野，人不僅是世界的人質，也是自身欲望的人質。"張愛玲的作品具有很濃厚的悲蒼感，而蒼涼感的內涵又很獨特，這就是對於文明與人性的絕對悲觀。"[1] 三十年代現代派詩人如戴望舒、卞之琳等人，詩作中具有荒原意識，充滿對現實人生的焦慮和批判，但尚未進入到對人類整體生存狀態的形而上反思，後來的現代派詩人如穆旦和五六十年代在台灣崛起的一群詩人，在反觀人的存在意義上顯然前進了一步，其詩的形而上品格也表現得更為精彩。在叩問存在的意義、展示二十世紀中國知識分子孤獨感的特殊內涵方面，最深刻最成功的是魯迅。他的小說《孤獨者》佈滿懷疑的氛圍，它在叩問：中國文化先驅者戰鬥的意義何在？《過客》更是中國現代文學中極為少見的叩問存在意義的篇章。魯迅的叩問並不停留在對人生無意義的慨嘆，他偏要在"無"中找出"有"來，哪怕是潛在的有，也要把它激發出來，這是比存在主義更積極、更不屈不撓的精神。[2]

關於中國文學中"叩問超驗世界"的本真維度，《罪與文學》的作者告訴我們，傳統的天人合一觀念，使人覺得可以接近神甚至成為神，導致古代文學中雖然有鬼神形象，但缺少神秘體驗。現代文學革命高舉"科學"大旗，批判宗教迷信，雖然沒有否定基督教，但缺少對基督教根本精神的重視。許地山是現代文學史上最具宗教情懷的作家，他把基督教和佛教的慈悲精神推向極致，從而形成"接受命運、寬恕一切的特別宗教情懷"，但他的作品中寬恕理念趨於極端，混淆了是非邊界與道德邊界。豐子愷的作品充滿童心和佛心，關愛孩子，關懷生

1 劉再復、林崗：《罪與文學》，北京：中信出版社，2011 年，第 251 頁。
2 劉再復、林崗：《罪與文學》，北京：中信出版社，2011 年，第 248–252 頁。

命，但他只追求和諧，不求深刻。可喜的是，對超驗生命現象的思考以及與宗教情懷相應的懺悔意識、救贖意識，重現在二十世紀末的當代中國文學作品中。最早問世的是禮平的中篇小說《當晚霞消失的時候》，小說寫國、共兩個高級將領的後代李淮平和南珊在特定歷史背景下戀愛失敗，李淮平登上泰山，對著晚霞落日思考生命的意義，心靈向神靠近。此後，余華、殘雪、莫言、韓少功、閻連科等一代作家，從不同視角把超驗之維重新帶入文學，他們的作品從情節到語言充滿神秘，寫出對命運的深切感受，叩問冥冥間神秘的力量，開拓了小說寫作的廣闊想像空間。其中一篇極為成功的作品，是史鐵生的散文《我與地壇》。這篇不長的散文，浸泡著地壇四百年的歷史積澱和作家殘疾後 15 年中面對地壇的沉思，在這個靈魂與歷史、心靈與現實的對詰過程中，作家參詳生死的意義和今後的人生道路。年紀輕輕的，他癱瘓了，他不能死，死就對不起愛他救他的母親。母親每天目送殘疾的兒子搖著輪椅拐出小院，若干年後，他才理解母親的心裏有多苦，“不知道兒子的不幸在母親那兒總是要加倍的”。作家不僅寫母親和自己，還寫園子中遇到的其他人，一對可能出身名門望族的夫妻，同樣在園子裏走了 15 年，妻子“向四周觀望似總含著恐懼”，讓人想起冉·阿讓和柯賽特。作家與這對夫妻沒有對話，幾筆素描，勾勒出老夫婦守持人性尊嚴的靈魂狀態。一個曾經因言獲罪入獄的長跑家，為了重新獲得別人的尊重而堅持參加長跑訓練和比賽，卻時運不濟，出人頭地無日，便和“我”在園子裏呆到天黑，開懷痛罵，罵完後沉默著回家。一個漂亮而弱智的小姑娘，常來園子裏，只有在哥哥的保護下才能免受欺侮。作者不由地捫心自問：“一切不幸的命運的救贖之路在哪裏呢？”作家經歷足夠多的生命苦難，但沒有宣洩對苦難的感受，他只是平靜地講述他的觀察和他的思考，向讀者敞開樂觀、沉思和充滿大愛的心靈世界。

《罪與文學》的作者稱讚中國古代文學具有自身特色的自然維度，從《山海經》、莊子到陶淵明和蘇東坡，各自的成就不言自明，但現代文學史上，文學對於叩問自然之維、即宇宙自然與人的內自然的描寫，相當薄弱。郁達夫的小說突破了意識層面，進入人的潛意識、尤其是性意識領域，展示出掩藏在生活表層之後生命的另一種狀態，但作品中摻雜著誇張的家國情緒，削弱了作品的藝術品性。郭沫若的《女神》放聲謳歌莊子、斯賓諾莎和加皮爾等泛神論者，發出破壞與創造的呼號，但未能繼承莊子超越形質、超越塵世的美學精神，最後由創造發展到破壞，丟棄了藝術精神，當文學淪為政治的工具之後，作家就完全喪失了寄情山水的自由。郭小川的《望星空》是那個時代難得的佳作，被關鋒定性為"望星空的思想，是不折不扣的虛無主義、主觀唯心主義"。[1] 直到八十年代中期，中國作家才重新舉起生命的圖騰，高行健、張賢亮、王安憶、張承志、賈平凹、莫言、李銳等人在作品中呼喚、謳歌自然生命，宏揚自由精神。張賢亮的《男人的一半是女人》、《綠化樹》形象地詮釋了一個隱喻：政治迫害幾乎閹割了男人的性能力，不僅扭曲人的社會性而且毀滅人的自然性，然而，受迫害者遇到了象徵野性自然生命的女性的救助，天地交合，生命才得以像綠化樹一樣在荒漠上頑強生存。莫言的小說則一掃張賢亮作品中的壓抑和畏縮情緒，讓自然生命發出驚天動地的呼喊，來一次熱血噴湧的爆發，充滿男性象徵的文學意象在張賢亮小說中枯萎了，但在莫言的小說裏復活了，爆炸了，發出了自然生命的野性呼喚，標誌中國小說中自然維度的真正形成。[2]

劉再復強調敬畏生命中的神性，本質上是恪守對生命現象的虔敬和追求精神的超越，既有"佛在心中"的宗教情懷，更多的是以終極關懷為旨歸的心靈情感，以此獲得心靈的不斷淨化與昇華。宗教聚焦於天人之間的關係，教義中包含極多有關生命和宇宙中的超驗現象，現代哲學和科學都無法解釋。許多傑出的哲學家與科學家與其說是信仰宗教，毋寧說是敬畏宇宙和生命的神性。劉再復說，康德不皈依上帝，"但把上帝視為一種情感，一種心靈，這是偉大的見解"。他仿照康德的二律背反模式提出一組命題，正題：上帝存在，把上帝視為一種情感，一種心靈；反題：上帝不存在，無法用邏輯、用經驗和眼睛證明上帝的存在；"這兩個相反的命題都符合充分理由律"。[3] 這組二律背反命題的設立，導引出一個結論，上帝的存在，既不可證實，也不可證偽，因此，人需要敬畏生

1 　關鋒：《莊子內篇譯解和批判》，第 310 頁。引自劉再復、林崗：《罪與文學》，北京：中信出版社，2011 年，第 278 頁。

2 　劉再復、林崗：《罪與文學》，北京：中信出版社，2011 年，第 295 頁。

3 　劉再復：《什麼是人生：關於人生倫理的十堂課》，香港：三聯書店（香港）有限公司，2017 年，第 35 頁。

命的神性。敬畏生命的神性，在劉再復的文學心靈本體思想建構中，核心是珍視和昇華人性中的神性，具體化為以下幾個要點：一、尊重未知的生命現象，重點不在深究謎底，而在對生命中神秘現象存在狀態的承認；二、執著於靈魂至善可以通向和抵近神性，通過放逐心上原先供奉的世俗神物獲得心靈的淨化；三、回歸佛心、童心、平常心，確立良知觀念，給予個體靈魂以終極關懷，實現生命的超越。

劉再復強調敬畏生命的神性，目的不在神而在人，在於通過開掘心靈對宇宙生命神秘現象思考的新渠道而呼喚人性，確立人的尊嚴。所以，他所談的敬畏與神性，本質上是倡導人性的純粹性、心靈的純潔性和精神的超越性。出於敬畏之心，才能更深刻地了解人性的高貴與脆弱，認識人性的豐富與複雜。不能了解人，就不能了解神。明白了神，又通過神來反觀"人"自身，從而明白人的無知渺小。出發點和歸宿點都是"人"。[1] 敬畏生命的神性，才能對文學保持敬畏。200 多年來，能夠把對文學的敬畏完全融化在生命、血液中的中國作家，除了曹雪芹，就是劉再復。敬畏生命和文學的神性，才能明白文學的最高使命，是維護生命的美麗和高貴，讓人自覺遠離罪惡，與一切卑鄙切割，保持靈魂的純潔；才能在不同的人生體驗中獲得對超驗現象的領悟，對生命意義的理解，以深切的生命體驗孕育文學的神性。

1　敘述者劉再復、訪問者吳小攀：《走向人生深處》，北京：中信出版社，2011 年，第 190 頁。

五

無相懺悔和良知責任

《罪與文學》的作者通過對宗教懺悔與一般懺悔情感的分析，確認懺悔是對個體良知責任的體認，良知的性質具有無限性，是人的心靈本體屬性。"人類本體性的良知所遵從的信念只有一個：人類的命運是密切相聯繫的，我們必須對共同的命運負責，這種信念是無所不在的、至高無上的召喚，是人類行為具有道德價值的源泉。"[1]

確認良知的心靈本體屬性，體現《罪與文學》的作者對禪宗無相懺悔的深刻認知，劉再復在《罪與文學》的簡體字版序言中說，"我們曾想補寫一章'禪宗的無相懺悔'，可惜兩人都忙於其他課題，未能完成，……禪的'無相懺悔'，不設上帝前提，也不要求懺悔主體就範某種預設的精神原則，乃是一種自悟、自明、自渡，這種東方智慧很了不得"。[2]

什麼是"無相懺悔"？慧能在韶州大梵寺對信眾說法：

> 今既發四弘誓願訖，與善知識授無相懺悔，滅三世罪障。大師言：善知識！前念、後念及今念，念念不被愚迷染。從前惡行一時除，自性若除即是懺悔；前念後念及今念，念念不被愚癡染，除卻從前矯誑心，永斷名為自性懺。前念、後念及今念，念念不被疽疾染，除卻從前嫉妒心，自性若除即是懺（已上三唱）。善知識！何名懺悔？懺者終身不作，悔者知於前非。惡業恆不離心，諸佛前口說無益，我此法門中，永斷不作，名為懺悔。（《六祖壇經敦煌本》）

1　劉再復、林崗：《罪與文學》，北京：中信出版社，2011 年，第 159 頁。

2　劉再復、林崗：《罪與文學·中文簡體版序》，北京：中信出版社，2011 年，第 V 頁。

慧能的這段說法，說明了無相懺悔的基本特徵：一是出自心靈的純粹性，自性若除即是懺悔，直透心源是問題的根本。二是時空觀的完整性，確立正念需要觀照前念、今念及後念，將懺悔範圍擴展到過去、現在和未來。三是自我選擇的獨立性，無相為宗，不受任何外界因素左右，只從自己心念入手去除煩惱，恢復清淨自性。四是自性懺悔的徹底性，永斷不作，才是真懺悔。

為闡明良知的心靈本體屬性，《罪與文學》的作者還論述和證明了康德的有限法律責任和無限道德責任的理論。康德在其著作《道德形而上學原理》中討論了不同義務的分類，把人的權利義務歸類為全然義務（perfect duty），把德性義務歸類為不全然義務（imperfect duty），"義務愈寬廣，人之義務行為愈不全然"。[1]《罪與文學》用"合法性"與"道德性"兩個概念闡釋這兩個義務的異同，它們都要求人嚴守社會規範，但"合法性"要求行為符合義務，"道德性"則要求行為出於義務；法律的要求是外在的，道德的要求則是內在的。法律的制定，建立在假設人性惡的前提下，即人因為趨利可能會作惡，作惡就會受到法律制裁，人為了避免受罰就必須自覺守法。所以，法學家耶林內克（George Jellinek, 1851–1911）說，"法律是最低限度的道德"。[2]康德從倫理學的角度討論法律與道德的關係並提出了衡量善的基本標準："某一行動具有道德價值，且僅當該行動是出於義務而作出的。"[3]也就是說，人的行為僅符合義務，不一定是真正的善，譬如商人嚴守童叟無欺的經營原則，其目的在贏利，雖然符合責任與誠實的義務標準，但不能算是行善。行為只有出於義務，才是真正的善，一個人看見別人落水，不論自己會不會游泳，不假思索，立即跳入水中施救，這是出於義務——服從心中的道德律令施行救人的義務，便是善。《罪與文學》從正反兩方面論證了善的實現的可能性：道德必須是實踐的、行為的善，完全由行為主體的善的意志決定。人可以選擇放棄道德責任，從內心的道德責任重負下解放出來，但解放的結果，卻是人的行為會由自然欲望的必然性所決定，人將成為自然欲望的奴隸。人也可以選擇承擔道德責任，以強大的內心力量突破外部影響的控制，

1　香港《哲學》，2017 年 5 月 4 日，在線閱讀。

2　轉引自邱怡嘉：《法律是最低限度的道德？》，《法理學》，2016 年 6 月 7 日。

3　引自鄧曉芒：《〈道德形而上學基礎〉第 1 章中三條原理的分析》，《哲學分析》2010 年第 2 期。

自覺承受這種選擇帶來的結果。出於義務而承擔道德責任，是讓理智和良知照亮內心，建立這樣一個心靈基礎，讓主體永遠努力按良知召喚做事，讓生命成為一個永不止息的努力，自由選擇的價值，是對道德責任的承擔，也就是對無限責任的承擔。[1]

《罪與文學》討論了道德責任承擔的客觀現實依據。按照康德的說法，人的選擇可以成為普遍規律，這個選擇不僅適合自己，也適合於所有的人。因為道德的存在首先標明一個事實："任何一個社會成員的活動、處境和利益都是和他人息息相關的，個體不是孤立的存在，每一個人都不是汪洋裏的孤島，人和人之間存在著'存在的相關性'。正是這種'存在的相關性'使道德成為一個命令，使得行為出於善的意志具有正面意義的評價。"[2] 良知的存在，是存在的相關性的見證。承擔道德責任的實質，就在於以善的方式處理社會成員之間的事務，以增進最大的共同利益。康德舉過一個例子討論存在的相關性問題：一個人經歷了一系列無可逃脫的邪惡事件，感到心灰意冷，決定按照自利原則來結束自己的生命。康德對此評價說："這條自利原則，是否可以成為普遍的自然規律呢？人們可以立刻發現，以通過情感促使生命提高為職志的自然竟把毀滅生命作為自己的規律，這是自相矛盾的，從而也就不能作為自然而存在。這樣看來，那樣的準則不可以成為普遍的自然規律，並且和責任的最高原則是完全不兼容的。"[3] 自殺雖然不直接牽連他人，但在人類社會，自殺不是孤立行為，無論在倫理上還是在經驗上，一般情況下的自殺，都被認為是放棄對生命的責任，這種放棄，對其他社會成員的影響是消極的。所以，康德認為，這種行為與善的最高原則不相容。康德的善出自內心道德律令的理念，是西方倫理學最高的心靈原則。《罪與文學》的作者以禪宗"向自心中求取"的心性原則理解康德的道德責任觀念，闡明心靈對自覺承擔道德責任的決定性作用：道德本質上是心靈中的自我立法，是對自由意志的限制和自律，"道德王國之所以疆土廣闊，是因為它不僅僅要求行為符合

1 劉再復、林崗：《罪與文學》，北京：中信出版社，2011 年，第 5–13 頁。

2 劉再復、林崗：《罪與文學》，北京：中信出版社，2011 年，第 19 頁。

3 康德：《道德形而上學原理》，北京：商務印書館，1962 年，第 73 頁。引自劉再復、林崗：《罪與文學》，北京：中信出版社，2011 年，第 21 頁。

道德規範，還要求行為的動機出於義務，而後面一點涉及的是無比廣闊的人的內心世界"。承擔責任，是主體的自我選擇，符合義務是有限責任，出於義務是無限責任，而且是非功利的；一旦選擇出於義務，就要坦然接受這種承擔帶來的一切後果："出於義務意味著良知給意志下達的是絕對命令，而意志對這一絕對命令的服從程度，取決於道德的自覺。任何一個有理性有生命的意志，終其一生應當追求的最大目標，必然是道德上的善。"[1]

　　禪的無相懺悔和康德的絕對道德律令，分別是人類良知的心性和理性體現，良知是人性中善的基因的文明進步成果。人性天生包含善與惡兩個胚胎，良知即善，與惡一樣，都是人的本體心性。生命最初的唯一本能是欲望，欲望包含兩個基本因素：天然需求和嚮往美好。天然需求是為了生命的延續，追求美好是為了生命的愉悅享受。這個自然欲望孵化出兩種原生稟性：物欲和愛欲。初級物欲和愛欲近似於動物性，是人性善與惡的源頭。基於自我保存和繁衍的需要，人體有獲得食品、衣物、舒適環境的天然需要，這便是物欲。愛是精神之欲，與物欲相伴生，體現為對美與好的渴求，即通過美與好的實現使心靈本體愉悅舒適。物欲要求生存條件的滿足，愛欲則讓造物主按美好的原則發展。物欲和愛欲在人的生理和文明發展過程中分別向兩個不同方向進化，欲沿著延續生命的方向索取生理享受，愛則沿著精神滿足的方向追求感覺的美好、純真和生命活力。人具有自由選擇的本能，欲可以通過不同選擇而獲得暫時的滿足，愛則在無數次選擇中形成藉助理性調節以避免所愛對象被傷害的習慣。欲的本質是自由意志對外部刺激的直接反應，當欲望不受理性支配，在社會競爭中體現為以犧牲他者利益為代價而獲得實現的外在行為時，便成為惡。愛為欲所操控時可能產生惡的後果，但為了保持愛本身的美好純真不受毀壞而以理性調節克制欲望，便會引向良知。人為了生存，在欲與愛二擇其一的前提下大多選擇欲的滿足；為了生存和美好兼備，會儘可能地爭取欲與愛的同時實現；當人發現通過適當控制欲望，達到既不影響欲的需求又可以獲得愛的滿足時，他會選擇愛。在諸如此類反復選擇的過程中，人的情感心性因為愛的洗禮，不斷增強對欲的控制能力，發展了理性。理性選擇導

1　劉再復、林崗：《罪與文學》，北京：中信出版社，2011 年，第 5 頁。

引人類最終形成以尊重"存在的相關性"為欲望實現的前提這一原則，愛的本能便昇華為善，即良知。良知由理性選擇催生，亦因理性選擇而不斷增強。宗教啟示，道德體驗，理性思考，都能增強良知，但它的基因，是與欲相伴生的愛的稟性。因此，在愛的胚胎上誕生的良知，天然地體現為憐惜、惻隱、同情、感恩、奉獻、犧牲等利他行為，是人對自我和他者生命價值的自覺意識，是人區別於其他物種的特有品性，是人類向善發展的精神之舵。通過良知體認，可以看到人在心靈與宇宙之間建立了一種深刻的秩序，它的一端，是心靈本體中愛的本能，它的另一端，是高貴的人性品格無限向善發展的可能。

受到禪宗無相懺悔、王陽明"致良知"和康德"絕對道德律令"思想的洗禮，《罪與文學》的作者提出了"承擔良知責任"的理念。承擔良知責任，就是內心聽從良知的召喚，把承擔這個責任當作使命，"使命是心靈的使命，責任是良知意識到的責任。它是從主體的自覺裏昇華出來的，是我們從無限豐富的內心宇宙裏尋找相遇的"[1]。承擔良知責任，意味著心靈的絕對自覺性。首先，人類存在的相關性確定人應當承擔相應的社會責任，但存在的相關性並不構成人必須承擔責任的必然理由，人有選擇的權利。其次，意志遵從普遍規律去行事就是履行責任，但良知責任不是外力所強加，而是內心體認和自覺的選擇。良知體現道德的價值，體現主體的道德自覺。再次，道德律的絕對性並沒有剝奪主體的選擇自由，而是增強了主體的選擇自由。承擔良知責任完全出自於主體的道德自覺，除非自覺自願，沒有外力可以征服內心。

現代知識分子明白良知責任的意義只是第一步，但是，"從責任到承擔，從良知到付諸行為，期間有漫長的路要走"[2]。《罪與文學》作者的這個見解，讓人隱約感覺到一種焦灼中的冷靜和冷靜中的焦灼，一種對當代文學中精神沉疴難除的切膚之痛。文藝界在談到作家的良知責任時，總是恪守一個根深蒂固的觀念，那就是"對家國天下、對民族命運的責任"。[3] 這個表面華彩四射實質糟糕透頂

1　劉再復、林崗：《罪與文學》，北京：中信出版社，2011年，第29頁。

2　劉再復、林崗：《罪與文學》，北京：中信出版社，2011年，第27頁。

3　《文藝座談會發言摘編：鐵凝尚長榮等發言：牢記良知和責任捕捉時代的新意》，"人民網"，2014年10月16日。

的觀念，把個體良知化為社會良知，抽取了良知"出於道德責任"這個內心律令的精髓，"良知責任"變成一個宣傳口號，便空殼化和虛假化。中國知識分子長期受到"天下興亡、匹夫有責"的儒家思想熏陶，深感晚清以來外侮入侵造成的喪權辱國和民族恥辱，其良知意識必然包含沉重的國家民族情結。雖然良知責任與國家民族命運相聯繫，但良知本體性質確定，良知責任是個人的事，是個體對其所面臨的道德義務的自覺體驗和認從。主體可以自覺地奉獻於家國天下的大業，但不能代表他人代表社會承擔道德責任，否則，社會便會出現這樣的怪現象：主體自願為公眾承擔道德責任，便被權威部門樹為樣板，被譽為"社會的良心"。當"社會的良心"變成名利的光環時，良知也開始變質，於是，"人人都想充當社會良心的角色，而整個創作卻缺少應有的良知水平。根深蒂固的奴性，無休止地媚上與媚俗，既迎合政治又迎合市場，該說的話說不出來，不情願說的話又不停地說。個個高喊解放全人類，到了必須具體地援救一個人，為一個人申冤時，卻個個沉默"。[1]

鑒於對混亂時代良知系統崩潰的深刻體會，高行健沉痛地聲明，"作家不必成為社會的良心，因為社會的良心早已過剩"。[2] 他只確認個體良知的實在性，不確認社會良知的實在性。他的文學理念中對個體價值和個人主義的冷峻界定和推崇，其思想高度遠遠超過社會公知對家國命運和匹夫責任之間關係的慷慨陳詞，是當代思想領域最亮、最有價值的閃光點。《罪與文學》把高行健這個思想系統化為幾個基本要素：1. 社會良知是否存在，與救世主是否存在是同一道理。基督至少有兩點不同於"社會良知"，基督從不自稱代表社會良心，他不是空喊口號，而是用鮮血與生命去承擔社會責任。2. 沒有個人的良知實在，就不可能影響社會的良知意識。3. 離開個人的責任承擔，社會良知就空洞化。4. 個人良知是平常心，社會良知是標準、權威和制度良心，而良知一旦標準、權威、制度化，就會轉化成一種號令他人和侵犯他人良知的專制權力。5. "社會良心"在未與權力結合時，僅僅是一種意識形態，一旦與權力結盟，就會成為改造和控制個

1　劉再復、林崗：《罪與文學》，北京：中信出版社，2011 年，第 430–431 頁。

2　高行健：《沒有主義》，第 23 頁。引自劉再復、林崗：《罪與文學》，北京：中信出版社，2011 年，第 430 頁。

人良知系統的專制力量。面對"社會良知",寧願回歸脆弱的個人。[1] 高行健的這一說法及《罪與文學》對這一說法的精闢闡釋,打破了"社會良知"的神話。作家、藝術家同常人一樣脆弱,承擔不了拯救人類和社會的偉大使命。在良知系統混亂的歷史語境下,高行健提出"回歸脆弱的個人",不是放棄人的道德責任,而是重新明確人是"會思考的蘆葦"的性質。當人明白自己像一株蘆葦那樣脆弱時,就會產生一種拒絕的力量,拒絕任何虛假和粉飾,由此守護屬於個體的良知。對"社會良知"的否定,實際上就是堅持展示一個真實、獨立、不可取代的自我,拒絕扮演任何意識形態為主體預設的角色,拒絕被公眾和輿論所綁架。個人良知具有真實的人性基礎,人性的缺陷使個人無法避免犯錯,良知並不忌諱犯錯,它只是不把責任推給誰也無法指認的"人民",也不嫁禍於一個動亂的時代。它會勇敢地承擔責任,真誠懺悔,自覺地贖罪,人性便在這真誠的懺悔和贖罪過程中得到了修繕。無數個體良知的自律,才會匯合成實實在在的社會良知,由個體良知自然匯合成的社會良知,與"社會精英"所創造的"社會良知"神話相比,如同真假猴王之間的差別,就在於有沒有一顆純粹的心靈。

　　自覺承擔良知責任,劉再復稱之為"心靈體驗到的責任";強調"責任"二字,顯示出文學心靈本體思想對王陽明"致良知"思想的提升。王陽明也說心靈責任,要求良知對行為負責,"我今說個知行合一,正要人曉得一念發動處,便即是行了。發動處有不善,就將這不善的念克倒了,須要徹根徹底,不使那一念不善潛伏在胸中。此是我立言宗旨。"(《傳習錄》)但這個心靈的良知責任,重在加強個人心性和品格修養,獲得抗爭理學傳統束縛心靈的力量,是傳統士大夫尊奉的良知責任。劉再復提出的"良知責任",以自覺承擔無限道德責任的思想為底蘊,不僅要求內心認同,而且要求身體力行履行良知責任,把內在的良知化作積極的外在行為。他身體力行這一思想,有一個鮮明特點,就是主張作家以默默的勞作去真實地、真誠地呈現心靈、說出自己的見解,而不是追求充當"公共知識分子"和代言人的社會效應,這才是真正的知識分子的道義擔當。巴金在垂暮之年,忍受傷殘的折磨,抗拒年老的衰退,聽從心中的聲音:"寫吧",一筆

1　劉再復、林崗:《罪與文學》,北京:中信出版社,2011年,第431–432頁。

一劃地刻下五大卷《隨想錄》，只為說真話，反省"文革"大災難，沉痛地追究自己在那場大災難中應當承擔的道德責任。他第一個公開懺悔："文革"是民族的共同犯罪，是因為我們恐懼，因恐懼而喪失了良知，背離了善，"今天翻看30年前寫的那些話，我還是不能原諒自己，也不想要求後人原諒我"。[1] 巴金的誠懇剖訴，就是實實在在地履行一個作家的良知責任。

《罪與文學》的作者以為，作家藝術家自覺承擔良知責任，可以從兩方面體現：一種是內向性的，主體以懺悔的方式在心中實現對道德責任的承擔；另一種是外向性的，主體以呈現真實人性及其相關性的方式履行自己的道德義務。

懺悔，是藉助文學形象或意象真誠地向讀者剖訴自己的心靈。靈魂的剖訴並不是簡單地展示內心的陰暗面，然後以外在的理由輕率地否定，那樣的結果最多只能確立一種倫理原則。深刻的靈魂剖訴，要擱置社會倫理判斷，心靈內部"要有一個審視者和拷問者"，"要把自我存在的矛盾狀態充分展示出來"，[2] 由此探測個體生命的心靈深度。"禹湯罪己，其興也勃焉"（《左傳·莊公十一年》）的典故，蘊藏著中國最早的懺悔意識。但中國文化傳統中的懺悔，是以社會倫理準則為標準引導日常行為的反省，或者是君王對天下大眾做出的姿態，缺乏對人性的深刻洞察。古典敘事作品中的懺悔，不是面對靈魂，而是面向社會道德倫理，善惡衝突的結局被引向因果報應，由此掩蓋人性中的"根本惡"因素。懺悔意識固然與主體所處的社會歷史環境有不可分割的聯繫，但這不能改變懺悔只能面對內心良知的性質，懺悔是主體以良知為價值尺度檢測過往的行為和經歷，對靈魂進行內省和反思，包括呈現內心接受良知拷問的痛苦過程。這種痛苦並不羞恥，羞恥的是對良心的麻木。"知恥近乎勇"（《禮記·中庸》），只有通過自我審判洞悉自己的缺陷，才能理解崇高與尊嚴的含義，走向救贖。讀瞿秋白遺書《多餘的話》，最讓人心靈震撼的，就是他向世界呈現對自己靈魂毫無掩飾的解剖和公正的審判。瞿秋白原是一個才華橫溢、志在文學翻譯和研究的文人，卻因緣際會而從政，擔任中共中央總書記達三年之久。他在就義之前的絕筆中平靜地訴說，

1　巴金：《隨想錄》，轉引自劉再復、林崗：《罪與文學》，北京：中信出版社，2011年，第33頁。

2　劉再復、林崗：《罪與文學》，北京：中信出版社，2011年，第440頁。

沒有做作，沒有矯情，沒有絲毫恐懼，顯示了高貴的品格。他坦誠自己擔任中共領導人是個“歷史的誤會”，因為他的文人品格並不適合這個政治要角，但他沒有動搖信念，沒有向敵人懺悔。臨刑之前，他只是對自己的良知懺悔，客觀陳述在那種特定的環境下，自己作為一個不稱職的政治家，是怎樣被形勢推上位置又是以什麼樣態度從事自己的領導工作。他講述自己的一生，讀過的書，對文學的愛好，他的理想，他內心的矛盾與掙扎，他對妻子的留戀和對女兒的祝福。他的陳述沒有絲毫的矯情誇飾，只是平靜檢討自己與自己所從事的革命事業的不成熟之處，應當吸取的經驗教訓，充滿了對親人的愛和對事業的忠誠。他最後用一句“多餘的話”向這個世界告別：“中國的豆腐也是很好吃的東西，世界第一。”一個即將赴難的殉道者，能如此平靜、不怕引起任何誤解、無怨無悔地呈現赤子之心，這需要多麼強大的內心力量支撐，這股內心力量，出自良知。

呈現，借藝術審美形式展示作家藝術家對人生的關注、對人類生存狀態與生存環境的探索，是作家藝術家承擔良知責任的外在表現形式，是作家藝術家熱愛生命、奉獻社會的職業行為。作家承擔良知責任並不意味著作家要越俎代庖代替政治家去宣傳說教，代替政治家提出解決社會問題的方案。劉再復說，“不再把文學視為救國救民、啟發民智的‘救星’，是好事”。[1] 以藝術審美形式呈現存在的現狀，見證複雜的人性，讓讀者在閱讀和審美過程中受到作品的啟示，加深對人生的認識，才是作家藝術家的本職工作。

藝術化的呈現，第一個要求，是對讀者絕對的坦誠。坦誠，並不是要一絲不苟地再現生活原來的模樣，而是要根據審美形式的要求，以真誠的態度再現作家藝術家對人生的深刻認識。什麼是人生？通俗地說，就是人性加生活。生活是生命的具體存在狀態，表現為千姿百態，多種多樣。人性是生命的心靈屬性，寓含在人的具體行為當中，豐富複雜，細膩易變。日常豐富多彩的人生內容可以分為三類形態，一類是人們日常真實的生活狀態、即百姓的柴米油鹽日出而作日落而息的生活狀態，另一類是包含著理想夢幻追求精神超越的心靈生活狀態，還有一類是滲透了虛假情感的修飾過的生活狀態。作家的筆下，有無數種狀態的人生，

1　敘述者劉再復、訪問者吳小攀：《走向人生深處》，北京：中信出版社，2011 年，第 126–127 頁。

有輝煌的人生也有慘淡的人生，有偉大的人生也有卑微的人生，有傳奇的人生也有平常的人生，作家可以用各種筆法、風格表現不同的人生狀態，讚美、誇張、諷刺、幽默、速寫、白描。不論怎樣敘寫，筆鋒所指，是要真實地揭示深刻的人性以及人生的真實存在狀態；以無畏無私的態度，針砭虛偽的生活狀態；以超越的視角，引領讀者走向詩意生活，讓讀者從作品中獲得多一點理解、寬容、悲憫和啟迪。

第二個要求，呈現必須以恰當的藝術形式表現出來。呈現人生現狀和人性，並不是一件簡單的工作，僅僅通過構思一個完整的敘事框架來展示某種人生或某個事件，並不能創造出優秀的藝術品。創作是對作家智慧、視野和想像力的極限的挑戰，每一件藝術品都是獨一無二的，作家只有寫出最具個人風格、生動藝術特徵的作品，才能產生藝術吸引力。如果無法創造適當的審美形式，作品即使容納作家對人類命運的探索與希冀，也難以產生藝術效果。車爾尼雪夫斯基的小說《怎麼辦》，借小說形式演繹他的美學思想和社會意識，試圖直接給讀者指出人生出路，結果將具有美學內涵的小說藝術降格為一個傳教士的佈道。一個作家不需要也不可能輕易解決大眾面臨的人生問題，他提出問題要比回答問題重要得多，作家的思考，是如何向讀者呈現人性最複雜的一面，是在向讀者呈現生命之迷的迷人現象時，讓讀者從閱讀中獲得更多的啟示。不論什麼時代，能夠"直面慘淡的人生"、自覺承擔現實苦難的作家畢竟是少數，但是，聽從良知召喚，呈現真實人性及存在的相關性，卻是一個作家的基本責任。魯迅化心靈為匕首直刺社會痼疾，郁達夫直率地剖訴讀書人孱弱的靈魂，沈從文借湘西風情構築他的希臘藝術小廟，張愛玲向世人抖出長滿蝨子的華麗旗袍，……文學是一個無比寬廣的世界，不論什麼風格題材的作品，只要是以獨特審美風格真誠地呈現人性及其與人類生存狀態的關係，就履行了作家的良知責任。

《罪與文學》的作者融匯禪宗心悟即佛的哲學思想，王陽明心外無理、心外無物的心學原則，以及康德絕對道德律令的倫理學認知，確認心靈狀態決定文學的真實性、超越性等基本屬性，確認心靈自由想像在創造獨特審美形式方面的根本作用，從實踐理性的角度提出了文學心靈本體論的基本綱領。他們以分析心靈的懺悔意識為起點，全面闡述文學作品中心靈情感的作用，為這個理性綱領添枝加葉；他們所闡釋的關於展示豐富複雜人性、傳遞靈魂的對話與呼號、折射存在關係等具體藝術審美問題，從心靈情感的角度證實文學心靈本體論的實踐價值；他們提出的關於文學開掘心靈內宇宙的建設性意見，重心不在限定知識、概念和理論，而在騰出心靈空間容納萬象萬法。這個理念，使文學心靈本體論儘可能地避免理論與概念對思想的固化作用，顯示出在創作和鑒賞實踐中持續發展、充實、豐富的開放性。

第四章

文學狀態
和醒觀美學

劉再復與高行健，是中國當代文學領域中兩位不計功名榮辱乃至身家性命而獻身文學事業的"士"，半個世紀以來，他們惺惺相惜，相互砥礪，為漢語言文學的創作和理論建設做出了舉世矚目的貢獻。劉再復矢志於改變文學淪為"工具"的狀況，從弘揚文學的主體性到建構文學心靈本體論，一步步深化"人的文學"的理論；高行健作為一個天才的異端，特立獨行，在戲劇、小說乃至電影、繪畫諸文藝領域從事充滿個性鋒芒的藝術創造。對於劉再復與高行健的關係，余英時感嘆道：

　　　　他們不但是"漂流"生活中的"知己"，而且更是文學領域中的"知音"。他們之間互相證悟，互相支持，互相理解，也互相欣賞。這樣感人的關係是難得一見的，大可與思想史上的莊周和惠施或文學史上的白居易和元稹，先後輝映。再復十幾年來寫了不少文字討論高行健的文學成就。無論是專書《高行健論》或散篇關於《八月雪》劇本的闡釋，再復都以層層剝蕉的方式直透作者的"文心"，盡了文學批評家的能事。這是中國傳統文藝評論所說的"真賞"，決非浮言虛譽之比，更沒有一絲一毫"半是交情半是私"（楊萬里句）的嫌疑。[1]

　　劉再復和高行健各有自己的文學世界，都十分博大、豐富、精深，他們的文學理念和思想精神血脈相通，要進入他們的文學世界，禪宗是開啟方便之門的鑰匙。劉再復和高行健都深諳禪宗心性說，他們曾於 2000 年在高行健巴黎寓所作

1　余英時：《思想者十八題·序》，見劉再復：《思想者十八題——海外訪談錄》，香港：明報出版社，2007 年，第 xi–xii 頁。

過十日長談，談論禪宗對思維方式和文學審美的影響。他們認為：1. 慧能創造了一種不用邏輯也能進行思想的方式，就是把禪徹底內心化；2. 禪是一種立身態度，一種審美方式；3. 語言是終級地獄；4. 批判認同的陷阱，堅持思想獨立。劉再復說：

> 慧能不識字，可是他的思想卻深刻得無與倫比。他的不立文字、明心見性，排除一切僵化概念、範疇的遮蔽，擊中要害，直抵生命的本真。《六祖壇經》有一個重要發現：發現語言是人的一個終極地獄，也可以說，概念是人的終極地獄。慧能的思想是超越概念、穿透概念的思想。沒有概念、範疇也可以思想，這在西方是不可思議的，但在慧能那裏卻得到精彩的實現。這確實提供了一種不同於西方哲學的思維方式，也可以說，提供了一種新的思想資源。理性作為工具，是有用的，但它並非萬能。慧能不是通過理性，而是通過悟性抵達不可說之處，抵達事物的本體，抵達理性難以抵達的心靈深處。[1]

相近的學術態度與美學理念，使劉再復與高行健在創作與理論建構方面產生高度的共識。劉再復評價高行健 “是在我的同一代人中出現的一個天才，一種精神價值創造的‘異象’，一種超越時代的‘個案’。” [2] 他幾十年如一日跟蹤高行健的創作，對高行健發表的幾乎每一部小說、每一齣戲劇及時做出透徹的分析鑒賞，闡發高行健的文學理念和原創性藝術特徵。這些研究是劉再復對高行健創作成就與文學思想系統而深入的闡發，主要彙集為台北聯經出版公司 2004 年出版的《高行健論》和 2016 年出版的《再論高行健》，[3] 馬悅然在為《高行健論》所作的序言中說：

> 再復的這部大作像一個藝術博物館的出色導遊的解說。他打開一個大

1　劉再復：《思想者十八題——海外訪談錄》，香港：明報出版社，2007 年，第 6–7 頁。

2　劉再復：《高行健論》，台北：聯經出版事業股份有限公司，2004 年，第 12 頁。

3　本書中引用劉再復對高行健的評論，均來自筆者 2018 年獲得 PDF 電子版《高行健論》，是台北聯經出版事業股份有限公司 2004 年版《高行健論》和 2016 年版《再論高行健》的合集，其中還包括《高行健的思維方法導論》等十餘篇近期論述。

門，引導讀者進入高行健文學和戲劇創作的藝術宮殿，以充分地體會和欣賞其中的精神豐彩與藝術特色。[1]

這兩本評論集中關於高行健的研究闡發以及劉再復的諸多原創性見解，在理論建設上的價值，是構成了文學心靈本體論在形而上層面思考人性本質及人的存在關係的部分：創作主體和藝術主體各自內部的主體間性關係，以及恰當處理主體間性關係對體現文學本義和提升文學品格所起的決定性作用，從理性思辨的角度充實和豐富了文學心靈本體論的美學思想。

1　劉再復：《高行健論・馬悅然序》，台北：聯經出版事業股份有限公司，2004年，第5頁。

文學狀態與文學的純粹性

劉再復極為讚賞高行健的文學理念，稱他是一個"最具文學狀態的人"：

> 什麼是文學狀態，這一點中國作家往往不明確，而在瑞典、法國等具有高度精神水準的國家中，則是非常明確的。在他們看來，文學狀態一定是一種非"政治工具"狀態，非"集團戰車"狀態，非"市場商品"狀態。一定是超越各種利害關係的狀態。文學不可以隸屬黨派，不可以隸屬主義，也不可以隸屬商業機構，它完全是一種個人進入精神深層的創造狀態。[1]

如果簡單地把這段評述看作是要把文學與政治切割的宣言，那就大錯特錯了。毫無疑問，這段評述充分肯定高行健不受任何意識形態束縛的文學立場和對存在現象保持質疑的冷靜態度，但更為重要的是，劉再復通過對"高行健狀態"的界說，表述了文學心靈本體論的一個核心思想：守持心靈原則，維繫文學的純粹性。

劉再復稱讚高行健的純粹文學狀態，並不是說文學與政治活動、文化潮流、世俗生活無關，而是強調，文學本質上只能是作家精神深層活動的創造物，是個體心靈情感與心靈狀態的藝術體現。作家進入創作過程，主宰他全部生命意識的便是精神創造主體，這個精神創造主體凝神不二，面向藝術目標，既不受現實功名回報的誘惑，也不為自身日常嗜好傾向所動，即使衣食拮据、親友誤解亦不屈不撓，專心致志按照心儀的審美形式營構繆斯神廟。面對流行思潮、藝術權威、高端理論，都保持冷靜、理性和質疑的態度，只為對得起心中那一點藝術的靈明。當然，作家不是在真空中過活，不論寫實還是抒情，不可能與社會政治、經

1　劉再復：《高行健論·論高行健狀態》，台北：聯經出版事業股份有限公司，2004 年，第 93 頁。

濟、文化關係切割，文學展示的心靈與人性，是處於具體現實關係中的心靈和人性，文學中的心靈情感與人性衝突，必然會直接或曲折地反映存在關係對人物命運、性格的作用。劉再復所闡釋的純粹文學狀態，承認並且強調文學必須呈現真實人性和人的現實存在關係，同時表明，文學只有擺脫任何利益集團和傾向性的控制，才能避免淪為工具的悲劇，成為有思想內涵和美學價值的藝術品。他把高行健的美學稱作"醒觀美學"，因為高行健守持純粹文學狀態的立場極為清醒和堅定：

> 我應該說，無論政治還是文學，我什麼派都不是，不隸屬於任何主義，也包括民族主義和愛國主義。我固然有我的政治見解和文學藝術觀，可沒有必要釘死在某一種政治或美學的框子裏。現今這個意識形態分崩離析的時代，個人想要保持精神的獨立，可取的態度，我以為只有質疑。[1]

高行健在整個創作過程中都堅守文學純粹性的立場，劉再復概括他的思維原則：一是沒有任何先驗的"政治正確"與"正、反、合"等哲學預設，沒有人們通常所說的世界觀、歷史觀等思維框架。二是在作品中不作價值判斷，既不設置敵我、左右、正邪、忠奸的政治法庭，也不設置黑白、善惡、是非、好壞的道德法庭，更不設置唯物、唯心等兩極對疊的哲學法庭，只訴諸審美，在審美中體現對社會和人自身的認知。三是超越工具理性。科學以工具理性揭示實在性真理，把科學認知方式施加於文學，只能把文學的認知變質為語言的智能遊戲和觀念的圖解，這正是所謂後現代的理論對當代藝術造成的災難。[2] 三個思維原則的中心，就是強調作家的創作要超越各種利害關係，堅持按美學規律從事純粹個人精神創造活動。文學可以體現個人的價值觀和行為準則，這些價值觀念和準則，只能是自己的經驗體會所得，只能經由文學的審美形式所表現，既不是一種意識形態的說教，也不是內容圖解式的說理。

作家如何才能守持純粹的文學狀態，如何才能維繫文學的純粹性？劉再復在

1　高行健：《我的創作觀》，"努努書坊網站"在綫閱讀，2019 年 3 月 26 日。

2　劉再復：《高行健論》，台北：聯經出版事業股份有限公司，2004 年，第 325 頁。

一系列相關論述中，闡釋了高行健的實踐經驗。高行健吸收禪宗的心性說思想，堅持作家在創作時具有最高的精神自由，把文學創作變成完全的內心活動，再用一種自然流暢的"語言流"創造出具體文學形式，形成完全個性化的文學風格。趙毅衡稱高行健的戲劇為"禪劇"，[1] 劉再復說禪意不僅是高行健戲劇的外在特徵，更是他的戲劇創作原則，禪給高行健的啟發，不是給他的作品帶來禪意，而是讓高行健對人生大徹大悟，從根本上覺悟人在短暫的生命過程中如何爭取大自由，佛不在身外而在身內，天堂和地獄全在自己的心中。他的劇作《八月雪》，形象地體現通過"自救"而得大自在的理念，這部戲借用宗教故事，展現慧能在各種現實關係中如何得大自由的生命奇觀，通過對慧能拒絕朝廷招募、臨終前毀掉象徵教條的祖傳衣缽，把禪宗的價值觀念與生命狀態化為徹底的人生態度和文學立場："禪性"在內不在外，文學的魅力，最終決定於作家生命的內在魅力。1992年，高行健在倫敦大學的講演中為魯迅和郭沫若惋惜，他說："魯迅有《吶喊》、《彷徨》與《野草》，都是大手筆，至今仍可再讀。可惜他們後來都捲進了革命大熔爐，難以為繼，一個打筆仗耗盡了精力，一個弄成大官，作為擺飾，供養起來，便失去了靈性。"[2] 高行健自己則既不聽"將令"，也不聽"大眾"的命令，所謂大眾，就是要求作家交出自由而服務於消費的群體。高行健只聽從心靈的聲音，以堅定的態度對大眾說"不"，絕不交出創作的自由。

　　劉再復闡釋高行健的"沒有主義"，不是思想與政治層面的反叛對抗，而是與政治拉開距離，獲得在精神維度自由馳騁的創作狀態。所謂自由狀態，不是瘋狂狀態，而是一種可以駕馭瘋狂的冷靜狀態，一種可以熟練地把握文學法度的自為狀態。因為思想認識的徹底性與明確性，高行健成功地走出了中國當代作家很難走出的三個框架：一是"持不同政見"的理念框架，二是"中國背景與中國情結"的心理框架，三是"漢文字單語寫作"的語言框架。高行健的創作，實現了對一切政治傾向與意識形態的超越，他在1996年出版的《沒有主義》一書中，宣示審美大於意識形態。對意識形態的告別，意味著他對審美和人性狀態的回

1　趙毅衡、胡亮：《禪劇、美國詩、"小聰明主義"：趙毅衡訪談錄》，《詩歌月刊》2011年第10期，第18–22頁。

2　高行健：《沒有主義》，香港：天地圖書有限公司，2000年，第112頁。

歸。高行健同樣實現了對"人權"與"人民大眾"這類空話的超越，他的戲劇《彼岸》，通過舞台形象的行為宣佈，既不做芸芸眾生的對立面，也不充當大眾的領袖。政治要求平均數，大眾也要求平均數，文學藝術最怕的恰恰是這種導致平庸的平均數。

　　劉再復確認高行健的作品中有一個堅實的哲學支點，那就是既承認人性脆弱不堪一擊，又承認人性尊嚴和人有維護自身尊嚴的權利。高行健立足於這個哲學支點，實現了對尼采超人理念和相關救世神話的超越，在他的《生死界》、《對話與反詰》、《夜遊神》、《週末四重奏》等劇作中，人物都是非常脆弱的個人，免除不了空虛、孤獨、寂寞和恐懼，對恐懼和脆弱狀態的生動描寫，呈現的是"脆弱的人"的內心真實。[1]高行健對人性的看法是悲觀的，在他看來，個人面對社會現實的高牆，猶如一枚雞蛋，哪怕是最親近的兩個人，夫妻、情人之間，都那麼難以溝通，難以互相理解，但每一個脆弱的人都有維護個體尊嚴的權利。立足於這個哲學支點，他的所有作品都能將靈魂打開，面向讀者，徹底地、真實真誠地開放自己的內心。高行健說他的寫作不迎合讀者，只是"自言自語"，而他的敞開靈魂，卻是以真實與坦誠，給予讀者最高的尊重。因為這個支點，高行健的作品冷靜而謙卑，不唱高調，而是讓人物在存在環境與人性弱點共同構成的困境中左衝右突，坦然暴露自己的內心脆弱和對美的追求。他的冷峻而充滿詩意的筆調，發出對人性的尊重和對人的權利的呼喚，與莫言火熱的人性謳歌，在發現自然生命的喪失，譴責對生命的迫害，呼喚野性生命回歸方面，具有異曲同工的藝術效果。

　　劉再復確認高行健打破語言桎梏、創造活的語言流是一個大膽的創新，並因此形成了高行健獨特的書寫風格。高行健的書寫語言實驗，突出兩個方向：一是尋找語言的活性，吸收方言與口語中活生生的語彙，書寫充分個人化的感受，同時盡可能地刪去影響語言活性的形容詞與定語，警惕在漢語書寫中套用生硬的西方語言詞彙和句法。二是突出語言的音樂性，重視語調與樂感，他尤其重視古漢語中單音節動詞的節奏感，把單個詞彙的節奏合成文句的流暢音韻，使作品

1　劉再復：《高行健論》，台北：聯經出版事業股份有限公司，2004 年，第 36 頁。

不僅具有意象美，而且還有音樂美，成為一種“語言流”。為了讓語言流暢無阻滯、自然優美，高行健在創作《靈山》時採用錄音方式，他把自己的構思一段段錄音，反復聆聽、修改十多遍，直到感覺完美為止。當他沉浸在品味語言藝術帶來的特殊感受時，獲得的是個人對這個藝術世界的獨特體會和經驗，是流淌在作家血液中的精神力量。他在創作一個個語言流的同時，將個人的存在與環境的相關性還原為一種純粹的關係，個體心靈既無限孤獨又無限開放，既內在觀審又充分享受生命對於現實世界的質疑、嘲諷、體驗和感知。他的語言創新實驗，成就了具有高行健個性特徵的審美形式，為自由靈魂的活動提供了恰到好處的藝術空間。他的美學理念，“宣告了藝術革命的終結，批評了 20 世紀觀念替代審美、思辨替代藝術的病態格局，擊中了當代世界藝術根本性的弊端，呼籲藝術回到經驗、回到起點、回到傳統繪畫的二度平面、回到審美趣味上來，在藝術的極限內和設定的界綫中去發掘新的可能”。[1]

劉再復走進高行健的精神世界，對其純粹文學狀態的解讀，也是對文學心靈本體理念的檢驗和確認：作家擁有最高的精神自由，這種精神自由具有無限性特徵。無限的精神自由並非心靈原則的消解，而是心靈的充分展開，心靈展開不在反映事物的表象，而是個人感受現實的內心真實和對心靈真實充分藝術化的表述。

---

1   劉再復：《高行健論》，台北：聯經出版事業股份有限公司，2004 年，第 165 頁。

二

自我乃是自我的地獄及其救贖

　　文學如何展示個體靈魂的斷層，暴露內心深處的黑暗並尋找自我救贖之路，是嚴肅的小說家共同重視的藝術哲學命題。西方文明發展過程中對人性有過兩次大的發現，文藝復興發現了人的偉大和崇高，現代主義則發現了人的脆弱與黑暗，劉再復認為後一種發現比前一種發現是更深刻的人的發現，"以叔本華、尼采、卡夫卡為代表，這是現代主義思潮的源頭，這次發現是發現人沒有那麼好，發現人的荒誕、人的脆弱、人的黑暗"。[1] 劉再復和高行健對現代主義思潮有共同的認識，他們不贊成叔本華的悲觀主義，叔本華認定人生注定是個悲劇，人被欲望這個魔鬼所掌握，只能痛苦掙扎，沒有出路。[2] 他們對尼采式的個人主義高度膨脹充滿警惕，[3] 他們也不傾向成為"薩特、索爾仁尼琴這種法官型的作家"，"把自己的才華與文字投向對社會的譴責與批判"，"在忙於拷問社會的時候，無暇進行靈魂的自我拷問"。[4] 他們激賞卡夫卡的荒誕意識，認為它"發現人在現代社會中被消滅，發現人變成非人、變成'甲蟲'，發現人創造了剝奪自身、奴

1　江迅：《〈紅樓〉助我開生面——劉再復談"紅樓四書"的寫作》；劉再復著，葉鴻基編：《劉再復對話集：感悟中國，感悟我的人間》，北京：人民日報出版社，2011 年，第 45 頁。

2　江迅：《〈紅樓〉助我開生面——劉再復談"紅樓四書"的寫作》；劉再復著，葉鴻基編：《劉再復對話集：感悟中國，感悟我的人間》，北京：人民日報出版社，2011 年，第 45 頁。

3　劉再復和高行健都徹底否定尼采"膨脹的自我"的超人哲學，同時，他們也深受尼采哲學觀念及書寫風格的影響。劉再復關於與自我靈魂的對話、生命是追求不斷的超越，以及文采斐然的哲理詩敘寫風格，都能見到尼采的痕跡；高行健將自己分為自我、本我、他我相互觀照，尼采的《查拉圖斯特拉如是說》中的隱修者即把自己分為本身的我和對手的我作思想交鋒；高行健劇中的諸多象徵性情節與場景，和尼采筆下墳墓、隱修者等意象亦有一種精神的聯繫。可以說，劉再復與高行健既能理解尼采哲學的深刻性，同時也看到尼采哲學思想從革命走向負面的兇險，因此率先向讀者發出警示。他們對尼采的認識、接受和批判，需另有專論方可充分闡述，此處從略。

4　劉再復：《高行健論》，台北：聯經出版事業股份有限公司，2004 年，第 61–62 頁。

役自身的概念、主義、工具、牢房"。[1] 劉再復與高行健通過對西方現代主義各流派文學理念的綜合分析，不僅清楚地看到人性中崇高與黑暗並存，而且比西方現代派諸子更進一步，認識到人性的脆弱、黑暗與荒誕，首先存在於人自身。對自我靈魂中黑暗因素的確認，促使他們藉助文學自審靈魂、警惕自我膨脹，並以此為基點尋找一條切實的精神救贖之路。

西方現代主義作家開創了以荒誕為基調的文學時代，卡夫卡筆下的人物，不是悲劇的主角，而是荒誕的存在。薩特借存在主義哲學探究人生荒誕的性質，他在《存在與虛無》一書的導論中指出："自在"存在的確切表述是"存在是其所是"，"自為"存在被規定為"存在是其所不是，不是其所是"。這就是說，"自在"存在與存在物自身具有同一性，與其他東西沒有關聯。"自為"存在由意識所決定，一切存在之物因為主體（我）的意識而被賦予意義。因此，本體的意識所指便是自由，而他者意識的關聯，則是對本體自由的限制。他寫過一個獨幕劇《禁閉》，形象地反映其存在主義哲學觀：《禁閉》的主角是死後被送入地獄的三個罪人，加爾散是一個作為逃兵被處死的政論文作家，女同性戀者伊內斯為佔有表哥的妻子而謀害了表哥，色情狂艾斯戴爾因溺死私生女而導致情人自殺，再加上沒有眼皮的侍從，一共四個角色。地獄的場景被設計成君主制時期的法蘭西第二帝國風格的客廳，暗示當時德國佔領的背景。客廳中沒有惡魔、火焰和酷刑，只有三張躺椅和一盞永不熄滅的電燈。加爾散需要別人將自己對象化，選擇當了逃兵卻渴望別人承認他是英雄；伊內斯和艾斯戴爾第一次出場就是尋找被自己害死的人，顯示兩個女人強烈的控制欲。當艾斯戴爾發現自己的鏡子不見了時，伊內斯自告奮勇地當她的"鏡子"，目的是通過自己的目光注視，對艾斯戴爾實行控制；對三個靈魂來說，沒有眼皮的侍從和永遠亮著燈的客廳，暗示人類永遠處於他人的注視之下。薩特通過三個主角不同方式的相互控制和影響，展示出一幅"人看人"的哲學意境：當別人看我時，他便將我物化，從而取消了我的自由；我注視別人，則為了重新佔有我的自由。然而，在侍從永不閉上的眼睛的注視和

---

1   劉再復：《高行健論・從卡夫卡到高行健》，台北：聯經出版事業股份有限公司，2004 年，第 61 頁。

明亮的燈光下，人永遠處在互相注視的狀態中，也就永遠在保護自己的自由和侵犯別人的自由，所以，薩特借加爾散之口高喊，"他者是自我的地獄"。戲劇結尾，加爾散因為伊內斯的注視不能親吻艾斯戴爾，便用紙刀砍向伊內斯，結果是徒勞，刀子、毒藥、繩子都殺死不了靈魂。這個文學意象顯示，任何努力都改變不了現狀，人類的生活就得在這種虛無而荒謬的狀態中永遠持續下去，由此凸現出薩特存在主義哲學的兩個基本命題：存在先於本質；他人即是地獄。

劉再復認同薩特的第一個命題，他說："薩特存在先於本質，說明選擇是存在的第一條件，存在先於本質，說明的正是人首先要選擇成為自己，然後才能確立自己，先知命才能立命。"[1] 對薩特的第二個命題，劉再復則清醒地看到它的正負兩方面效果，一方面，"說他者是自我的地獄，有一半是真理。因為自我一旦生活在他者的關係中，就必然要受到他者的制約。存在主義探討自我成為自我的可能性，而自我一旦生活在他人的制約中，確實難以成為自己"。[2] 另一方面，"薩特的'他者乃自我的地獄'，其錯誤除了不尊重他者即不尊重社會秩序外，還在於它將導致自我的整個迷失，使自我成為自我本能的奴隸。人的本能蘊含著無限惡的可能性，為了滿足本能人性欲望的需要，勢必做出各種反社會的行為。人在把他者視為自我地獄的同時也把自我變成自我本能的奴隸即陷入自我的地獄中"。[3] 劉再復對薩特悲觀主義精神的理解，不僅源自於他多年來對自我和他者、即主體性和主體間性的深入思考，也產生於他對現實社會複雜的存在關係的深刻體驗。正是對薩特存在主義哲學的深刻理解，把劉再復導向對自我本性的全面認識，既然人性存在無限惡的可能，那麼，自我在本能欲望的驅使下形成的人性惡，就是社會的人性惡發生的前提。因此，以什麼樣的理性選擇，限制自我的人性惡，既是劉再復與高行健在哲學思考上超越存在主義之處，也是他們在文學上深挖的主題。欲望力量的強大，以及理性容易被遮蔽，使自我選擇在大多數情況下成為一個難題，選擇稍微不當，理智的天平便向人性惡傾斜。劉再復在研究高

1　劉再復：《隨心集》，北京：生活·讀書·新知三聯書店，2012 年，第 28 頁。

2　劉再復：《什麼是人生：關於人生倫理的十堂課》，香港：三聯書店（香港）有限公司，2017 年，第 16 頁。

3　劉再復：《隨心集》，北京：生活·讀書·新知三聯書店，2012 年，第 59 頁。

行健的劇作時，與高行健共同從"他人即是地獄"這個哲學理念深掘下去，發現並充分展示了一個更為深刻的哲學命題："自我乃是自我的地獄"。

"自我乃是自我的地獄"是薩特"他人即是地獄"的反命題，也是在薩特哲學基礎上對人性本質認識的延伸。劉再復分析高行健的長篇小說《一個人的聖經》時說："抓住現實生活中最震撼人心的創痛和記憶，亦即人與人之間的相戈互鬥，描寫了現實社會中一場極為瘋狂而荒謬的文化大革命。……但小說的重心不是對這場浩劫的現象描寫，而是抒寫現實的困境及其困境下無助的生命。"[1]小說通過主人公在充滿恐怖無處安生的政治運動困境中與六個女子的情愛經歷，既寫出一個"他人即是地獄"人際關係的現狀，也再現了"自我乃是自我的地獄"這個現代人生活和命運中難以擺脫的困境。小說的主人公是一個年輕知識分子，面對突如其來的政治運動的衝擊，為了生存和自保，他成立了一個造反隊，但在整個運動中卻無所適從，既不願違背良知作惡，又無法躲開造反潮流的裹挾而逍遙無事。他的情人"林"因為得知別人揭發他父親藏有槍支，立即跟他翻臉疏遠；新婚的妻子倩發現他當過造反派因恐懼而與他反目，"他人即是地獄"由哲學命題變成了恐怖的社會現實。劉再復說，小說主人公面臨三重困境，一是生存困境，二是愛情困境，三是精神困境。如果說，生存困境和愛情困境是"他人即地獄"的構成，精神困境就是對主人公深陷自我地獄中打滾的客觀描述，政治運動粉碎了年輕人的理想和精神寄託，他無法真實地做人，白天，他戴上造反派的面具扮演一個走卒或祭品的角色，苟且偷生。回到家中，"又還年輕精力無處發洩，也找不到一個可以身心投入的女人，性欲也得不到滿足，便索性在泥坑裏攪水"。主人公無法從現實和心靈中逃遁，只能戴上面具，扮演自己不願扮演的角色，內心世界因此恐懼、脆弱、羞恥、掙扎和絕望。劉再復評價這部小說把自我地獄的恐懼感寫得特別好，寫得驚心動魄，"《一個人的聖經》寫的就是人的全面困境。這是一部生命、愛情、精神全面陷入悲愴的交響樂章……寫的是文化大革命，但展示的並非革命本身，而是革命對人的命運、心理、人性的打擊和

1　劉再復：《高行健論·閱讀〈靈山〉和〈一個人的聖經〉》，台北：聯經出版事業股份有限公司，2004年，第155頁。

扭曲"。[1]

劉再復認為高行健八十年代末創作的話劇《逃亡》，標誌著他對"自我乃是自我的地獄"這一精神指向的完全確立。《逃亡》是一部心理戲和哲學戲，它以一個政治事件做背景，通過三個偶然湊在一起的逃難者：年輕人、姑娘和中年人對政治、生活、死亡和性的不同態度，暴露他們各自的人性弱點，並表述這樣一個主題：自我的地獄才是最後最難衝破的地獄，不管人在何處，這一地獄總是如影隨形地跟著你。劇中的主角"中年人"曾在政治風潮中身不由己地捲入簽名抗議運動，但很快就清醒地認識到其行為背離了自我。他向其他逃亡者表明，他既要逃離政治極權，也要逃離反對派，因為反對派也是一種集體意志。他必須回歸自我，但這個自我早已分裂為真我與假我，他所試圖回歸的"真我"，被"假我"重重包圍。"假我"是被社會異化的我，是真我的圍牆與牢房，真我要獲得自由，必須打破"假我"。劉再復從這個劇中看到："《逃亡》不是政治戲，而是哲學戲。它說明一個道理：從政治陰影中逃亡比較容易，但從自我的牢獄中逃亡則很難。自我的地獄會緊緊抓住你，跟你走到任何一個天涯海角。我讀了《逃亡》之後，便意識到，講'主體性'，只講'主體的飛揚'還不夠，還要講'主體的黑暗'。"[2]

毫無疑問，劉再復和高行健提出的命題比薩特的命題更深刻，對人性本質的認識也更透徹，他們確認主體的黑暗比一般人性弱點更為嚴重，衝破自我的牢籠比打破他人的地獄更加困難，因此，他們對自我救贖的呼號更為堅決。劉再復與高行健比西方現代派諸子跨出更大的一步，在於通過文學之路進行自我精神救贖的探索嘗試。對主體黑暗保持清醒的認識，是自我救贖的第一步，他們在遭遇最大人生挫折之時，借慧能的方式實行自救，"他的自救原理非常徹底，他不去外部世界尋求救主，尋求力量，而是在自己的身心中喚醒覺悟"。[3]他們以禪的心明心悟破除"我執"的障礙，警惕心魔的產生，增強心靈的力量。禪宗主張觀自

1　劉再復：《高行健論‧閱讀〈靈山〉和〈一個人的聖經〉》，台北：聯經出版事業股份有限公司，2004年，第158頁。

2　《〈明報〉文學訪談錄》，受訪者：劉再復，採訪者：劉劍梅，2016年9月，"再復迷網站"。

3　劉再復：《思想者十八題‧與高行健的巴黎十日談》，香港：明報出版社，2007年，第7頁。

在，就是說要清醒地觀照世間一切，更要清醒地觀省自身，看到可能產生的"我執"，藉助心明消除"我執"，由此獲得真如自性。有了這種清醒的認識，作家才能夠在創作中遏制自我膨脹，擺正自己的位置。認清主體的黑暗與自我的混沌，並不是走向絕望與虛無，而是在否定黑暗的同時承認人性具有弱點的合理性，看到個體生命的寶貴價值，給予生命最大的寬容。

在創作與鑒賞實踐中，劉再復與高行健採取的自我救贖之路並不完全相同，劉再復發現，"逃亡"是高行健獨創的自救方式，他全面闡述了高行健文學"逃亡"的象徵意義。"逃亡"是高行健作品中普遍存在的意象，在小說《靈山》、《一個人的聖經》，以及《車站》、《彼岸》、《逃亡》、《八月雪》等劇作中，主人公採取了不同形式的逃亡。高行健的逃亡，就是自救，"自救，必先於救世"，簡單一句話，寓含了極深刻的歷史教訓，讓中國讀書人放下荷載千年的精神重負。"救世"是知識分子難以根治的精神遺傳病，從儒家確立修齊治平的人生理想，到現代知識分子在啟蒙與救亡的衝突中痛苦掙扎，都是一個"救世"的情結在發酵起作用。"我們這一代人，有三種普遍的'病痛'，也可以說有三種甩不掉的思想'牢籠'。這三種病痛，一是'鄉愁'；二是'革命'；三是'啟蒙'。"[1] 這是讀書人的可愛之處，也是他們的阿喀琉斯之踵，說穿了，就是一個如何認識自己的問題。高行健對知識分子這種性格弱點的認識，冷峻而深刻，他的結論是："不肯被殺與自殺者，還是只有逃亡。逃亡實在是古今人自救的唯一方法。"他又說："救國救民如果不先救人，最終不淪為謊言，至少也是空話。要緊的還是救人自己。一個偌大的民族與國家，人尚不能自救，又如何救得了民族與國家？所以，更為切實的不如自救。"[2] 高行健的《八月雪》，通過為慧能立傳，形象地詮釋了作為脆弱的個人如何打破妄念，逃亡、自救、覺悟、得道的理念。劉再復在讀了《八月雪》之後寫道：

> 我的第一感覺是走出被囚洞穴的大解脫。那個夜晚，我想起柏拉圖著名

1　劉再復：《高行健論·高行健研究的崇高里程碑》，台北：聯經出版事業股份有限公司，2004 年，第 337–338 頁。

2　劉再復：《高行健論》，台北：聯經出版事業股份有限公司，2004 年，第 63 頁。

的洞穴比喻。那個比喻說，缺乏真思想的人就像洞穴裏的囚犯，他們只能朝著一個方向看，因為他們是被鎖困著的：他們背後燃燒著一堆火，面前則是一堵牆。他們所看到的只是由火光投射到牆上的背後東西的影子，並且把這些影子看成實在，而對於造成這些影子的真事物卻毫無所知。最後有一個人逃出了洞穴來到陽光之下，他第一次看到了實在的事物，並察覺到這之前他一直被牆上的影像所欺騙。想起這個比喻，便想到：慧能就是第一個走出洞穴的人。在《八月雪》之前，高行健《車站》裏那個不再等待的"沉默的人"，還有《彼岸》裏那個拒絕充當大眾領袖的"男人"，以及《逃亡》裏的"中年人"，都是第一個走出洞穴的人。高行健筆下不斷出現這種形象，是因為他本身就是一個自覺走出精神囚徒洞穴的人。[1]

劉再復認為，高行健通過文學書寫，昇華了對"逃亡"這一概念的哲學認知：對於一個精神價值的創造者來說，他的意義不在反抗強權，而在自我救贖；文學的意義，不是為了救世，只是為了自救。他創造了與魯迅的"解剖自己"不同的另一種自救方式，他在讓本我、自我、超我相互對質的過程中，把上帝、法官、犯人組成的精神法庭移入人的自身，構成一個心靈法庭的自審形態，向讀者敞開了一個脆弱的卻又是真實與坦誠的靈魂，

> 在中外當代作家中，幾乎找不到第二個人，對"自救"具有如此高度的自覺。高行健正是在"自救"這一基點上與西方的"救世"思想系統區別開來，並以此確立他的創作的靈魂支撐點。也可以說把握"自救"，便把握了高行健創作的精神內核。[2]

劉再復與高行健的不同之處，在於他的自我救贖採取的方式不是逃亡，而是回歸，即回歸於樸、回歸於平常心。他的回歸並不止於精神和理念上的堅守，而是始終嚴防思想傾向和具體行為的出格，對影響回歸的種種"神物"保持高度警惕，不僅堅決放逐原先心中供奉的家國、革命、啟蒙、救世等神物，同時也高度

1　劉再復：《高行健論》，台北：聯經出版事業股份有限公司，2004 年，第 53 頁。

2　劉再復：《高行健論》，台北：聯經出版事業股份有限公司，2004 年，第 63 頁。

防止著相，防止自己著了學者相，作家相，名人相，特別對語言和概念保持高度警惕。他從慧能的不立文字受到啟悟："《六祖壇經》有一個重要發現：發現語言是人的一個終極地獄，也可以說，概念是人的終極地獄。"[1] 高行健也說："我以為一個作家，只對他的語言負責。"[2] 劉再復之所以要對語言和概念警惕，是擔心語言、概念會限制思維、鉗制思想。思維是無聲的語言，語言是思維的載體，思維通過語言而實現，但是，思維一旦形成概念、形成慣性，就會規範思考的方向，削弱語言的創造性。各類社會集團都會創造符合本集團利益的詞彙概念去影響他人的思維方式，當某種流行語彙成為主流而壓倒其他聲音時，人的思維就會因缺少選擇對比而降低判斷力和創造性。劉再復曾經多次撰文呼籲淨化語言暴力，並把警惕語言和概念，確定為自我救贖不可缺少的一環。

發現和承認"自我乃是自我的地獄"，並非易事。人容易自負，覺得自己真理在握；人容易爭強好勝，覺得自己的思想見解高於他人；人容易固執，慣於作出自我辯護；這些人性弱點，如同障目之葉，讓人看別人的短處易，發現自我的黑暗難。作家批評家，是精神產品的創造者，必須在作品中傳遞傾向，保持主見，比一般人更容易陷入這些"我執"。劉再復和高行健提出"自我乃是自我的地獄"這一理念，對於提醒作家批評家克制自我膨脹，避免產生救世治世的妄念和染上充當啟蒙者的妄想病，極具現實意義。

1　劉再復、高行健：《禪性與文學的本性——與高行健對話錄》，《書屋》2009 年第 4 期。

2　高行健：《文學與玄學·關於〈靈山〉》，1995 年 5 月在斯德哥爾摩大學東方語言學院的演講。

三

主體三重性和心靈三坐標

　　高行健不僅創造了"自我與自我"為主題關係的戲劇，而且在其小說和戲劇中全面敞開對自我內部多重主體之間關係的描述，借文學意象表達他對人性深層複雜狀態的抽象思辨。劉再復對高行健這一文學創新手法的全面梳理和闡發，發展和豐富了主體間性理論，從形而上層面論證了文學心靈本體思想在創作實踐中的實用價值。

　　主體間性的思想最初來自拉康，他在分析黑格爾《精神現象學》中奴隸與主人的關係時說，當看守因為囚犯而固定自己在監獄中的位置時，看守就成了囚犯的奴隸，囚犯則成為主人。這個比喻，引伸出一個結論：看守的主體性由囚犯這個他性所界定。這個思想是對笛卡爾"我思故我在"的否定，是對以"我思"為核心的主體意識的摒棄：我於我不在之處思，因此，我在我不思之處。主體間性在社會學領域，涉及到人的社會統一性；在認識論領域，體現為胡塞爾所討論的主體之間的交互作用與共識；在本體論領域，指人與世界的存在的同一性問題。主體間性理論被引入文學領域，不是否定或轉換主體性，而是從本體論角度體現主體與他者、人與存在環境的交互作用關係及其形成的複雜狀態，突出創作和鑒賞中不同主體的主體意識、平等理念和信息對稱，既關注內在思維向外在實踐的遷移，也關注外在影響向心靈內部的滲透。劉再復藉助對高行健小說原創性特徵的獨到分析，一個新的理論突破，是第一次發現自我內部存在著複雜的主體間性關係，並且藉助形而上的思辨方式對這個關係作了全面的論述。他對自我內部主體間性關係的認識，產生於對高行健寫作技巧的感悟：

　　　　尤其是《靈山》，偏偏沒有什麼連貫的故事情節，也沒有人物性格歷
　　史，它以人稱替代人物，以心理節奏替代情節，以情緒變化來調節文體，完

全是另一種寫法。無論是《靈山》還是《一個人的聖經》，句子都相當完整，一點也不破碎，而且語言很有音樂感，不僅有意美，還有音美。高行健在兩部小說中也沒有刻意挖掘潛意識，反之，他有相當清醒的意識，甚至還在人稱的三維結構中特意設置一維 "他" 即中性的眼睛，有意識地觀照、評論 "你" 和 "我"。[1]

高行健是當代漢語寫作原創性最強的作家，他從 1981 年出版《現代小說技巧初探》開始，就有意識地在創作中實踐和檢測種種現代小說技巧，長篇小說《靈山》可以看成是他的敘事語言藝術的巨大實驗工程。高行健在《靈山》中，打破傳統小說通過矛盾衝突推動情節發展、塑造形象的模式，將傳統的志怪傳奇、地理博物、話本遊記及民間的異文雜錄都融入小說敘事當中。他讓敘述者跳出故事情境以外，冷靜地審視小說中一切人物、行為和對話，讓現實與精神畫面不斷重疊，展示了一個真實的文化尋根 [2] 和精神西遊的過程。他在《靈山》中專門安排一場人物對話，質詢現代長篇小說的定義，審視自己的小說理念：

> 對，小說不是繪畫，是語言的藝術。可你以為你這些人稱之間耍耍貧嘴就能代替人物性格的塑造？
>
> 他說他也不想去塑造什麼人物性格，他還不知道他自己有沒有性格。
>
> "你還寫什麼小說？你連什麼是小說都還沒懂。"
>
> 他便請問閣下是否可以給小說下個定義？
>
> 批評家終於露出一副鄙夷的神情，從牙縫裏擠出一句：
>
> "還什麼現代派，學西方也沒學像。"
>
> 他說那就算東方的。
>
> 東方沒有你這樣搞的！把遊記，道聽途說，感想，筆記，小說，不成其

1　劉再復：《高行健論・閱讀〈靈山〉和〈一個人的聖經〉》，台北：聯經出版事業股份有限公司，2004 年，第 141–142 頁。

2　高行健在香港城市大學所做的題為《〈靈山〉與小說創作》的演講中稱："我講這些，是說《靈山》背後有一個巨大的中國文化背景。簡單稱之為尋根我不太贊同，我也不認為自己是一個尋根作家。"《靈山》固然是一部精神探索作品，但客觀上試圖尋找和揭示楚文化、南方民間文化與隱逸文化的淵源，讚美南方傳統文化的精神，尋找華夏民族完整的文化的根，具有尋根文化的基本特徵。

為理論的議論，寓言也不像寓言，再抄錄點民歌民謠，加上些胡亂編造的不像神話的鬼話，七拼八湊，居然也算是小說！"

他說戰國的方志，兩漢魏晉南北朝的志人志怪，唐代的傳奇，宋元的話本，明清的章回和筆記，自古以來，地理博物，街頭巷語，道聽途說，異文雜錄，皆小說也，誰也未曾定下規範。[1]

劉再復抓住高行健以人稱代人物、以內在心理變化代情節發展的寫作技法創新這一特徵，闡發出這個技法創新的關鍵，在於打破了傳統小說二維平面的書寫模式，創作了一種三維立體的內部世界呈現方式。它的核心是以 "三" 為起點，在三個心靈坐標交互作用的動態過程中，對心靈與精神世界作三維立體呈現，由此確立一種新的人性認知方式並深化了主體間性的內涵：

超越二元而發現主體的三重性，發現主體三重性，即人具有三個坐標而不是兩個坐標，主體內部具有三重關係而不是兩重關係，從二維擴大到三維。他發現世界上的一切語言都是 "你"、"我"、"他" 三個人稱，主體都具三重性。以 "三" 為起點，對人進行三維呈現，這不是玩玩人稱的寫作手法問題，而是包含著對人的一種根本的認識。這種認識運用於小說，產生了《靈山》，使《靈山》成為呈現三維生命內宇宙的傑作；運用於戲劇，則從戲劇內部建立新的角色形象和三重性戲劇關係。[2]

《靈山》用人稱代人物，書中共設置了四位主要人物："我"、"你"、"她"和 "他"。"我" 是第一號主人公，是整個小說漫長獨白的言說者。"你" 是第二號人物，是由 "我" 分裂出來的另一個自我，是一部分章節的主人公，以和 "我"相似的經歷、行為、想像與幕後的 "我" 的獨白相呼應。"她" 的設置，不僅提供兩性之間兩情相悅或摩擦衝突的生活內容以推動情節的進展，更重要的是，藉助這個角色傳遞主體無法以親歷親為的方式要表達的異性經驗、感受和意念。"他" 在大多數情況下指代貫穿於敘事中的其他人物，如退休鄉長、石大爺、土

1　高行健：《靈山》，台北：聯經出版事業股份有限公司，1990 年，第 503 頁。

2　劉再復：《高行健論》，台北：聯經出版事業股份有限公司，2004 年，第 40 頁。

匪李國泰、撰寫地方風物志的吳老師等人，但在有些章節中出現的"他"，卻是敘事者"我"的另一個化身，以便從第三方角度更確切地表述"我"的體悟和感受。全書81節當中，主要是"你"和"我"輪番隱顯，成為不同章節的主角。兩個主角都經歷了前往靈山的探險旅途，都有奇聞和艷遇，"我"作為主要敘述者，成為推動情節發展的主綫，"你"的際遇和感受則不停地豐富"我"這條主綫，成為尋找靈山全程的見證人。"我"主要經歷隱逸於世外的現實世界，有依據，講時空限制；"你"所經歷的，實為"我"的想像世界，具有更多的意識流、非邏輯性和超驗特徵。再加上"她"與"他"的適當介入，從不同的視角觀察主體所關注的同一事物，依據表述的需要靈活地轉換場景，或者從敘述語境轉到對話語境，構成了這本書的基本結構。

在《靈山》中，作為主要敘事者的"我"，大多時候表現為自我，即人對自身生活和精神走向的理性選擇。"我"在被診斷患了癌症之後，對往日的生活失去興趣，獨自來到西南邊陲的原始生態環境尋找精神深處的靈山；"我"觀看羌族人對火的崇拜儀式、訪問大熊貓自然保護區、請小山城的靈姑算命、邂逅縣文化館的姑娘；"我"的心靈被邊陲沒有污染的民風民俗所淨化，超越人生的恩恩怨怨，精神上向超我昇華，產生了對生命的新的理解。"你"則更多地表現為本我，即人的自然欲望與本性的一面。"你"為了探尋一個叫靈山的地方來到烏伊鎮，與"她"初次相識，為了本能的滿足而追尋她，設法與她相會，向她講述涼亭的故事、少女殉情的故事、風騷女子朱花婆的故事、與她相互講述性愛後的感受。"你"又給三個姑娘看手相，艷遇另一個姑娘，在原始林海中迷路。最後，"你"逆冰川而行，脆弱的生命幾乎在騎馬女人的鈴聲誘惑下墜向深淵，頑強的求生意志終於讓"你"回到黑暗的住處，而"我"則從窗外雪地的小青蛙身上看到了上帝。"我"和"你"，自我和本我的交叉盤纏、相互映襯，把人性深處的秘密作了充分而自然的展示。"她"不是超我，相反，"她"的身上帶有明顯的本我的特徵，但是，"她"通過和"你"在烏伊鎮的涼亭相遇，和"你"談心交心，想像自盡後的慘狀，體會性愛的愉悅，和"你"爭辯，不同心靈坐標的相互觀照，產生了部分超我的功能，起到了暴露本能、限制欲望和讓欲念昇華的作用。特別是在第50節，"她"決定與"你"分手回歸原來的生活時，對"你"

的一連串近乎歇斯底裏的譴責，更顯示出追求欲望與限制本能之間的衝突及其難以調和的特點。

"她"離開"你"之後，小說中生出一條新的"他"的綫索，這個"他"不是小說中出現的其他人物的他，而是作為超我的替身對"我"進行點化的"他"。"他"在第72節和第76節中出現過兩次，作用重要，前一次出場，"他"與"批評家"進行了一場關於什麼是小說的對話，闡釋了作者的小說觀念。後一次出場，"他"與"老者"的對話，涉及主人公一直追尋的靈山的謎底：

> "老人家，請問靈山在哪裏？"
> "你從哪裏來？"老者反問。
> 他說他從烏伊鎮來。
> "烏伊鎮？"老者琢磨了一會，"河那邊。"
> 他說他正是從河那邊來的，是不是走錯了路？老者聳眉道：
> "路並不錯，錯的是行路的人。"
> "老人家，您說的千真萬確，"可他要問的是這靈山是不是在河這邊？
> "說了在河那邊就在河那邊，"老者不勝耐煩。
> 他說他已經從河那邊到河這邊來了。
> "越走越遠了，"老者口氣堅定。
> "那麼，還得再回去？"他問，不免又自言自語，"真不明白。"
> "說得已經很明白了。"老者語氣冰冷。[1]

劉再復從"他"與"老者"的一問一答中看到高行健的謎底：世無靈山，靈山就在尋找者的心中。"他"在書中出現的作用，也愈加明顯，"他"就是作者設置的一雙中性的眼睛，它既觀照本我亦觀照自我，又超越自我與本我，不帶情緒不帶偏見，對難以猜透的謎底做出適當的啟示。劉再復把《靈山》比作內心的《西遊記》，展示了作者以尋找靈山為圖騰的精神皈依和靈魂旅行。主體的三重自我，分別或輪流從對視、旁觀和俯瞰的視角，觀察主體的心魔活動以及與心魔

1　高行健：《靈山》，台北：聯經出版事業股份有限公司，1990年，第529–530頁。

的對抗，三個視角所得視像，經冷靜的敘事語言的連結，相互映襯對照，覆蓋了全書 81 節內容，映照出靈魂在欲望生命渡口的 81 次掙扎、感悟和解脫。

高行健的小說《一個人的聖經》，表述的是人生苦難經歷中的靈魂之旅，讀者能從冷靜的敘事中時時聽到靈魂的呻吟與叩問。在這樣一部著作中，敘事者"自我"該如何表現呢？劉再復一句話點明高行健的創新特徵，"他表現自我的辦法是'無我'"。[1]高行健對主體三重性的呈現方式做了變動，只設置"你"和"他"兩個主角，而隱去了"我"這一真正的敘事者。小說寫的是文化大革命的生活內容，但不是展示這場荒唐的革命本身，而是寫這段最混亂最悲慘的歲月對普通人的命運、心理、人性的打擊和扭曲。"他"是故事的主角，是一個歷史角色，他的身世是主人公在荒唐歲月中的經歷與感受。"你"則是現實角色，是審視者與批評者，站在數十年後的時間距離之外對"他"進行叩問與調侃。"你"與"他"的對話產生了自審和"自嘲"的效果，但沒有絲毫的自戀與自辱。歷史場景中的"他"，為了在橫掃一切的革命風暴中自救，主動扮演一個"造反派"的角色，但革命面具的後面，卻是一顆自怯自卑但還保存一絲幽光的心。"你"對"他"的回顧，審視、評判與調侃，正是對隱去的"我"的回顧、審視、評判與調侃：

> 你總算能對他作這番回顧，這個注定敗落的家族的不肖子弟，不算赤貧也並非富有，介乎無產者與資產者之間，生在舊世界而長在新社會，對革命因而還有點迷信，從半信半疑到造反。而造反之無出路又令他厭倦，發現不過是政治炒作的玩物，便不肯再當走卒或是祭品。可又逃脫不了，只好戴上個面具，混同其中，苟且偷生。他就這樣弄成了一個兩面派，不得不套上個面具，出門便帶上，像雨天打傘一樣。回到屋裏，關上房門，無人看見，方才摘下，好透透氣。要不這面具戴久了，粘在臉上，同原先的皮肉和顏面神經長在一起，那時再摘，可就揭不下來了。順便說一下，這種病例還比比皆是。他的真實面貌只是在他日後終於能摘除面具之時，但要摘下這面具也是

1　劉再復：《高行健論‧閱讀〈靈山〉和〈一個人的聖經〉》，台北：聯經出版事業股份有限公司，2004 年，第 142 頁。

很不容易的，那久久貼住面具的臉皮和顏面神經已變得僵硬，得費很大氣力才能嘻笑或做個鬼臉。[1]

對於高行健故意隱去"我"的這一變動，劉再復說它具有象徵意義，象徵著小說的敘事者我"竟然被嚴酷的現實扼殺了"。從文藝美學的角度看，這不是一字之差，而是寫法上、結構上的重大變化，"我"這個敘事主體身份的隱去，體現高行健多年來的美學思考，特別是對尼采式的"自我的上帝"所作的最徹底的反省。小說帶有濃重的自傳色彩，如何以冷靜的筆法去敘寫最不冷靜的動亂年代，要避免感情的溢漫，這是一個難題。"小說第一人稱之'我'的消失，主要並不是現實原因，而是作家的美學原因，即高行健拒絕讓一個可能帶來浪漫主義情緒的'自我'在文本中出現。他顯然敏感到：這部長篇的藝術節制，最重要的是對這個'自我'的限制。這個苦難的'我'一旦膨脹就會消解《一個人的聖經》的藝術。"[2]

為了消除小說內部結構變化引起的表述的艱澀，增強語言對內心狀態的表現力，高行健極為注重錘煉作品的敘述語言，讓你、我、他之間的對話形成自然的口語，創造出一種音樂性很強的"語言流"。什麼是"語言流"？他在《文學與玄學·關於〈靈山〉》一文中解釋說：

> 文學語言應該可以朗讀，也就是說，不只訴諸文字，也還訴諸聽覺，音響是語言的靈魂，這便是語言藝術同詞章學的區別……這當然同我好用錄音機寫作有關，但我從不把錄音作為定稿，往往反覆修改，《靈山》有些章節甚至不下二十稿。可我仍然堅持用錄音機寫作，因為有助於喚起這種語言的直覺。
>
> ……
>
> 西方現代文學中的意識流，從一個主題出發，追隨和捕捉這主體感受的過程，作家得到的無非是個語言的流程。所以，我認這種文學語言不妨稱之

---

1   高行健：《一個人的聖經》，第 26 節。

2   劉再復：《高行健論·高行健小說新文體的創造》，台北：聯經出版事業股份有限公司，2004 年，第 164 頁。

為語言流。[1]

劉再復認為"語言流"產生於高行健自覺的小說藝術創新意識，"他的小說不是喬伊斯與沃爾芙那種意識流，而是一種獨創的'語言流'。這種語言方式捨棄靜態描寫、解說與分析，追蹤心理活動過程又不失漢語韻味"。[2] 從劉再復的評述，大致可以看出"語言流"的基本特徵：這種敘述語言，不論換成什麼人稱代詞，表述的是敘述者的內心獨白，它類似西方現代派的意識流，但內心獨白總是與敘述者的語氣節奏自然合拍，才能清晰地傳達創作者的內心感受。"語言流"放棄使用靜態表述方式展開情節，以動態方式追蹤心理活動過程，通過內心情緒的變化形成自然的衝突和緊張，緊扣讀者心弦。再次，語言流不失漢語韻味，就要處理好"語感"，語感來自對新鮮活潑日常口語的藝術提煉，既能體現漢語抑揚頓挫的優美節奏，又能暗示變化的心理過程，融合了意識流和音樂流，劉再復說它"把內在的清韻與外在流暢結合起來，使作品不僅具有意美，而且還有音美"。[3] 他止不住在評論中整段地引用《靈山》第 19 節對男女主人公邂逅時的情景描述，以證明"所謂文學天才就是把這種（表現內心真實的）能力推向極致並充分表達出來（轉換為形式）的才華"。[4] 小說中，"你"與"她"第一次墮入愛河，兩個現實生活中的亞當和夏娃，在濃重的深秋暗夜包圍著的一片原始混沌中，完成了被蛇誘惑後的墮落過程。本我的自然欲望，在青年男女情感溶匯的激流中沉浮，遠古的意象和當下的場景在詩意的對話中交會，合成了一首青春與生命的音樂詩：

> 然後是滾燙的面頰，跳動的火舌，立刻被黑暗吞沒了，軀體扭動，她叫你輕一點，她叫喊疼痛！她掙扎，罵你是野獸！她就被追蹤，被獵獲，被撕裂，被吞食，啊——這濃密的可以觸摸到的黑暗，混沌未開，沒有天，沒有地，沒有空間，沒有時間，沒有有，沒有沒有，沒有有和沒有，有沒有

1　高行健：《文學與玄學・關於〈靈山〉》，1991 年 5 月（本文根據在斯德哥爾摩大學東方語言學院講話錄音整理）。"主題閱讀網"在綫閱讀，2019 年 3 月 20 日。

2　劉再復：《高行健論・閱讀〈靈山〉和〈一個人的聖經〉》，台北：聯經出版事業股份有限公司，2004 年，第 142 頁。

3　劉再復：《高行健論・〈文學的理由〉序》，台北：聯經出版事業股份有限公司，2004 年，第 172 頁。

4　劉再復：《高行健論・閱讀〈靈山〉和〈一個人的聖經〉》，台北：聯經出版事業股份有限公司，2004 年，第 147 頁。

有沒有有，沒有沒有有沒有沒有，灼熱的炭火，濕潤的眼睛，張開了洞穴，煙霧升騰，焦灼的嘴脣，喉嚨裏吼叫，人與獸，呼喚原始的黑暗，森林裏猛虎苦惱，好貪婪，火焰升了起來，她尖聲哭叫，野獸咬，呼嘯著，著了魔，直跳，圍著火堆，越來越明亮變幻不定的火焰，沒有形狀，煙霧繚繞的洞穴裏兇猛格鬥，撲倒在地，尖叫又跳又吼叫，扼殺和吞食……竊火者跑了，遠去的火把，深入到黑暗中，越來越小，火苗如豆，陰風中飄搖，終於熄滅了。

我恐懼，她說。

你恐懼什麼？你問。

我不恐懼什麼可我要說我恐懼。

傻孩子，

彼岸，

你說什麼？

你不懂，

你愛我嗎？

不知道，

你恨我嗎？

不知道，

你從來沒有過？

我只知道早晚有這一天，

你高興嗎？

我是你的了，同你說些溫柔的話，跟我說黑暗，盤古掄起開天斧，

不要說盤古，

說什麼？

說那條船，

一條要沉沒的小船，

想沉沒而沉沒不了，

終於還是沉沒了？

不知道。

你真是個孩子。

給我說個故事。

洪水大氾濫之後，天地之間只剩下一條小船，船裏有一對兄妹，忍受不了寂寞，就緊緊抱在一起，只有對方的肉體才實實在在，才能證實自己的存在。

你愛我，

女娃兒受了蛇的誘惑，

蛇就是我哥。[1]

劉再復禁不住稱讚語言流的成功運用，把長篇小說寫成了音樂詩，"我們從這一節中可以看出高行健文字的風格：準確、洗練、富有內在的情韻。這個女子，也許現實中並不存在，只是主人公幻想中的審美理想。我們如果把這一節作為一篇獨立的散文來欣賞，也會覺得很美，很有情趣，有一種天人合一的感覺。《靈山》全書四十多萬字，八十一節，每節都是一篇很優美的散文"。[2]

劉再復對高行健的解讀，不僅是詩、思交融的審美欣賞，更可貴的，是他通過對高行健作品的解讀，極其自然地從高行健對自我內部複雜關係的思考，歸納出文學心靈本體論呈現深層人性的基本原理。高行健以人稱代人物，是人的意識的起點。意識是心靈情感之源，也是人性複雜性的因由，有了你、我、他這三個坐標，意識產生的奧秘才得以彰顯。你、我、他分別佔據不同坐標，確認主體的三重性以及主體內在的互動，形成了主體間性關係。主體內部三坐標的對話，其實是"假對話"，是主體藉助人稱的變換，在自我內部世界的不同位置所作的獨白。特別是主體三重性中抽出來的"他"，以一雙冷眼，從旁觀者的角度審視靈魂中的"你"和"我"，觀看到內部世界的深層，這使得文學比任何其他藝術形式都更能深刻逼真地呈現真實的心相，抵達人性的深層。

文學心靈本體論涵容以文學手法表現心靈狀態決定一切的藝術規律，劉再復所擊節讚賞的，是高行健以純粹藝術手法，從不同人稱視角觀察自我內部世界，

1　高行健：《靈山》，台北：聯經出版事業股份有限公司，1990 年，第 122–126 頁。

2　劉再復：《高行健論》，台北：聯經出版事業股份有限公司，2004 年，第 151 頁。

並把這個複雜內部世界與外部環境構成一幅逼真而和諧的現實圖景。高行健對主體三重性的發現和把握，來自他對人性現象的哲學思考，他受到弗洛伊德、康德和佛教的多重影響。弗洛伊德從心理學角度把意識分為本我、自我、超我三部分。本我，指潛意識形態下的心理動態，主要是各種原始本能欲望衝動；自我，指思想中有意識的部分，如意識到存在的價值或行為的荒謬；超我，是思想的自覺，為理性的自我，作用是抑制本我的衝動、監控和調節自我、追求完善的境界。意識的三方面因素，經過心靈綜合併由具體行為體現出來，展示一個完整的心靈狀態。在康德那裏，"我"也有三重內涵："認知我"是關於我的單純思維，"現象我"是關於我的直覺，"物自身的我"是關於我的形而上學的規定。這三者是同一個"我"的不同面相，分別對應"我思"、"我在"和"我之本體"的哲學思考。佛教以"如來三身"說，即法身、報身和化身來解釋人性的複雜構成：法身指人的真身，報身是承受因緣之身，化身為修煉佛性之身，三身本來一身。高行健的成功之處，不是詮釋或比較這些理論，也不是借形象和情節演繹他的見解，而是把他充滿哲理思考的心理感受借文學意象傳遞給讀者。透過小說打碎重組的敘事碎片，讀者所感受到的，不是一個供人愉悅的小說故事，而是一個從未謀面的知己的長篇獨白，是創作主體對生命現象的敏感、疑慮、多變、執著而終於曠達的複雜感受。

文學心靈本體論的關注的重心，是創作如何通過具體人生內容的描述呈現真實的心靈情感，以豐富的情感體現生命的活性，從生命的活性中看到人性的複雜。當小說讓自我一分為三，表演為現實生活中三個不同角色的同時，便把作者對主體間性的思考投向生命內部，在靈魂、情感深處搭起一種特殊的主體關係構架，"我"、"你"、"他"既是主體的三個不同層面，亦是站在不同角度觀察主體的三個坐標。一個坐標的最佳平面視角超過 120 度，三個相互觀測的坐標則可以涵括全部 360 度的視野，對心靈的奧秘一覽無餘。高行健發現主體三個坐標之後，抓作"人生"這個中介，把哲學意識中的主體變成活生生的歌哭言笑的生命主體，"就找到本我、自我、超我的人性落腳點，就找到展示生命狀態的另一片廣闊天地"。[1]

1　劉再復：《高行健論》，台北：聯經出版事業股份有限公司，2004 年，第 40 頁。

內心狀態的舞台形象呈現

高行健的作品有一個基本特徵：不拘一格地使用各種意象呈現內心狀態。不論他以逼真的寫實手法還是以抽象風格傳達藝術感受，都試圖通過深掘人性的內層使作品呈現存在意義上的人類精神狀況。這種藝術追求，使他的作品具有強烈的主體自我審判意識，即在對主體自身弱點與迷惘的不斷暴露、嘲弄、自審過程中尋找精神突圍的出口。他的 18 部劇，除《絕對信號》有較濃的現實主義色彩之外，其他戲劇都試圖以主觀的虛擬、程式化的抽象、幻覺與實景交錯、意識的突兀轉換等方式，在舞台上展示人的內心狀態、靈魂焦慮和精神突圍。劉再復對高行健的戲劇表演藝術的創新，有一個精闢的概括，說他將內心混沌狀態形象化，變為可視之物，創造了心靈狀態戲：

> 高行健在戲劇上創造了一種難度極大的心靈狀態戲。心靈狀態不僅難以捕捉，而且是看不見。把這種不可視的生命景觀呈現於舞台難度極大，但高行健突破這種難點，把不可視變為可視、可動作、可呈現的舞台意象，這不能不說是人類戲劇史上的一種巨大的首創。[1]

高行健戲劇藝術的創新，和他的小說敘寫藝術的變革方向相似，都是以"三"為起點，對主體靈魂作三維呈現。《靈山》展示了人物內宇宙的三維生命狀態，他的戲劇則是通過演員把角色"一分為三"與"合三為一"，把無法捕捉的複雜精神狀態形象地呈現在舞台上。對於高行健這種全新的戲劇美學表現形式，劉再復通過逐一解讀他的劇作，作了系統的理論闡釋。

荒誕意識是人對存在關係荒誕性的直覺感受和內心焦慮，劉再復評價高行健

1　劉再復：《高行健論》，台北：聯經出版事業股份有限公司，2004 年，第 39–40 頁。

是最成功地以文學意象和舞台形象表現出強烈荒誕意識的當代漢語作家，"高行健作品中的詩意不同於莎士比亞（人文激情），也遠離歌德（浪漫激情），而是出於卡夫卡——卡夫卡的荒誕意識。唯有卡夫卡，才是高行健的出發點"。[1] 卡夫卡的作品，如《變形記》、《城堡》、《審判》，是歐洲浪漫主義與批判現實主義文學思潮向現代主義轉變的標誌，開闢了文學探討主體荒誕存在的時代。他以冷眼觀世界，看到現代社會無端把人變成非人，人所創造的工具、科技、主義和概念變成奴役人自身、扭曲人心靈的刑具，由此進入存在層面上對人生意義的思索。高行健從 1983 年寫的第一部劇作《車站》開始，就剖析這個世界的荒誕。車站已經取消一年了，可是乘客們寧願淋著雨等在車站中趕星期六下午進城的班車，為汽車的晚點吵鬧，為追上不靠站的班車而爭鬥，全都生活在幻覺當中。他的《叩問死亡》，通過對生存和死亡的形而上思考，呈現了世界和生命的雙重荒誕。主角是一個中年人"這主"，他在等候火車的空閒中走進一家當代藝術館參觀，卻因閉館被關在裏邊。他看到的展品全是垃圾藝術，香煙頭、小便池、用過的衛生巾，展品旁邊陳列著學者的宣傳推薦文章和相關數據。"這主"憤怒譴責當代藝術的墮落、無聊和荒唐，展出的全是垃圾，只缺一個大活人。作為"這主"另一個自我的"那主"出現了，"那主"批判"這主"也是個下流胚子。"這主"高度警惕"那主"，又不得不與他對話，並被他逐漸說服，接受"那主"的自殺建議：把自己吊死在藝術館中，讓自己成為一件表現死亡理念的展品。劇中分裂的靈魂的對話，淋漓盡致地揭示了藝術與人生的荒誕性，當代藝術失去了審美標準，人生失去了生命的終極意義。"這主"信仰喪失，以死亡逃避人間的淺薄，並以此抗議世界的墮落。

劉再復說高行健並不純粹重複卡夫卡，他對荒誕性的揭示，一個新的突破，是徹底從外轉向內，並把這種難以捕捉、眼睛看不見的內在混沌狀態，以可視形象成功地搬上戲劇舞台，成為內心煉獄的舞台呈現。劉再復特別強調《生死界》在高行健內心狀態戲實驗過程中的重要意義：

1　劉再復：《高行健論·從卡夫卡到高行健》，台北：聯經出版事業股份有限公司，2004 年，第19 頁。

就高行健個人的寫作史來說，《生死界》乃是他的兩個標誌：1. 由中國轉向世界的標誌。高行健出國後所作的《逃亡》、《山海經傳》還有中國文化背景，從《生死界》開始，他便揚棄了這一背景，思索和表現普世問題，即所有人的共同問題……2. 標誌著進一步由外向內的轉變。《逃亡》、《山海經傳》還是情節戲，有外部時間；《生死界》則完全是內心狀態的戲，表現的是人類普遍的內在困境、人性困境，只有內心時間。[1]

　　《生死界》是一部獨白劇，演繹一個女性在男性視角下解構自我的主題，呈現出男性主導世界中男女關係的複雜性。女主角受盡男人折磨，又離不開男人，對男人既愛又恨，因情受苦而不能自拔。劇情通過一個概念上的女主角"她"的獨白來推進，但"她"並不出場，而是由名叫"女人"的替身代"她"陳述。"女人"一出場就抱怨"她"與男人的糟糕關係：

　　　女人：（一發而不可收拾）她說她不明白為什麼居然還忍受，忍受到如今。他和她，她說她說是她和他的這種關係再也無法繼續，這樣不死不活，這樣艱難，這樣費勁，這樣無法溝通，這樣不明不白，這樣難分難解，弄得這樣糟糕，還這樣緊張，她神經都要崩潰了。

　　當"女人"代"她"陳述時，舞台上另有一個女性舞者作背景式的舞蹈表演，通過舞姿傳達"她"處於變化中的心像。當"女人"的敘事涉及到"她"與幾個男人的關係時，台上出現一個小丑，無聲扮演男性角色，以增加"她"的心相中男性的形象效果。女主角的陳述者除了隨著情緒變化做一些抬手轉臉之類的簡單動作外，幾乎沒有形體表演，作為配角的舞蹈演員與小丑則隨著主角替身敘述內容的變化作啞劇表演，沒有一句台詞。他們的形體表演，作為背景出現，並不純是"女人"語言的圖解，常常表現出對其陳述的意義的否定，由此強化了"女人"的內心衝突。

　　"女人"口中的"她"，不是一個好女人，"她"勾引女友的丈夫並故意讓女

1　劉再復：《高行健論·內心煉獄的舞台呈現》，台北：聯經出版事業股份有限公司，2004年，第133頁。

友知道，彼此較勁誰更下賤。"她" 回顧過往，發現原罪意識是由母親那裏繼承而來；"她" 想通過皈依宗教贖罪，卻看見已出家的女尼掏出腸子不斷清洗，怎麼也洗不乾淨。就在 "她" 不斷沉淪之際，卻在幽谷之門發現一雙男人的巨眼正盯著 "她"，象徵著女人的污穢是由男權的監視與操控所造成，男人的視界局限了 "她" 的存在，男人是女人的地獄。最後，當 "女人" 口中的 "她" 在內外尋找靈魂卻無法清洗原罪之際，一個灰衣灰帽的老人出現，無聲地伸出雙手，接著天上飄下的雪花。這個無聲的動作如同禪的當頭棒喝，喋喋不休陳述著的 "女人"，發現自己的手腳相次脫落，身體消失，只剩下一堆衣服。《生死界》通過將內心狀態形象化，成功地演繹了有情則苦的人生悖論：無情，生命孤寂；有情，苦難的淵藪。

高行健的其他劇作，都少不了精神狀態與心理活動的形象表演。《彼岸》當中，角色 "影子" 是一個抽象的形象，高行健成功地用 "人" 與 "影子" 共同的形象表演來詮釋 "人" 的反思功能，他們的動作和語言所表現的，完全是 "人" 與 "眾人" 抽象的心理和思維特徵，具有強烈的自審效果。《夜遊神》開始的場景，是歐洲夜行火車的一個車廂，車廂裏五個沒有車票的乘客，相互沒有什麼交談，他們以閱讀打發時間。閱讀當中，漸漸展開了一場五個旅客共同參與的 "夢"。旅客變成了 "夢遊者"，"他" 來到一個城市的一條黑暗街道旅行，先後遇到無端驅逐他的 "流浪漢"、找茬的 "痞子"、黑幫 "那主" 和遊蕩的 "妓女"。作為主角的夢遊者象徵放逐中的知識分子，他一開始守持自己的道德準則，對這些社會邊緣人物的無端尋事主動退讓，在 "妓女" 被 "那主" 殺死之後，他經過一場心靈的博鬥和懺悔，放棄先前的道德準則，加入了以暴易暴和消費女人的行列，夢醒時分，夢遊者和車廂中其他旅客都消失得無影無蹤。在對此類複雜的內心狀態作舞台呈現時，高行健採用他所擅長的方式解決求真和求假的矛盾，那就是把高度逼真的細節融化在程序化的戲劇構架中，以現實的摹寫讓觀眾覺得劇情的 "真實"，以抽象的戲劇語言傳達形而上的思考和啟示。旅客與夢遊者身份的轉換，以及夢遊者和妓女分別以 "你" 和 "她" 的人稱對話，展示出複雜的主體間性，即自我的多重主體之間相互抵制、勸說、妥協以及夢遊者最終降服的心相。在細節逼真的背景條件下，劇作者藉助角色身份轉換的戲劇程序，解構自我內部的多重主體，充分展示自我內在世界的真實狀態，構成了戲劇的複調與多重變奏。高行健把不可視的心相化作可視的舞台形象，是對中國傳統戲曲程式化表演藝術的發展，是戲劇表演藝術的一個巨大突破。傳統戲劇普遍採用程式化動作和人物旁白的方法展示心理內容，演繹戲劇衝突。高行健把這種解決戲劇外部衝突的方法，成功地運用於展示人的複雜心理過程，如同明末畫家朱耷（八大山人）的水墨畫，畫的是物相，傳達的是心相。

高行健的戲劇處理極複雜的內心狀態，卻充滿了寫意性。劉再復說高行健的戲劇表演寫意性承自中國傳統書畫的寫意藝術，承自中國戲曲程式化的寫意技巧，承自禪的寫意韻味，對寫意性技巧的嫻熟運用，為他的戲劇表演拓寬了第三心靈空間：

> 高行健從 1980 年發表第一個劇本《絕對信號》開始，寫意的戲劇才能就表現出了。這之後 20 多年，他的寫意特點，更是發揮到淋漓盡致。到世紀末所作的《八月雪》已是禪意盎然。表面上是宗教戲，實際上與宗教一點關係也沒有。在禪的智慧眼睛下，各種權力的色相和各種迷信全看透了。那些被世人所追逐的一切，什麼也不是，什麼也沒有，真正的"有"，乃是當下。慧能的大智慧就是當下對自身和世界的清醒意識，這種意識一說出來，既簡單又極其透徹。這種感知世界與人生的方式是西方哲學家所沒有的，也是西方作家難以學到的。高行健正是在西方傳統思辯的空白處和邏輯空白處獨樹一種感知的方式，這便是東方禪的方式，高度寫意的方式，如此實在又如此透徹的方式。[1]

"寫意"是中國書畫術語，即畫家的創作，既非臨摹具象，也非似是而非的抽象，而是形神合一的精神形象。戲曲演員的表演，受到時空條件的限制，只能以虛擬和象徵性的舞台動作創造出寫意的意象。京劇《徐策跑城》中，人物走一個圓場，象徵幾十里的路程已經走完；戲劇家汪笑儂在表演《寫蠻書》中李白醉酒時進宮面聖的情形，上半身晃晃悠悠，是醉酒的詩人；下半身穩穩當當，象徵

---

1   劉再復：《高行健論》，台北：聯經出版事業股份有限公司，2004 年，第 137–138 頁。

詩人座下的奔馬。具有高度伸縮性的對生活細節的程式化提煉，經演員流暢地表演，有限的舞台空間和時間便向觀眾展示出時空的無限廣闊性。高行健的舞台寫意，最大的創新就在開拓了內心狀態呈現的無限可能性。斯坦尼斯拉夫斯基將演員與角色合二為一，在舞台上創造出真實的一度空間；布萊希特將演員與角色一分為二，要求舞台具有間離效果，創造出讓觀眾思考的二度空間；高行健將角色一分為三又合三為一，讓角色根據內心狀態變化的需要，靈活地在"演員"、"觀眾"和"角色"之間轉換，形成演員、角色、觀眾三者的共謀結構。在此結構中，演員是中性的，演員不代表角色，也不體驗角色，只是在觀眾面前敘述角色，角色則隨著觀眾認知的發展，變換身法走入觀眾心中。

高行健的戲劇實驗，體現禪的精神，他以大寫意的方式放逐世俗概念和現實表象，讓心相、心底的聲音得到充分的展現，通過這種方式，從戲劇內部尋找充分展示心靈內宇宙的可能性，也從戲劇內部建立新的角色形象。劉再復說，高行健的戲劇把不可視的情感狀態化作可視的舞台形象，"戲中有很深的哲學意蘊，但不直接談哲學，也不作任何倫理判斷與政治解說，對'自我'不作肯定也不作否定，只是呈現真實的人性狀態，把難以捕捉的狀態加以捕捉並作審美的提升。劇作家在劇中充分看到人性的弱點，但又清醒地凌駕於弱點之上，這才是真的超越"。[1]

劉再復對高行健戲劇藝術創新的闡發，揭示心靈本體原則在文學創作實踐中極具靈活性和實用性，創作者遵循"呈現真誠情感"這條心靈原則，可以化實相為心相，也可以把心相轉變成文學意象；可以用極端現實主義的手法呈現逼真的心靈狀態，也可以借形而上的思考叩問人性之謎，藉助自由靈活的藝術審美形式呈現現代人複雜的心靈狀態和精神世界，這才是文學創作應當瞄準的方向。

1　劉再復：《高行健論·內心煉獄的舞台呈現》，台北：聯經出版事業股份有限公司，2004 年，第135 頁。

五

冷文學與醒觀美學

　　高行健的作品，從小說到戲劇，鍍上了一層極端冷靜的色彩。高行健稱自己所寫的是一種"冷文學"，是"恢復了本性的文學，不妨稱之為冷的文學。它所以存在僅僅是人類在追求物欲滿足之外的一種純粹的精神活動"。[1] 劉再復對"冷文學"概念作如下解讀：

> "冷文學"包含雙重意義：其外在意義是指拒絕時髦、拒絕迎合、拒絕集體意志、拒絕消費社會價值觀而回歸個人冷靜精神創造狀態；其內在意義則是指文本敘述中自我節制與自我觀照的冷靜筆觸。這不是拜倫、盧梭、海明威、沙特（內地譯作薩特）的筆觸與狀態，而是卡夫卡、卡繆（內地譯作加繆）、喬伊斯和曹雪芹的筆觸與狀態。高行健的冷文學，是把人性底層的激流壓縮在冷靜的外殼（藝術外殼）之中的文學，有如蘊藏著溶岩的積雪的火山。……高行健的冷靜是既沒有怒氣，也沒有怨氣，只有冷靜的觀照與敘述。……這裏需要強調的是作者為了避免陷入自戀，已開始設置了審視作家本人和審視書中人物的眼睛，這實際上是作家的第三種眼睛。這雙放在"他"身上的眼睛，不帶情緒，不帶偏見，與自我的眼睛拉開距離，因此是中性的眼睛。這樣，審美距離在沒有交給讀者之前，作家就已率先作了具有審美距離的觀照了。[2]

　　劉再復的解讀，從內涵和技巧兩方面說明了"冷文學"的性質，外冷內熱的藝術精神，通過"冷"的語言技巧表述，形成一種外冷內熱有著高度的個體獨立

1　高行健：《文學的理由》，香港：明報出版社，2001年，第 2 頁。

2　劉再復：《高行健論·高行健小說新文體的創造》，台北：聯經出版事業股份有限公司，2004年，第 162–163 頁。

和理性自制的美學風格，劉再復稱之為"醒觀美學"，它具有如下一些基本特徵：

醒觀美學風格最基本的特徵，是讓人物在進入角色之前有一個淨化自我或疏離自我的過程，也即理性處理我─中性演員─角色的關係，以中性眼光觀察對象，審視自我。這就是禪的觀自在，禪的明心見性，通過觀審自我而開掘自性。"高行健在禪的啟發下觀省生命本身。這種觀省不是思辨，不是分析，不是訴諸邏輯，而是通過對生命個體脆弱性的揭示來肯定個體生命的價值，也就是說，他是通過對個體生命之脆弱與混沌的清醒意識來肯定個體生命的價值，肯定人性弱點的合理性，從而給予生命最大的寬容。"[1] 作家通過自審獲得對自我的清醒認識，確認個人的脆弱和渺小，以此抵擋尼采式的無限個人膨脹，他筆下的文學意象以及文學意象所揭示的人性看起來才真實而自然。帕斯卡爾說："人只不過是一根葦草，是自然界最脆弱的東西；但他是一根能思想的葦草……因而，我們全部的尊嚴就在於思想。"[2] 高行健不喜歡詮釋他人，他的作品出現的各個平凡人物，只發出自己微弱的聲音，卻在客觀上詮釋了帕斯卡爾的思想。他的角色大多軟弱卑微，但能夠徹底撕下個人面具，把真實的人性亮給讀者；即使《八月雪》中的禪宗六祖慧能，也是一個普通僧人，必須藏匿深山僻野，砍柴打獵謀生，以逃避宗教迫害。他最後不是依靠神跡法術，而是憑藉透徹的思想，贏得僧徒乃至民眾的信任。在戲的第三幕（大鬧參堂）序曲的演唱中，劇作者借人物"作家"之口讚嘆慧能的一生，"一個樵夫，一代宗師，一生的艱辛，一界虛無，好一場遊戲"。高行健在 2000 年諾貝爾文學獎授獎活動中以《文學的理由》為題的演講中說，"一個作家不以人民的代言人或正義的化身說的話，那聲音不能不微弱，然而，恰恰是這種個人聲音倒更為真實"。他在演講中否定超人哲學，檢討過去一世紀裏由強人、超人的野心和暴行為整個人類帶來的災難。他以魯迅的命運為鑒，魯迅曾受尼采的影響，畢生致力於改造國民性的韌性戰鬥，"最後在絕不寬恕的絕決中死去。魯迅已死，並再次證明了一個真理，人需要關注的是

1 劉再復：《高行健論・從卡夫卡到高行健》，台北：聯經出版事業股份有限公司，2004 年，第21 頁。

2 帕斯卡爾：《思想錄》〔264–391(347)121–219〕，北京：商務印書館，1985 年，第 100 頁。

'此在'。"[1] 高行健始終堅持這樣的立場：文學拯救不了世界，作家的責任，就是用文學的方式呈現人類生存處境和心靈困境，讓文學成為見證。劉再復稱讚高行健從不落入自我的陷阱，他在思想建構中最讓人震撼的是對三項歷史性神話的質疑，"1. 對自我神話的質疑。2. 對現代知識分子救國神話的質疑。3. 對 20 世紀藝術革命神話的質疑。而這三種質疑，也可歸結為一種，這就是對尼采式個人主義膨脹的質疑。"[2] 高行健的三種質疑，出發點是嚴格的自審，毫無保留地暴露自我的缺陷，把個人還原成一個有弱點的普通人；他也對自我的人性弱點進行毫不留情的批判，但在批判的同時，尊重和維繫個體人性尊嚴。劉再復評價他的《一個人的聖經》："作者沒有憤怒、沒有控訴，沒有持不同成見的情結，卻極其深刻地呈現出那個時代的現實與人的困境。"[3] 高行健把人還原為脆弱的普通人，顯示了反英雄主義傾向，即使在充滿浪漫創造氣息的搖滾歌舞音樂劇《山海經傳》中，為民射日的后羿，也不再是神話傳說中力轉乾坤式的英雄，而是一個自我意識薄弱、具有嚴重個性缺點的普通人形象：他為民除魔射日之後，天神把天門上鎖讓他永留人間，妻子嫦娥因后羿外遇宓妃而離家出走，盜取仙藥獨自返回天宮，后羿看著打碎的藥罐震怒不已，失控殺人於街道。本來一致擁戴他為王的民眾，"三拳兩棍結束了他，一代英雄死在街上"。戲劇的背景，劇中的說書人和民眾一起唱道：

> 奉天之命被天拋棄，為民除害被人拋棄，這種悲劇從不止息，他起初衝動後來猶豫，兩頭落空其實不稀奇，性格如此，他咎由自取，咎由自取，只換來天地一聲嘆息。[4]

高行健書寫脆弱的人性和荒誕的人生，但是他跟卡夫卡不同，卡夫卡用冷靜的眼睛來看世界，高行健則用冷峻的目光審視自己，"既看到世界的荒誕，又看

1　尹浩鏐：《踽踽獨行的高行健》，香港：《明報月刊》2008 年第 9 期。

2　劉再復：《高行健論》，台北：聯經出版事業股份有限公司，2004 年，第 100 頁。

3　尹浩鏐：《踽踽獨行的高行健》，香港：《明報月刊》2008 年第 9 期。

4　高行健：《山海經傳》，台灣師範大學藝術團華麗搖滾歌舞音樂劇《山海經傳》第九章：奔月。

到自身的渾沌。換句話說，是既把荒誕看作現實的屬性，也視為主體的屬性。"[1]
這是高行健很重要的思想，是高行健所推崇的"個人精神"觀念的核心，表現在他的小說、戲劇創作中，他的作品主題都跟這個認知有關係。他不斷向內心挺進，不斷揭開內心世界，魯迅的自我解剖，以一個向封建黑暗宣戰的戰士的價值觀作標準，高行健不設立標準，他對自己靈魂的解剖，出自良知。因為良知的燭照，他的作品總是無情地暴露主人公的人性弱點，但從未把自審變成自虐，其作品才能成為歷史和人性的見證。

醒觀美學風格的一個鮮明特徵，是從內容到語言，都浸潤著理性精神。理性，在高行健那裏，就是用中性的眼光觀審，傾向性和情感色彩淡化，語言敘述保持高度理性的冷靜和自制。冷靜和自制，不是對人和現實社會的冷漠，而是對自我浪漫情懷的適當抑制，對創作者思想傾向的理性駕馭。劉再復說，高行健的絕大多數作品包括小說和戲劇，都設置了自我觀察的互視結構，不論"你"、"他"、"她"，還是"我"，都是作者設置的"第三隻眼睛"，分別從不同角度由外觀內，穿透內心。這些中性的眼睛，和它們所觀審的情境保持一段時空的距離，因此可以不動聲色地從高處俯瞰人生、對人性的呈現更為客觀。譬如，一般作家對童年的回憶，大多是充滿溫情的敘寫，《靈山》的童年回憶，借"你"和"他"的眼光從現實中交叉回望過去，淡漠而冷靜，如同一些打碎的鏡像，散落在坎坷行程和寂寞心境當中。小說第 17 節，"你"和"她"在一個山村留宿，聽到山野中孩子的笑聲，勾起遺忘的童年：水桶壓在小同伴丫丫消瘦的肩上；扒在母親懷中躲避飛機轟炸；養的兩隻兔子，一隻被黃鼠狼咬死，另一隻淹死在尿罐裏。小說第 27 節，"她"回憶童年，把上學前外婆幫著梳辮子、父親被隔離審查、下放農村的經歷、與現實中已經感覺衰老疲憊的心態相互疊映。第 32 節中，"你"在"她"的要求下講述童年記憶，見過算命先生，跳過舞的女同學，被姦殺的女知青，少年情竇萌動時的情形……這些隔著時空距離跳躍式回顧童年的敘寫，同一宗旨，便是以中性的眼光，透過星星點點亮色的回憶碎片，反射

1　劉再復：《高行健論·從卡夫卡到高行健》，台北：聯經出版事業股份有限公司，2004 年，第
　　20 頁。

出在人生倦旅中徜徉的主人公的真實心態："她"的情感枯寂焦慮和"你"的精神無聊的應對。

醒觀美學風格讓作品常常發出人生叩問，叩問中充滿徹底的懷疑精神。高行健說："生命是個讓人永遠迷惑而解不開的謎，越深究越不可解，越豐富，越任性，越不可捉摸。上帝在生命之中而不在生命之外，主體不在別處，而在這自我。生命的意義，與其說在這謎底，不如說在於對這一存在的認知。"[1] 劉再復也說高行健是一個充分發掘"自我懷疑"價值的思想者，一個總是自我質疑的作家：

> 縱觀高行健的全部作品，其中倒是有一種一以貫之的"懷疑主義"。也許高行健不同意加上"主義"二字，但恐怕難以否定明顯的懷疑精神。高行健以懷疑精神作為他的認知的起點，不斷叩問，他的巨作《靈山》更是顯示不斷質疑的、深邃的精神之旅。從個人生存的意義到社會的眾生相與人類的歷史，乃至文學與語言，無不重新檢視。他的不斷叩問與質疑，不走向虛無和頹廢，卻導致深刻的認知。[2]

善於懷疑，是真理探求者的可貴品質；質疑，是獲得真知的前驅。自然科學領域中的質疑，引領研究者跨過驗證求解的通道走向真理；人文學科領域的質疑，難以得到像自然科學那樣明確的結論，但對於釐清似是而非的現象，對於認識人性的本真和存在的荒誕性，則能夠提供有價值的啟示。高行健的作品充滿了質疑，絕大部分無解。在《靈山》中，"我"不斷叩問靈山何在，靈山是什麼，尋找靈山的意義是什麼。為了這謎底，"我"獨身冒險遠遊，"我"的不斷叩問與質疑，不是走向虛無和頹廢，而是導致對"此在"生存狀態的深刻感知。話劇《彼岸》當中，全部劇情被注入一個重大命題：對生命意義的質疑。這個劇是個存在主義哲學劇，表現人類朝向現實的彼岸——一個理想境地的無意義的努力。戲劇開場時用眾人玩的繩子象徵生命的界河，此岸與彼岸的出現，喻示人生

1　高行健：《沒有主義》，香港：天地圖書有限公司，1996年，第84頁。

2　劉再復：《高行健論·高行健思想綱要》，台北：聯經出版事業股份有限公司，2004年，第315頁。

只是無目的的遊戲。人類漫無目的地到達彼岸的同時，喪失的是現世；在從彼岸向此岸回觀時，發現彼岸是與此岸同樣荒謬的不實在。眾人在集體無意識的狀態中徜徉於彼岸，"人"在眾人的注目之下試圖尋找孤獨的自由，卻受到"眾人"粗暴的阻止和懲罰。最後，當影子捧著"人"的那顆"蹣跚佝僂、又瞎、又聾的心"向人走來時，意味著"人"的死亡降臨。從存在主義的視角看，每個生命在與社會構成關係時，就產生了生活的荒誕性，"人"試圖在彼岸尋找個體的自由，終於被無意識的眾人的力量所擊敗，個人希望突破集體的重圍，集體無意識則消除個人對群體的抗衡。這個抗衡與抗衡歸零的過程，發出了對自我的彼岸是否存在的叩問，同時也表明了作者堅定不移的看法：在個體的自我突圍中，"人"並不是英雄，他既不能引導眾人，也不能戰勝自己；作為人的精神追求的彼岸，只是一個虛妄的存在。但是，"人"在彼岸對個體自由的追尋，為觀眾提供了一個不同的視角，引領觀眾對生命的本質投以關注的目光，如同高行健所說的那樣，"作為自我的'人'永遠是孤獨的⋯⋯雖說不一定能到達彼岸，至少是一個可能的泅渡方向"。[1]

懷疑精神存在於高行健幾乎所有作品中，只有禪劇《八月雪》是個例外。他對主體存在狀態的種種質疑，歸結為一個啟示，便是如何自覺走出精神囚徒的洞穴。高行健的作品一部部都在揭示，那些遮蔽個體生命的障礙是什麼，人如何獲得大解脫、大自在？到了《八月雪》，便是一種徹底的揭示。[2] 慧能在圓寂之前叮囑弟子：

> 後人自是後人的事，看好你們自己當下吧！我要說的也都說了，沒有更多的話，再留下一句，你們好生聽著：自不求真外覓佛，去尋總是大癡人。各自珍重吧。

後人是否可以領會慧能的"徹底放下"的思想，高行健仍然充滿質疑。所以，慧能圓寂之後，劇中的禪宗僧眾曲解慧能的說法，甚至出現了荒唐的狂禪、

1　《建立一種現代禪劇——高行健近期劇簡論》，台灣：《今日先鋒》第 7 期。

2　劉再復：《高行健論‧精神囚徒的逃亡——讀〈八月雪〉》，台北：聯經出版事業股份有限公司，2004 年，第 54 頁。

野狐禪，他們把擱置戒律的修行變成對禪宗信仰的破壞和一味的胡鬧。在看到他們大鬧參堂的妄念惡行之後，終於有人可以領悟慧能的思想，大禪師對大家說：

> 散、散、散，參堂如戲院。此處不留人，人走場空，各自營生去吧。

《八月雪》以徹底"放下"的思想回應作者對現實的質疑，禪宗六祖慧能不怕擔戴欺師滅祖的大罪，告誡僧徒擱置一切經籍教義，自性即佛，心明即佛，而且打碎佛祖所傳鉢盂，燒掉袈裟，破除子弟執迷地位名望之心。慧能廢除了佛教信仰的一切外在形式，獲得了"放下"和"得道"的真諦，禪宗從此一葉五枝，發揚光大。高行健在談論這個劇時說："六祖慧能啟發我：什麼都可以放下，你放下，也就放下了。"

高行健的醒觀美學風格，還體現在他對現實人生的細微觀察和對人物行為心理的逼真再現，細節上的纖毫畢現和內容上的深刻透徹，達到震撼心靈的程度，劉再復稱之為"極端現實主義"：

> 高行健顯然揚棄傳統的現實主義方法，而把現實描寫推向極致和另一境界。這裏的關鍵是作者進入現實而又從現實中走出來，然後對現實進行冷眼靜觀，靜觀時不是用現實人的眼光，而是用當代知識分子的眼光，一種完全走出歷史噩夢和意識形態陰影的眼光，這種眼光正是可以超越現實的哲學態度與現代意識。有這種眼光與態度，高行健就在對現實的觀照中引出一番對世界的新鮮感受和對普通人性的真切認識，並由此激發出無窮的人生思考，從而把現實描寫提高到詩意的境界。這樣，小說就不僅是現實的歷史見證，而且是特定時代人的普遍性命運的悲劇展示。[1]

高行健的小說，在涉及現實人生場景時，他所記錄的，決不僅僅是衝突的細節表象，而是細微之處放大了的人性深層溶岩的奔突，是靈魂在被命運之索捆綁時的顫抖。《一個人的聖經》第 43 節，寫主人公與妻子倩因為在命運漂泊途中

1　劉再復：《高行健論·中國文學曙光何處？》，台北：聯經出版事業股份有限公司，2004 年，第131 頁。

匆促成婚而缺乏對婚姻的信任，倩在新婚第二天向丈夫尋釁吵鬧的情形，便是如此：

"你就是敵人！"

他現今的妻子說他是敵人的時候，他不容置疑看到了恐懼，那眼神錯亂，瞳孔放大。他以為倩瘋了，全然失常，或者是真瘋了。

"你就是敵人！"

和他同床就寢的女人忿恨吐出的這句話，令他也同樣恐懼。從倩放光的眼中也反射出他的恐懼。彼此互為敵人，他也就肯定是敵人。他對面的這女人頭髮散亂！只穿個褲衩，赤腳在地上，驚恐萬狀。

"你叫喊什麼？人會聽見，發什麼瘋？"他逼近她。

女人一步步後退，緊緊依住牆，蹭得土牆上的沙石直掉，叫道："你是一個造反派，臭造反派！"

他聽出這後一句帶有的感情，有些緩解，於是說："我就是個造反派，一個道道地地的造反派！又什麼著？"

他必須以進為退保持鋒芒，才能抑制住這女人的瘋狂。

"你騙了我，利用我一時軟弱——我上了你的當。"

"什麼當？說清楚，是那一夜在江邊？還是這婚姻？"

他得把事情轉移到他們的性關係上，得掩蓋內心的驚恐，語調努力壓得和平，但還得說："倩，你胡思亂想！"

"我很清醒，再清醒不過了，你騙不了我！"

倩一手便把擱在書箱子上連盤子帶雞拂弄到地上，冷冷一笑。

"究竟要鬧什麼？"他霎時憤怒了，逼近她。

"你要殺死我？"倩問得古怪，可能看見了他眼冒兇光。

"殺你做什麼？"他問。

"你自己最清楚，"女人低聲說，屏住氣息，膽怯了。

如果這女人再叫喊他是敵人，他當時很可能真殺了她。他不能再讓她再迸出這個字眼，得把這女人穩住，把她騙到床上，裝出個做丈夫體貼關懷的樣子，上前緩緩說：“倩，看你想到哪裏去了？”

“不！你不許過來！”倩端起牆角蓋上的尿罐子，便朝他頭上施來。他舉手擋住了，但頭上身上濕淋淋，這臊臭味勝過侮辱，他咬住牙摸去臉上直流的尿，一嘴的鹹澀，吐了一口，也毫不掩蓋他刻骨的輕蔑，說：“你瘋啦！”

“你要把我打成神經病，沒這麼容易！”女人獰笑道，“我也便宜不了你！”他明白這話中的威脅，他要在這一切爆發之前先把桌上的那幾張信紙燒掉。他得贏得時間，抑止住沒撲過去。這時頭髮上的尿又流到了嘴邊，他吐了口唾沫，感到噁心，依然沒動。女人就地蹲下，嚎啕大哭起來。他不能讓村裏人聽見，不能讓人看到這場面，硬把她拖起來，擰住她胳膊，壓住她直蹬的腿，按到床上，不顧地掙扎哭喊，抓起枕頭壓住她嘴臉。他想到地獄了，這就是他的生活，他還要在這地獄中求生。

“再胡鬧就殺了你！”

他威脅道，從女人身上起來，脫下衣服，擦著頭臉上的尿。這女人畢竟怕死，抽抽噎噎，屏聲啜泣。地上那隻拔光毛肥大的母雞掏空了內臟，撐開剩了腳的兩腿，活像一個女人的屍體，令他由衷厭惡。

這段關於荒唐年代夫妻關係的描寫，逼真到令人顫慄的地步。丈夫生怕自己寫的文字因夫妻吵架被暴露給外人，那會導致身敗名裂，家破人亡。妻子得知丈夫當過造反派，擔心自己所託非人而精神崩潰。新婚之夜剛過，小倆口就因為這極度的政治恐懼而毀滅了新婚生活。高行健對荒唐年代的這種荒唐生活有刻骨銘心的感受，他是個從不重複自己的作家，但在小說《靈山》的第 46 節，寫“她”和“你”的無端爭吵，內容、語言、衝突過程和這一段內容幾乎完全相同，只不過“她”手中的武器不是尿罐子，而是一把刀子。這兩處相似的描述，除了對生活本身的逼真再現，並無特殊的修飾痕跡，但卻把一個民族大災難中人的極端恐懼和盤托出，把人的脆弱本性表述得淋漓盡致。劉再復對此總結道：“所謂‘極端’，首先是拒絕任何編造，極其準確地展現歷史，真實到真切、準確到精確、嚴峻到近乎殘酷。高行健非常聰明，他知道他所經歷的現實時代佈滿令人深省的故事，準確的展示便足以動人心魄。'極端'的另一意思即拒絕停留於表層，而全力地向人性深層發掘。"[1]

現實主義創作方法歷經一百多年的發展，在十九世紀世界文學史上豎立起一座座豐碑。但任何一種藝術形式，發展至峰巔，便會逐步暴露出局限性和難以克服的缺點，由此激勵藝術家不斷做出新的勇敢嘗試，以期獲得適合新時代要求的藝術表現方式。二十世紀的許多現實主義作品，難以擺脫控訴、譴責、暴露和發牢騷的寫作模式，暴露批判止於生活的表象而無法進入人性的深層，現實主義和革命浪漫主義的僵化糅合，更把現實表述推向假大空的荒誕虛構。先鋒主義作家試圖劍走偏鋒，打碎故事，重新定義歷史，卻因此造成精神的虛空。高行健深感這兩者的致命弱點，在於背棄了文學的真實與真誠的原則，因此，他的新文體實驗，不論在表現形式上如何革新，都沒有離開深化現實主義的創作道路。他所做的，是以冷峻的目光觀察現實，又超越現實，藉助細膩的筆觸把人物行為外表的真實推向極致，讓一個個真實的細部都托出靈魂，托出生命本體，將作者刻骨銘心的生活體驗與感悟融化在對細節的逼真呈現當中。如同一幀全息攝影，通過物光和參考光在底片上的相互干涉，構成複雜而精細的干涉條紋圖，使細節的極端逼真和思想的深刻透徹融合無間。他的類似光學編碼的書寫形式，錄下人物的全部心靈信息，因此，"《一個人的聖經》不僅成為一部扎扎實實的歷史見證，而且成為展示一個大的歷史時代中人的普遍命運的大悲劇，悲愴的詩意就含蓄地對這種普遍的人性悲劇的叩問與大憐憫之中。"[2]

劉再復對高行健的跟蹤研究，系統闡發了一個天才作家的創作理念和藝術表現方法。首先，他闡明守持文學純粹性的必要性並發現如何保持文學狀態的基本規律，那就是通過堅持作家精神創造的獨立原則使作品擺脫現實表象的束縛，獲得超越性。文學走向心靈深處，不能依靠停留於暴露表層苦難，而是要從主體精神維度審視苦難的成因，實現文學在精神上的超越，即對意識形態的超越、對人

1　劉再復：《高行健論·〈一個人的聖經·跋〉》，台北：聯經出版事業股份有限公司，2004 年，第 128 頁。

2　劉再復：《高行健論·〈一個人的聖經·跋〉》，台北：聯經出版事業股份有限公司，2004 年，第 129 頁。

權自由概念的超越和對超人觀念的超越，唯有如此，作品才可能呈現深層人性。其次，文學要徹底展示本質本真的人性，就要對創作者自身有清醒的認識，自我是自我的地獄，就是這一認識的堅實基點。認識到這一點，才能徹底明白救贖的意義。再次，在藝術表現形式上，通過設置“一雙中性的眼睛”，建構起“自我—中性的眼睛—角色”的三維結構，這個結構在讓“自我”進入角色以前獲得淨化、浪漫情緒受到遏制，可以客觀理性地審視自我與自我的關係，撕下面具、叩問靈魂、呈現主體多重層面的不同欲求及其相互之間的衝突質疑，使作品在揭示人性方面獲得一種哲學深度。內涵與審美形式的高度合一，體現為帶有高度“冷”色彩的醒觀美學風格。說“冷”是表層色彩，是因為冷靜理性的表層之下，是創作者對讀者、對藝術原則的忠誠。文學的忠誠，就是作者坦誠地把他的理性思考與感性直覺認知融化在本真的生命行為當中，抓住“人生”這個中介，把哲學層面形而上的主體變成活生生的歌哭言笑的主體，為本我、自我、超我找到現實人生和人性的落腳點，從而開創一片獨特的展示生命的廣闊藝術天地。劉再復對高行健創作理念和藝術表現形式的闡發，既是文學心靈本體論在形而上層面上接受文藝美學規律檢驗的展示，也是這個理論對作品哲學內涵和審美形式特徵批評實踐的經驗總結。

第五章

從大觀視角
到澄明之境

《紅樓夢》作為中國最偉大的文學經典，對不同的讀者來說，如同一個人性和生命的萬花筒，從不同的角度可以看出不同的世界。劉再復因為"活下去、燃燒下去、思索下去的渴求"，以生命和心靈閱讀這部大書：[1]

> 我完全是生命進入，我讀《紅樓夢》已經不是用頭腦閱讀，而是用心靈用生命去閱讀……
>
> 第一點，我不再把《紅樓夢》作為研究對象，而是作為生命的體認對象，即生命感悟對象……是以心發現心，也就是心心相印，這是主體和客體的融合，和賈寶玉、林黛玉、薛寶釵等心靈融合，用我的心靈去發現他們的心靈。
>
> 第二是方法上的不同，我用悟證代替實證和論證……悟證不可以證明，也不可以證偽。就像上帝的存在，不可以證明，也不可以證偽……世界上本有兩種不同的基本知識類型，也可以說是兩種不同的真理方式。一種是啟迪性的真理，一種是實在性的真理。實在性真理是科學真理，需要邏輯，需要思辨，需要分析。啟迪性真理則沒有邏輯過程與思辨過程。
>
> 第三是創作態度發生了根本的變化，我的閱讀和講述再也沒有任何外在目的……完全是一種生命的需要，心靈的需求。[2]

這段內心剖訴，傳遞出三點信息：一是敘述者將生命融入《紅樓夢》的閱讀，從靈魂深處與作者、人物作心心相印的精神交流；二是將禪宗的"頓悟"引

1　劉再復：《紅樓夢哲學筆記·紅樓四書序》，北京：生活·讀書·新知三聯書店，2009 年，第 2 頁。

2　劉再復：《隨心集》，北京：生活·讀書·新知三聯書店，2012 年，第 7–9 頁。

入文學研究，開創了以悟證方式發掘《紅樓夢》哲學內涵和人文精神的研究途徑；三是敘述者閱讀和講述的學術目的，期望能夠引領"紅學"歸位，"不過，這不是締造學術業績的需求，而是追尋學術意境的需求。說得明白一點，是想把《紅樓夢》的講述，從意識形態學的意境拉回到心靈學的意境，尤其從歷史學、考古學的意境拉回到文學的意境，做一點'紅樓歸位'的正事"。[1]

為抵達這個學術意境，劉再復在十年時間裏完成了《紅樓夢悟》、《紅樓夢哲學筆記》、《共悟紅樓》（與劉劍梅合著）、《紅樓人三十種解讀》和《賈寶玉論》五種"紅學"專著。這些著述既包括幾百段體驗文本細節的深切感悟，也包括許多關於《紅樓夢》哲學思想和藝術特徵的專題論述。作者以心靈體會人物的所思所想，從大觀視角觀審作品的深邃內涵，其書寫質樸灑脫，毫無建構理論的學術姿態，其學術見識卻深刻、準確，甚至具有顛覆性：《紅樓夢》是一座心學高峰，不僅藝術地詮釋了心為世界本體，而且以文學意象展示了心的無限深邃；《紅樓夢》的重心是呈現人生的荒誕，不僅是一部大悲劇，而且是一部大荒誕劇；《紅樓夢》表現了從人身依附關係網中獨立出來的個體解放意識，是現代意識的偉大開端。

劉再復以生命投入與生命體驗的方式閱讀《紅樓夢》，從多維視角觀審和體悟《紅樓夢》的哲學思想內涵，改變了從單純認識論角度看文學看人生的角度，為探索作品的精神內涵和美學特色，摸索出一種始終不離文學本義的悟證方法。劉再復"悟讀紅樓"的實踐經驗，不僅從本體論的角度深化了文學心靈本體思想，更從方法論的層面上完善了這個思想體系。

1　劉再復：《紅樓夢哲學筆記》，北京：生活·讀書·新知三聯書店，2009 年，第 2 頁。

一

回歸文學

　　《紅樓夢》研究，是百年來長盛不衰的"顯學"。《紅樓夢》研究中有一個突出現象，就是實證研究長期佔主導地位，文藝學美學研究相對薄弱。這大約與中國學術傳統歷來重視章句、名物、訓詁、考證有關，與近現代文藝學、美學理論不發達有關，與意識形態主導文藝學術研究有關……遑論種種原因，《紅樓夢》研究在作者家世、版本源流、索引探佚諸方面成就顯著，而在文藝學方面，雖然產生了無數評論鑒賞著述，經得起時間淘洗的佳作力作，與投入的研究力量之大不成比例。有學者指出，紅學研究的熱點集中在"成書過程與著作權之爭"、"曹雪芹的籍貫與旗籍"等 15 個方面，很多問題因史料不足且相互牴牾，論者各持一端卻愈研究愈糊塗，因此，當代紅學研究應當建立"整體性思維考證模式"，"建構以作家創作心態為中介的歷史文化考察、創作心態分析、文本闡釋三位一體的研究方法"。[1] 此類建議流於浮泛，流露出對紅學研究難以突破的焦慮情緒，亦顯示《紅樓夢》研究文學歸位的艱難。

　　《紅樓夢》問世二百多年，紅學研究自脂硯齋點評《石頭記》開始，歷史上相繼出現了索引、考證、點評和探佚等諸多學派。同一學派中的學術見解又有種種不同，索引派試圖從《紅樓夢》人物情節中找到現實人物事件的影子，王夢阮著《紅樓夢索引》，說寶、黛故事影射的是順治皇帝與董小宛。[2] 蔡元培著《石頭記索引》，強調小說隱含反清復明主題，"《石頭記》者，清康熙朝政治小說也"。[3] 考證派當中，胡適從史學的角度考察小說的版本演變和作者身世，提出六

1　許建平：《〈紅樓夢〉研究方法的思考——兼談古典小說研究的方法與路向》，《河北師範大學學報》1996 年第 2 期。

2　王夢阮、沈瓶庵：《紅樓夢索引》，上海：中華書局，1916 年。

3　蔡元培：《石頭記索引》，1917 年。收入《紅樓夢學刊》編輯委員會編：《古典文學研究資料彙編·紅樓夢卷》（上），北京：中華書局，1963 年，第 319 頁。

條結論，推翻了索引派否定曹雪芹為作者的說法。[1] 俞平伯著《紅樓夢辨》，從小說文本中考證出曹雪芹原稿形態和後四十回的續補性，兼從文學角度解讀和欣賞作品，"從歷史的眼光轉變為文學的眼光"，開啟了聚焦作家作品風格從事文學批評的範式。[2] 至周汝昌著《紅樓夢新證》（上海棠棣出版社，1953 年），對曹雪芹的籍貫、旗籍、生卒年及家世盛衰過程及其與康、雍、乾三朝交替政治變局的關係作了令人信服的詳細考訂，對《紅樓夢》版本、脂評、後四十回續書等重大問題都試圖考其源流、辨別真偽，學術上集考證派之大成，但他早年主張"思想和藝術的研究不屬紅學範圍"。[3] 周汝昌之後，考證研究的進展難有重大突破。

第一個用現代美學理論研究《紅樓夢》的人是王國維，他的《紅樓夢評論》在闡發作品思想內涵方面做出了開創性的貢獻：一、他首次提出，《紅樓夢》是一部徹頭徹尾的人生悲劇。其倫理學上的目的，是使人解脫痛苦，與美學目的相合，"足為我國美術上之唯一大著述"。二、他藉助叔本華的存在主義哲學理論分析並說明了《紅樓夢》的悲劇性質。悲劇有三種成因，一是極惡之人竭力構陷，二是盲目命運導致，三是人物的關係、位置和境遇所促成，此種悲劇，遠比前二種感人。黛玉的悲劇，因最親近者之關係無以解脫而產生，因此，《紅樓夢》是"悲劇中之悲劇"。三、他肯定生命的價值，否定自我毀滅是悲劇的解脫之道。王國維對比分析紅樓人物所選擇的不同解脫之道：一條是金釧墮井、司棋觸牆、尤三姐自刎以抗爭；另一條是寶玉、惜春、紫鵑以出家而自救。他強調，"解脫之道，存於出世，而不存於自殺"。四、王國維確認《紅樓夢》在思想藝術上的超越性價值。他對比《桃花扇》與《紅樓夢》對悲劇的不同處理手法，指出《桃花扇》中主角不能自悟，其解脫是"他律的"、即外因所促成；《紅樓夢》中寶玉最終自悟，其解脫是"自律的"。《桃花扇》借李香君、侯方域的故事寫故國之戚，是政治的、國民的、歷史的；而《紅樓夢》以描寫人生為事，其美學精神是哲學的、宇宙的和文學的。

早期從文學角度研究《紅樓夢》的還有吳宓。吳宓於 1919 年 3 月 2 日受邀

1　胡適：《紅樓夢·序》，上海東亞圖書館，1920 年。

2　石昌渝：《俞平伯和新紅學》，《文學評論》2000 年第 2 期。

3　《考證派紅學集大成者周汝昌》，"紅樓夢中文網"，2019 年 3 月 25 日在綫閱讀。

在哈佛大學中國學生會作關於如何欣賞《紅樓夢》的演講，演講稿以《紅樓夢新談》為標題分兩次在國內發表。他借用美國學者馬格納迪爾（G. H. Magnadier）提出的現代小說6條標準，從比較文學角度分析《紅樓夢》的藝術特徵，指出《石頭記》實兼此六長，"為中國小說一傑作。其入人之深，構思之精，行文之妙，即求之西國小說中，亦罕見其匹。西國小說，佳者固千百，各有所長，然如《石頭記》之廣博精到，諸美兼備者，實屬寥寥"。[1] 吳宓還將《紅樓夢》中"寶玉探晴雯"的片段改編為獨幕舞台劇《丫鬟的日子》，供留學生為華北水災振濟募捐演出，1921年2月27日《波士頓郵報週刊》刊發了專門報導，稱之為中國的忠貞愛情故事，堪比羅密歐與朱麗葉。這是中國學者最早向西方譯介《紅樓夢》的嘗試。[2] 魯迅在《中國小說史略》及多處文章中評論《紅樓夢》的思想藝術特色，切中肯綮，"至於說到《紅樓夢》的價值，可是在中國底小說中實在是不可多得的。其要點在敢於如實描寫，並無諱飾，和從前的小說敘好人完全是好，壞人完全是壞，大不相同，所以其中所敘的人物，都是真的人物。總之自有《紅樓夢》出來以後，傳統的思想和寫法都打破了。——它那文章的旖旎和纏綿，倒是還在其次的事。"[3]

1940年，王崑崙出版《紅樓夢人物論》。[4] 這是一部分析紅樓人物形象的文學研究著作，作者以階級論和典型論支持他的文學理念，其人物分析建立在把大觀園人物分為統治和對抗兩大階級的基礎上。但在具體人物分析時，他藉助對紅樓夢悲劇精神的總體把握和藝術感悟，對寶黛愛情悲劇的性質和成因、對大觀園諸人物如熙鳳、晴雯、襲人性格的分析鑒賞，基本做到了準確、細緻、傳神，讓讀者看到了曹雪芹"人是奇人、文是奇文"的藝術表現手法。俞平伯是考證派代表人物，但他開啟了把文本藝術風格的分析納入考證系統的範式，徐建平評價

1　吳宓：《紅樓夢新談》，"紅樓夢中文網"在綫閱讀，原載：上海《民心週報》第1卷第17期（1921年3月27日）、18期（1921年4月3日）。

2　"Chinese Love-Play in English for Post"，*Boston Sunday Post*, March 27, 1921. 見馬紅軍：《吳宓留美期間譯介〈紅樓夢〉考述》，《紅樓夢學刊》2017年第1期。

3　《中國小說的歷史變遷》，《魯迅全集》第六卷，北京：人民文學出版社，1958年，第109頁。

4　太愚（即王崑崙）：《紅樓夢人物論》，上海：國際文化服務社，1946年。王崑崙：《紅樓夢人物論》，北京：生活·讀書·新知三聯書店，1983年再版。

這種方式的獨特意義，"一是以文本為研究對象和論證的依據、最終的目的是說明文本；二是與文本緊密相聯繫的文學眼光；三是分析的方法⋯⋯用文學眼光分析文本，吳宓的《紅樓夢新談》算得上是較早的一篇；然而將三種方法結合起來，對《紅樓夢》加以系統研究，且產生了更大影響的則是俞平伯的《紅樓夢辨》"。[1] 然而，俞平伯對《紅樓夢》的文學研究剛進入嘗試階段，就受到無情打壓，1954 年，由李希凡和藍翎引發的對俞平伯的大批判，獲得毛澤東的支持，《紅樓夢》的思想內容研究，從此只能沿著機械的階級分析和唯物主義反映論的路向走，文藝學美學的研究成為人文學者的夢魘。[2]

　　1971 年，徐復觀提出，《紅樓夢》研究應當從虛偽的考證中解放出來，要把它看作文學作品，從事文藝學研究。[3] 余英時自 1974 年以來陸續發表《〈紅樓夢〉的兩個世界》等論文，開宗明義地提出："曹雪芹在《紅樓夢》裏創造了兩個鮮明而對比的世界。這兩個世界，我想分別叫它們作'烏托邦的世界'和'現實的世界'。⋯⋯這兩個世界是貫穿全書的一條主要的綫索。把握到這條綫索，我們就等於抓住了作者在創作企圖方面的中心意義。"他主張紅學研究方向應當由史料辨證轉向文本的"內斂"，關注曹雪芹的文學理想，重視小說的虛構性及作者文學理念與小說結構的有機關係。他批評紅學研究偏離了文學的方向：

　　　　但在最近 50 年中《紅樓夢》的研究基本上乃是一種史學的研究⋯⋯史學家的興趣自然地集中在《紅樓夢》的現實世界上。他們根本不大理會作者'十年辛苦'所建造起來的空中樓閣——《紅樓夢》中的理想世界。相反地，他們的主要工作正是要拆除這個空中樓閣。把它還原成現實世界的一石一木。[4]

1　徐建平：《俞平伯紅學史地位重估量》，《社會科學》2004 年第 11 期。

2　李希凡、藍翎在《文史哲》1954 年第 9 期發表《關於〈紅樓夢〉簡論及其他》一文，批判俞平伯"未能從現實主義的原則去探討《紅樓夢》鮮明的反封建的傾向，而迷惑於作品的個別章節和作者對某些問題的態度，所以只能得出模棱兩可的結論"。1954 年 10 月 16 日，毛澤東給在給中央政治局成員及其他有關 28 個人寫的信中為李、藍撐腰，強調"俞平伯這一類資產階級知識分子，當然是應當對他們採取團結態度的，但應當批判他們的毒害青年的錯誤思想，不應當對他們投降"。毛澤東的這封信後於 1967 年 5 月 27 日在《人民日報》公開發表。

3　徐復觀：《趙岡〈紅樓夢新探〉的突破點》，《明報月刊》1971 年第 6 卷第 9 期。

4　余英時：《〈紅樓夢〉的兩個世界》，《香港大學學報》1974 年 6 月第 2 期。（此文後來和余英時其他七篇有關《紅樓夢》的論文，收入《紅樓夢的兩個世界》一書，上海：上海社會科學院出版社，1978 年。）

作為一位傑出的史學家，余英時同樣具有敏銳的文學眼光，他的批評，顯示學術界對紅學研究近百年偏離文學方向的不滿，主張紅學向文本閱讀和文學研究歸位。

對《紅樓夢》文學思想及藝術特色的研究，從二十世紀七十年代末開始復蘇。紅學的繁榮，促使"紅學史"新成果的產生，其中分量最重的當屬高淮生的《紅樓學案》。這是作者準備為海內外 60 位紅學學人立案的五編之首編，收有對蔡義江、胡文彬、張錦池、呂啟祥、李希凡、郭豫適、周思源、曾楊華、馮其庸、周汝昌、王蒙、劉夢溪等人紅學成就的 12 篇綜述。書中所評述的 12 位資深學者，除馮其庸從事版本研究、郭豫適從事紅學史研究以外，其餘諸人都是按當代紅學批評派立案。蔡義江的主要成就是校注《紅樓夢》(《增評校注紅樓夢》，北京：作家出版社，2007)，但作者在校注本各回中所作的題解、總評及附編中的論文，對人物性格、寶玉的性心理刻畫有深刻分析，對小說的宿命問題見解獨到。呂啟祥重在《紅樓夢》的比較研究，她從女性關懷的立場，對作品中人物情感的深度分析，藝術氣質的感受細膩而敏銳。胡文彬考證、批評兼長，除了《紅樓夢》人物談，胡文彬還試圖探討《紅樓夢》的文化個性和文化意義，探源《紅樓夢》自身的思想血脈和文化土壤。《紅樓學案》力求溫潤平和、客觀公正地評述各人的學術特點，以展示一種百家爭鳴的宏闊視野和紅學批評史的發展脈絡，是《紅樓夢》學術史的一個重要成果。

在推出不同的文學批評意見的同時，高淮生坦誠地表示，近年來的紅學領域存在一種誤導讀者的傾向，"誤導讀者的主要表現就是不注重導引人們關注文本的 '文學性' 而導向非文學的方向"。[1] 此外，當代紅學研究，還出現了一種新的索隱傾向，名曰"意義闡釋"，實質是從作品中尋找微言大意以服務於現實的需求。譬如，有人針對余英時關於"回歸文學"的倡導，批評他混淆《紅樓夢》的文本研究與小說批評的關係，認為文本研究屬事實還原，而小說批評則屬意義闡釋：

　　明乎此，我們就不難得出結論，紅學的拓展並不在於什麼 "回歸文

1　高淮生：《紅樓學案》，北京：新華出版社，2013 年，第 4 頁。

本"、"回歸文學"……對於意義闡釋領域來說,僅僅提出"回歸文本"、"回歸文學"顯然是不得要領的,意義闡釋領域的能不能拓展,應該考慮的問題是《紅樓夢》的意義闡釋如何切入當代語境之中,或者說,這要看《紅樓夢》與當代意義闡釋之間是否具有新的契合點。[1]

一部內涵如百科全書般豐富的《紅樓夢》,讓人從種種角度解讀並不奇怪,魯迅曾說過:"單是命意,就因讀者的眼光而有種種:經學家看見《易》,道學家看見淫,才子看見纏綿,革命家看見排滿,流言家看見宮闈秘事。"[2] 學術工作見仁見智,本是常理,但是,偏離文本,攀附流行理論作似是而非的闡釋,卻是治學的大敵。《紅樓夢》是一部文學經典,從文學的角度探索作者的文學理念,發掘經典的美學內涵,這個大方向是不會錯的。回歸文本、回歸文學,並不是否定輯佚、考證等實證工作,一個世紀來的考證成就,為深刻理解《紅樓夢》的文本意義提供了史實基礎,離開文獻工作,古典作品的文化研究會失去根基;同樣,離開文本研究的軸心,文學批評就會偏離方向。強調小說批評的意義闡釋要考慮"如何契入當代語境",是一種背離文學本義的功利性藉口,極容易把研究引向歧途,紅學研究中的此類嚴重教訓,殷鑒未遠。

在這個學術背景下,劉再復與白先勇關於《紅樓夢》的對談,確認《紅樓夢》研究的基礎是回歸文本、文本細讀,就顯得特別有意義。[3] 他們的對談,交流各自對《紅樓夢》研究回歸文學的實踐體會,從細讀文本和思想闡釋兩個方面,彰示了切實可行的研究方向。

劉再復總結白先勇的閱讀特點和貢獻,就是文本細讀、版本較讀和善本品讀。他用細讀方法給學生講課,一講就是二十九年,創下了連續講述《紅樓夢》的時間記錄。這種細讀方法不僅使白先勇深刻領會《紅樓夢》的悲劇精神、感受

---

1   陳維昭:《余英時紅學觀點的意義及其負面影響》,"紅樓夢網"在綫閱讀,2019 年 4 月 5 日。原載《紅樓夢學刊》2004 年第 3 期。

2   魯迅:《〈絳洞花主〉小引》,《魯迅全集》第七卷,北京:人民文學出版社,1958 年。

3   這一段以下所引用白先勇和劉再復對《紅樓夢》的相關評價,均引自劉再復、白先勇演講、修正,喬敏整理:《白先勇與劉再復對談〈紅樓夢〉》,香港:中華書局(香港)有限公司,2020 年。不再另行出注。

曹雪芹對時代的超前意識，而且幫助他發現許多前人未曾注意的問題。譬如，許多學者評價小說的後四十回續本不成功，[1]白先勇卻認為後四十回好到他"不得不懷疑是否可能出自另一個人的手筆"。他指出，寶玉出家、黛玉之死寫得極為精彩，前八十回中的種種伏筆，後四十回都作了回應，只有同一個作者才可能有這樣細緻的思路。近年來，細讀和細說，如王蒙的細評、蔣勳的細讀、劉心武的探佚分析，各有獨特的發現收穫，建立了各具特色的藝術批評體系。細讀和細說，催生了對《紅樓夢》更為細緻精確的批評鑒賞，也是重新普及古典的有效途徑，這是回歸文學的一個基本方法。

劉再復讚嘆白先勇細讀《紅樓夢》二十九年，他自己則一生當中都在閱讀這部大書。[2]他在對比白先勇與自己的不同研究方式時說："我和白先生有共同點，也有相異點。從大的方面說，我們的異，在於文本和文心，文學與哲學，微觀與宏觀。"白先勇重美學欣賞，劉再復重哲學把握；前者重微觀，後者重宏觀；前者重審美形式，後者重心靈內涵。劉再復的這段評述，總結了《紅樓夢》回歸文學研究的兩個基本路向。白先勇代表的是"不作假設、小心讀證"的細讀文本研究路向，因此"越發覺得這是一部真正的'天書'！——有說不盡的玄機，說不盡的密碼，需要看一輩子"。劉再復所開拓的是探究文學理念與哲學內涵的研究方式，仍然是以細讀文本為開端，重點不在分析情節故事，而是以心靈體悟作者的文學理想，感受文學意象所蘊含的豐富內容，從形而上的角度思考小說在洞察人性、展示靈魂方面所達到的深度。劉再復採用與白先勇不同的方法，以禪的方式即直覺感悟的方式，體悟《紅樓夢》文學理想、心學內涵和人文精神，開闢了一條全新的從心學角度"悟證紅樓"的研究途徑。

1　批評後四十回最厲害的是紅學家周汝昌和作家張愛玲，周汝昌認為高鶚續書失敗，不僅無功而且有罪。張愛玲說人生三大恨事，一是鰣魚多刺；二是海棠無香；三是《紅樓》未完。張愛玲給宋淇、鄺文美夫婦的信甚至說"高鶚續書，死有餘辜"。引自《白先勇與劉再復對談〈紅樓夢〉》。

2　劉再復說他去國之時，"匆忙中抓住兩本最心愛的書籍放在挎包裏，一本是《紅樓夢》，一本是聶紺弩的《散宜生詩》"。他把《紅樓夢》稱作"文學聖經"，在海外幾十年無論走到哪裏，"《紅樓夢》就跟到哪裏"。引自劉再復：《紅樓夢悟·小引》，北京：生活·讀書·新知三聯書店，2009年，第3、5、7頁。

二

大觀視角

　　《紅樓夢》的敍事方式突破傳統說書人全知全能的先知模式，一改平鋪直敍的故事講述風格，以大悲憫眼光從多側面、多維度洞察和呈現人物的命運變化和生命本真狀態，劉再復稱之為大觀視角，"《紅樓夢》中有個大觀園，而'大觀'正是曹雪芹的世界觀和哲學視角，我們可以稱之為大觀視角或大觀眼睛"。[1]

　　"大觀"思想源自佛教，《金剛經》說，佛的眼中看世界，是"恆河沙數三千大千世界"。大觀視角，質言之，就是以佛家的"天眼"看世界，既看到宇宙沒有時空邊界的宏闊，也看到每一顆沙粒獨特有情的生命精彩。曹雪芹以大觀視角俯看芸芸眾生各不相同的生命形態，透過他們日常生活行為和外表，進入他們各自不同的靈魂深處，因此，他筆下人物，即使一個普通的丫鬟僕傭，也具有獨特的精神氣質和深厚的人性內涵。劉再復同樣從大觀視角閱讀《紅樓夢》，由此體悟到這部古典作品中所蘊含的深刻思想。他曾經總結自己閱讀《紅樓夢》的體驗：

> 　　閱讀《紅樓夢》，我大約經歷了四個小段：1. 大觀園外閱讀，知其大概；2. 生命進入大觀園，知其精髓；3. 大觀園（包括女兒國和賈寶玉）進入我的生命，得其靈性；4. 走出大觀園審視，得其境界。[2]

　　這個閱讀方法，是大觀視角的閱讀方法，也是心靈閱讀方法。劉再復把它細分為四個層次，第一層次，和普通人的讀書法無異，輕鬆瀏覽《紅樓夢》，對作品的內容精神得到一個大概的了解。第二層次，即開始了別具一格的心靈閱讀。

1　劉再復：《紅樓夢哲學論綱》，《新華文摘》2008 年第 18 期。
2　劉再復：《紅樓夢悟·自序二》，北京：生活·讀書·新知三聯書店，2009 年，第 2 頁。

一般人為研究目的而閱讀，都是非常理性地進入作品，以便感知和捕捉作者蘊含在文學意象中的思想，劉再復則以生命投入、即全部心靈情感投入的方式閱讀，讓自己的審美意識受到書中詩意生命的燭照、陶冶和參與，體會人物特有的真切感受。第三層次，進入與人物心靈情感合一的情景交融狀態，作者的情感與思想也通過人物進入閱讀者的生命之中。第四個層次，超越作品的具體情境，從形而上層面審視作品中的生命現象，由此理解作者的思考、困惑和追求，體會作品所蘊含的美學內涵。孟子說：〝先立乎其大者，則其小弗能奪也。〞（《孟子·告子上》）心中有個大觀視角，對作品精神的把握，就大致不會走樣。這四個層次的讀書法，勾勒出文學心靈本體論關於作品鑒賞的途徑：進入—沉浸—體悟—超越。正是這種全部心靈情感乃至生命意識的參與，使劉再復對《紅樓夢》哲學思想內涵獲得了前所未有的理解和認知。

從大觀視角讀《紅樓夢》，就是站在哲學高度看這個作品。二十世紀中葉中國的紅學研究，基本上是從反映論的視角看待這部經典。這個視角導引研究者審視小說中反映的歷史真實，即當時社會的政治、經濟、文化狀況，欣賞人物的典型性格特徵，在現實主義層面對作品的思想內容作出種種詮釋。但這種研究具有三個缺陷：一是以〝階級論〞為前提，使學術研究意識形態化；二是局限於對《紅樓夢》中的現實衝突作政治的、歷史的、家族的解讀，忽略了王國維早就提出的《紅樓夢》中哲學的、宇宙的、文學的最高境界；三是典型性格欣賞導致對人物的理解本質化和簡單化，忽略對深層人性的探討。曹雪芹為自己的文學理想國命名〝大觀園〞，〝大觀〞，正是曹雪芹看世界的方式，這不是從世俗現實的視角，而是從宇宙的超越視角看人生，不僅看到一個鐘鳴鼎食之家烈火烹油、繁花似錦表象下邊大廈將傾的大悲劇，還看到了〝鬧哄哄，你方唱罷我登場〞的大鬧劇和〝又向荒唐演大荒〞的大荒誕劇；不僅看到他所鍾情的黛玉、晴雯等青春女兒的天生麗質和高潔品格，也看到芳官、傻大姐等戲子丫鬟的樸素情感和人性光輝。劉再復從存在論角度讀《紅樓夢》，[1] 以大觀視角審視作品的哲學內涵，從而

1　劉再復在一次關於《紅樓夢》的講演中說，〝二〇〇五年我在《紅樓夢悟》的自序中就說，從哲學的層面，我已經開始用存在論的視角取代反映論的視角〞。見《隨心集》，北京：生活·讀書·新知三聯書店，2012 年，第 28 頁。

讀出了王國維以來無人道破的《紅樓夢》的荒誕劇價值和存在的本體意義。

王國維指出，《紅樓夢》的最高境界不是歷史境界，而是宇宙境界，劉再復更深入地闡釋了這個思想。他說，小說的人物、情節、語言等整體敘寫和立意，不是立足於時代的有限時空，而是立足於時間這個無限時空的維度上，因此，"釵黛之別，賈政與賈寶玉的父子之爭，真假寶玉（甄寶玉和賈寶玉）的衝突等等，都不是一個時代的問題，而是超越時代的人類永恆困境的問題"。[1] 為什麼這樣說？因為《紅樓夢》中所寓含的基本哲學問題，是人為什麼要活，人應該怎樣活，活著的意義是什麼，這些問題本質上是存在論的問題。賈寶玉的種種叛逆行為，顯示他希望選擇成為自己，成為一個可以掌握自己的主體；黛玉也充分意識到自己並且按照自己的自由意志去愛、去追求、去生活。而代表家族利益和傳統觀念的另一部分人賈政、王夫人等，則不讓他們成為自己，要求他們按"榮宗耀祖"的道統規定的方式生活，寶玉不能接受父親為他預設的本質，賈政不能容忍寶玉的自我選擇。賈政、王夫人遵循的秩序、倫理、傳統，是一種世間原則，或稱世界原則，寶、黛所追求的獨與天地往來的生命自由原則，乃是人類精神理想所嚮往的宇宙原則，兩種原則衝突不可調和，最終釀成悲劇。悲劇並不純粹是小說的結局，它向世界發問，真正的愛在現實中能否實現？個體生命的自由獨立是否可能？這個叩問所揭示的群己衝突、個體與秩序的衝突、人性與倫理的衝突，是中西文化都具有的基本衝突，也是幾千年來各種人包括天潢貴胄和普通人生活中都無法躲避的衝突。

王國維從"共犯結構"的角度，論述了人性因素導致《紅樓夢》悲劇的深刻性，劉再復則從生命意識的角度，看出《紅樓夢》所呈現的社會人生荒誕性一面。他說，《紅樓夢》，"重心是呈現人生的荒誕。所以我說他不僅是一部大悲劇，而且是一部大荒誕劇"。[2] 所謂荒誕，是人對存在現狀的一種感受，感覺到存在狀態的虛偽、虛無和不可信，感覺到人生現實的非理性和無理性。荒誕劇則是創作者冷觀現實生活的反常狀態，以冷峻筆調讓存在本體以無意義、不合常規

1　劉再復：《隨心集》，北京：生活・讀書・新知三聯書店，2012 年，第 29 頁。

2　劉再復：《隨心集》，北京：生活・讀書・新知三聯書店，2012 年，第 39 頁。

的極端形式呈現的作品。這是西方自卡夫卡之後形成的一個藝術大範疇，其代表性作家有薩特、貝克特、阿達莫夫、尤涅斯庫等人，他們的作品借藝術的荒誕圖景揭示人生的荒誕絕倫，表現出對理想主義的極端失望，在文學上扭轉乾坤的作用是打碎對浪漫主義的幻想和對現實主義單純暴露現實的創作方法的突破。《紅樓夢》是中國文學史上第一部大荒誕劇，它在痛悼美的價值毀滅的同時，無情地嘲諷了泥濁世界中價值觀念變質和人生意義的顛倒，特別是揭示傳統倫理秩序和正統價值觀念的虛偽與虛無性質。"《紅樓夢》寫盡了人生的荒誕性。人必死，席必散，色必空，也就是最後要化為灰燼與塵埃。明知如此，明知沒有另一種可能，卻還是日勞心拙地追逐物色、財色、女色，追求永恆的盛宴，幻想長生不老（如賈敬），於是，就構成了一種大荒誕。夢醒，就是對這一大荒誕的徹悟。"[1] 劉再復比較曹雪芹的"檻外人"賈寶玉和加繆的"局外人"默爾索這兩個藝術形象遭遇荒誕關係的相似性，他們本是正常的人，在進入現實社會關係之後，便不由自主地被捲入荒誕的關係之中，前者被一連串的荒誕故事送入牢獄處死，後者為了維繫本真的自己而終於棄家出走。"曹雪芹與加繆生活在相隔兩百年的不同時代，分別生活在地球的東方與西方，但都發現了'檻外人'和'局外人'。這是值得大書特書的精神現象。"[2] 兩個天才的作家處於不同的時代與國度，這兩個文學形象的精神內涵當然有極大的差異，但在以本真自我對抗荒誕現實這一方面，性質相同。《紅樓夢》不是一部單純的荒誕作品，它不是純粹表現生活荒誕屬性的藝術形式，它基本上是寫實的，但它藉助整個賈府上下人等都把寶玉看作異類這個荒誕現象，在對人物行為性格的逼真描述中，讓人看清人生和世界的荒誕性一面，小說因此具有深厚的揭示荒誕的內涵。

　　《紅樓夢》的主體內容是歌詠女兒，塑造出一班鍾靈神秀的少女的優美形象，這是一般讀者的共識。劉再復則從大觀視角讀出了小說作者對女兒的新解，他確認曹雪芹傾畢生精力、耗十年心血，為一班聰明活潑純情的少年女子立傳，是還婦女在歷史上應有的地位，重新詮釋了人的歷史。中國的文化傳統，女性向

1　劉再復：《紅樓夢悟》，北京：生活・讀書・新知三聯書店，2009 年，第 44 頁。

2　劉再復：《隨心集》，北京：生活・讀書・新知三聯書店，2012 年，第 39 頁。

來沒有地位，一部二十四史，幾乎全是男人的世界。古典文學作品多有為女子作的翻案文章，如《三言二拍》中的杜十娘、《西廂記》中的紅娘、《桃花扇》中的李香君，以及《聊齋志異》中那些聰明艷麗的狐仙鬼女，都被寫得或優美無雙、或聰明絕頂、或頑強剛烈，映照出男子的愚笨或污濁。李汝珍的《鏡花緣》更是在文學世界裏把男女位置互換，讓男人在受到通常強加給女子的不平等待遇時出盡洋相。這些作品，雖然具有不同於流俗的思想鋒芒，大多數只是耽於嘲諷現實或是作男尊女卑翻案文章的水平，只有《紅樓夢》是第一次自覺地從人的角度，維護女子的尊嚴、價值和歷史地位，"曹雪芹關於少女的思索，超出前人的水平，不在於他作了'男尊女卑'的翻案文章，而在於它在形而上的層面，把少女放在廣闊的時間與空間中，表現出他對宇宙本體和歷史本體的一種很深刻的見解。"[1]

曹雪芹為什麼如此鍾情女兒？劉再復認為曹雪芹是把女性看成美的本體，代表文學美的向度和人間道德的向度，曹雪芹"是別一意義的哥倫布，發現青春生命無盡之美的哥倫布。他把青春生命——尤其是少女生命——看得比什麼都重，把青春美視為最高價值，可以說，《紅樓夢》唯一牽掛的就是少女青春生命"。[2]《紅樓夢》這部書的主綫，是絳珠仙草還淚給神瑛侍者的故事，是黛玉引導寶玉在精神上超脫世俗羈絆的故事。圍繞這條主綫，大觀園的理想國裏，那些美麗純真、才情橫溢的少年女子，才情遠遠高於男子。小說中黛玉作絕句五首，詠嘆古史中五位才色女子的遭際，平反紅拂"私奔"的惡名，讚美諸女子主導自己命運的豪氣，寶玉為之題名《五美吟》，實際是曹雪芹借黛玉之手，重新書寫女子在歷史上的地位。曹雪芹不是站在認識論而是站在本體論的角度看女子，他從審美角度發現女子的無盡價值，女子是宇宙的中心，是世界的精華，美的價值源頭，在少女身上，保持著人類早期質樸優美的靈魂。在賈府中，從賈母到巧姐兒，四世同堂，男性人物除了賈政、寶玉和著筆不多的賈蘭，大多人品不堪，從賈赦至賈珍、賈蓉、賈環等都是紈絝之子，只有欲望，沒有精神。而女性，從黛

1　劉再復：《紅樓夢悟》，北京：生活・讀書・新知三聯書店，2009 年，第 27–28 頁。
2　劉再復、劉劍梅：《共悟紅樓・序一》，北京：生活・讀書・新知三聯書店，2009 年，第 2 頁。

玉、寶釵、湘雲、寶琴到賈家四姐妹，都是天地精英，鍾靈神秀；連那些丫鬟女奴，也個個明艷照人。

《紅樓夢》中有一個著名的"婚後死珠論"。小說第五十九回春燕與藕官的對話說：

> "怨不得寶玉說：'女孩兒未出嫁，是顆無價之寶珠，出了嫁，不知怎麼就變出許多的不好的毛病來，雖是顆珠子，卻沒有光彩寶色，是顆死珠了；再老了，更變得不是珠子，竟是魚眼睛了。'"

單看這個"婚後死珠論"，讀者容易產生一種誤解，似乎作者只崇拜少女，不尊重整個女性。有學者批評說：

> "女兒"不是女性性別整體，而只是其中的一部分。把"女兒"當作"女性"或"婦女"來理解，將違反同一律，很難逃脫父權制意識形態網絡的羈絆。
>
> ⋯⋯
>
> 大觀園故事是從屬男性社會意志與男權文化心理的男性白日夢。[1]

這顯然是以女權主義的偏激態度理解《紅樓夢》，未能全面把握曹雪芹的婦女觀。劉再復透過"婚後死珠"現象，看到了造成"死珠"狀況的社會倫理和文化原因，女性走入男性社會就喪失少女時的天真爛漫，根本原因是中國傳統倫理系統的殘酷性，"《紅樓夢》的'嫁後死珠'思想，其深刻性就在於曹雪芹看到中國女子嫁後完全進入中國倫理系統，而這一系統極其嚴酷，必定榨乾青春少女的全部生命活力。嫁後的女子如果真像卡捷琳娜（俄國阿·奧斯特洛夫斯基的戲劇《大雷雨》女主人公）還好，如果像《水滸傳》中的潘金蓮、潘巧雲，那就要遭到最殘暴的殺戮，連潘巧雲的丫鬟都難逃被株殺的命運"。[2] 傳統倫理系統對女性的壓榨和損害，不僅在身體上，更在精神上，摧毀了一代又一代的中國女

---

1 李之鼎：《紅樓夢：男性想像力支配的女性世界》，《社會科學戰綫》1995年第6期。

2 劉再復、劉劍梅：《共悟紅樓》，北京：生活·讀書·新知三聯書店，2009年，第85頁。

性。張愛玲的小說《金鎖記》，借曹七巧一生命運與性格的變化，對這一社會現實作出極為深刻的形象化呈現。其實，《紅樓夢》不僅讚美女兒，同樣寫出了已婚婦女性格的豐富性。王熙鳳的聰明伶俐、精明幹練和善解人意，現代中國小說中還沒有出現過一個能與之媲美的女強人形象。對於作品中隱約透露的秦可卿的"出軌"行為，以及作者對這個角色的讚美，劉再復設問："曹雪芹筆下的秦可卿，何嘗就不是安娜‧卡列尼娜？"[1] 兩個老年婦女主角賈母和劉姥姥，其性格和人品都可敬可愛。她們倆地位懸殊，都有洞察世事的人生閱歷，在她們的身上，充滿母性的寬容、慈善和愛。特別是劉姥姥，以其鄉民的智慧和俠義，在賈府衰敗、鳳姐去世，王仁、賈環等人合謀把鳳姐女兒巧姐兒賣給一個外藩王爺的危急關頭，果斷設計把巧姐兒救到鄉下，兌現她對王熙鳳臨終前的承諾。她的爽朗性格，她的大度果斷和知恩必報，對賈府後代的拯救，寓含著"女性是生命的大地"這一深刻意義。曹雪芹確實是個"女兒主義者"，他是中國文學史上不分高低貴賤、充分尊重所有女兒的作家，"《紅樓夢》對女子的尊重才是真的。連丫鬟和戲子的生命尊嚴也不可侵犯，每個生命個體的尊嚴都是不可侵犯的，這才是曹雪芹的大思想"。[2] 劉再復的這個闡發，是對曹雪芹婦女觀的最深刻、最全面的理解。

從《紅樓夢》對女性的尊重，對作為平凡個體的人的尊重，以及對於舊制度下人生現實荒誕性的揭示，劉再復看到了《紅樓夢》思想的超前性，作為一部古典小說，其中蘊含了深刻的現代性意識，"《紅樓夢》是現代意識的偉大開端。所謂現代意識，在我的理解系統裏，它乃是個人從人身依附關係網絡中獨立出來的意識。簡單地說，便是個體獨立、個性解放的意識"。[3] 個性獨立與個體解放，是"五四"新文化運動高豎的旗幟，也是現代意識的主體精神，周作人說，"五四"運動有三大發現，即發現人、發現婦女、發現兒童。（錢理群《話說周氏兄弟——北大演講錄》，九州出版社，2013 年）《紅樓夢》正是這三大發現的先驅，它在中國文學史上第一次表現出對每一個個體生命價值的尊重，從人性和人

1　劉再復、劉劍梅：《共悟紅樓》，北京：生活‧讀書‧新知三聯書店，2009 年，第 81 頁。

2　劉再復、劉劍梅：《共悟紅樓》，北京：生活‧讀書‧新知三聯書店，2009 年，第 76 頁。

3　劉再復：《隨心集》，北京：生活‧讀書‧新知三聯書店，2012 年，第 151 頁。

的歷史地位立場上讚美女性、肯定兒童。《紅樓夢》不僅發現人，而且其內容涵蓋了西方世界五百年中對人的兩次發現，它通過對賈寶玉及大觀園中其他青春生命的描寫，謳歌人的詩意生命價值，讚美他們的品性才華；同時，通過對人性中脆弱、猶疑、絕望、乃至陰暗一面的描寫，展示了西方社會第二次人的發現的內涵。就其精神價值而言，它不僅遠遠超過其他任何一部中國古典文學作品，而且在清代文字獄橫行最黑暗的時代，突破傳統思想文化格局，發出人的覺醒的深沉呼號，成為人類精神的一個偉大坐標。

劉再復從《紅樓夢》的大觀視角深受啟發，形成了從大觀視角鑒賞批評作品的方法。也就是說，創作和鑒賞的大觀視角，其前提是心靈向作品的滲透，通過心靈情感的滲透讓作者和評論者對人物的心靈情感有一種深切的理解。這個理解超出了一般的心靈情感交流，超出了作者、批評者對人物及其現實狀態的理解，所謂大觀，就是創作者與批評者不僅要用心去體悟人物及其所處情境，而是在構思或欣賞作品時，自己先要有一個超越作品現實情境的心靈境界，讓自己的心靈境界能夠在超越的層面上體悟作品中的生命現象，理解各種生命現象的自然表現、命運走向及其所涵容的更深廣的意義。心靈本體，在作品中不僅呈現為心靈情感，還具有以更高的心靈境界提升作品、賦予作品超越性意義的作用，它在藝術創造和欣賞中的珍貴價值，還有待於進一步開掘。

三

以悟法讀悟書

　　文學作品是作家的靈性的結晶，偉大經典更是靈氣飛揚，領悟作家作品的靈性，捕捉作品的特有亮點，讀者研究者的穎悟能力遠比理解能力更重要。劉再復對《紅樓夢》的出色解讀，首先不是來自理性思考，而是得益於他敏銳的穎悟力。他悟出《紅樓夢》是一部悟書，是曹雪芹對人生的徹悟之作；他抓住對《紅樓夢》的種種直覺感悟並從中提煉豐富的獨特見解，闡發《紅樓夢》的哲學思想內涵；他還通過對《紅樓夢》精神內涵和創作方法的體悟研究，形成了文學批評鑒賞的悟證之道。

　　劉再復說《紅樓夢》是一部悟書，通篇所寫，呈現曹雪芹對情感價值、心靈歸屬、人生態度和生命真諦的冷觀、思索和徹悟：

> 　　《紅樓夢》的確是曹雪芹閱歷感悟人生的結果，這部偉大的著作不是"做"出來的，而是悟出來的。《紅樓夢》禪味瀰漫，沒有禪宗，就沒有《紅樓夢》，它的確是部大徹大悟之書。既然是部悟書，那麼，光靠頭腦分析就不夠了，恐怕還得用心靈去領悟，即以心傳心，以悟讀悟。禪宗方法論此處倒是用得上。[1]

　　悟讀經典，是中國文化的一個悠久傳統。東晉南朝高僧竺道生（？–434）首先提出"頓悟成佛"的理念，認為修行者經歷"十地"階次，到最後一念"金剛道心"時，可以斬斷一切妄惑，瞬時徹悟，證得正覺。他說："夫稱頓者，明理不可分，悟語照極。以不二之悟，符不分之理，理智恚釋，謂之頓悟。"[2] 這

1　劉再復：《紅樓夢悟·自序（一）》，北京：生活·讀書·新知三聯書店，2009 年，第 2–3 頁。

2　慧達：《肇論疏》，轉引自法慧法師：《論竺道生的佛學思想》，《閩南佛學》1991 年第 1 期。

個理念後來被禪宗慧能徹底化，發展成頓悟見性，眾生是佛的心性說。佛教的頓悟思想對古代文學的影響久遠，劉勰提出，"故思理為妙，神與物遊"（《文心雕龍・神思篇》），含有佛家"妙悟"思想。嚴羽論詩更是強調妙悟，"大抵禪道唯在妙悟，詩道亦在妙悟。且孟襄陽學力下韓退之甚遠，而其詩獨出退之之上者，一味妙悟也。"（《滄浪詩話・詩辨》）謝靈運的山水詩、陶淵明的田園詩產生於禪宗以前，其寄情山水田園的詩章，含有覺悟人生的深刻思想，與禪相似；到唐代的王維、孟浩然，將禪意、禪味直接化入詩中，清末王國維著《人間詞話》，指一切景語皆情語，一切情語皆悟語，提出通過悟而提升詩詞審美意境的境界說。

悟讀《紅樓夢》，始於脂硯齋點評《石頭記》，脂硯齋批注中論、辨、悟的胚胎均有。論的方式，到王國維時形成，有觀點、有分析、有邏輯、有論證，空谷足音，出手不凡。辨的方式，即辨析、注疏、考證、版本清理，這種研究方法到胡適、俞平伯，始取得較大成就。悟，就是揚棄實證以及概念、邏輯、推理等論證手段，採用禪的明心見性、直逼要害、道破文眼的方式理解作品。周汝昌是紅學考證大家，其考證中亦有悟的因素，他說："曹雪芹的文化思想，在十八世紀初期，對中國文化是一種啟蒙和革命的思想，其價值與意義和他的真正歷史位置，至今還缺乏充分深入的探索和估量。"[1] 劉再復在讀到周汝昌這段關於《紅樓夢》的評論時激動不已，認為"周汝昌先生能抵達這一境界，不是考證的結果，而是悟證的結果。換句話說，這不是'頭腦'的結果，而是心靈的結果"。於是，他在對周汝昌紅學貢獻所做的八字評價"總成考證、超越考證"之後又加上八個字："考證高峰，悟證先河。"[2] 劉再復本人，則是第一個把悟當作一種專門的《紅樓夢》閱讀方式、研究方式和寫作形態的現代學者，採用生命體悟的方式解讀這部經典，讓他獲得了獨特的審美體驗：

　　我不是把《紅樓夢》作為學問對象，而是作為審美對象，特別是作為生

1　方舟、雪夫主編，周汝昌著，周倫苓編：《東方赤子・大家叢書（周汝昌卷）》，北京：華文出版社，1999 年，第 291 頁。

2　劉再復：《隨心集》，北京：生活・讀書・新知三聯書店，2012 年，第 279–280 頁。

命感悟和精神開掘對象。生命不是概念，不是數字，不是政治符號，也不是道德符號，它是可以無限延伸的血肉與精神。也許因為不是刻意去研究，只是用平常之心去閱讀和領悟，所以常常忽略掉曹氏的家譜，而順著自己的形而上嗜好，特別傾心也特別留心《紅樓夢》中空靈的、飄逸的、神秘的一面。今天坐下來想想，倒覺得歷史有這一面，才顯得浩瀚；人生有這一面，才顯得豐富。沒有歷史的神秘與命運的神秘，文學就太乏味了。[1]

劉再復以悟法讀悟書，通過悟性抵達作者的心靈深處，抵達作品中許多只可意會不可言傳之處，對《紅樓夢》的哲學思想內涵作了透徹的闡發。

《紅樓夢》曾被後人無數次考察其創作動機，應當說，劉再復對作品立意的參悟，最接近客觀實際。關於小說的題旨，作者在小說第一回中借空空道人之口說道，

> 據我看來：第一件，無朝代年紀可考；第二件，並無大賢大忠理朝廷、治風俗的善政，其中只不過幾個異樣女子，或情或癡，或小才微善，亦無班姑、蔡女之德能。我縱抄去，恐世人不愛看呢。

有人據此陳述，把它看作是一部言情小說；也有人把它看作是影射作品，索引派、考證派花過無數功夫，尋找小說中影射現實與歷史人物的蛛絲馬跡；現代理論家從階級對壘的角度，去談“四大家族史”，更是不得要領。劉再復通過體悟作者傾注在書中少女身上的深厚情感，通過感受眾女兒對自身命運的嚮往、憂慮、惆悵和矛盾心理而悟到，書寫個體生命，“這恰恰是小說之‘心’，曹雪芹選擇的大主旨”。他通過書寫一群青春少女的情感生活，把握整體人性世界，見證生存困境，使作品獲得永恆的藝術價值。曹雪芹經歷家庭的大動盪、大變故，親眼目睹周圍政治、家族、朝廷的種種變遷，他必定有自己的政治態度和見解，完全可能寫出一部政治譴責小說或是社會批判小說，果真這樣，中華民族就會失去《紅樓夢》這獨一無二的藝術瑰寶。曹雪芹是大藝術家，其立意之高，旁人難以企及，小說一開篇，就借空空道人之口確定作品的“文心”——書寫青春少女

1　劉再復：《紅樓夢悟·自序》，北京：生活·讀書·新知三聯書店，2009 年，第 2 頁。

的個體生命。他還借冷子興的 "旁觀冷眼"，限定作家只擔當一個藝術呈現者，而不是一個政治、道德的裁判者。有了這個創作宗旨，曹雪芹便沒有 "陷入善惡倫理判斷和其他社會功利判斷，而是從這些世俗判斷中抽離出來，超越出來，以一個旁觀者的身份，冷眼地看過去看人生看世界，不作裁判者，只作觀察者和歷史見證人，不憤不怒，不褒不貶，'從容道來'，把要寫的人物恰如其分地放在適當的位置上，沒有什麼大好大壞，也沒有大奸大惡"。[1] 曹雪芹以大悲憫的眼睛看世態人生，只呈現真實的生活情境，卻寫出了最豐富的人性和作者所處時代的荒誕性質，以及人類永恆的生存困境、情感困境和人性困境這些普遍性的問題。

文學經典中的心靈大多豐富而獨特，是不能用簡單化、本質化的概念闡釋說明的，只有悟性可以抵達人性的深淵。劉再復在論及小說第十二回寶玉寫的禪偈 "你證我證、心證意證" 時說："情感這東西要得到印證是很難的。相愛的雙方，如果都要對方拿出愛的證據只能是自尋煩惱。" 一句話，點到寶、黛兩人情感糾葛的疼點。劉再復對黛玉這一形象美學價值的準確把握，來自於對黛玉精神氣質的體悟，他感到黛玉的心靈是一個神意的深淵，語言文字永遠不能抵達她的最深處。她是詩化的生命，在僵化的社會中活不下去，"林黛玉為自己舉行了兩次精神祭禮：一次是 '葬花'，一次是 '焚稿'。……葬花只是排演，焚稿則是真的死亡儀式。她是真正的詩人：詩就是生命本身，詩與生命共存亡，作詩不是為了流傳，而是為了消失──為了給告別人間作證"。[2] 劉再復的感悟，切中黛玉悲劇性格的核心，這種感悟不是來自頭腦，而是來自生命，只有生命意識的投入，才能產生如此深切的體會："唯有文學能使人心疼，使人從情感深處感到傷痛。《紅樓夢》讓人痛惜，痛惜那些詩意生命永遠消失了，不會再度出現。"[3] 對於小說中另一個女主角寶釵，劉再復則體悟到，寶釵的悲劇來自於她的靈魂悖論。寶釵是一個很豐富很複雜的存在，她那麼美，那麼有學問、有才情、有風度，可是她無法言愛，不敢戀愛。她勸寶玉走仕途經濟之路，既是服膺正統意識觀念，

1　劉再復、劉劍梅：《共悟紅樓》，北京：生活·讀書·新知三聯書店，2009 年，第 44 頁。

2　劉再復：《紅樓夢悟》，北京：生活·讀書·新知三聯書店，2009 年，第 50–51 頁。

3　劉再復：《紅樓夢悟》，北京：生活·讀書·新知三聯書店，2009 年，第 83 頁。

潛意識裏也是對寶玉真切的關懷，沒有玩心機，也沒有惡意。小說中稱她為"冷人"，劉再復質問道："她的內心，真的冷嗎？如果真的冷了，為什麼還要吃'冷香丸'？吃'冷香丸'透露出她身心深處怎樣的信息？"她的心靈信息無比豐富，顯示她的心靈不僅不冷，而且很熱，這種熱，是與生俱來的熱，是青春少女天性的熱，是生命自然的熱。但是，她為了要在一個傳統倫理系統極為嚴酷的環境中生存，她必須把心中的熱壓下去，藉助"冷香丸"的藥力，調解和壓抑內心的熱情：

> 這是怎樣的悲劇呢？這是青春生命自我摧殘的悲劇，從某種意義上來說，她比林黛玉經受了更深的悲劇。林黛玉還有痛快表露愛、宣洩情的瞬間，而薛寶釵則始終被壓抑，被圍困。在閱讀《紅樓夢》的過程中，我每次感悟薛寶釵這一悲劇性的生命，心情都難以平靜，每次都覺得有一種語言無力表達的極為深刻的悲劇內容。[1]

寶釵的自我壓抑，構成她內在的靈魂悖論，導致她的命運成為一出更深刻的悲劇。

從寶釵的靈魂悖論，劉再復進一步悟出《紅樓夢》書寫了一系列的靈魂悖論，"薛寶釵和林黛玉確有衝突，但這是賈寶玉靈魂的悖論，可以說是曹雪芹靈魂的悖論。賈寶玉是曹雪芹人格的化身"。[2] 賈寶玉的靈魂悖論，具有深厚的文化傳統的原因，"中國文化有兩個大血脈，一脈是重倫理、重秩序、重教化，這一脈以孔孟為代表為發端，另外一脈則是從老子莊子到禪宗，這一脈是重自然重自由重個體生命，兩脈都有道理。中國文化像一個大機體，有動脈有靜脈。重秩序重倫理重教化可稱作動脈，另一個是靜脈"。[3] 薛寶釵是重教化重倫理的孔孟載體，投射的是儒家文化，是儒家文化的精彩極品。林黛玉身上投射的是莊禪文

1　劉再復、劉劍梅：《共悟紅樓》，北京：生活・讀書・新知三聯書店，2009 年，第 13 頁。

2　劉再復：《賈寶玉論・紅樓夢的哲學要點》，北京：生活・讀書・新知三聯書店，2014 年，第137 頁。

3　劉再復：《賈寶玉論・紅樓夢的哲學要點》，北京：生活・讀書・新知三聯書店，2014 年，第137 頁。

化，她是莊禪文化的精彩極品，追求的是莊禪的順應自然和精神自由。賈寶玉雖然兩個女孩都愛，但是，他的成長過程處在家族專制的語境下，也就是重秩序重倫理太沉重的語境下，他的叛逆性格，更自然地傾向於林黛玉。所以，劉再復說："《紅樓夢》中的林黛玉與薛寶釵是曹雪芹靈魂的悖論，也是人類思想永恆的悖論。林薛之爭，不是善惡之爭，也不是是非之爭，而是曹雪芹靈魂的二律背反。"[1] 不僅釵、黛之分體現曹雪芹的靈魂悖論，"寶玉和賈政的矛盾也可視為曹雪芹靈魂悖論的一部分，也就是，此一衝突，也是靈魂中生存原則與存在原則的衝突，世俗原則與超越原則的衝突，功利原則與審美原則的衝突。這種衝突不是 '是與非'、'善與惡'、'天使與魔鬼' 的衝突，而是人的靈魂走向的衝突"。[2] 賈政、寶玉的父子矛盾，是小說中的主要矛盾之一。賈政是一個循規蹈矩、克己自律的官員，他的生活目標是忠孝兩全、榮宗耀祖，在人丁不旺的賈府，豐姿玉質的寶玉是家族的命根子，是他的繼承人。但寶玉一連串的叛逆行為，加上賈環挑唆，令賈政勃然大怒，認為寶玉 "在外流蕩優伶，表贈此物，在家荒疏學業，淫辱母婢"，將來 "弒君弒父" 也並非沒有可能，因此頓起教訓之心。所以，父子衝突，本質上是正統與異端的觀念衝突，是父子倆不同心靈走向的衝突。在曹雪芹的現實世界裏，他明白社會生存原則的合理性，所以，賈政責打寶玉，是愛子的行為，是 "父母之愛子，當為之計深遠"（《戰國策·觸龍說趙太后》）的表現。在曹雪芹的文學世界裏，寶玉的叛逆，正是他珍視生命價值的情感所繫，因此他一力讚美謳歌的，是寶玉身上體現的真性情。所以，父子衝突，不是封建與反封建的衝突，而是曹雪芹內心兩種生存原則的衝突，是作者靈魂的悖論。與父子衝突的類型相似，賈寶玉與甄寶玉的理念差別、寶玉和秦鍾的行為差別，都是兩種生命原則的悖論，是世俗原則與理想原則的悖論。

對《紅樓夢》中靈魂悖論的發現與闡發，是劉再復文學理論的一個貢獻。文學作品中，靈魂悖論是人性複雜性和深刻性的體現，是同一顆心靈中不同靈魂傾向、不同人性欲望之間的對抗搏鬥。不同的靈魂傾向和人性欲望，在特定的情境

1　劉再復：《紅樓夢悟》，北京：生活·讀書·新知三聯書店，2009 年，第 23 頁。

2　劉再復、劉劍梅：《共悟紅樓》，北京：生活·讀書·新知三聯書店，2009 年，第 127 頁。

下各有其存在的合理性，通過內心的辯詰、呼號與掙扎，能夠更深刻地揭示人性內涵，"靈魂的傾向總在內心中。政治傾向往往要表露在口號、概念和淺露的態度上，因此往往損害文學"。[1] 靈魂悖論、靈魂對話和靈魂掙扎，也許沒有結論，但它能為讀者提供更有價值的啟迪。

《紅樓夢》寫了兩個世界，一個是作者身處的現實世界，一個是作者的理想世界，前人對此早有論述。劉再復從小說兩個世界的對照中，體悟到小說的審美形式寓含一個雙重結構，這種藝術構架不僅反映了現實生存困境，而且突出了對存在之家的叩問——從形而上的角度叩問生命之旅的終極意義。俞平伯在五十年代初提出，大觀園是一個想像的境界，作者"用筆墨渲染，幻出一個天上人間的蜃樓樂園來"。[2] 余英時評價說："俞平伯的說法在紅學史上具有庫恩（Thomas S Kuhn）所謂'典範'（pardigm）的意義。可惜他所處的環境使他不能對這個革命性的新觀點加以充分的發揮。"余英時在《〈紅樓夢〉的兩個世界》一文中，對小說中虛構的理想境界和現實世界，作出令人信服的考訂和闡釋，他在闡明大觀園是曹雪芹描寫的理想世界同時，考證和論證這個理想的大觀園亦具有現實世界的性質，小說中的大觀園園址，就建於寧府的會芳園和賈赦所住榮府舊園這兩個發生過許多齷齪不堪之事的舊園子基礎上，"曹雪芹雖然創造了一片理想中的淨土，但他深刻地意識到這片淨土其實並不能真正和骯髒的現實世界脫離關係。不但不能脫離關係，這兩個世界並且是永遠密切地糾纏在一起的。任何企圖把這兩個世界截然分開並對它們作個別的、孤立的了解，都無法把握到《紅樓夢》的內在完整性"。[3] 劉再復從這個潔淨與骯髒的對照、理想和現實世界的衝突中感悟到，《紅樓夢》既是對現實人生和各色人等生存狀況的呈現，也是對整個生命現象、整個存在狀態的徹悟；既書寫了生命中的真情無價，也反映了人生面對荒誕現狀的無可奈何；所以，小說便形成了一個"雙向宏觀構架"，從不同側面折射出人物的生存層面和生命的存在狀態，

1　劉再復、劉劍梅：《共悟紅樓》，北京：生活·讀書·新知三聯書店，2009 年，第 127 頁。

2　俞平伯：《紅樓心解·大觀園地點問題》，西安：陝西師範大學出版社，2005 年。

3　余英時：《〈紅樓夢〉的兩個世界》，《香港大學學報》1974 年 6 月第 2 期。

《紅樓夢》是部家譜式小說，也可說是傳記式小說（魯迅稱為自敍傳），其傳記固然有家族身世的外部傳記，又有作者內在的靈魂傳記，既是家族史，又是心靈史。……它又以"記"為基礎而進行虛構，把"真事隱去"，賦予"夢幻"的框架，尤其重要的是，帶入了作者關於人間世界的"夢"，即審美理想。[1]

在審美形式上，《紅樓夢》以大觀園中青春少年的生活內容為中心，建立了一個實寫的情節構架，同時，又以寶玉夢遊太虛幻境、追詢《紅樓夢》十二支曲為中心，虛寫了一個夢境的構架，虛實相間，構成了作品內在的雙向藝術大框架。這個雙層構架，使得大觀園的清水世界和大觀園外的濁泥世界相對照，紅樓人物的生活現狀與他們各自的精神世界相映襯，更重要的，是突出了"生存"境界與"存在"境界的對比。大觀園的實寫，有個體生命對家族藩籬的反抗，有個體生命自由的訴求，涉及到個體生命尊嚴的主題。而夢的虛寫，則突出了一個"存在"層面，即作家不斷叩問"浮生作甚苦奔忙"，以及對何為存在之鄉等問題的思考。前者探討的是個人與家庭的生存困境及現實出路問題，後者探討的是個體生命的心靈困境和精神出路問題，"前者偏重於社會性，後者偏重於心靈性，後者比前者帶有更高更豐富的哲學意味"。[2] 曹雪芹和海德格爾一樣，都直面死亡，"海德格爾的哲學是赴死的哲學，曹雪芹的哲學卻是戀生的哲學，它揭示另一條真理：存在在情愛面前才充分敞開。賈寶玉、林黛玉的豐富內心、精彩靈魂、詩意存在全在彼此的愛戀中充分展開，一旦失去相互依存的一方便無意義，連詩稿也可以付之一炬"。[3] 劉再復更體悟到，《紅樓夢》文學意象所寓含的問題是無止境的，它"所叩問的終極境界是'無'的境界，是不可名即破一切名的境界，所以我們也不必執於一念或執於一些名相"。[4]

《紅樓夢》中多處談禪，凡對人物參禪的描寫都極為精彩，劉再復在欣賞小說的禪悟描寫時，從中悟出一個道理，悟"不僅是一種大方法，'悟'能產生思

---

1 劉再復、劉劍梅：《共悟紅樓》，北京：生活・讀書・新知三聯書店，2009 年，第 5 頁。

2 劉再復、劉劍梅：《共悟紅樓》，北京：生活・讀書・新知三聯書店，2009 年，第 54 頁。

3 劉再復、劉劍梅：《共悟紅樓》，北京：生活・讀書・新知三聯書店，2009 年，第 21 頁。

4 劉再復、劉劍梅：《共悟紅樓》，北京：生活・讀書・新知三聯書店，2009 年，第 56 頁。

想、產生哲學"。[1] 小說第九十一回,黛玉與寶玉談禪,借機探察寶玉對自己是否真情:"寶姐姐和你好你怎麼樣?寶姐姐不和你好你怎麼樣?寶姐姐前兒和你好,如今不和你好你怎麼樣?今兒和你好,後來不和你好你怎麼樣?你和他好他不和你好你怎麼樣?你不和他好他偏要和你好你怎麼樣?"面對這一連串的問題,寶玉呆了半晌,突然大笑道:"任憑弱水三千,我只取一瓢飲。"黛玉道:"瓢之漂水奈何?"寶玉道,"非瓢漂水,水自流,瓢自漂耳!"黛玉道:"水止珠沉,奈何?"寶玉道:"禪心已作沾泥絮,莫向春風舞鷓鴣。"黛玉道:"禪門第一戒是不打誑語的。"寶玉道:"有如三寶。"黛玉低頭不語。寶、黛借禪機表白真情,這一段確實寫得生動感人,劉再復對這一段的感悟也極深,提出了三點見解:一、他強調"這是高鶚續書寫得最好的章段"。二、他對寶、黛情感的真摯性有深刻的理解,認為主人公借禪說愛,把愛推向無限的時間與空間的深淵,真正相愛並愛入靈魂的只有一個,一旦水止珠沉,發生悲劇,寶玉的回答是出家。三、他從"水自流、瓢自漂"的禪機應答,不僅看出人物的一往情深,而且看出禪的要義就在"自性"清明,看出禪有"實現了另一種思想的可能,即揚棄邏輯、實證、概念、範疇而進行思想的可能。這是西方思想家難以想像的"。[2]

劉再復對《紅樓夢》的深切體悟,首先起作用的是心靈的直覺,是完全投入的心靈情感與生命意識啟動了潛藏在意識深層的藝術敏感力。由深切的心靈情感產生的悟,化作藝術直覺,喚醒潛意識中積澱的經驗,激發出"思"的能量,把對作品的審美欣賞提升到理性、邏輯通常難以抵達的高度。從劉勰的"神思"、嚴羽的"妙悟"和王國維的"一切情語皆悟語",古典文論中散見而又極為重要的"心悟"思想,到劉再復的文學心靈本體論,在理論體系上始集大成。

1　劉再復、劉劍梅:《共悟紅樓》,北京:生活·讀書·新知三聯書店,2009 年,第 38–39 頁。

2　劉再復:《紅樓夢悟》,北京:生活·讀書·新知三聯書店,2009 年,第 105 頁。

四

詩意心學

　　劉再復對《紅樓夢》的解讀，一個新穎的提法，是說《紅樓夢》是一部心學大書，《傳習錄》是思辨性心學，《紅樓夢》則是詩意心學：

> 曹雪芹與王陽明都是大"心學"家，堪稱中國精神大地上的兩座心學高峰。但讀王陽明的心學，只知心的重要，而讀《紅樓夢》，才知道心的深邃。對於王陽明，可以用學去把握，對於曹雪芹，卻只能以悟去把握，非有無盡之情難以進入其無盡之海。王陽明的心學展示在概念中，曹雪芹的心學隱藏在人物的意象中，心為世界本體，除了心之外，其他物質皆為幻象，這是兩位大心學家的共識。[1]

　　確認《紅樓夢》是一部詩意心學，是劉再復對《紅樓夢》哲學思想核心的把握。這段論述，不僅確認《紅樓夢》的心學性質，而且清晰地概括了《紅樓夢》心學的特徵，是藉助對詩意生命的書寫，體現了作者心靈高於一切的心學原則。劉再復在"紅樓四書"的相關論述中，大體交待了他如何"悟證"曹雪芹心學思想的基本思路。他說，曹雪芹和王陽明一樣把心看作世界的本質，認為"心外無物"，但《紅樓夢》"其中蘊藏著比王陽明還徹底的心哲學，靈哲學"。[2]為什麼這樣說？劉再復多次闡釋，在《紅樓夢》中，心覺是最高的覺，心明是最透徹的明，心明、心覺昇華為靈，並不是抽象的靈，而是作品中充滿生命氣息的歌哭，是血肉之軀的喜怒哀樂，是活生生的心明心覺。曹雪芹的心明心覺，不單純是他寫作過程中的哲學思考，更多的是來自於他對生活和人性的冷靜觀審，來自於他

1　劉再復：《紅樓夢哲學筆記》，北京：生活・讀書・新知三聯書店，2009 年，第 18 頁。

2　劉再復、劉劍梅：《共悟紅夢》，北京：生活・讀書・新知三聯書店，2009 年，第 29 頁。

嚴格的自省和自審，因為這種深刻的冷觀以及對自身生活經歷心路歷程的自審，曹雪芹才能以舉世皆濁我獨醒的冷峻目光看到這個繁華世界中人生的悲劇性與荒誕性，認識到真心靈與真性情的可貴，並把它們確立為人生的終極信仰。曹雪芹藉助大觀園中青春生命的靈魂歌哭，把這個心明心覺的複雜過程作了充分的呈現，這個呈現滲透了他對心靈哲學的生命體驗，比純粹的哲學思考更為徹底，更為銘心刻骨。

曹雪芹是如何借賈寶玉這個形象立"心"的，劉再復與白先勇對話《紅樓夢》時，曾有過精闢的解釋：

> 說後四十回歸於兩個字：一個歸於"心"，一個歸於"空"，都屬形而上，很高明，很精彩。歸於"心"，是117回書寫寶玉再次丟掉胸前玉石，⋯⋯賈寶玉講了兩句"一句頂一萬句"的話。一句是："我都有了心了，還要那玉何用？"另一句是："你們這些人原來都是重物不重人！"襲人等，只知道那塊玉是賈寶玉的命根子，不知道他的心才是他的命根子，生命本體，重中之重。賈寶玉這麼說，在哲學中點了題，把《紅樓夢》心學之核點出來了。[1]

寶玉這一番輕"玉"重"心"的感慨，是經歷了家族從烈火烹油的紅火進入衰敗之後的覺悟。在經歷了黛玉之死的銘心刻骨的悲痛之後，他體會到，世界的根本，人生的根本，是"心"而不是"玉"，是情而不是物，這便是曹雪芹的"心本體"和"情本體"。曹雪芹對這個"心本體"的闡釋，寓含在寶玉的整個精神成長過程中。《紅樓夢》第22回，黛玉就這個"心本體"的實質向寶玉發問："寶玉，我問你，至貴者是'寶'，至堅者是'玉'，爾有何貴？爾有何堅？"寶玉一時無以回答，他參悟一生，在黛玉去世以後終於決定離家出走，回到大荒山下，三生河畔，將他的答案告訴絳珠仙草：我有何貴，因為我有心；我有何堅，也因為我有心。至貴至堅，不在玉的表相，而在玉的品性。

---

1 劉再復、白先勇演講、修正，喬敏整理：《白先勇與劉再復對談〈紅樓夢〉》，香港：中華書局（香港）有限公司，2020年。

曹雪芹的心學是由文學意象所體現的，它"首先是石頭的心靈史，然後才由心靈史提升為心靈學"。[1]劉再復具體闡釋了《紅樓夢》由心靈史的發展過程為中軸綫編織成的詩意結構：賈寶玉的精神變化經歷，便是由心靈史提升為心靈學的過程。他是女媧補天用剩下來的一塊頑石，第一步經過通靈幻化由石變玉，降臨世間；第二步由玉化為心，成為一個傳奇生命的赤子之心。但這顆心最初是癡蒙的，對世事、對情愛、對人生嚮往，是懵懵懂懂的，絳珠仙草的淚水洗淨了玉石表面的塵埃，使它通明透徹，並且柔化這塊玉石，讓它最終回歸一顆赤誠的心靈。小說的開端，是石頭的降生，小說的結局，是心靈的升起。《紅樓夢》整個是一部青春心靈的傳記，心靈的成長史，吟的是青春生命的心音，訴的是青春生命的心事，為天地而立的，是淨水世界青春少女的高潔之心。從石頭到玉到心的幻化過程最終證明，這個世界的本體是心靈；"贏得大心靈，夢落幕，太陽便升起來了。"劉再復文學心靈本體思想的形成，與《紅樓夢》中頑石變玉，再由玉轉化為心的文學隱喻頗為相似，當他在八十年代以弘揚人的精神超越性為旗幟，試圖突破左傾意識形態的重圍，重建人的文學理論時，他這顆作為異端的頑石自然地受到了時代風雨的洗禮。他沒有退縮，而是迎著風雨，讓風雨洗去塵垢，頑石發出了玉的光彩。通過對主體論理論的檢討，對整個文學史缺陷的反思，他看到了中國文學的致命缺陷，就是靈魂維度的缺失，深層人性的缺失。靈魂的掙扎、人性的呼喚，都聚焦於一顆真誠的心。對賈寶玉心靈的感悟，或者說《紅樓夢》詩意心學的點化，讓他突然開朗，把文學中的靈魂呼號，提升到心為本體的境地，心靈不僅決定文學的品格，心靈就是文學的本體，心中的太陽升起來了，文學世界一片澄明。

《紅樓夢》的詩意心學，確立心為本體，是由情本體體現的，詩意心學是心本體和情本體的合一，心本體寓於情本體之中。前人評《紅樓夢》"大旨談情"，劉再復說："文學的深度並非時代性和社會性深度，而是個體生命靈魂與情感的深度。《紅樓夢》主角的情感之深，深到了大空寂的最高境。"[2]"情本體"是

1　劉再復：《紅樓夢哲學筆記》，北京：生活·讀書·新知三聯書店，2009 年，第 7 頁。

2　劉再復：《紅樓夢哲學筆記》，北京：生活·讀書·新知三聯書店，2009 年，第 124 頁。

李澤厚闡述其實踐美學理論時提出的一個概念，"心理本體的重要內涵是人性情感……這個似乎是普遍性的情感積澱和本體結構，卻又恰恰只存在於個體對'此在'的主動把握中"。[1] 李澤厚"情本體"的中心思想，是強調內在自然的人化，建設心理本體和塑造人性情感。其思想資源是儒家文化傳統核心的仁孝說，即通過教育、訓練和遵守社會禮儀，建立人性和心靈的情理結構。《紅樓夢》中的情，是文學形式的情本體，它包含了李澤厚的內在自然人化過程以及視人性情感為美的基本精神，同時又顯示了人性對情的複雜感受、多種理解及堅定信仰，其內涵比哲學定義的情本體更為複雜具體，外延則更為寬廣。劉再復從兩個方面闡發了《紅樓夢》情本體所展示的文藝美學特徵，一方面，他指出了情本體的世俗走向，是對日常生活有情。《紅樓夢》中敘寫了不同類型的愛情、親情、世情、悲情；寫了情的磨難、嚮往、困境、衝突；寫了情的崇高、卑微以及世俗性，構成了一種生活之美，正如周汝昌所說："《紅樓夢》的'情'的內涵，是大於'愛情'的'親情'、血緣之情、世俗之情。"李澤厚也有相同見解："一部《紅樓夢》之所以為中國人百讀不厭，也就因為讓你在那些極端瑣細的衣食住行和人情世故中，在種種交往活動、人際關係、人情冷暖中，去感受那人生的哀痛、悲傷和愛戀，去領略、享受和理解人生，它可以是一點也不尋常。"[2] 另一方面，劉再復探討了情本體由情昇華到靈到空的精神走向。他說："整部《紅樓夢》為什麼那麼美，正是因為它有兩種大提升。一是外自然的人化；二是內自然的人化。"[3] 大荒山青埂峰下的頑石是外自然，通靈幻化後成為生命，是外自然的人化。欲望是人的內自然，整個小說通過展示賈寶玉由欲向情的提升的詩意過程，顯示了內自然的人化。

《紅樓夢》展示情的提升過程中的困惑和執著，也是心本體得到確認和提升的過程。情是人性中最複雜的因素，它的發展有兩個不同的方向："一是通過'濫情'而沉迷於色；一是通過靈——感悟而上升為空，即所謂始於癡，止於悟，

1　李澤厚：《華夏美學・美學四講》，北京：生活・讀書・新知三聯書店，2008 年，第 226–227 頁。

2　轉引自劉再復、劉劍梅：《共悟紅樓》，北京：生活・讀書・新知三聯書店，2009 年，第 26–27 頁。

3　劉再復、劉劍梅：《共悟紅樓》，北京：生活・讀書・新知三聯書店，2009 年，第 24 頁。

情必須有情悟，有提升，才有境界。"[1] 賈寶玉對 "情" 的參悟，體現了由癡至悟、由色到空的心靈提升過程。這個過程經歷了三個階段，表現出《紅樓夢》"情本體" 美學觀的三個層次。寶玉情欲意識初萌之際，由秦可卿、秦鍾姐弟導引，經歷了情欲觀念的啟蒙。小說第 5 回，寶玉於秦可卿臥室裏午休，夢遊太虛幻境，遍閱幻境中所藏上、中、下十二冊金釵判詞，聆聽《紅樓夢》十二支曲。這些詞曲演繹眾金釵各自的生命走向，千紅一窟（哭），萬艷同杯（悲），呈現出 "情本體" 純粹的精神層面。可卿的弟弟秦鍾是寶玉的知己，他的經歷，成為可卿對寶玉精神啟蒙的現實復演。秦鍾，諧音 "情種"，是警幻仙姑用以警示寶玉的 "好色即淫，知情更淫" 的淫人，他在姐姐喪事期間 "得趣饅頭庵"，與小尼姑慧能縱情私會，受責罰而病逝。可卿姐弟對寶玉情欲觀的啟蒙，折射出曹雪芹對 "情" 的明確態度，他不僅徹底否定賈珍、賈璉兄弟的縱欲享樂行為，也否定秦鍾的因欲生情和情欲混一，他肯定的是寶玉 "天分中生成一段癡情"，是寶、黛之間的真情純情。寶玉對 "情" 參悟的第二階段，即神瑛侍者與絳珠仙草被帶入人間歷煉的過程，也即對情的生命體認的過程。黛玉的整個心靈與生命凝結在一個 "情" 字上，是真情與癡情的化身。寶玉雖然以黛玉為知音，原先卻是一個泛情者，對園中諸多女兒都表示過情分或愛意。在寶玉由泛愛變為專情的過程中，黛玉是導引他精神昇華的女神。他們之間一次次地試探、猜疑、賭氣、爭吵、和解，實為 "情" 的故意碰撞、不同形式的愛的表白，情，成為他們青春生命與心靈的本體。寶玉對 "情本體" 的體認過程，折射作者 "情本體" 美學觀的第二個層面，情，在現實人生環境中經磨歷劫而不毀，才能成為生命的核心和支柱。寶玉對 "情本體" 參悟的第三階段，是對情的徹悟。寶玉在歷經了 "因空見色、由色生情、傳情入色、由色悟空" 的生命大起大伏之後，割棄牽掛，飄然出世，以一個 "了" 字為人生參悟畫上句號。但他 "欲了何曾了"，周汝昌說："那十六字真言，兩端是 '空'，中間是 '情'。由空起到空止，但後空不同於前空，不是復原——否則繞了一陣圈子，中間的要害豈不全成了廢話？"[2] 十六字

1   劉再復、劉劍梅：《共悟紅樓》，北京：生活・讀書・新知三聯書店，2009 年，第 25 頁。

2   劉綱紀：《美學與哲學》，武漢：湖北人民出版社，1986 年，第 299 頁。

真言，是參悟曹雪芹"情本體"的密碼，由空始而至空終，後空不是前空，前空是空無，後空是空有，空有就是有情。白先勇說，賈寶玉離家出走時，白茫茫雪地上一襲大紅色斗篷，"紅"代表人世間的情，寶玉是帶著人世間的"情殤"而出走的。寶玉確實因情殤而出走，但出走這一行為卻是情悟。他在出走時已經從情殤中獲得徹悟，原先對黛玉的深情，化作對人間真情的信仰，成為一種淨化後的純情；同時，也化作大慈悲心，悲憫世間一切有情。"了"字並非曹雪芹參悟人生的最終所得，他所獲得並傳遞給讀者的人生真諦，乃是欲了而不了的"情"，是歷經苦難淘洗、最終昇華為對情的信仰之心，以及關愛珍惜一切生命過程的大悲憫情懷，這才是曹雪芹詩意心學的最後實在。生之寂滅為空，雖然生命美好，但轉瞬即逝，如風過雪泥，鴻爪無痕；然而，生命的過程真實存在，由生命生出來的真摯情感，對真情純情的堅定信念，才是心靈的本質，不僅賦予存在以充分的意義，而且會隨著新生命的誕生不斷延續。曹雪芹是痛苦的，他增刪十載，字字泣血，懷著"到頭一夢，萬境歸空"的悲愴與空茫，在色與空的邊界苦苦追尋情的答案，以致影響到《紅樓夢》在他生前未能完成定稿；曹雪芹是幸福的，他的幸福在於他並沒有對情真正幻滅，而是在無可逃避的情的磨難之中將情殤化作情悟，化作對真情的信仰，凝聚成一顆大慈悲之心；曹雪芹是不朽的，他的不朽在於他能夠超前他的時代，超越世俗觀念探索生命的價值，把他的洞徹與慧悟——在色空探索過程中熔煉出來的對情的信仰，寓於不朽的《紅樓夢》當中，千載流傳。

詩意心學，最徹底地體現在林黛玉這一形象身上。她是詩的化身、情的化身、心靈的化身，劉再復說："《紅樓夢》作為一部悟書，它最高禪悟即大徹大悟，是由林黛玉來呈現的。"[1] 黛玉是大觀園裏最有才情的詩人，她吟詩、結社、參禪、葬花，處處顯示過人的聰慧穎悟。她敏感的心靈具有強烈的生命意識和時間意識，既能感受別人無法感受的孤獨之美和空寂之美，又充滿人生無可逃遁的悲感，她把滿腹心思化作少女的天問："天盡頭，何處有香丘？"她肩荷花鋤，夢一般走來，夢一般離去，她是一顆最率真最精緻的心靈，是真之道、

1　劉再復、劉劍梅：《共悟紅樓》，北京：生活·讀書·新知三聯書店，2009 年，第 183 頁。

美之道，"她面對生活的唯一觸角，是心靈"。[1]用心專一，對情、對生命價值的認識也就透徹，她始終以自己對人生的透徹認識引領寶玉的心靈走向。小說第22回，寶玉因為寶釵生日看戲時無意惹惱了湘雲、黛玉，又因《寄生草》中一句"赤條條來去無牽掛"的台詞引發大慟，提筆寫下一段禪語："你證我證，心證意證。是無有證，斯可云證。無可云證，是立足境。"寶玉，抱著守己歸真、無須言說的態度，顯示自己對黛玉的真情就是到了萬境歸空也無須驗證，這就是他的立足之境。實際上，他對情、對生命的悟，還不算徹底，還徘徊在莊子所講的"有待"境界。黛玉在這偈語之後加上八個字，"無立足境，是方乾淨"，把空境徹底化，以此點化寶玉，執著於空境和非空境之別，仍然是"執"，心中去掉"空境"這個爭論平台，才是徹底的"空"，才能避免陷入情感"有""無"的無休止糾纏，才算得上真正乾淨。這八個字，是黛玉也是曹雪芹對情的徹悟和對"無"的實質的把握，達到了莊子"無待"的理想境界，也體現了禪的"本來無一物"的根本精神。劉再復對黛玉的見識拍案叫絕：

> 林黛玉補上這八字禪思禪核，是《紅樓夢》的文眼和最高境界。無立足境，無常住所，永遠行走，永遠漂流，才會放下佔有的欲望。本來無一物，現在又不執著於功名利祿和瓊樓玉宇，自然就不會陷入泥濁世界之中。[2]

《紅樓夢》是一部心靈的史詩，由詩的語言和詩的意境表達曹雪芹的心學思想。作品借豐富而生動的文學意象，呈現了從文學立心、確立心靈原則、心靈本體呈現形式、心靈信仰到實現心明、心覺的整個過程，不僅是對個體生命追求心靈覺悟的思考，也是對整個生命系統、整個人類心靈狀態的統觀，劉再復不禁慨嘆："中國文化系統中的心一詞的至深至廣的涵義，就蘊藏在《紅樓夢》中。"[3]

1　劉再復：《紅樓夢哲學筆記》，北京：生活·讀書·新知三聯書店，2009年，第228頁。

2　劉再復：《紅樓夢悟》，北京：生活·讀書·新知三聯書店，2009年，第19頁。

3　劉再復：《紅樓夢哲學筆記》，北京：生活·讀書·新知三聯書店，2009年，第21頁。

五

澄明境界

《紅樓夢》的哲學內涵，核心內容是作者對人這一存在主體及其無法改變、無法掙脫的荒謬困境的困惑、思考以及試圖尋求的精神突圍之路。劉再復從《紅樓夢》的"空"中闡發出"有"，發現小說所體現的並不是一種虛無、頹廢和消沉的哲學，而是積極追尋人生澄明之境的哲學。對《紅樓夢》哲學內涵的發掘和領會，使劉再復的學術追求也抵達一個新的境界——澄明之境。

"澄明"，是海德格爾存在主義哲學的一個重要概念，海德格爾說：

> 顯現必然在某種光亮中進行。唯有透過光亮，顯現者才能顯示自身，也才即顯現出來。但從光亮方面來說，光亮卻又植根於某個敞開之境，某個自由之境。……我們把這一允諾某種可能的讓顯現和顯示的敞開性命名為澄明。……光可以湧入澄明之中並且在澄明中讓光亮與黑暗遊戲運作。但決不是光才創造了澄明。光倒是以澄明為前提的。[1]

海德格爾關於"澄明"的闡釋，被稱作"澄明之境"。"澄明之境"，就是存在無遮蔽地敞開，既是存在者在哲學的理性之光引導下對存在的"思"，也是"思"與"在"發生的根源，是"思"對"在"的神會或領悟。海德格爾哲學的一個顯著特點，是完全擱置傳統哲學的主客二元對立範式，把物我關係看作整體世界中一個完整的特定點：在場與在場者，以此探討存在的根本意義。張世英從東西方哲學比較的角度，把"天人合一"和"澄明之境"作對比分析，對天人合一關係提出獨到見解：在中西哲學史上，對人與世界關係的"在世結構"的看法，可粗略地分為兩個層次、三個發展階段。第一個層次，不把人與世界萬物

1　海德格爾著，陳小文、孫周興譯：《面向思的事情》，北京：商務印書館，1996年，第67–68頁。

看成是征服與被征服的關係，而是息息相通、融為一體的內在關係，其表達方式是“天人合一”。第二個層次，把人與世界萬物看作彼此的外在關係，人在此關係中以我為主體，以他人、他物為客體，認識則是由此及彼的“橋樑”，用西方哲學術語表述就是“主體—客體”的關係。這兩個層次之間，後者是以前者為基礎，前者是後者之可能發生的前提。綜合中西哲學史的發展來看，這兩個層次關係的形成，有三個發展階段：第一個階段是以“天人合一”關係為主導的階段，在這個階段，人類思想的發展，處於主客不分的狀態。西方哲學史上，蘇格拉底、柏拉圖以前，早期的自然哲學關於人與自然關係的學說屬這個階段。第二個階段，是以“主客二分”關係為主導的階段。在這個階段，人類作為主體，要佔有或消滅自身以外與自己對立的、作為客體的現成外物，認識論成為哲學的重點問題。哲學中唯物主義與唯心主義的爭論，主要發生在這個階段。從笛卡爾到黑格爾，西方近代哲學的原則是“主客二分”式的，哲學家逐步把一系列抽象概念，當作獨立於人以外的東西加以追求，形成了“概念哲學”。第三個階段，經過了“主客二分”思想的洗禮，形成了包含“主體—客體”在內而又揚棄了機械的“主客二分”性質的“天人合一”關係。這個階段不是第一階段的簡單重複，而是否定之否定，是在高級水平上，向“萬有相通”的復歸。黑格爾以後，多數西方現當代哲學家，力求超越“主客二分”，達到一種類似中國的“天人合一”的境界，海德格爾便是一個劃時代的代表性人物。他提出“在場”、“此在世界”等概念，人“融身”在世界之中，世界由於人的“此在”，對人展示自己。“此在”與世界融合為一的關係是第一位的，“此在”認識世界的主客關係是第二位的，是在前一種關係的基礎上產生的。[1] 海德格爾關於“此在”與世界的關係，與中國傳統的“天人合一”相似，但這兩個概念之間有一個重要區別：“天人合一”尚未完全消弭主客二分的關係，“澄明之境”則意味著萬有之源、存在之根的終極真實，與老莊的“道”和“太極”頗為相似。張世英說：

1　有關張世英的新“天人合一”哲學，參見林可濟：《用海德格爾哲學詮釋天人合一思想》，“中國論文網”。

任何事物包括人的思在內，都源於這個澄明之境，都以它為前提。它是"無"，卻又是萬有之源，它超越了存在，卻又不在存在以外。……澄明之境不是人或"此在"的屬性，不是屬人或"此在"的思或領悟，澄明之境乃是使"思"與"在"得以發生的根源。海德格爾把這種澄明之境叫做"神性"，這"神性"當然不是宗教上有意志、有人格的上帝，但"神性"的意思表明此澄明之境不能被理解為相互聯繫、相互作用、相互影響的一種呆滯的集合，而是富有生動意義的、就像王陽明所說的"靈明"或"靈昭不昧"的意思。[1]

劉再復在研究了海德格爾的存在主義哲學和張世英的相關論述之後，認識到當代哲學的發展方向產生了重大變化，他概括這個變化的特徵：

當代哲學已完成了一個方向性的轉變，這就是從"主客體關係"的認識進入超主客體關係的對世界整體的把握，即以超越的態度主導主客體關係，從無限整體的觀點看待有限的存在者（包括自我），而不執著於當前的有限之物，從而抵達一種融合當前的東西（在場）與無盡的未出現的東西（不在場）為一體的境界，即澄明境界。[2]

劉再復從海德格爾哲學中獲得啟示："澄明之境"不是一種實體，卻是一種使"思"與"在"得以發生的根源，它是"無"，但又是"有"的母體，如同老子的"道"，無法用概念去認知，只能通過詩意的想像去抵達。他把"澄明之境"與《紅樓夢》的夢境和大觀園裏的詩意之境相聯繫，以獨特的藝術敏感力闡發《紅樓夢》文學意象中潛藏著的五種"澄明之境"：

這個境使寶玉發生，使黛玉發生，使情發生，使詩發生，使太虛幻境發生，使大觀園發生，這是一個神秘之"本"，一個神意的深淵。這個本正是"無"。作為小說，《紅樓夢》呈現"有"的故事，"有"的悲劇，"有"的

1 張世英：《進入澄明之境——哲學研究的新方向》，北京：商務印書館，1997 年，第 141 頁。轉引自劉再復：《紅樓夢哲學筆記》，北京：生活‧讀書‧新知三聯書店，2009 年，第 202 頁。
2 劉再復：《紅樓夢哲學筆記》，北京：生活‧讀書‧新知三聯書店，2009 年，第 201 頁。

荒誕劇，但所有 "有"，都來源於 "無"，而最後又回歸於 "無"。[1]

這個兼有哲理與詩意的發現，為劉再復的《紅樓夢》閱讀拓展出一片新天地，他把曹雪芹天才頭腦對於 "空" 和 "有" 的徹悟，具體概括為《紅樓夢》文學意象所呈現的五種 "澄明之境"，完整地體現了作品的哲學思想內涵：

《紅樓夢》對澄明之境的第一層表述，是借太虛幻境為背景而呈現出來的澄明幻境。這個幻境的中心內容，是以《紅樓夢》十二支曲作大觀園中眾女兒青春生活的預演。以往的紅學家多認為，"萬艷同杯" 即 "萬艷同杯（悲）"，預示大觀園眾女兒的悲劇命運，劉再復卻感覺到太虛幻境一片澄明，"萬艷同杯" 負載著曹雪芹的審美理想、社會理想和世界理想，呈現多重暗示：它呈現的是各種美艷生命在大觀園青春共和國成員之間平等生存，萬花同根，出自同一 "太虛"，同一 "無" 之境，萬物萬有相互通融、和諧共在，體現了作者的 "大同" 理想。"萬艷同杯"，在同一世界兼容不同類型、不同氣質、不同作風之美，體現了超越世俗功利尺度的大同審美理想。"萬艷同杯"，也可以表述為天地之間萬種顏色萬種姿態都相互關聯，無論是富貴之艷還是貧賤之色，都無分別地打破尊卑貴賤，都給予同樣的尊重。"萬艷同杯"，還可以解釋為萬物萬有萬眾一體同心的佛教理想，呈現一片佛光普照的澄明。

《紅樓夢》對澄明之境的第二層表述，是 "無立足境" 的澄明空境。據張世英的論述，海德格爾的思想啟迪我們，人的本真己我不是任何有限的事物可以限定，人生的歸屬本來 "無歸屬"，只屬無限的生命深淵。《紅樓夢》中提出的 "無立足境，是方乾淨"，是以自性為本體、沒有其他歸屬的空境，把慧能的自性本體論推向極致。天地之間，可立足境是一種在場，是可視之物，是人在日常生活中所確認的寓所和家園，是主體的寄存之所。人們奔忙於日常事務，認識和佔有立足之境，卻在贏得功名、財富、權力的同時，喪失了生命的本真和自由。林黛玉所提出的 "無立足境"，提示人們，在世俗立足境之外，有一種大自在、大自由之境，那就是超越世俗規範的自由心靈狀態，心靈才是歸屬，才是故鄉。這與海德格爾講的 "無底深淵" 相通，確定人的歸屬、人的故鄉，是在無歸屬無羈絆

1　劉再復：《紅樓夢哲學筆記》，北京：生活·讀書·新知三聯書店，2009 年，第 203 頁。

的與宇宙之境相通的生命的深淵中。

《紅樓夢》對澄明之境的第三層表述，是由大觀園和太虛幻境相互映照所構成的天地人相和諧的澄明詩境。大觀園裏的詩社，是曹雪芹的理想青春共和國，這裏的成員以詩人為主體，他們完全放下概念，用詩的語言代替邏輯推理和價值判斷的語言，通過詩意的想像表達自己形而上的思索。詩性語言超越了主客體關係邏輯，超越善惡道德判斷，以有限的生命空間喻示無限的時空，構成一個無邊無際的詩意境界。大觀園“結廬在人境”，立足於人間大地，精神卻飛馳在寰宇之上，詩意棲居之所與自由心靈的融合，化作澄明詩境。

《紅樓夢》對澄明之境的第四層感悟，是作為生命家園的澄明鄉境。葉落歸根，衣錦還鄉，是中國文化一個根深蒂固的傳統觀念。什麼是真正的故鄉，人的靈魂、人的心靈歸於何處？是《紅樓夢》哲學思想的一個重要主題。曹雪芹通過對故鄉三大層面的描述，表達他對人生最終歸宿的哲學思索：第一層面的故鄉，是世俗的在場的故鄉，是人們出生於斯，成長於斯，經歷一番闖蕩贏得功名、金銀、嬌妻、衣錦榮歸的故里。《紅樓夢》通過對“王熙鳳衣錦還鄉”的荒誕狀態描述，說明現實棲居的故鄉，並不是真正的故鄉。小說的第 101 回，王熙鳳到散花寺求籤，抽到上上大吉籤“王熙鳳衣錦還鄉”。籤簿上的王熙鳳是漢朝外出做官的王熙鳳，他的衣錦還鄉，也是求籤的王熙鳳的夙願。王熙鳳在榮國府裏縱橫捭闔，風光無限，最後卻在家境破敗之時病逝，臨終前“要船要轎子，說到金陵歸入冊子去”，結果卻是“歷幻返金陵”，不能不說是一種嘲諷。與世俗的還鄉理念不同，曹雪芹還寫了另外兩種歸宿，宇宙間的無何有之鄉和鄉土間的實有之鄉，一是黛玉“質本潔來還潔去”的“天盡頭”的回歸，另一條是巧姐兒的鄉土回歸。黛玉的絕美是現實中見不到的，她是詩、是情、是無瑕之玉、是曹雪芹審美理想的化身，她的回歸，不論是奔向廣寒，還是回到靈河岸邊，都是潔來潔去，精神與天地合一，這是曹雪芹精神世界的澄明鄉境。小說中另一個層面的還鄉，便是向“土”回歸，曹雪芹以欣慰的態度寫了劉姥姥在危急關頭救出巧姐兒，把她嫁到鄉下，從賈府的“了”轉化為鄉土民間的“好”，思想確實超越他的時代。巧姐兒回歸鄉土，劉再復從中看到了深刻的哲學隱喻：不僅有生存價值的意義，有道德價值的意義，有審美價值的意義，還有哲學境界的意義。這個哲學意義源自於傳統，從《山海經》中"鯀竊帝之息壤以堙洪水"，到《周易》中"安土敦乎仁"，土為萬物之根，萬物之源，和天盡頭的宇宙共同構成"此在"的生成之源和最終歸宿，這才是普通生命歸屬的澄明鄉境。

《紅樓夢》對澄明之境的第五層徹悟，是"止觀不二"的澄明止境。"止"，是中國傳統思想的道德律令，儒家講"止於至善"（《禮記·大學》），朱子釋之為"事理當然之極也"（大學章句），用大白話說，就是"做到最好為止"，主入世。老子講"知止不殆"，意即及時而止便無危險，傾向出世。佛教講"止觀不二"（《止觀輔行傳弘決》卷一之二），止如明鏡止水，觀如明鏡止水影現萬象，故止觀一體不二。止是放下，是棄絕所有妄念，屬定；觀是洞察，是參悟一切真理，屬慧。定慧雙修，便獲得佛性。劉再復認為，一部《紅樓夢》，既是觀止、止觀的轉化故事，又是對止觀哲學的穿透與超越。《紅樓夢》中的"好了歌"，也可以理解為觀止歌，好是觀、是生、是有、是色；了是止、是滅、是無、是空。"好了歌"嘲諷那些追逐功名、金銀、美色而不知所止的人，只知好不知了，卻不知這"好"只是浮雲，只是幻象，瞬息即逝，其實質還是空無、還是寂滅、還是"了"。《紅樓夢》不但提出了人應當如何"止"的大問題，而且揭示了何處而"止"的方向。小說對於眾人物的"止"大體歸為兩類，一類是止於污濁，一類是止於澄明。前者如賈瑞、趙姨娘、王熙鳳，妄念纏身而始終不覺悟，因此最後所歸終於濁，終於不潔不淨。後者則潔來潔去，進入宇宙境界。小說第5回，警幻仙姑看見寶玉時嘆道："癡兒竟尚未悟"，由此開始了寶玉啟悟的過程。小說第118回，寶釵勸寶玉從此而止，用心功名，方不枉天恩祖德，寶玉其他話都沒聽進去，卻感悟於"從此而止"四字，借科場赴考"打出樊籠"，飄然而去。所以說，寶玉最後的"止"，是止於悟。黛玉的勘破情而死，也是止於悟，止於靈魂重回高潔之鄉，從有限之境化入無限之境。止於悟，也就是止於澄明之境。

《紅樓夢》最後一回交待說，青埂峰下的頑石"下凡一次，磨出光明，修成圓覺"，比喻賈寶玉歷經情色磨礪，最後覺悟於心的過程。這句話用於形容劉再復的文學之路，也頗為貼切。劉再復在文學世界裏經受的種種磨礪，不僅沒有使他放棄獻身文學的初心，而且有助於他對人生、對文學真理孜孜不倦的追求並最終產生徹悟，使他的思想向宇宙之境昇華，由此獲得學術追求的澄明之境。這個澄明之境有幾個特徵，一是他的學術視野空前開闊，不再以追求啟蒙、表達時代的文化訴求為目標，而是以純粹的學術建樹、以追求學術真理為旨歸；不以正確與否的價值判斷為終極標準，而是以審美判斷、以真誠的學術態度為標準尺度；能放下的東西全都放下，唯獨保持學術工作中的獨立精神和自由思想。二是完全的心靈情感投入，珍視藝術直覺，藉助悟證和理性思考方式的綜合作用，獲得對洞見的準確把握和提升。三是全身心地投入具體文學意象的審美欣賞，又能夠抽身退步從超越的層次觀照審美對象，不僅把握文學現象本身，還看到文學現象後邊的東西以及與此文學現象相關的整個生命形態，獲得對自然生命現象和宇宙關係的審美把握。四是學術的叩問固然要解決有關審美對象的具體問題，但並不止於已有結論，止於現成概念，止於直觀發現，而是止於對真理的無窮叩問。心靈深邃無底，心靈的悟亦無止盡，正如他評價《紅樓夢》的審美追求那樣："澄明之境本身就是永無止境、永遠讓人感悟不盡的哲學境界和宇宙境界。紅樓人物不是止於現實世界、不是止於理性概念可描述的去處，不是止於現象學的結論，而是止於澄明之境，止於形而上的意味，止於本體論的無窮叩問。"[1] 學術工作抵達這樣一種澄明之境，不僅需要學識、經驗的積累，持之以恆的堅持，更需要的是悟性、見識和心胸，劉再復不願 "駢死於槽櫪之間"（韓愈《馬說》），而是以其博大的心胸不斷提升其思想境界與學術境界，因此獲得了生命的大自在，獲得了文學審美批評的大自在。

1　劉再復：《紅樓夢哲學筆記》，北京：生活·讀書·新知三聯書店，2009 年，第 230 頁。

第六章

重建文學的信仰

“性格論”、“主體論”和“文學心靈本體論”，在“人的文學”精神上一脈相承，層層深化，構成了劉再復完整的文學理論體系和人文美學的理想王國。如果說，前兩論是在改革大潮中率先發出的文學復興和文化重建的時代訴求，充滿創造的熱情和理想的色彩，帶有初熟成果的青澀，那麼，心靈本體論則是潮水退去後浮現的理論磐石，平靜而堅實。“性格論”重在勾勒靈魂活動複雜多變的現象，展現性格衝突的各種形態；“主體論”從內部發掘人的創造價值，激發人在精神領域的能動作用，散發主體飛揚的神彩；“心靈本體論”則從外部世界退回內心，在傾聽心靈情感訴求、冷觀靈魂掙扎、自審罪的意識的過程中，讓人性之謎逐步解開。它不再熱衷於創造和構建，只是以心靈的力量撫去文學理論中的泡沫塵埃，證明文學存在的理由，以此促使文學回歸，回歸文學的本義，回歸對文學的信仰。

　　文學心靈本體論是對“性格論”和“主體論”的精神昇華和理論完善，但它並非精心建構的完備的文學理論體系，而是在講述文學本義時自然形成的文藝美學思想綱領。它闡釋了創作、批評和鑒賞活動中必須遵循的基本美學原則，其中浸潤著從追求“人性復歸”、認識“存在的本質”到“獲得心靈自由”的精神嚮往，它是理論倡導者所勾畫並終身為之奮鬥的一幅現代人文理想王國的藍圖。倡導者為避免造成新的理論陷阱，沒有提出嚴密的概念定義，他只是用自己在批評和鑒賞實踐中的真切體會為文化重建提供一份參照，用真誠的聲音播下重建文學信仰的火種。文學心靈本體論的問世，客觀上同時抗拒兩種侵蝕人文理想的社會文化思潮，一方面徹底否定扼殺主體性的反映論文學理論，另一方面頑強抵抗吞噬現代人文精神的消費主義與解構主義浪潮；一方面發出拒絕的聲音，另一方面一磚一石地重新建設；倡導者的態度從熱情轉為冷靜，但重建人文美學理想的宗旨從未改變。

　　文學心靈本體論既展示理想的人文精神，也包含對文化重建的希冀，意蘊深邃厚重。對於這樣一份凝結著現代中國文學建設經驗教訓的思想文化資產，能做一個客觀的學理上的檢測，是對它最大的珍視。

一

心物關係的哲學之謎

　　卡西爾的《人論》，從文化學的角度闡述了人的本質屬性：動物只會對信號做出條件反射，人通過文化創造將信號變成有意義的符號，獲得抽象的時空觀念，由此開拓了人的精神宇宙。人嚮往理想世界，不停地向可能性邁進；人只有在文化創造的活動中，才能獲得精神自由，才能成為真正意義上的人。文學心靈本體論，在全球性對文學信仰式微的背景下，通過對心靈內宇宙的探索，證明人類自我超越的潛能，發掘精神力量的源泉，平息對生命意義懷疑的焦躁，重塑這個時代的人文理想，自覺承擔了《人論》一書所討論的人應當承擔的責任。然而，動機與效果是否一致，理論建構的哲學基礎是否堅實，哲學指向是否符合歷史發展的軌跡，可以通過回溯哲學觀念的演變來做一個檢驗。

　　心靈本體論的哲學基礎，源自禪宗的心性本體思想，並且吸收了康德的本體論和海德格爾的存在主義等現代哲學因素。禪宗談心性本體，確認個體心性的覺悟是般若智慧；康德主張物自體，物及我思、世界和上帝，是世界的本體；海德格爾通過對"存在的意義"的追問，發現只有"此在"——"除了其他存在的可能性外還能夠發問存在的存在者"，是處於存在者之中並且能夠領會存在的人。這三大學派的共同哲學特徵，是強調個人作為本體而存在，其哲學認知是心物一元論。

　　心物一元論思想，產生已經上千年，在二十世紀中葉辯證唯物主義成為正統以後，被斥為唯心主義，遭到徹底否定。心物之間的複雜關係，從此不再被深究。其實，在漫長的歷史上，從沒有一種哲學認知佔有絕對統治的地位，人類關於世界本源的看法，有一元論、二元論、多元論之分，定要窮究物質之理，也可能是"無元"論。老子說，"天下萬物生於有，有生於無"。（《道德經·四十章》）宋周敦頤作《太極圖說》，"無極而太極，太極動而生陽，動極而靜，靜而生陰，靜極復動。一動一靜，互為其根，分陰分陽，兩儀立焉"。從"唯物"的角度來看，"無元"論也不無道理，莊子說，"一尺之棰，日取其半，萬世不竭"。（《莊子·雜篇》）即是說，物質在理論上可以劃分到無窮小，或者說，物質是由無窮小的分子構成的。亞里士多德在《工具論》據"無窮後退不可能"的原則，得出第一推動者只能是沒有質料的純粹形式的推論，引出西方哲學家對"無窮"極限的思索，自然數 1，2，3……具有無盡的連續性，可以讓任何一個數後邊再跟一個數，沒有窮盡。計算圓周與半徑的比例關係，3.1415926 之後的尾數除不完，計算就要一直做下去。無窮即無元，宇宙的外層仍然是宇宙，宇宙沒有邊際；人的思維無限寬廣，人的認識也永無止境。理論上的類推，說明無窮大和無窮小都自然存在，不僅是自然科學問題，也是哲學問題，對於人類的宇宙探秘活動，"無窮"的物理學意義與其形而上學的哲學意義相吻合。不同的邏輯推論，分別證明一元論、二元論、多元論和無元論都有成立的理由。

西方近代哲學的開端，以世界的物質性挑戰上帝的神性，普遍存在"思"與"在"二元並列的傾向。笛卡爾（Rene Descarte, 1596–1650）提出，"我思故我在"，認為世界是心靈實體與物質實體兩個層面的存在，心靈的屬性是"思"，物質的屬性是"廣延"。但他的推論無法解決心腦合一以及心、身何為本質的問題，"物理的實體佔有空間，精神的實體不佔有空間，那麼它們兩者是如何因果聯繫呢？"[1]洛克（John Locke, 1863–1704）主張心外有物，人的全部觀念和思想來自感官經驗，感覺來自感官對外界的感受，反思來自於心靈的體悟；對感官功能的分割，使他在如何證明知識與對象相符合的問題上陷入困境。二元論者的共同局限，在於人對世界的認知難以在心、物之間達到一致性。這種困境，到康德理性主義認識論產生才有所突破，康德確定"人為萬物立法"，不是物在影響人，而是心在影響物，在認識的過程中，人比事物自身更重要。"感性與知性，思維的內容與思維的形式這兩個根本不同質的東西如何能夠結合在一起"，康德以知性範疇解決了這一問題，"這個在感性與知性之間起著中介作用的第三者就

1　陳剛：《論心物關係的問題：從自然的觀點看》，《自然辯證法通訊》2008 年第 1 期。

是知性圖式，亦即先驗圖式"。[1] 二十世紀後半葉，哲學分歧的鐘擺開始向唯心主義一側傾斜，"一種以自然科學的理論和方法為基礎、以對心靈進行自然化為特色的科學主義或自然主義的心靈哲學便悄然興起"。[2] 心靈哲學學派林林總總，觀點錯綜複雜，相互交織，心、物從分界走向融合，以"心"統轄"物"，卻是一個明顯的趨向。胡塞爾的現象學理論認為，"現象"是研究"精神"和"意識"的真正與唯一的對象，這個"現象"不是客觀事物的表象，也不是客觀存在的經驗事實，而是一種不同於任何心理經驗的"純粹意識內的存有"。它在方法論上的基本特徵，主張退回到原始意識現象，描述和分析觀念的構成過程，使現象還原為"純粹意識"。這種將理解建立在本體意向主導作用基礎上的美學思想，動搖了"主客二分"的傳統觀念，西方哲學中"主"、"客"分界逐漸消解，一個明顯的走勢，是從本體及其純粹意識出發，將物質還原到與意識相聯繫的原點，追尋事物的本像。

心物問題，作為哲學的一個基本問題，中國先秦哲學就有所涉及，所謂"人者，天地之心"。（《禮記》）孟子最早對心物關係提出明確見解，"耳目之官不思，而蔽於物，物交物，則引之而已矣。心之官則思，思則得之，不思則不得也"。（《孟子·告子上》）即是說，人的感官容易受"物"的遮蔽，心具有"思"的功能，不會受"物"遮蔽，主張以心統馭物。此後兩千年當中，不同的哲學思想學派對心物關係問題，提出過種種不同見解，或重於心，或偏於物，但從未將心物絕對分離。"老、莊、釋都講整體相，反對分別相。萬物一府，生死同狀，他們去掉內外之別、尊卑之別、是非之別，確實導致平等觀念，導致慈悲。不二法門最後泛化到物我不分、天人不分，也達到對宇宙本體、生命本體的一種把握。"[3] 二十世紀三四十年代，辯證唯物主義開始成為主流意識形態的唯一哲學依據，但它在運用闡釋過程中被絕對化、神聖化，成為佔壟斷地位的僵化教條達半世紀之久。八十年代初，李澤厚發表了《康德哲學與建立主體性論綱》、《關於主體性的補充說明》等論述，藉助對康德思想系統的學理性批判，建立了主體

1　毛怡紅、沈耕：《論康德的知性圖式說》，《哲學研究》1987 年第 5 期。

2　高新民：《心靈哲學：哲學的"後起之秀"》，《光明日報》2011 年 4 月 19 日。

3　劉再復：《李澤厚美學概論》，北京：生活·讀書·新知三聯書店，2009 年，第 139 頁。

性實踐哲學理論。雖然文章“均發表於不被社會所注意的刊物”，但是，“它從根本上顛覆了辯證唯物論在中國哲學界的統治地位，改變了辯證唯物論所規定的哲學基本問題”。[1] 1985 年，劉再復將李澤厚的“主體性”思想引入文學理論研究，發表了《論文學的主體性》，“主體論”是文學領域對“心物關係”發出的最初叩問，它不是止於文學現象，而是追尋文學的理式，即人在整個文學過程中的主體性地位，引發了思想文化界的精神地震。二十世紀後期，張世英在會通中西哲學思想的基礎上建立了新的心物一元論體系，他有感於傳統哲學主、客二分思維模式的缺陷，主張將傳統“天人合一”的思想與西方“主客二分”、獨立自我的精神結合，提出超越“主客二分”，走向更高級的天人合一，即“萬物一體”、“萬有相通”的境界。他認為，中國傳統哲學具有哲、詩結合的特點，與海德格爾跳出古典形而上學窠臼，強調隱蔽與顯現、在場與不在場的理念相通，哲學應當擺脫形而上的玄虛，與詩、文學和人生結合，使哲學成為既作用於形而上超越現實的層面，又貼近於生活和富有激情的東西。他的論述，對當代人文美學觀念的轉變提供了哲學的啟迪。[2]

心物關係在長時期內沒有能被正確理解，成為哲學之謎，在於過往的研究者忽略了一個關鍵點：心物關係中的“心”，具有雙重屬性。相對於“心”要認識的物來說，“心”是無形的精神現象；從生命的角度說，“心”卻是一種實有，是一種物。沒有心，則沒有生命，也就沒有感知外物的精神。心如同電腦或手機的軟件程序，由數碼編程，存在於虛擬世界，是一種無形之物，有了它，電腦和手機便有了生命和大腦。對人來說，有心才可以識物，無心，物亦沒有意義。心是人的內存，心的容量大了，心裏所裝的事就小了；內宇宙寬闊，精神才有超越的可能；心的兩種屬性不可分，心物關係也不能絕對兩分。《金剛經》說：“若見諸相非相，即見如來。”這個“見”，不是肉眼所見，是心中的靈性所見，是心性的覺悟。心性本體，是物的終極顯現。

心物一元論打破心、物各執一端的偏執，突破了唯物論和唯心論一直無法解

1　劉再復：《李澤厚美學概論》，北京：生活·讀書·新知三聯書店，2009 年，第 85 頁。

2　趙鳳蘭：《張世英：萬有相通的哲學之思》，“國學網”2018 年 8 月 3 日，原載《光明日報》。

決的心物對立的理論困境，一是確立世界是以人為中心、以心為本體的完整統一體；二是確立所有的存在者都因為"關係"而存在，而且只有作為我的"此在"才能認識所有與"此在"相關的存在者。哲學的目的，是認識世界的本真面目，宇宙具有無窮的廣延性，物質運動變化不會中止，不同的時空維度所構成的複雜性沒有極限，人的思維也必須追隨物質世界的變化處在不停的變動與發展過程中。任何一個哲學派別對世界的認識，只可能獲得一個相對的真相，不可能成為絕對的真理，因此，沒有可能以一個哲學派別統轄或取代其他哲學派別。世界文明的進步顯示，一方面，存在之物的發現，認識與開發的程度，由心智的發展能力決定。另一方面，伴隨著科技進步，人不得不承認對物質世界的無知。有科學家提出一種假說："我們現在所有的物理學理論，都以光速不可超越為基礎。據物理實驗的理論推測，量子糾纏的傳導速度，至少 4 倍於光速。……我們已知的物質的質量在宇宙中只佔 4%，其餘 96% 的物質的存在形式是我們根本不知道的，我們叫它暗物質和暗能量。"[1] 生命科學的發展，顛覆了人類的哲學認知，既然量子能糾纏，那麼人的第六感就可能存在；既然宇宙中還有 96% 的物質不可知，那麼靈魂、神都有可能存在。面對這樣一個具有無限廣延性的物質世界，心物一元論強調人的主體性，兼顧物的客觀實在，主張依靠人的主動性探索未知世界的奧秘，具有積極的實踐意義。這個哲學認知是否總是有助於人類向自由王國挺進，有待於人類在探索自然王國的過程中獲得進一步驗證。

　　劉再復以心物一元論作文學心靈本體論的哲學基礎，是由文學的性質所決定的。文學探索和呈現的主體內容是人的心靈內宇宙，向精神世界內部挺進，是人類文明探索的一個基本方向。人不論對心靈內部還是對外部宇宙的探索，最終要落實到認識與被認識、心與物、人與世界、存在者與存在關係的基點上。心靈，作為人類最難開墾的一個精神領域，深度無限，只有不斷深入了解心靈奧秘，人才能獲得內心自由。劉再復確認心物一元論可以提供最好的哲學視角，與他一貫堅持的反對學術工作簡單化絕對化態度是一致的。他反對用兩極化認知方法研究精神現象，反對那種非彼即此、非黑即白、非對即錯的教條觀念，精神世界存在

1　　施一公：《生命科學認知的極限》，"知乎專欄"在綫閱讀，2018 年 12 月 9 日。

著太多的模糊區域，存在著太多的模棱兩可的複雜精神現象，唯有將人與世界當作一個整體來認識，把人作為唯一可以主動追尋存在意義的主體，把人的心靈對物質世界的感知當作出發點，才能逐漸進入精神領域深處，獲得對自身和世界本質的逐漸把握。不過，劉再復並未絕對地奉心物一元論為唯一的哲學信條，他的文學研究，常常根據文學現象或意象本身的性質，離開心物一元的路徑，走到其他哲學軌道上。譬如，他分析李澤厚美學思想，認為李澤厚"把自然—宇宙物質性共在視為基礎、本源、重心"，其哲學基點，"是名副其實的人類學歷史本體論"。[1] 他也曾聲明，"唯物論和唯心論可以互補互用。不是一個絕對好（絕對正確）一個絕對壞（絕對錯誤）"。[2] 他所提倡的心靈本體論，以心為本、以心為出發點和歸宿點，也就是徹底的以人為本、以人為出發點和歸宿點，完全符合馬克思"以人為尺度"、"為最後目的"的哲學觀。

哲學意義上的心靈本體，指人在認知物我關係時心靈對外物的感知佔決定性作用，劉再復確認這個哲學屬性，以此為基礎鑄造文學審美領域的心靈原則。他在評價四大古典名著時說道：

> 對於這四大名著的講述，也是我心靈原則的進一步確立。出國之後，我就要求自己（也是內心要求），一定要告別《水滸》的兇心（告別革命），告別《三國》的機心，包括世故之心，而追求"西遊心"（不怕艱難尋求自由之心）和"紅樓心"（即慈悲、悲憫之心）。[3]

文學的心靈本體以哲學的心性本體為基礎，出發點是心性，落足點是心靈，即心性對事物現象的體悟、認知。哲學基礎堅實，文學的審美價值判斷才有明確的指向；心物一元論的哲學思想溶於文學審美，對於弘揚個體生命的詩意追求和文化價值重構具有導引方向的意義。

1　劉再復：《李澤厚美學概論》，北京：生活・讀書・新知三聯書店，2009 年，第 47、59 頁。

2　劉再復：《五史自傳・我的思想史》，第 378 頁。

3　劉再復：《紅樓徹悟：對賈寶玉心靈的大徹大悟》，"再復迷網站"，2019 年 2 月 8 日在綫閱讀。

文學史是廣義的心靈史

作家王安憶在《小說家的十三堂課》開篇就說：

　　小說是什麼？小說不是現實，它是個人的心靈世界，這個世界有著另一種規律、原則、起源和歸宿。但是築造心靈世界的材料是我們所賴以生存的現實世界。小說的價值是開拓一個人類的神界。

劉再復在評價王安憶的論斷時說："如果把'小說'改為'文學'，那麼，她說的正是文學真理。文學所創造的正是個人的心靈世界。"[1] 一位資深作家，一位資深文學理論家，都把文學看作是個人心靈世界的呈現，推而論之，整個文學史就是廣義的心靈史。

把文學史稱作心靈史，基於文學的兩個基本性質：一、所有在文學史上留下的作品，都是創作者心靈的結晶，表現了創作者的心靈以審美方式對世界的感知。二、不同時代的作品，不論所描寫的具體內容是什麼，都直接或間接地記錄了特定人物、特定民族在特定時代的心靈狀態和心靈衝突形式。中西方文學史具有不同的民族風格、內容和審美特徵，但在心靈呈現方面上保持了大致相同的走向：人類心靈狀態的呈現，由間接轉向直接，由表層漸入深層，由簡單趨於複雜，由表面的性格衝突轉向內在靈魂掙扎，構成了文學衝突不斷向內心深化的過程。

心靈狀態的呈現由簡至繁的趨勢，是由人類文明程度的不斷提高和人類思維從簡單走向複雜的發展規律所決定的。文學產生之初，人類的語言結構簡單，承

1　劉再復：《什麼是文學：文學常識二十二講》，香港：三聯書店（香港）有限公司，2015 年，第85 頁。

載語言的文字詞彙量較少，記錄文字的物質材料不足且不易掌握運用，以語言作運載工具的思維活動也相對簡單，導致文學主要通過勾勒簡單行為動作表達心靈情感。隨著文明的進步，語言文字的豐富，人類思想日趨複雜，感情愈加豐富，文學作為生活、心靈和情感的記錄，更多地涉及到人的內心活動、複雜想法和豐富情感。鄧曉芒把文學衝突歸為四類：現實與現實的衝突、現實與心靈的衝突、心靈與心靈的衝突、心靈自身的衝突。[1] 這個歸納，比較準確地概括了文學衝突的表層形式，但對文學衝突的內在原因發掘不足。事實上，所有的文學衝突都是心靈衝突的體現，心靈之間的衝突和心靈內部的自我衝突，決定了文學衝突的外部形式。榮格有個著名觀點，"衝突是通往心靈之路"，[2] 文學衝突的表層形式，既是心靈衝突的外部顯現，亦是引領讀者走進作品人物心靈，走進作者心靈迷宮的綫索。衝突是心靈敞開的原動力，對於外部衝突，人的天性傾向於選擇迴避，但人無法迴避內心的衝突，最終要以內心的力量做出決定，直到矛盾解決或衝突消解。從衝突形式談作品，主要指敘事文學作品，文學還包括另一大類抒情作品，抒情作品一般沒有鄧曉芒所概括的表層衝突形式，但也是人類心靈情感的呈現和靈魂的剖訴，由古及今，同樣顯示了從簡單到複雜的心靈狀態。

文學作品中的心靈呈現，是由創作者個性意識的覺醒程度所決定的。不過，文學史上有一類缺乏個性性靈的作品，並不具有心靈本體的性質。這類作品的產生，通常與統治者對文學的壟斷或利用有關，或者說，是"統治意識"的產物。中國上古時期文學，產生之初就與政教關係密切，"元首明哉，股肱良哉，庶事康哉！"（《尚書·虞書·益稷》）詩中的元首是古代一個大酋長皋陶氏，他的下屬乃賡所作這首頌詩，成為頌上和載道傳統的源頭。《尚書·虞書·舜典》中記載舜命令樂官夔典樂："教冑子，直而溫，寬而慄，剛而無虐，簡而無傲。詩言志，歌永言，聲依永，律和聲。八音克諧，無相奪倫，神人以和。"顯示上古三代的統治者已經嫻熟地把文學藝術當作政教工具，以推廣頌聖與民眾教化。頌聖和教化，其前提是扼殺個人性靈，確立對權力和倫理秩序的遵從，由此發展出宮

1　鄧曉芒：《文學衝突的四大主題》，《中國文學批評》2015 年第 2 期。

2　古根寶（Allan Guggenbuel）著，侯迎春譯：《心靈的不可預測性：榮格對於深度理解衝突的貢獻》，"心理空間網站"在綫閱讀，2019 年 2 月 28 日。

廷文學一脈。西方中世紀一千多年期間，產生了大量宗教文學如學士詩和聖母讚歌，表現了政教合一時代掌權者對上帝的膜拜、宣揚個體靈魂臣服於神的意圖，與個體心靈無涉。與宗教文學同時誕生的英雄史詩和騎士文學，如盎格魯─薩克遜人的《貝奧武甫》、日爾曼人的《希爾德布蘭特之歌》、冰島的《薩迦》，是氏族部落末期的產物，以神話故事或歷史人物的傳奇事跡為材料，借歌頌英雄折射人類反抗命運和征服環境的心理情感，是古代北歐人挑戰自然和英雄崇拜民族心理的體現。另一類史詩如法國的《羅蘭之歌》、西班牙的《熙德之歌》、德國的《尼伯龍根之歌》，是歐洲高度封建化以後的產物，作品中英雄的壯舉大多與反異教徒鬥爭有關，具有護教、忠君、愛國的特徵。文學描寫通過對人物高貴品格的讚頌，顯示中世紀貴族階層崇尚封建貴族制度和騎士榮譽的群體心理。中國的宮廷文學與西方宗教文學、騎士文學、英雄史詩相似，流傳年代長久，產量極大，相傳乾隆皇帝一人就寫詩四萬多首，但此類作品因缺少真實的心靈情感，大多經不起時間的淘洗，只有少數優秀作品如西方的英雄史詩與中國的漢賦，作為一個歷史時期的文化表徵被保留下來，這類作品從心靈的角度看，其價值是體現創作者的英雄崇拜和宏大敘事傾向，由此合成一個時代的民族文化心理，不是純粹的個體心靈狀態。

文學史上的經典，都是真正的個人創作。不同時期的個人作品，特別是敘事文學作品，清晰地反映了文學的心靈化進程。

文學的心靈化進程，按作品中心靈衝突在各歷史時期的不同表現形態而劃分，大體可以分為四個階段。第一個階段，是神話傳說和史詩階段，這一階段作品所表述的基本衝突是原始欲望與欲望受阻的衝突，是人與環境或者與他人的直接衝突，基本體現為外在動作。《山海經》中記載刑天與黃帝爭天下，"刑天與帝至此爭神，帝斷其首，葬之常羊之山，乃以乳為目，以臍為口，操干戚以舞"。[1] 古希臘史詩中的赫克托耳，是特洛伊一方的偉大英雄，他無視天神一般強大的阿喀琉斯和對方壓倒性的兵力，頑強抵抗，在戰死之前還發出復仇的預言。古代英雄殊死抗爭的行為，顯示早期人類渴求征服現實，以行為動作書寫了人物

1　袁珂：《山海經校注》，上海：上海古籍出版社，1980 年，第 214 頁。

寧死不屈的心靈狀態，被心理學家概括為一種英雄心理原型。這種心理原型傾向於崇尚天賦能力和勇氣，以勇敢的行為證明個體價值，借能力、勇氣和強勢行為，遮蓋人性的脆弱和恐懼，並把挑戰和逞強遭遇的失敗歸因於命運，為古典式命運悲劇的主要成因。實際上，史詩中的英雄，其心靈狀態的呈現，比英雄心理原型概括的內涵更為豐富。赫克托耳在走下城門與阿喀琉斯決戰之前安排妻子城破時從地道中逃走，以保存特洛伊人的血脈；在出戰之前對敵手冷靜觀察，動手前要求與敵手訂立君子之約；直到他被敵手殺死，釘在戰車上絕塵而去，忠勇、慈愛、沉著、冷靜以及大義凜然，表現出赫克托耳極為豐富複雜的心靈情感。《奧德賽》中，俄底浦斯王聞知自己將會殺父娶母的預言，採取種種手段與命運抗爭，外在行為暴露了他激烈的靈魂掙扎。總的說來，神話與史詩中衝突的發展，基本上由神諭、命運等外在因素所推動或是化解，意志對命運的抗爭，人物的內心狀態與心理特徵，是隱含的，通過外部行為而呈現。這種衝突設計和表現手法為後來的民間故事、說話所繼承，演變為通俗文學。但通俗文學失去了神話與史詩時代意志挑戰命運的特殊背景，命運的神秘與人性的尊嚴色彩淡化，演繹成情節動作劇，不再具有古典英雄挑戰命運的審美價值。

文學衝突形式發展的第二階段，主要表現為欲望與倫理的衝突，也即自在生命與人倫規範及現存秩序的衝突。此類衝突當中，心靈和心理因素雖然沒有全面展開，但對衝突的構成、發展與消解，起著內在的決定性作用。生命欲望與倫理秩序的衝突，是古典主義作品中常見的主題，也是對神話和史詩中意志挑戰命運主題的延續。索福克勒斯的悲劇《安提戈涅》是此類衝突的開端，安提戈涅是俄狄浦斯王的長女，她的兩個哥哥在爭奪忒拜的統治權的對決中戰死，她的舅舅克瑞翁繼承忒拜的王位後，宣佈她的一個哥哥是叛徒，將其屍體拋棄荒野。安提戈涅不顧禁令，埋葬了哥哥的屍體，被克瑞翁困在她哥哥的墓中自盡而亡。她的未婚夫、克瑞翁的兒子海蒙得悉情人的噩耗自殺身亡，克瑞翁的妻子尤里狄斯也隨之自盡。這個悲劇寫的是倫理與秩序的衝突，但它開啟了自在生命向規範秩序挑戰、心靈與心靈直接對抗的書寫模式。因為戲劇舞台特別適宜高度集中地表現自然人性與倫理規範的強烈衝突，這類衝突便成為中西方古典戲劇作品中普遍採用的主題。古典主義作品奉行理性至上的美學原則，藉以克制自然情欲的表達，在形式上提倡"三一律"，主張結構緊湊和諧，嚴重限制了心靈衝突的展開，對真實的心靈狀態起著節制和修飾的作用。中國戲曲表演的程式化，即一應唱唸做打戲劇因素按特定戲曲形式的要求格式化和規範化，可以看作是西方戲劇古典美學原則的東方形式，用最簡約的語言和外在行為表現人物的心理狀態。新編京劇《曹操與楊修》寫曹操求才若渴，看中和重用楊修，最後又因妒才而殺掉楊修的悲劇，角色動作行為的程式化，成為演員和觀眾都能領會的心靈密碼。尚長榮對花臉藝術出神入化的運用和金嗓子唱腔，傳遞出曹操的心靈密碼對觀眾極具吸引力，特別是他與楊修對唱時的心思角力，互相周旋、覬覦、對耗，表達了對楊修從發現、重用到猜忌，三次想殺不殺、又不得不殺的複雜心理。人物內在心理活動的衝突和對抗，營造出表面平和實則劍拔弩張的舞台氣氛，把劇情推向高潮。

文學衝突發展的第三階段，主要表現為良知與存在關係對抗過程中情感與心靈的衝突，即人際關係衝突相交織狀態下的個人內在衝突。這種衝突，常常在良知的自責、自審過程中不斷升級，以展示靈魂的深度。此類衝突，在浪漫主義和批判現實主義經典作品中獲得了充分的表述。在雨果的《悲慘世界》中，冉·阿讓決心行善，沙威警長矢志懲惡，他們都信念如鐵，對各自心靈原則的堅持，加上嚴苛的內心自審，構成了心靈內部和外部矛盾相互盤纏的強烈衝突。沙威警長是職業道德的化身，他不依不饒地追捕冉·阿讓長達十年之久，要把這個曾經為偷一塊麵包而服過十九年苦役的眾人尊敬的市長再次投入大獄。但是，冉·阿讓無數次的高尚行為影響了沙威，他的良知被喚醒，陷入良知與職業道德無法調和的內心衝突，最終選擇投河自盡。冉·阿讓與沙威這兩個形象的塑造，成功地詮釋了"謳歌人性崇高完美"這一人文主義的美學原則。勃朗特的《簡·愛》、托爾斯泰的《復活》的書寫，所奉行的都是這個美學原則，這些作品共同展示了一種由外向內的突破，摒棄了早期浪漫主義與現實主義作品突出外在性格衝突的寫法，改為在複雜人際關係的背景下挖掘內在衝突，以此展示人物的內心世界。陀思妥耶夫斯基的小說則更進一步，以複雜甚至無序的內心衝突為主體內容展開故事，他的《罪與罰》、《白癡》、《卡拉馬佐夫兄弟》以"複調小說"的形式，同時揭示人性的崇高與卑劣，靈魂的掙扎和分裂，成功地描繪出人這一"破碎的完整體"的形象。他的小說中充滿各自獨立而不和諧的聲音，每個聲音都是獨立主體，平等抒發各自的感受。它們不像雨果、托爾斯泰筆下的人物，其聲音經過作者理性過濾後發出，其命運在作者統一意志支配下展開，目標朝向托出一個道德完美的形象。陀思妥耶夫斯基的聲音在自責和向善的同時，質疑道德完善的虛偽，叩問良知是否存在，眾多不協調的聲音，形成尖銳而深刻的靈魂對話。他把批判現實主義的書寫推向又一高峰，同時成為向現代主義過渡的先聲。

中國當代作家二十世紀八十年代以來的創作實踐，涵蓋了西方從現實主義、浪漫主義向現代主義過渡的基本過程，莫言、余華、格非、蘇童、韓少功、王安憶等人的小說，或借歷史敘事反映現代人的複雜心理，或在現實矛盾狀態中突出人的心理困境，對複雜存在關係中心靈衝突的描寫，成為敘事作品的主調。張煒的小說《九月寓言》和《古船》對此類心靈衝突的描寫，頗有代表性。《九月寓言》如書名所示，是一部有濃重寓言色彩的小說，寫一個遷徙而來的“小村”中發生的故事。村民的先人不停地行走，從四面八方流浪到這個盛產紅薯的平原小村停了下來，以紅薯為食，開始了經濟改革之前那段物質極度貧乏卻又籠罩著時空開始變化的強烈色彩的生活。書中沒有中心人物，一個流浪停下來的群體，在“奔跑”和“停吧”兩個意向轉換之間尋找精神突圍。“奔跑”，是精神浪漫的象徵，人們在奔跑中尋找棲息之地，尋找精神家園。停下來，是現實的呈現，善良與現實交織，人性與獸性搏鬥，於是，就有了獨眼義士奔波一生尋找舊日相好負心嫚兒的傳奇，有了農民金祥歷盡艱險千里買鏊子讓村民用紅薯粉煎餅的善舉，也有了村頭賴牙殘酷報復向他造反的退伍軍人劉乾掙和屠戶方起、賴牙那個霸蠻的老婆大腳肥肩虐殺兒媳三蘭子的惡行。生活中雖然有苦難和殘暴，同樣也充滿詩意，大姑娘小夥子在夜色蒼茫中瘋跑，在草垛子上扒開缺口鑽進去聚會，金祥與閃婆的憶苦思甜，成為寒冷冬夜村民的精神盛宴，神奇怪誕充滿趣味。停下來是暫時的，行走尋找卻是永恆，附近煤礦工區和小村的生活充滿糾結，年輕人試圖走出小村，漂亮姑娘趕鸚愛上老工程師，從煤礦坑道裏出走，最後失敗回轉；閃婆的後代歡業殺死村霸金友後逃走，娶了另一群流浪漢中的姑娘棘兒為妻，因為思鄉病決定返回小村；姑娘肥和工程師的兒子廷芳成功地走出了小村，十幾年後重返故地，看到的是遺址上廢棄的碾盤和遊蕩的鼴鼠，小村已經在工業開發的炮聲中消失，年輕的一代將在新的流浪中寶駒騰飛般爆發出新的生命力。小說有意模糊事件的時間性，使現實人生的描述和作家的哲理思考都消融在具有傳奇色彩的詩意敘事當中，中國版的現代主義敘事，藉助一個個具體的生活故事，亮出來的是一群升斗小民的心靈碎片，他們坦然面對苦難和貧窮，寧願經受苦難折磨換取命運的改變。他們的心靈碎片合成了作者在民間大地上尋找審美理想的心靈狀態，作者以空曠天地作背景書寫苦難、殘暴和罪惡，生活中的污濁和血腥氣被天地吸收容納，曠野的清新融入小村青年無拘無束的精神，人與大地血脈相連，元氣充沛，生生不息。《古船》與《九月寓言》的書寫風格相反，內容是寫實的，著力呈現的是主人公隋抱樸個人的心靈世界。小說以膠東地區粉絲產業的發展為背景，寫一個傳說是古萊子國都城的窪狸鎮上隋、趙、李三家圍繞著粉絲生意發生的糾葛，以及三家人後代之間的愛恨情仇。隋抱樸是小說的主角，他的父親隋迎之認為自己家族欠所有窮人的債，主動把產業送了出去，並在"還債"的歸途中吐血去世。隋抱樸從此承擔了替父輩贖罪的責任，幾十年來默默地為家族贖罪。他的同父異母弟弟隋見素則與他相反，想盡辦法要把工廠從惡棍趙多多的手中奪回來。小說為了強化隋抱樸個人的懺悔心理，鋪墊了諸多歷史反思與社會批判內容：還鄉團將 42 個村民活埋在紅薯地窖裏，土改農民對地主及其子女非人性的凌辱和殺害，歷史政治運動中殘酷的人生迫害，繼母臨死之前遭受到獸性的凌辱，他與弟弟妹妹在歷次政治運動中遭受過的暴行……他把所有的痛苦藏在心中，追溯和思考苦難的源頭，幾十年如一日地坐在磨房裏看老磨，一次次地搶救發生"倒缸"事故的粉絲廠，平靜地接受種種不公的對待，虔誠地為家族、社會和歷史贖罪。

小村中的農民群體與窪狸鎮的隋抱樸與其說是現實生活中的角色，不如說是作者精心塑造的反思與贖罪的文化意象，他們的心靈碎片折射更多的，是作者的心靈鏡像，他們身上被作者傾注了過多的對於民族之罪、歷史之罪的思辨，以及充滿亮色的人文理想。作者試圖通過對人物命運的本色書寫叩問存在的意義，但距《卡拉馬佐夫兄弟》中靈魂掙扎的深刻性和《紅樓夢》超越家國歷史、叩問心靈本體的精神高度，還有段距離。

文學衝突發展的第四階段，伴隨著二十世紀上半葉現代主義崛起而開始，主要表現為個體心靈在質疑存在關係合理性的同時產生的自我衝突，如卡夫卡式的自我靈魂拷問，高行健作品中本我、自我與超我的對詰，是一種主要由內向外，在自我質疑、內心爭辯的靈魂衝突的背景下尋找存在意義的心靈狀態。作者通過對荒誕背景的質疑，尋找衝突發生的內在根源，叩問人的精神、心靈在衝突中扮演什麼樣角色、受到了什麼樣的影響和傷害。卡夫卡的《變形記》表述人性在昆蟲軀殼束縛下靈魂的掙扎，他所追求的，是如何突破這種束縛，重建人性的尊嚴與光輝，但卻不得不承認一個令人絕望的現實，人在非人空間的掙扎徒勞無益，他最後只能憂鬱地如實記述：甲蟲死了。卡夫卡的荒誕性思辨具有開創性意義，他讓現實的荒誕在漫畫式的敘寫中顯形，呈現荒誕現實為生命帶來恆久而深刻的靈魂衝突，他無法找到精神突圍的方向。加繆的《局外人》、薩特的《禁閉》、貝克特的《等待戈多》、尤奈斯庫的《椅子》，雖然思考的焦點、寫作風格不同，但是，藉助文學與哲學結合的方式表現靈魂內在掙扎和心靈由內向外的衝突，是它們的共同特徵。當代中國文學的許多作品，如莫言的《酒國》、余華的《第七天》、李銳的《矮人坪》、孫甘露的《訪問夢境》、薛憶溈的《遺棄》、王安憶的《我愛比爾》、賈平凹的《帶燈》、閻連科的《受活》，都沿襲這個方向，以特定的荒誕情境或事件作背景，揭示靈魂在精神和荒誕現實的雙重困境中的掙扎，展現他們在掙扎過程中或叩問、或麻木、或毀滅，最終難以掌控命運的現實，以此發掘形而上層面上的人性真實。中國作家很少寫純粹思辨色彩強烈的作品，他們習慣讓小說材料帶有高度荒誕色彩，藉助完整的故事敘事而不是抽象思辨來完成作家的哲學思考，這與中國文化短於純粹理性思辨的傳統有關。只有殘雪的小說，在放棄完整故事敘事、聚焦於心靈碎片的連綴從事哲理思考方面，比其他中國作家超前一步，這也導致一般中國讀者感覺她的作品艱澀難懂。殘雪從推出第一部長篇《黃泥街》起，就開始一場精神的行走、觀察和尋找，通過心靈的內部衝突完成一場精神自省。殘雪是同時用頭腦與心靈寫作的作家，她閱讀黑格爾、尼采、羅素，解析卡夫卡，冷靜地站在幻想王國的黑暗角落，理性地觀察靈魂向著未知方向突圍。她用心去尋找感覺，憑直覺感悟幻想後邊的真實，在《黃泥街》中，敘述者“我”是一個尋找者，尋找心目中的黃泥街，看到的卻是“一個噩夢在黯淡的天空轉悠”的本相，黃泥街上水管中流著浸泡屍體的水，百歲老頭腿上的潰瘍，爛成糨糊一樣的車胎，老鼠、蒼蠅、蟑螂、污水、糞便、屍體，……直到那個充滿暗喻的形象王子光到來，他是一束光，或者一團磷火，刺入黃泥街人那窄小灰暗的心田，使他們長時期地陷入苦惱與興奮的交替之間，無法解脫。與其說作者在尋找黃泥街，不如說她是在尋找中感覺、解剖這個世界的本原，在藝術理想與現實的距離之間掙扎和衝突。她渴望創世者帶來的第一束光，但她並不預支光明，而是迫使讀者和她一起經歷黃泥街上的荒謬、壓抑和夢魘，穿過帶著虛幻色彩的真實，走進精神世界，用心靈的眼睛洞察生活原本的另一種狀態，期盼可能到來的心靈之光。

有著強烈存在主義色彩的現代小說，關注的不是表層生活，而是人的終極處境，隱蔽的深層精神世界，具有思想的穿透力。劉再復評論說，這類作品避免現實主義的繁瑣細節描寫，充分發揮了"警世"與"醒世"的功能，"'荒誕'二字，是他們對現實世界深刻的認知。'荒誕'二字，精彩極了。他們面對非理性、非常態的亂糟糟的現狀，拈出'荒誕'二字，道破世界的真諦，給我們以極大的啟迪，這是他們對人類的重大貢獻"。他同時也指出，二十世紀西方荒誕派小說因為從心靈的陰暗角落窺探世界，因而缺少十九世紀經典文學中高尚的人文情懷，"這種文學在揭示世界的荒誕時，多數缺少古典文學（如雨果、托爾斯泰、陀思妥耶夫斯基、曹雪芹等）的那種'精神層面'。這種精神層面，不一定是宗教信仰，但有宗教情懷，或者說，有含蓄於作品中的心靈意蘊"。[1] 當代小說藝術的成熟，作品成功地描寫內心衝突與掙扎是一個重要標誌；現代派與後現代派文學中直覺、超驗和變異因素，是對現代心理分裂現象和人性異化的呈現。文學的這種極為明顯的由外向內、由淺向深、由欲望向心理過渡且不斷深化的走向，既是人性不斷深化、人際關係日趨複雜的體現，也顯示文學不斷向心靈內宇宙深入探索的趨勢。文學在批判現實主義高峰時期，對作家理想的心靈狀態的呈現，達到逼真的程度，對心靈原則的恪守也極為認真。現代主義及後現代主義思潮興起，瞬時打破了現實主義理想的心靈鏡像，心靈的呈現在作品中支離破碎。這並不意味文學放棄了心靈，變成無理性的譫狂，破碎的鏡像所映照的，仍然是心靈，只是被現實的荒誕及荒誕帶來的巨大精神壓力碾碎了而已。文學呈現破碎的鏡像，

---

1   劉再復：《面對荒誕的世界，文學何為？》，2013 年 10 月 6 日在香港科技大學的演講。

能夠引起"療救的注意"。

　　文學史是廣義的心靈史,每一部嚴肅的作品都是一顆心靈的呈現,無數顆心靈的呈現,從不同方位映照出一個時代的多維層面,匯成一個民族的文化心理。凡在文學史上留存的作品,都有這樣一個共同特徵:作者的心靈對文學敞開並在文學世界獲得充分自由。古代作品因為書寫材料與創作觀念的限制,其心靈的呈現大多通過外在行為和性格衝突表現,其特點是間接性、隱蔽性和廣延性。現代浪漫主義和現實主義作品傾向於直接逼近人的靈魂深處,借性格衝突展示複雜的心理狀態,對心靈的呈現表現為深刻性和完整性,而現代派以來的文學書寫更直接地呈現心靈的複雜性和分裂性。各時期的文學經典,本質上是創作者把自己的心靈情感化作藝術意象的心靈世界,以此感動讀者的心靈,由此證明了文學心靈本體論的第一定律:心靈狀態決定一切。作品中有無數次真誠的心靈呈現,才能引發無數次閱讀時的心靈感動,人類才能在追求物質化的麻木生活時保持心的柔軟和敏感,朝向人性的光亮。文學的起點、中點和終點都是心靈,劉再復的文學心靈本體論,作為創作與批評實踐的理論結晶,經得起文學史的驗證。

三

從主體飛揚到主體澄明

　　文學心靈本體論不是一個標新立異的學術概念，而是一個經過長時期周密思考的以深化 "人的文學" 內涵為核心的文藝美學思想體系。它以八十年代主體飛揚的文化訴求為起點，經歷了時代的浴火洗禮和倡導者冷靜的自審以及文化復歸的實踐檢測，最終讓心靈以主體澄明的形態發出回歸文學的呼號，以期重新樹立這個時代的人文理想。

　　二十世紀八十年代中葉，劉再復連續推出《性格組合論》和《論文學的主體性》等兩個重磅理論著述，對清除以文學為階級鬥爭工具的左傾文藝理論的影響，引領文學界思想變革起到了關鍵作用。"性格組合論" 揭示性格運動是一種雙向逆反運動，性格因素及其運動構成了複雜的心理系統，明確、複雜而又模糊，恰恰能夠揭示豐富的人性世界。這個理論著重於小說性格形態研究，目的是破譯人性之謎，充滿對人本身意義和價值的叩問。"主體論" 全面闡發文學的主體性原則，"就是要求在文學活動中不能僅僅把人（包括作家、描寫對象和讀者）看作客體，而更尊重人的主體價值，發揮人的主體力量，在文學活動的各個環節中，恢復人的主體地位，以人為中心，為目的。" 它特別強調要高度重視人的精神主體性，即作家在創作時精神主體要超越現實，進入充分自由狀態，這個提法，更符合文學是精神產品這一特徵。劉再復對李澤厚 "主體性" 哲學觀點的文學闡釋，適逢中國經歷了幾十年思想蒙昧之後全民意識覺醒、生命意識高揚的改革初期，社會生活中燥動著思想創新和文學復蘇的強大潛流，在全社會產生了主體飛揚的效果，對 "主體論" 的全民認可和由此引起的大討論，成為當時思想文化思潮中最引人注目的學術景觀。

　　主體飛揚，是劉再復個人學術研究早期階段的主體飛揚。經歷了少年時代的積累和青年時期的磨礪，劉再復文藝思想日趨成熟，充滿創造性的文化訴求和創新理論從胸中噴湧而出，重現魯迅熱愛真善美的真實人性，剖析性格雙向運動之謎，高揚人的精神主體性旗幟，他的創新型理論建樹不斷推出，引人矚目；他的關於學術研究撥亂反正的聲音，迴盪在文學園地上空。在主體飛揚的年代，他身上充滿"和魔鬼打賭，滿懷激情隨魔鬼而去"的浮士德精神，"在一片罵聲中嶄露頭角的劉再復，就是帶著這樣一種歷史情緒和他的同行者一起，步履蹣跚地向我們走來"。[1]

主體飛揚更是那個輝煌年代的主體飛揚，顯示出三個鮮明的時代特徵：一、經受了幾十年螺絲釘精神和工具論教育的人們，普遍開始有了主體獨立的意識，不僅關注物質文化生活條件的改善，更加注重精神的追求；開始有了選擇的意識，選擇以自己的方式走向未來。二、"主體論"的問世以及被大眾接受，標誌文藝界對左傾的反映論文藝理論體系的否定，文學的重心開始從"物"向"人"轉化，不再把人當作生產與鬥爭的工具，而是把人當作人來書寫。三、理論研究開始"向內轉"，從重視文學外部社會關係轉往人的內部精神、心理和靈魂的探索，從重視群體轉向重視個人。主體論等一系列發聾振聵的著述的問世，獲得了文學界及整個社會科學領域的回應，政治、經濟、文史哲各學科新思潮洶湧，僅在 1985 年方法論年，就有幾十種有關文學研究的新方法相繼湧現，在學界相互交流。中國現代文藝理論自誕生半個多世紀來，幾代學者以青春和生命為代價追求的"文學是人學"的理論，第一次得到公開承認和初步落實。

主體飛揚，針對半個多世紀以來左傾文學理論對人及人性的踐踏，針對文學作品只把人當作工具的現象，高揚"人"的大旗，肯定和讚美人性，分別從創作主體、對象主體和接受主體三方面系統論述"人"在文學中的地位，強調歸還人在歷史、現實和精神領域的主體性地位。出於特定的歷史針對性以及理論形成的倉促，這個理論涉及到主體間性，即不同主體之間關係的性質討論相對薄弱，楊春時客觀地評價說："從主體間性角度看，文學形象不是客體，而是另一個主體，作家或讀者不是與客體打交道，而是與主體打交道，這是一個非常深刻的思想。可惜，這個思想沒有提升到主體間性理論上來，在主體性框架內反倒顯得矛

1　陳燕谷、靳大成：《劉再復現象批判》，《文學評論》1988 年第 2 期。

盾。"[1] 理論上的缺陷和不足，本來可以在正常的學術討論和理論實踐過程中不斷得到修正、補充和完善，但卻遭到一群左傾理論家從政治層面上的粗暴批判，被突如其來的政治運動中斷了它的學術進程。

劉再復以超然的態度看待非理性批判聲音，同時集中精神反思"主體論"本身的理論不足，對主體性理論產生了新的認識："主體性固然可以飛揚，但也需要抑制。既看到'主體的輝煌'，又要看到'主體的黑暗'，然後抵達'主體的澄明'。"[2] 認知的轉變，導致他從提出主體性到形成文學心靈本體論這兩個階段學術風格的變化。經歷了文學海洋中的潮漲潮落，劉再復復歸於質樸復歸於平淡，浮士德精神化為一顆平常心，他將心底的熱情凝聚成堅毅執著的信念，要在"在文學的極限處去尋找無限"。[3]

主體澄明，體現為對生命真諦的徹悟、對現實人生的自主把握和學術工作中的充分自為自在。第一人生階段歸零，劉再復從審視主體的脆弱與黑暗開始，經過十年的"面壁自省"，復歸於質樸、復歸於嬰兒、復歸於平常心的精神指向日漸明確，他不僅自在地做人，也自在地治學，不為任何功利目標所動，不受任何思潮影響，只是講真話，講述他所理解的有關人生和文學的真理，學術研究進入主體澄明之境，也就是主體進入純粹的學術狀態。

純粹的學術狀態，源自於純正的學術態度和堅定的學術立場。劉再復早年以其理論的創新，發出文學復興和思想解放的訴求，成為那個時代的啟蒙者之一。正如夏中義在《新潮學案》中所說："劉再復作為一個心憂天下的文論家，他所選擇的位置不會是清寂的書桌，他是要積極參與中國文化轉型的。他不僅想掀動文學新潮，更想讓文學新潮成為新時期啟蒙主流中的強健一脈，反過來推進社會變革。"[4] 文學的新潮退去，歷經潮水風浪衝刷的玉石顯現，劉再復從一個時代的弄潮兒轉變成為一個獨立不移的學術中人。這種精神蛻變的標誌有二，首先，

1　劉再復、楊春時：《關於文學的主體間性的對話》，《南方論壇》2002 年第 6 期。

2　劉再復：《五史自傳・我的思想史》，第 382 頁。

3　何靜恆：《霍比特人的小屋・讀〈三讀滄海〉》，北京：時代華文書局，2018 年，第 187 頁。

4　夏中義：《新潮學案・劉再復：人文美學的主體焦灼》，上海：上海三聯書店，1996 年，第 67–68 頁。

劉再復完全從社會中心退隱，退隱到書齋，退隱到落磯山下，文學和學術不再是他用於推進社會變革的事業，而是成為他冷觀和思考中西方各種文化潮流走向的窗口，成為他不懈叩問學術真理的存在之道，成為他的生命需求。其次，作為一個具有良知責任意識的思想者和學者，他的血液中滲透著無可救藥的人文關懷精神，他的冷觀和思考中仍然燃燒著年輕時的生命激情，“他有關愛，但不是急功近利的救世情節，而是獨立思考的終極關懷”。[1]

　　劉再復追求學術真理沒有雜念，因為無私，所以無畏，他的學術思考充滿拒絕的力量，拒絕八方來風，只守持真理的立場。改革開放以後，西方現代主義和後現代主義思潮相繼湧入中國文化界，他建議作家的視野要投射於卡夫卡的冷觀態度，要警惕尼采式無限膨脹的自我。他辯證地看待後現代主義思潮，“後現代主義啟發我們對前人哲學的懷疑，幫助我們擺脫本質主義的獨斷論，這是它的功勞。但後現代主義的致命傷是，只有解構，沒有建構，只有破壞性思維，沒有理念，沒有創造實績。嚴格地說，他們只是文化上的造反派，不是建設者”。[2] 1981 年，劉再復和張琢被指定為周揚起草《紀念魯迅誕辰一百週年的主題報告》，他們力圖以“科學性”為基調，突出魯迅理性的一面。初稿被時任中宣部長的王任重否定，劉再復認為王任重強調魯迅的戰鬥性“不合時宜”，“在‘部長面子’和‘文學真理’兩者之間，我只能選擇後者，不得不質疑王任重”。[3] 在學術問題上，不論是高官還是師友，他都本著“吾愛吾師，但更愛真理”的態度行事。劉再復稱讚李澤厚的美學理論是“真正原創性美學”，但這並不影響他對李澤厚的一些具體觀點表示異議，涉及到關於莊子美學觀的闡釋時，他說：“我只欣賞李澤厚那些放在美學系統的闡釋，而推廣到現實層面，我則有所質疑，例如‘天人合一’，放在審美層面上，它確實是一種很高的境界；可是，如果放在現實的層面上，卻容易導致人對自身有限性忽視。”[4] 明辨義理，當仁不

1　敘述者劉再復、訪問者吳小攀：《走向人生深處·訪問者前言》，北京：中信出版社，2011 年，第 6 頁。

2　敘述者劉再復、訪問者吳小攀：《走向人生深處》，北京：中信出版社，2011 年，第 129 頁。

3　劉再復：《五史自傳·我的拚搏史》，第 70 頁。

4　劉再復：《李澤厚美學概論》，北京：生活·讀書·新知三聯書店，2009 年，第 95 頁。

讓，這才是真正的學術諍友。

　　純粹的學術狀態，不是不要思想，而是全力探尋文學的本義，追求學術真理。九十年代以後，隨著主體性的失落，物欲橫流的商業文化潮流逆襲，一種以強烈自我意識膨脹為中心的暴露私欲的寫作方式興起，作家失去宏大敘事的激情，歷史的理性為遊戲人生的態度所代替，人物迷失在現代科技和金融資本主宰下的消費文化潮水中，李澤厚感慨地發問：四星高照，何處人文？[1] 劉再復的學術思考內轉，從對歷史文化的反思轉向對自我學術思想的反省。他結合對西方文化的切身體驗，重新思考文學史的種種問題，使他的批評視野比先前更為闊大、深邃。他從 “告別諸神” 即告別共工的暴力革命之神、女媧的補天之神和普羅米修斯的竊火之神等流行過的基本思維模式開始，[2] 思考中國現當代文學史的整體問題。他的系統思考，並不停留在現當代文學史的某個具體問題上，而是進入精神領域深處，在中西方文學傳統比較的背景下，闡發懺悔意識對重建中國文學的意義，圍繞著 “懺悔意識” 的思考和討論，探討文學能夠呈現的靈魂掙扎和抵達心靈深淵的程度。伴隨著人生反思、學術思考和對禪宗心性學說的把握，他的文學心靈本體思想逐漸形成，散發出主體澄明的光輝。

1　李澤厚：《四星高照，何處靈山——2004 年讀高行健》，《華文文學》2013 年第 5 期。

2　劉再復著，林崗編：《人文十三步》，北京：中信出版社，2010 年，第 127–128 頁。

四

思想是理論之核

劉再復是一個文學批評家和理論家，但他首先是一個思想者。他的大多數文學批評和理論闡述，不是局限於探討具體的文學問題本身，而是包含他對社會、對生命、對存在關係的叩問與思索，包含他對文學現象背後社會歷史根源的不懈追究，蘊含著豐富的文藝思想。他曾經談過他對文學與思想關係的看法：

> 文學必須有思想，應當有大思想。思想有多種形式，它有理性形式即邏輯形式，有神性形式即宗教形式，也有感性形式即文學藝術形式。但要特別注意的是，文學中的思想，包括哲學思想，都是化作血液的思想。換句話說，文學中的思想總是化作情感而呈現。[1]

思想者是長於思考與社會哲學相關的問題並且在特定領域提供獨特思想見解和智慧的人，是提供創新型思考模式對思維方法進行變革的人。劉再復的身份是一個人文學者，也是人文科學領域、特別是文學領域一個充滿生命激情、把思想融化在真誠情感中的思想者。多年來，他思考文學領域的種種理論問題，提供了豐富的關於文學問題的洞見和智慧，以及文學思想方法變革的種種創意，對文學理論研究的進步、民族文化精神的發展以及學術方法的轉型，產生了深刻的影響。1984 年 4 月，他在《文學評論》第 3 期發表《論人物性格的二重組合原理》，關於人物性格塑造的創新性思想立即引發爭論。此後，他連續發表《文學研究思維空間的拓展》、《文學研究應以人為思維中心》等一系列論文，進一步從理論上提出如何徹底轉變文學理論研究的思維方式，引發長達五年之久文學及其他相關社會科學領域整體介入的文藝論爭思潮。不同觀念之間交鋒激烈，支持

1　敘述者劉再復、訪問者吳小攀：《走向人生深處》，北京：中信出版社，2011 年，第 122 頁。

者和反對者眾，表明他的思考他的見識涉及到那個時代思想與文學的痛點，觸動了社會文化界敏感的神經。二十一世紀初，劉再復和李澤厚將林毓生"創造性轉換"的概念變化為"轉換性創造"，推動中國古代傳統文化創新性發展。這個思想化作劉再復對古典文化建設的新成果，那就是《雙典批判》和"紅樓四書"。《雙典批判》發聾振聵，撼動人們的價值觀，促使中國讀者理性認識古典小說的文化價值，警惕暴力崇拜和權術崇拜在國民性塑造方面產生的負面影響。"紅樓四書"闡發了《紅樓夢》所蘊含的充滿魅力的人性之謎和生命意識，提供了古典文學研究方式變革的重大啟示。他淡出中國學界，但始終在學術中耕耘，他對這些重大文化問題的嚴肅思考，一次次地打破死水微瀾，激起學術界的思想沸騰。

思想是一種境界，有境界才能看得深透，看得高遠。思想境界的形成，必須衝破牢籠，跳出舊的思維窠臼，開拓思維空間。古往今來，凡大思想家或思想上有大成就者，大多歷經困厄，不為時人理解，像達摩面壁那樣，坐定以修，終於獲得大智慧。劉再復曾經是一個潮流中人，思想文化界的"弄潮兒"，但他卻能夠淡出學界，淡出潮流、淡出風氣，唯獨保留思想學術世界中有活力的靈魂。正因為如此，他才能夠想他人所未想，察他人所未察，不僅敏銳地從司空見慣的現象中看到問題，而且能夠面對強大的傳統或社會痛陳直言。他與林崗合著的《罪與文學》，以西方思想文化發展史為坐標系，尖銳地直陳中國文學缺乏罪感意識、懺悔意識和靈魂辯論的維度，這是中國文學和文化傳統的根本性缺陷。面對民族意識超強的大眾，面對從根本上完全否定和排斥罪感的千年傳統文化心理，提出這樣一個深刻的思想，極容易受到誤解或是曲解。然而，思想者極為坦然，思想提出來了，不負如來不負卿（倉央嘉措詩句），對提醒讀者認識中國文學的"軟肋"，有特別的警醒意義。

劉再復是一個有情懷的思想者，他的文學思想，不是產生於專心致志的理論營構，不是做出來的，而是思考向生命傾斜，是學術與生命的銜接，是生命感悟的結晶。他深有體會地說："學問乃是生命（包括個體生命與人類整體生命）處於某種困境中而被逼迫出來和燃燒出來的。因此，學問可定義為人類對生存困境、心靈困境、精神困境的叩問。"[1] 因為這一認識，他便不再迷信任何概念和理論體系，並且總是對體系保持警惕，體系和概念固然可以使理論嚴密，但也會束縛思想者的心靈，限制思想自由，甚至會讓理論體系的構築者走火入魔，自認為掌握了真理。所以，他近二十年來的研究，不為理論所限，也不為知識和語言所限，而是直接提出和進入真問題，從對問題的無窮叩問中求取啟示。他對比分析丁玲和張愛玲兩位女作家的後期創作，指出張愛玲和丁玲政治立場相反，但張愛玲的《赤地之戀》和丁玲的《太陽照在桑乾河上》，都違背藝術創作規律，把小說變成政治宣傳的號筒，演出了相同的天才的悲劇。張愛玲的悲劇是比丁玲更深刻的悲劇，丁玲原本就是時代的弄潮兒，早期的文學成就，是"五四"個性解放思潮的產物；張愛玲則是潮流之外的作家，人格力量和藝術選擇力量造就了她早期的成功，但她晚期放棄文學立場俯就潮流，藝術的自我背叛，中斷了她的天才特性，"二'玲'的悲劇不是政治教訓，而是典型的美學教訓"。[2] 這是一篇不長的作家評論，作者的思考，不僅直擊問題要害，字裏行間，飽含著對兩位女作家的痛惜和關愛，包含著生命的激情和人文關懷精神。

思想是理論之核，因為思想具有原創性特徵。衡量學術觀點的原創性，有兩個標準：一、是否特定學術領域中某一思想或理念的獨創？二、是否具有啟示價值或改變理論走向的影響？劉再復文學思想的原創性命題極多，這裏謹舉十例與文學心靈本體論相關的命題，相信完全通得過上述標準的檢測：

1. 文學是訴諸語言的自由情感的審美存在形式，其三要素一是心靈性，二是想像力，三是審美形式。文學的心靈性是最基本的要素，文學不僅是社會現象，更是生命現象，心靈現象。文學創作過程，是以人為出發點，通過心靈情感呈現，最後回歸到心靈、心為終點的過程。

2. 真理分為兩類，包括思辨性真理和啟迪性真理，宗教和文學中所蘊含的真理，多數屬啟迪性真理。因此，用明心見性的方式，即悟證方式，不

---

1 劉再復著，楊春時編：《書園思緒·著者序》，香港：天地圖書有限公司，2002 年。
2 劉再復著，楊春時編：《書園思緒·張愛玲與丁玲的同質悲劇》，香港：天地圖書有限公司，2002 年，第 449–450 頁。

經邏輯思辨過程，有思想的可能和抵達啟迪性真理的可能。

3. 應當分清一個民族的原形文化和偽形文化，原形文化是一個民族的原質原汁文化，即其民族的本真本然文化；偽形文化則是指喪失本真本然的已經變形變性變質的文化。民族的原生文化會在歷史過程中發生蛻變，考察文化時應當正視這個現象。以四大古典小說為例，《紅樓夢》和《西遊記》繼承的是《山海經》的純粹心靈和獻身精神，這是原形文化。《三國演義》宣揚的權術詭計，是經過封建政治倫理腐蝕而變質的智慧，《水滸傳》宣揚的暴力形式，把反抗暴政的行為蛻變為嗜殺無辜，它們都是偽形文化。

4. 中國傳統理性重生存智慧，西方傳統理性重思辨藝術，但東西方文化都具有一個共同點，那就是中道智慧。放棄非此即彼的二極思維，運用中道智慧，就可能打通中西文化血脈，以世界性眼光，探究人類文化的深層共性，走向更深廣的精神價值領域。

5. "返回古典"包括四層意思：一、人類大文化的走向不一定是從現代走向後現代，而是可以從現代"返回古典"，用古典資源豐富現代；二、"返回古典"是豐富現代的策略，不是沉迷於古典；三、返回中國古典而非返回西方古典；四、"返回古典"的落腳點，不是對古典作"創造性轉化"，而是作"轉化性創造"，重心是創造。

6. 除《紅樓夢》以外，中國文學傳統具有鄉村情懷而缺乏靈魂呼告，因此難以深刻，其原因在於文化傳統中缺少罪的意識和懺悔意識。人出於良知而必須承擔道德責任，道德責任的承擔通過自審、懺悔和呼喚內心良知而實現，自審和懺悔可以讓人明白，人有不自覺加入共犯結構的可能，以及人性惡的無限可能，文學只有呈現靈魂掙扎的真實狀況，才能抵達人性的深淵。

7. 《紅樓夢》是王陽明之後又一個心學高峰，它不是《傳習錄》似的思辨性心學，而是意象性、形象性的心學，是詩意心學。呈現心學內涵的主要意象是賈寶玉，他的心靈超越家國內涵和歷史內涵，屬天地之心，宇宙之心。高鶚的續書，保留了曹雪芹原作的心靈一元論，保留了《紅樓夢》形而上的品格。因此，要以悟法，即心靈和生命體驗的方式走進紅樓人物的心靈，走進曹雪芹的心靈，才能更好地理解《紅樓夢》。

8. 高行健是一種精神價值創造的“異象”，《靈山》和《一個人的聖經》超越了政治意識形態的狹窄視野，充分展示了現時代東方和西方人類普遍的生存困境和心靈困境。高行健對“荒誕”的創新，在於把西方荒誕的思辨藝術改為對現實荒誕屬性的呈現；他創造了“語言流”，讓語言成為飽含思想與情感、有著音樂韻律的自然流動。他創造了以人稱代人物、以心理節奏代故事情節的小說書寫形式，將自我的內部狀態化作文學意象呈現在作品中。

9. 人最難逃脫的是自我的地獄。“逃亡”，不僅是從外部的惡中逃亡，也是從自身內部的惡中逃亡。能正視地獄在自己身內，有了這種意識和醒觀的眼睛，人或許可以避免葬身於自我的地獄中而獲得“自救”。

10. 真正的“平常心”，是照亮“超人”這一“黑暗的地獄”的明燈。只有放下種種妄念，才能守持平常心。既不自辱，也不自大；既不自卑，也不自戀；既不自悲，也不自負；既不自閉，也不自售；既不自貶，也不自誇。無超人相、無英雄相、無聖者相、無領袖相，平常心，即是佛心。

林崗把劉再復的散文稱作思想者散文，他的學術著述中充滿真知灼見，具有豐富而深刻的文學思想。王元化曾經針對學術生態中粗疏的意識形態化學風，提出“有思想的學術和有學術的思想”的理念，提倡以學術方式作思想探索，而不拘泥於理論和體系的建立。[1] 劉再復的這些有關文學和文化的學術命題，以解讀原典為基礎，生發出獨到的創見，“根柢無易其故，而裁斷必出己意”，正是他始終守持純粹學術狀態、堅持獨立思想的自然收穫。

1　王元化：《思辨錄》，上海：上海古籍出版社，2004 年。轉引自吳琦幸：《有學術的思想與有思想的學術》，《學術月刊》2012 年第 12 期。

重建文學的信仰

劉再復在闡述文學心靈本體思想時，自謙地說是在講述文學常識，而這極為平易樸素的講述，恰恰體現文論倡導者對文學的堅定信仰。劉再復在接受吳小攀的訪談時說：

> 從事文學的人，必須對文學有一種絕對真誠，這是文學信仰，不是宗教信仰。有一個年輕的寫作者問沈從文先生，說他對文學有興趣，怎麼樣才能取得文學上的成功？沈從文告訴他：我想糾正你的一個概念，從事文學光有"興趣"不行，要有"信仰"。你有信仰，你就把生命投進去了，把真誠投進去了，這就不一樣了。[1]

宗教和文學都具有信仰的兩個基本特徵：內心深處的無條件接受，以及能為之犧牲奉獻的情懷。人為什麼願意無條件接受和為之犧牲，這裏涉及到文學的一個極重要的基本性質——文學的神性，這是必須另做專門研究的一個題目，此處只能簡單提及。文學的神性，源自於對生命神性的敬畏。最初的動因，體現為先民超越性的精神追求，求諸現實而不得，便嚮往超現實的神人境界，故文學最初的神性，具有濃厚的巫的因素。西方文學最早的經典《伊利亞特》和《奧德賽》，從三個女神為象徵"最美麗的女神"的金蘋果判給誰引起的糾紛開始，寫了特洛伊戰爭爆發後十年中種種神人糾葛、人性與命運的衝突、人的高貴品質經受災難的磨煉，以神與巫介入人間衝突的形式，體現人對超現實境界乃至神界的精神嚮往。中國文學的早期經典《詩經》和《離騷》，保留了從《山海經》到《淮南子》等古老典籍中神與巫的痕跡。《詩經》經孔子刪定，神與巫的因素較弱，

---

1 敍述者劉再復、訪問者吳小攀：《走向人生深處》，北京：中信出版社，2011年，第154頁。

頌詩中仍然有神人文化的遺留，《大雅・生民》和《商頌・玄鳥》，對君權的神化描述，對 "天" 的高度推崇，在體現孔子天人合一思想的同時，保留了人的神性信仰。《離騷》提供一個楚地巫文化因素無所不在的背景，詩人立於湘水之濱，上下求索，其靈魂向靈氛、巫咸問卜，與人格化的風雲雷電鸞鳳鳥雀一同遨遊於超驗世界；詩人更在《天問》中一氣發出的 170 多個天問，叩問天理昭著、造化變遷、賢才去留和命運的出路何在；出身高貴、內外兼修的屈原，在長詩中實際成為一位由神 "降" 入人間的巫的化身。王國維在《宋元戲曲考》中說："古之所謂巫，楚人謂之曰靈。" 王逸《楚辭章句》亦說："巫，靈也，楚人名巫為靈子。" 巫，是原始部落時期幫助人溝通天和地的使者，所謂巫的精神與天地通，就是以巫的形式為寄體追求精神超越，這是早期文學經典特有的精神取向和藝術特徵。

　　文學以心靈為本體，從 "宗教的本質乃是心靈" 這一角度，確認心靈與文學的神性追求，"如果把宗教的本質不是視為 '神靈'，而是視為心靈，那麼，面對宗教，最重要的就不是 '神拜'，而是 '心覺'；不是偶像崇拜，而是心靈自覺；不是神靈決定一世，而是心靈決定一切"。[1] 心靈由心和靈二字合成，心為純真之心、質樸之心、赤子之心，不染一星塵埃；靈則超越現實，為精神追求、信仰追求、神性追求；心靈，扎根人性基礎，連著精神嚮往的神界，心靈，就是潛藏於身體血液中幫助詩人的靈魂與天地通的巫。文學自產生之日起，便被賦予導引人的精神與天地通的神性。文學家承擔文學的使命，不僅成為精神上通天絕地的巫，而且成為神性信仰的殉道者，背負自我救贖的精神十字架，以藝術朝聖者的赤誠，無怨無悔地追求 "道成肉身"。毛姆的小說《月亮和六便士》，以法國印象派畫家高更為原形塑造的主角思特里克蘭德，是一個 40 歲出頭、家庭美滿、前途一片光明的證券經紀人，突然決定要拋棄一切，到南太平洋中大溪地島上畫畫，理所當然地被常人視為發瘋。他拒不接受小說中另一個人物 "我" 的規勸，"我" 也無法明白他唯一的辯解 "我要畫畫兒"，這只能解釋為他對一種藝術信仰的皈依，要在虛無中用藝術創造一個屬於自我的上帝。鄧曉芒分析這個形

1　劉再復：《什麼是人生：關於人生倫理的十堂課》，香港：三聯書店（香港）有限公司，2017 年，第 35 頁。

象的宗教意義時說："他的行為動機具有某種和上帝意志一樣的不可追究性。"[1]無視誤解和非議，突破世俗的羈絆，只聽從心靈的召喚，上天入地追尋單純與率真，用對藝術的真誠，獲得精神的超越，這就是文學藝術信仰的本質，是人賦神性，也是天賦神性。追求超越的無限性，包含精神對未知世界的不懈探索和對生命的終極關懷，是人性不斷自我完善和引領文明方向的原動力。

劉再復具有堅定的文學信仰，確認文學的神性，"所謂文學的神性，在我看來，就是文學像基督耶穌的無所不在性。就是超越世俗好與壞、對與錯、善與惡、勝與敗、榮與辱等的大悲憫。即既同情好人，也同情所謂壞人，既悲憫他人，也悲憫自己。悲憫大於愛，愛恨是人性，大慈悲、大悲憫是神性，因此，神性乃是大善心與大智慧。這是思想的最高境界"。[2]他從經典作品所創造的超驗世界中看到文學的神性，提出文學必須展開與自我對話、與神對話、與自然對話之維，以提高文學的形而上品質。[3]"神性"是宗教語言，文學並不走向宗教，而是走向審美。因此文學的神性便是審美的最高境界，體現為至誠、至善、至美。文學的真誠，容不得一點心靈情感的虛假；文學的真誠，真誠到知敬畏，守持對生命價值的神聖情感，這情感必須經過對共犯之罪的自我意識和良知懺悔的淘洗才能不斷淨化。文學的至善，超越一般愛憎分明的情感，"超越世俗的好與壞、對與錯、善與惡、勝與敗、榮與辱的簡單價值判斷"，對人物取理解、寬容和大悲憫的態度，由此才能充分理解作品所呈現的複雜人性。文學的寬容、理解、大悲憫和大智慧，"是思想的最高境界，是神性"。它是現實生活中價值判斷的導向，但不能等同於世間生活的原則；現實人生，體現為世俗角色和本真角色這一對悖論，適當地做到外圓內方，才能生存。文學創作則要求創作主體超越世俗主體，文學書寫展示本真性情對世俗性格特徵的超越，如同賈寶玉和《卡拉馬佐夫兄弟》中的阿遼沙，處身於舉世皆濁的世俗環境，始終守持近乎基督的性情，作品因此獲得一種神性，"彷彿在眾生之上，以仁慈和厚愛注視和表達著眾生的苦

1　鄧曉芒：《〈月亮和六便士〉的宗教意義》，劉小楓主編：《基督教文化評論》第8輯，貴陽：貴州人民出版社，1998年。

2　劉再復與何靜恆的通信，2020年5月20日。

3　劉再復、林崗：《罪與文學》，北京：中信出版社，2011年，第244頁。

難，給眾生帶來心靈的期待，從而跨越了死神給生命設定的限制，讓無數代的讀者產生共鳴"。[1] 文學的至美，是指創作的根本指向在審美，文學的審美追求沒有止境，"神性是宗教語言，文學並不走向宗教，而是走向審美，因此文學的神性便是審美的最高境界"。[2]

對至誠、至善和至美的追求，在劉再復的著述中，浸透"超越性"和"神聖情感體驗"這兩個基本宗教精神，成為一種"類宗教"，但它不是宗教本身，本質上是一種通過審美創造追求生命超越性的精神建構。文學的神性，其實難以言說，作為一種"類宗教"，與宗教有兩點不同，一是文學信仰除了有神聖情感，還具有現實理性基礎，宗教信仰的中心是神而不是人，對現實的超越具有絕對性；文學的中心是人，是人的心靈，文學對現實的超越，是以對人的關懷和肯定作為個體人的生命價值為前提。二是文學信仰的神聖情感，沒有偶像，只聚焦於審美追求。審美追求比宗教追求更具有超越性，它不像宗教那樣局限於某種天國理想，而是一種無盡、無形的審美意境。文學審美的這一無限超越性，其根基立於文學的心靈本體，也就是慧能所說的"何期自性，能生萬法"。孫悟空能夠以七十二般變化，破解西天取經途中的八十一場劫難，孫悟空就是一顆純粹的心，唯有心的徹悟，才能破解此難。[3] 劉再復所確認的文學的神性，不是神本主義的抽象神性，而是以博大的人文關懷為內涵的人本主義神性，是以生命與魔鬼立賭約追求理想之美的藝術的神性，是現實生命神性的審美呈現。這個神性，不僅超越現實，也超越任何宗教形式，它保留一種純粹的以向美向善之心克服恐懼的宗教精神，展示的是此心光明，是以人的情感價值為基礎追求的人文美學理想。

文學的信仰並非劉再復所獨有，它是一代又一代人從前輩那裏繼承來的精神財富。中國的知識階層，沒有一個基督教或東正教那樣強大的精神信仰傳統，文學和文化傳統便部分地代替宗教，為知識分子的精神皈依提供了家園，在鑄造歷代知識分子的精神文化品格方面，起到無可代替的作用。屈原、阮籍、陶淵明、陳子昂、李白、杜甫、蘇東坡、李清照、李煜、羅貫中、曹雪芹，直到王國

1　劉再復：《論文學的超越視角》，《華文文學》2010 年第 4 期。

2　劉再復與何靜恆的通信，2020 年 5 月 20 日。

3　劉再復：《〈西遊記〉三百悟》，香港：香港城市大學出版社，2019 年，第 6、12 頁。

維和魯迅，無不把他們的精神品格乃至生命液汁全都融入作品，匯成維繫中華民族強健生命的精神血脈。然而，二十、二十一世紀之交的中國文學，在意識形態干預、文化解構思潮和商業文化潮流的相繼沖刷之下，逐漸失去了信仰的光彩。紙媒事業的衰落，純文學的式微，只是表層現象。人們關注的是手機、訊息、財富、消費、感官享受、快餐文化，這種種現象透露出來的深層危機，是對文學信仰的無視和冷漠，是極端情緒綁架理性造成的價值觀撕裂現象，是整個精神信仰的喪失。正如一位批評家指出的那樣："文學正在從精神領域退場，正在喪失面向心靈世界發聲的自覺。從過去那種政治化的文學，過渡到今天這種私人化的文學，儘管面貌各異，但從精神的底子上看，其實都是一種無聲的文學。"[1] 所謂"無聲的文學"，就是不能發出心靈反響、激起精神共鳴的文學，就是那種無關乎生命的價值、人性的尊嚴、精神的自由和良知責任的只起精神麻醉作用的文學。此類文學充斥市場，嚴重擠壓了荷載精神信仰與人類良知的文學空間。

　　人類是無法長期在精神麻醉與空虛狀況中生存的。沒有精神信仰，心靈會失去方向，自尊、自律、同情心和人的種種美德不再受到良知的衛護，自我會膨脹，欲望會氾濫，罪惡會滋生，任何一個時代，信仰的普遍缺失必然導致精神危機，隨之而來就是可能發生的社會危機和危機帶來的變革與重建。有識之士從新文學創建之初就不斷發出文學危機的警示和重建精神信仰的呼籲，胡適清醒地強調，要改變文學墮落的現狀，須從建設入手，"當注重言中之意，文中之質，軀殼內之精神"。[2] 劉再復的學術工作孜孜以求，便是讓文學回歸文學，成為自由創造精神價值的藝術形式。他的文學理論建設，與其說是對文學原理的闡釋，莫若說是講述一個關於精神信仰的寓言，在條理清晰的對種種文學特性的講述中，勾勒出一個高行健式的"尋找靈山"的意象，即在一個時代的心靈困境狀態中，找回文學的本義，找回人文關懷精神，重建這個時代的人文理想。

　　人文主義的美學理想，其核心要素是人文品格、美學態度和理想境界。在李澤厚那裏，人文美學聚焦於人與歷史實踐的生命關聯，重心在現實性；在劉再復

1　謝有順：《重建對重大精神問題的發言能力》，《文藝報》，2015 年 11 月 23 日。

2　胡適：《寄陳獨秀》，《中國新文學大系·建設理論集》，上海：上海文藝出版社影印本，1980 年，第 32 頁。

那裏，側重於人與歷史實踐關聯基礎之上的人性狀態和精神超越，兼顧現實性和理想性。切入文學心靈本體思想關於人與人性的豐富論述，可以清晰地看到他的人文美學的精神脈絡。

文學心靈本體論確立的人文品格，由尊重個體人格尊嚴、承認人性脆弱本能和追求精神超越三方面因素構成。在"性格組合論"和"主體論"中，劉再復已經全面闡述了人性的善良、高貴、豐富和深刻，以及人性受現實環境影響而產生複雜變化的現象。他的文學心靈本體論在探討人性的內部層面的構成方面，延續"主體論"的思想脈絡，發展了"主體間性"的理論，系統地闡述了"主體內部間性"關係。他藉助對高行健小說、戲劇及其經典作品的分析，剖析了人性的另一層面：黑暗與脆弱的特性，他把對人性這一本能的認識概括為"自我乃是自我的地獄"。他對人性脆弱面的思考，沒有停留在單純認識的層面；他通過對主體內部間性的分析，進一步確認，必須承認人性具有脆弱的權利，才能完整地理解人性。承認人性的脆弱與黑暗，超我的理性才可能克服本能，才可以追求超越。追求精神超越，必須落實在人性復歸的基點，也就是復歸於樸、復歸於平常心，才是真正的超越。承認人性的高貴與尊嚴，也不否認內心的黑暗，克服內心障礙和自我膨脹，才能超越現實，超越自我，獲得人性復歸。對人性多層面特性及其相互關係的理論闡述，構成劉再復昂揚向上的人文精神。

文學心靈本體論的美學態度可以用四個字表述：禪是審美。這個觀點，與黑格爾的美學觀相似，但把黑格爾美學觀從純粹思辨的空間拉回到生命和現實人生的層面。黑格爾在詮釋"美的藝術哲學"時，對美下了個著名的定義："美就是理念的感性顯現。"[1] 這裏的美是指藝術美，他認為"藝術美高於自然。因為藝術美是由心靈產生和再生的美，心靈和它的產品比自然和它的現象高多少，藝術美也就比自然高多少"。[2] 這個定義是對藝術本質的高度概括，它顯示三個特徵，一是強調藝術是主客觀統一即心物一元的結果，避免了單獨強調主、客體任一方

1　黑格爾著，朱光潛譯：《美學》，《朱光潛全集》，合肥：安徽教育出版社，1990年，第13卷，137頁。

2　黑格爾著，朱光潛譯：《美學·全書序論》，《朱光潛全集》，合肥：安徽教育出版社，1990年，第13卷，第4頁。

的片面性；二是強調心靈在藝術創造中的特殊意義，"在藝術裏，感性的東西是經過心靈化了，而心靈的東西也借感性化而顯現出來了"。[1] 三是肯定了藝術的自由性質和創造力，"正是由於這種自由和無限，美的領域才解脫了有限事物的相對性，上升到理念和真實的絕對境界"。[2] 但黑格爾美學思想核心被曲解為"絕對理念"，長期以來為唯物主義者所詬病。關於藝術的本質，海德格爾與黑格爾有相似的看法，但他認為藝術的本源是謎，"這裏絕沒有想要解開這個謎。我們的任務在於認識這個謎"。[3] 海德格爾沒有像黑格爾那樣將他關於"藝術"、"存在"和"歷史"的哲學討論"引向純粹抽象的邏輯概念，而是歸屬於'大地'（Erd），即某種原始的'天人合一'的境界"。[4] 海德格爾關於藝術的討論，把對審美的認識引向一個闡明人的生命存在的本體論範疇。劉再復的文學心靈本體論，對藝術美與生活的關係的探索，出發點類似黑格爾，但在批評實踐中擱置了黑格爾式純粹思辨的方式，和海德格爾取同一思路，站在生命存在和人的生存狀態這一本體論的立場，在批評和鑒賞中實現審美再創造。這個審美態度，從兩方面得到體現：一是闡發心靈本體在作品中感性顯現的方式和特徵，即作品所外顯的審美形式、語言美感；另一方面，則是從超越的層面體悟作品的精神，發現並闡發每一個作品內蘊的獨特審美價值。當然，一般其他文學批評理論也可能鍾情於這個美學目標，文學心靈本體論的特點，是確立了三個基本審美尺度：文學是心靈的孤本，心靈在文學中完全敞開；心靈是廣袤的內宇宙，為文學提供了各種思考和精神創造的可能；心靈的本質是自由，文學對心靈自由的追求和精神創造具有無限的超越性。這個特徵，賦予文學心靈本體論極為靈活實用的審美實踐特性，通過悟、證結合的方式，在文學實踐活動中實現審美，從理性思辨到實踐理性，充分體現極為現實的對生命和生活的審美態度。

1　黑格爾著，朱光潛譯：《美學‧全書序論》，《朱光潛全集》，合肥：安徽教育出版社，1990 年，第 13 卷，第 47 頁。

2　黑格爾著，朱光潛譯：《美學》，《朱光潛全集》，合肥：安徽教育出版社，1990 年，第 13 卷，第 142–143 頁。

3　海德格爾著，孫周興譯：《藝術作品的本源》（載《林中路》），上海：上海譯文出版社，1997 年，第 63 頁。

4　鄧曉芒：《什麼是藝術作品的本源——海德格爾與馬克思美學思想的一個比較》，《哲學研究》2008 年第 8 期。

文學心靈本體論的理想境界，是宇宙境界也即澄明境界，也就是在廣闊的心靈宇宙空間，為著自然人性復歸，實現思想獨立表述、精神創造自由和認識不斷逼近真理。為接近和抵達這個理想境界，文學心靈本體論在人與自然的關係問題上，不斷調適主體的主觀能動性及其參與程度，既鼓勵超越又強調主體對外部關係的尊重，以保持天人合一的發展方向。在認識和對待東西方文化關係方面，守持中道智慧，尊重不同文化傳統，包容和理解不同種族對生命、精神現象乃至社會存在關係等問題在認知方面的差異。在實現人的價值理性方面，既對人性弱點有清明的認識，又高度維護個體人性的尊嚴；既鼓勵主體精神昂揚追求，又倡導回歸，回歸嬰兒般純真狀態，使人在不斷追求超越的歷史文明進程中，最大可能地保持人性的純潔性和心靈的活性，獲得生命的理想狀態。

文學心靈本體論所蘊含的人文品格、美學態度和理想境界，合成了一個既昂揚向上又堅實平樸的人文美學理想追求。當代社會已經進入一個由高科技和金融資本這對孿生怪胎掌控人生的時代，欲望和貪婪這一合金槓桿重新調整人之間的關係結構，將獲得巨額財富設置為人生目標，導致人的精神追求旁落，將人異化為物欲之奴。科技的進步大幅度改善了生存條件，卻不能解決生存意義的問題，信仰為欲望的強酸溶蝕，世界不再令人著迷；精神失重，生命因此產生不能承受之輕。古人說，"天不生仲尼，萬古長如夜"。這雖然是一個帶有情感色彩的說法，卻闡明一個簡單的道理，孔夫子編纂的"詩"、"書"、"春秋"，不能用於治國理政，卻為古人的精神生活帶來心靈之光。如果人類生活缺少洋溢著心靈情懷的文學藝術、缺少充滿理性智慧的歷史哲學，生命將會成為一片什麼樣的寂寞荒原？文學心靈本體論沒有將人文理想空泛化，而是讓文學追求心靈自由，追求自由意志下生命價值的實現。文學的心靈自由，不會許諾讀者以功利實效，但能幫助人們理解生存的價值和意義，幫助生命拒絕醜惡與虛假，反抗精神缺失和心靈失重，讓人擺脫蒙昧和固執，重新確立人生信念。自由心靈導引生命，堅持文學對於世界的獨特關注，確立對於人及人性終極關懷的精神向度，這是文學的信仰，也是人類的精神信仰。

劉再復的文學心靈本體論，所闡述的是以心靈為本體的文學創作、欣賞和批評的一些基本美學規則和方法，以其極大的開放性與包容性，適應文學內容的豐富性和審美形式的靈活性。即使如此，無限豐富的文學，也有太多的內涵、形式與心靈本體無涉。兩千多年的古代文學史，只有經典容易進入心靈深處；大部分志怪傳奇、宮廷詩詞和暴露譴責作品，以及以消費娛樂為宗旨的當代文化快餐，都無需這個理論去詮釋。這個理論主要涉及的，僅僅是主流文學和優秀的通俗文學，是從上古時期流傳下來的文學經典到後現代派嚴肅探討人生的文學，凡文學史上以精神指向為追求的嚴肅作品，都能從文學心靈本體論中得到映鑒。從心靈本體的視角欣賞和批評作品，有心靈歷程的積累固然重要，但人並不是要等到積累深厚才去讀書論文，相反，人只有通過閱讀鑒賞，才能不斷增強心靈的力量，增強悟性。這個理論在實踐層面上，因為各人稟賦殊異而產生不同效果，正如慧能所說，法無頓漸，人有利鈍，故名頓漸。相信心靈的力量，真誠地將心靈情感投注於文學，心靈便能獲得回報。文學心靈本體論的理論體系某些方面可能還不完善，唯其不完善，這個理論所發掘的真知灼識對文學世界才更有價值。劉再復在《〈西遊記〉三百悟》一書中，闡發了傳統文化推崇的一個“天地不全”的哲學：《西遊記》第99回寫唐僧師徒歷經八十難後，歡歡喜喜拿到有字真經踏上歸程，不想過河時被白黿作怪，把他們翻倒河中，打濕了經書。唐僧十分沮喪，孫悟空講了一個安慰師父的哲學：“不在此，不在此！該天地不全。這經原是全的，今沾破了，乃是應不全之奧妙也。豈人力所能與耶！”月盈則虧、水滿則溢，過於完滿便不完美。吳承恩借孫悟空之口提出了一個“天地不全”的哲學觀念，天不完全，地不完全，人不完全，神不完全，這才是真理。劉再復說：“確認天地不全，神佛不全，人類不全，才有寬容，才有慈悲。孫悟空最後道破的哲學奧妙，乃是真知灼見。”[1]

文學心靈本體論，是劉再復作為一個思想者和批評家發出的關於文學本義的真誠聲音。講述出來，使命即已完成，至於內容是否面面俱到，並不重要，重要的是讓良知發聲。薩特曾說：“簡而言之，對我們作家來說，必須避免讓我們的責任變成犯罪，也就是使後代在五十年之後不能說：他們眼睜睜地看著一場世界性災難的來臨，可他們卻沉默不語。”[2]

1　劉再復：《〈西遊記〉三百悟》第166則，香港：香港城市大學出版社，2019年，第36頁。
2　（法）薩特著，潘培慶譯：《詞語》，北京：生活·讀書·新知三聯書店，1989年，第228頁。

參考書目

劉再復著（文學作品）：

1. 《告別》，福州：福建人民出版社，1983 年。

2. 《潔白的燈芯草》，香港：天地圖書有限公司，1985 年。

3. 《人間‧慈母‧愛》，北京：人民文學出版社，1988 年。

4. 《劉再復散文詩合集》，北京：華夏出版社，1988 年。

5. 《漂流手記》，香港：天地圖書有限公司，1992 年。

6. 《讀滄海》，合肥：安徽文藝出版社，1999 年。

7. 《獨語天涯》，香港：天地圖書有限公司，1999 年。

8. 《漫步高原》，香港：天地圖書有限公司，2000 年。

9. 《滄桑百感》，香港：天地圖書有限公司，2004 年。

10. 《面壁沉思錄》，香港：天地圖書有限公司，2004 年。

11. 《遠遊歲月》，廣州：花城出版社，2009 年。

12. 《閱讀美國》，福州：福建教育出版社，2009 年。

13. 《大觀心得》，香港：天地圖書有限公司，2010 年。

14. 《檻外評說》，北京：生活‧讀書‧新知三聯書店，2012 年。

15. 《歲月幾縷絲》，深圳：海天出版社，2012 年。

16. 《漂泊傳》，香港《明報》出版公司、新加坡青年書局聯合出版，2012 年。

劉再復著（學術著作）：

1. 《魯迅美學思想論稿》，北京：中國社會科學出版社，1981 年。

2. 《文學的反思》，北京：人民文學出版社，1986 年。

3. 《論中國文學》，北京：作家出版社，1988 年。

4. 《人論二十五種》，香港：牛津大學出版社，1992 年。

5. 《性格組合論》，合肥：安徽文藝出版社，1999 年。

6. 《現代文學諸子論》，香港：牛津大學出版社，2004 年。

7. 《思想者十八題——海外訪談錄》，香港：明報出版社，2007 年。

8. 《共鑒"五四"》，香港：三聯書店（香港）有限公司，2009 年。

9. 《紅樓夢悟》，北京：生活·讀書·新知三聯書店，2009 年。

10. 《紅樓夢哲學筆記》，北京：生活·讀書·新知三聯書店，2009 年。

11. 《紅樓人三十種解讀》，北京：生活·讀書·新知三聯書店，2009 年。

12. 《李澤厚美學概論》，北京：生活·讀書·新知三聯書店，2009 年。

13. 《雙典批判》，北京：生活·讀書·新知三聯書店，2010 年。

14. 《隨心集》，北京：生活·讀書·新知三聯書店，2012 年。

15. 《莫言了不起》，北京：東方出版社，2013 年。

16. 《審美筆記》，北京：生活·讀書·新知三聯書店，2014 年。

17. 《賈寶玉論》，北京：生活·讀書·新知三聯書店，2014 年。

18. 《什麼是文學：文學常識二十二講》，香港：三聯書店（香港）有限公司，2015 年。

19. 《高行健論》，台北：聯經出版事業股份有限公司，2004 年。

20. 《什麼是人生：關於人生倫理的十堂課》，香港：三聯書店（香港）有限公司，2017 年。

21. 《〈西遊記〉三百悟》，香港：香港城市大學出版社，2019 年。

合編 / 合著作品：

1. 劉再復著、楊春時編：《書園思緒》，香港：天地圖書有限公司，2002 年。

2. 劉再復著、陳義之主編：《劉再復精選集》，台北：九歌出版社有限公司，2002 年。

3. 劉再復著、林崗編：《人文十三步》，北京：中信出版社，2010 年。

4. 劉再復著、白燁編：《師友紀事》，北京：生活·讀書·新知三聯書店，2011 年。

5. 劉再復著、葉鴻基編：《回歸古典，回歸我的六經：劉再復講演集》，北京：人民日報出版社，2011 年。

6. 劉再復著、葉鴻基編：《劉再復對話集：感悟中國，感悟我的人間》，北京：人民日報出版社，2011 年。

7. 劉再復著、林建法主編：《讀海文存》，瀋陽：遼寧人民出版社，2012 年。

8. 劉再復、金秋鵬、汪子春：《魯迅和自然科學》，北京：科學出版社，1976 年。

9. 楊志傑、劉再復：《橫眉集》，天津：百花文藝出版社，1978 年。

10. 林非、劉再復：《魯迅傳》，北京：中國社會科學出版社，1981 年。

11. 劉再復、林崗：《傳統與中國人》，合肥：安徽文藝出版社，1999 年。

12. 劉再復、劉劍梅：《共悟人間》，香港：天地圖書有限公司，2000 年。

13. 劉再復、劉劍梅：《共悟紅樓》，北京：生活·讀書·新知三聯書店，2009 年。

14. 劉再復、劉劍梅：《教育論語》，福州：福建教育出版社，2012 年。

15. 劉再復、林崗：《罪與文學》，北京：中信出版社，2011 年。

16. 劉再復（敘述）、吳小攀（訪談）：《走向人生深處》，北京：中信出版社，2011 年。

李澤厚著：

1. 《批判哲學的批判：康德述評》，北京：人民出版社，1979 年。

2. 《中國古代思想史論》，北京：人民出版社，1985 年。

3. 《中國近代思想史論》，北京：人民出版社，1979 年。

4. 《中國現代思想史論》，北京：東方出版社，1987 年。

5. 《世紀新夢》，合肥：安徽文藝出版社，1988 年。

6. 《論語今讀》，合肥：安徽文藝出版社，1998 年。

7. 《美學三書》，北京：商務印書館，2006 年。

8. 《華夏美學·美學四講》（增訂本），北京：生活·讀書·新知三聯書店，2008 年。

9. 《歷史本體論·己卯五說》，北京：生活·讀書·新知三聯書店，2008 年。

10. 《說西體中用》，上海：上海譯文出版社，2012 年。

11. 《回應桑德爾及其他》，北京：生活·讀書·新知三聯書店，2014 年。

其他：

1. 周汝昌：《紅樓奪目紅》，北京：作家出版社，2003 年。

2. 余英時：《士與中國文化》，上海：上海人民出版社，1987 年。

3. 王安憶：《心靈世界：王安憶小說講稿》，上海：復旦大學出版社，2007 年。

4. 夏中義：《新潮學案》，上海：上海三聯出版社，1996 年。

5. （法）布萊茲·帕斯卡爾：《思想錄》，南京：江蘇鳳凰文藝出版社，2018 年。

6. （德）馬丁·海德格爾：《存在與時間》，北京：商務印書館，1996 年。

7. 高行健：《靈山》，台北：聯經出版事業股份有限公司，1990 年。

8. 朱光潛：《朱光潛全集》（1–5 卷），合肥：安徽教育出版社，1987 年。

9. 趙家璧主編：《中國新文學大系》（影印本，1–10 卷），上海：上海文藝出版社，1980 年。

後　記

　　兩年多的時間，終於完成《劉再復文學心靈本體論概述》這本書稿。

　　此前打算做這個題目，是受了再復老師人格和文品的感動。再復老師在紀念聶紺弩先生的文章中說："文學很美妙，但文學也很殘酷，它會把一個人的生命全部吸乾。"明知這個可能的結局，他卻矢志不移，以畢生之力，維護文學的良知。再復老師本人，象徵文學的良知。

　　決定做這個題目之前，猶豫了很久，這個題目重在談心性，講徹悟，求悟證，而我偏偏是個做事一字一板的不夠穎悟之人。

　　明知功力不足還勉為其難，終於得到教訓。去年 6 月份完成初稿，靜恆看了一遍，對我說：想法不錯，只是寫偏了。我再讀一遍，懵了，多處論述離題甚遠。

　　修改無所補益，重寫部分十有其六。

　　寫作過程中，多得靜恆指教。靜恆是再復老師的記名弟子，天資聰慧，又極喜歡《紅樓夢》與禪，碰到難處，受她"點化"頗多，初稿修改稿都經她細細過目，提供許多尖銳的批評和中肯的建議，否則實難完工。書稿初成，得《書屋》劉文華主編熱心建議，充實了有關"文學的神性"的內容；書稿交香港三聯書店後，我仍在修改，以至於三次送出"定稿"，編輯李斌老師卻不厭其煩，給我以熱心的鼓勵；王婉珠老師精心編校書稿、並幫助規範引文出注的格式；藉此一併表示誠摯的謝意。

　　做這個題目，對我來說，確實很熬心，但每有所悟，心中充滿禪悅。如今勉強寫成，希望這些文字，能夠如實地傳遞再復老師關於文學本義的真誠講述。行文中有偏頗之處，責任在我。

　　再復老師年將八旬，若此書能有機會及時付梓，為老師八秩華誕之賀，靜恆和我都會感到十分欣慰。

　　　　　　　　　　　　　　　　　　2020 年 2 月 20 日凌晨於新西蘭寓所